我的爱人叫「内乡」

王国庆 著

上海文艺出版社
Shanghai Literature & Art Publishing House

图书在版编目（CIP）数据

我的爱人叫"内乡"/ 王国庆著 .-- 上海：上海
文艺出版社,2024.--(忻州书香/梁生智主编).
ISBN 978-7-5321-9112-3

Ⅰ . I267

中国国家版本馆 CIP 数据核字第 2024123BX4 号

发 行 人：毕　胜
策 划 人：杨　婷
责任编辑：李　平　韩静雯
封面设计：悟阅文化
图文制作：悟阅文化

书　　名：我的爱人叫"内乡"
作　　者：王国庆
出　　版：上海世纪出版集团　上海文艺出版社
地　　址：上海市闵行区号景路 159 弄 A 座 2 楼
发　　行：上海文艺出版社发行中心发行
　　　　　上海市闵行区号景路 159 弄 A 座 2 楼 206 室　201101　www.ewen.co
印　　刷：成都市兴雅致印务有限责任公司
开　　本：880×1230　1/32
印　　张：95
字　　数：2280 千
印　　次：2025 年 7 月第 1 版　2025 年 7 月第 1 次印刷
Ｉ Ｓ Ｂ Ｎ：978-7-5321-9112-3/I.7164
定　　价：398.00 元（全 10 册）

告读者：如发现本书有质量问题请与印刷厂质量科联系　T：028-83181689

序
刁仁庆

在中华民族博大丰厚的文化版图上，各领风骚的地方文化始终占据重要位置。内乡县位于河南省西南部、伏牛山南麓、南阳盆地西沿，秦初置县，古称"菊潭"，誉为"菊乡"，是药用菊花发源地、楚汉文化主要发祥地和南北文化相互交融影响的重要过渡带。数千年的文明史，不仅养育了著名政治家范蠡、史学家范晔、文学家范子宁、理学家王检心、农学家陈凤桐等历史名人，而且还吸引了李白、王维、白居易、孟浩然、钱起、贾岛、元好问、郑板桥等历代文人雅士登临内乡吟咏酬唱、供职生活。"诗仙"李白来内乡县曾有诗云："时过菊潭上，纵酒无休歇。泛此黄金花，颓然清歌发。"

内乡历史悠久、文化厚重，是"中国楹联文化县""中国书法之乡"。内乡县衙是神州唯一保存完整的县级衙门，国家级文保单位，其中的三堂楹联"吃百姓之饭，穿百姓之衣，莫道百姓可欺，自己也是百姓；得一官不荣，失一官不辱，勿说一官无用，地方全靠一官"阐释了得与失、荣与辱、官与民的辩证关系，享有盛名。

《我的爱人叫"内乡"》是一本纪实散文集，内乡作协副主席王国庆把家乡喻为爱人，令人感动。他用九十余篇散文展现"人文内乡　山水画廊"的神韵，写得内容翔实、文情并茂，放得开、收得拢，既满怀激情又发人深省，既汪洋恣肆具有张力又有一定的内敛与冷静。欣赏着这些美文，像在星汉灿烂的历史文明中浏览徜徉，十分折服于内乡这个地方历史上有这么多好东西！这里有宝天曼的历史沧桑，内乡县衙的醒世警策，宛梆的艺术魅力，云露山的恬淡宁静，商圣范蠡的博大精魂，邓窑遗址的古韵悠悠，麦子山、石堂山的辽远苍茫，巫马期、文庙、李孟墓的高山仰止，赤眉古寨的金戈铁马，法云寺的经声禅意，信师礼堂、宛西小延安的血火洗礼，湍河渡槽见证了当年那个激情燃烧的岁月，以及古景中的内乡、舌尖上的内乡、民谣里的内乡、民舞奔放的内乡、谚语生动的内乡，血脉传承、源远流长……

这么丰富的描写是下了大功夫，花了大气力的。这又不是写小说，可以坐在家里天马行空、袖里乾坤，这些纪实散文肯定得亲自去跑一跑，看一看，研究采访一下，光那个劳动量就是够可以的了。从这一点上说，真可谓是功德无量。期待着王国庆有更多更好的作品问世，是为序。

2024年10月

（习仁庆，系中国作家协会会员，河南省"五个一工程"奖获得者，南阳市作家协会主席。其代表作有：《于无声处》四部曲：《红色任务》《红色命令》等；《流金岁月》四部曲：《四十岁的女人》《三十岁的诱惑》等。）

C O N T E N T S

目录

魅力宝天曼

品读内乡衙

激越宛梆腔

音画云露山

感悟商圣魂

悠悠故园情

魅力宝天曼

诗意宝天曼

　　每次到宝天曼都流连忘返，心中悠然荡起诗情，而令我感受至深的也正是宝天曼处处张扬的诗意。

　　宝天曼的山水很诗意。这里的山，重峦叠嶂、群峰巍峨，多有风生风息，常见云起云落。有直插云天的骆驼峰、危若累卵的化石尖、牧羊驱虎的牧虎顶、拔地而起的扫帚壁，座座奇峰参差，层层连绵起伏，或雄伟，或挺拔，或秀丽，或诡奇，形态各异，奇中见秀。在空灵飘逸、时卷时舒的云海中，还有姑娘楼若隐若现，似云中楼阁；挂钩崖峡谷似壁，险峻峭拔；刀切岭石柱擎天，宛如剑锋……这里的水，清澈晶莹，从曼顶倾泻而下，形成一条条溪流、一道道瀑布、一汪汪碧潭，激活了宝天曼的灵气。溪流曲折婉转，在山谷中欢跳歌唱，飞崖跳涧，状若游龙；瀑布则澎湃有声、美妙激扬，沿峭立万仞的岩壁沛然而下，旋律雄放，荡气回肠。在每个瀑布的下游，或大或小都有一个清澈碧绿、丛林花草掩映的水潭。特别是玉影潭，潭中水色清幽，美艳之状颇见诱惑，株株野生山柳，婀娜多姿、错落有致，枝叶轻浮水面，随波荡漾，令人想起诗句"夹岸桃花蘸水开"。宝天曼的山水构成了一种意境，没有喧嚣，没有污染，纯真得可亲可爱，既让人心动，又能让人的心绪静下来，使生命得到升华。

宝天曼的山林很诗意。不同于东海之滨的渔歌唱晚，不同于南国边陲的版纳风情，不同于西北高原的大漠黄沙，宝天曼的原始森林以其特有的瑰丽壮观、古朴苍劲打动着走近她的每一个人。亭亭玉立的白桦、高大挺拔的青冈、树姿雄伟的香果树……3000 多种植物，将宝天曼装扮得清秀靓丽。走在宝天曼曲径通幽、空气清新、"十里下雨不打伞"的林荫通道，享受的是"山深世远月为明，古树闲花云作伴"的意境。尤其是金秋时节，宝天曼红叶层林尽染、斑斓缤纷，30 余万株红叶树如片片红霞，铺满枝头。这个时候不必说这里的环境多幽雅，也不必讲这里的古木多参差，单就这如火的枫叶，就已使你如饮美酒，沉醉其中了。

宝天曼的山花很诗意。一年四季，花团锦簇，春有桃李迎细雨，夏有杜鹃满山红，秋有野菊散清香，冬有蜡梅傲霜寒，争奇斗艳、百里飘香。当冬季凛冽的寒风刚刚过去，万木尚处于冬眠的时候，一朵朵洁白的望春玉兰已经绽放在枝头，散发着缕缕幽香，传递着春天来临的信息。三月上旬过后，宝天曼漫山遍野的杜鹃花竞相开放了，正可谓"丛丛簇簇竞怒放，千枝万束争春色；万顷杜鹃红似火，天边云海红烂漫"。深秋时节，寒风凛冽、万花凋谢、红衰翠殒，唯独宝天曼的秋菊枝繁叶茂、傲霜竞放，以清雅高洁的花朵给大地增添了勃勃生机。到了冬天，雪花飞舞，野生蜡梅竞相开放，吐露芬芳，百米以外可闻其芳香，白色的雪花与黄色的蜡梅花交相辉映，使人心旷神怡。

宝天曼的山谷很诗意，宝天曼的山风很诗意，宝天曼的山雾很诗意……宝天曼的一切一切都很诗意，读她千遍不厌倦。

原始的宝天曼

三月，我为你而来。为了一个迷离的森林梦，我扑向你的怀抱，山风鼓动你连绵的潮湿和青涩，向我倾泼过来，你仿佛一个英彪的汉子坦荡荡突兀在面前。

宝天曼地处秦岭东段莽莽群山之中，由于山高林密、人烟稀少，这里现在仍然是河南省原始森林保存最为完整的"绿色净土"，是我国十大物种基因库之一，也是河南省境内唯一一个联合国人与生物圈保护区，保护着国内至今残存的暖温带向北亚热带过渡区域最完善的生态系统。

难得一场雨，把春的宝天曼洗得嫩了起来。雨后的森林里飘荡着薄雾，我带着渴望走进一片栎树纯林。这是真正的原始森林，除了护林员之外，很少有人进来。宝天曼是栎类树种的家乡，在山上所有的林木中，栎类占到了92%。这片栎树林被称为"过熟林"。通过长期的生存竞争，作为温带气候中最适宜生长的树种，栎类树木战胜了其他的树种，成了这里最终的主人，宝天曼有三分之一的森林都是这种成熟的栎林。林中散落着许多巨大的岩石，上面大都长满了青苔。因为有了青苔，一些小草在上面安家落户，生长得十分茂盛，此刻开满了紫色花朵，煞是好看，使这些岩石也显得生机勃勃。岩石边的地上到处是倒落的朽木，朽木上也长满了青苔，积存多年的落叶在林下变成了厚厚的腐殖层，松松软软的，用棍子一戳就能扎进去。一棵高大的栎树上长着一只猴头菇，看上去真的像猴子的脑袋。野生的猴头菇十分稀少，被推为山珍之首，它一般生长在成熟林的树干上，树种都是栎类，包括锐齿栎、麻栎、栓皮栎等，每年长一次，可以生长五到十年甚至更长，而且还有对生的特性。如果在这棵树上发现了猴头菇，那么对面的树上也会有一个猴头菇和它遥遥相对，所以当地人叫它"鸳鸯菇"。

走出栎树林，翻过一座山冈，谷地里的生态环境显出明显的不同，森林更为茂密，树种也明显多一些。谷底有一条小溪流过，虽然是雨后的山溪，溪水依然清澈无比，水上面马唐在轻巧地滑行。在这条溪边，巨大的青冈树触目皆是，这些青冈大都有数百年的树龄，树干上密密地生长着苔藓，使它们看上去十分古老。一株千年华榛更是大得令人吃惊，胸径有 4 米，树高达 30 多米，四个人都合抱不过来。华榛是我国特有的珍稀树种，也是榛属植物中罕见的大乔木，被国家列为二级保护植物。一片由 25 株大树组成的青檀群落，也许是宝天曼最古老的植物家族了。从唐朝以来，青檀的树皮一直是制取宣纸的优质原料，幸亏这些树木没有生长在盛产宣纸的安徽省，宝天曼也没有人懂得造纸，否则早就被剥得体无完肤了。每棵大树的周围都有幼树在萌生，少的 10 余棵，多的达 30 余棵。在中原腹地，在美丽的内乡，有这么多的大树存在，有这么大的原始森林，真是一种奇迹。从有关资料得知，各种生态系统中，平均 89% 是高等植物物质，动物物质只占 3.6%。如果把整个生态系统比作一棵大树，森林是这棵大树的主干，我们人类只是这棵树上一枚小小的果子，所以说"森林是陆地生态系统的主体"，植物才是这个世界的主人。一棵树，从种子萌发成大树，始终在参与着大自然物质和能量的循环，它们利用阳光从空气中获取二氧化碳，从地下吸收水分和矿物质，制造出青枝绿叶、红花硕果，秋天的落叶又回到地面，在被微生物分解后，成为其他植物生存的养料。它们不仅是一方可供利用的木材，会为我们提供氧气、食物、纤维、药物、工业原料、建筑材料和能源，更重要的是，它们具有调节气候、涵养水源、降低洪峰、保持水土、防止沙化、净化环境等多方面的作用，在环境日益恶化的今天，这些对人类来说显得尤为重要。失去一种植物，我们就失去一份携带着亿万年进化信息的百科全书，失去一种现在和将来可以利用的生物资源，也丧失了一份人类自身在未来生存的机会。从这个角度来看，宝天曼原始森林的存在也就显得更加珍贵。

阳光从树林里洒下来，照射着林间袅袅升起的薄雾。在森林深处，许多珍贵奇特的物种顽强而旺盛地生长着。青钱柳，这种古老孑遗植物的花就像一串铜钱，拎在手里颤颤悠悠，人们称之为"摇钱树"。青荚叶的果实则直接长在叶片中央，就像一个人在驾船泛舟。挂着串串蒴果的山白树，是国家二级保护植物，而且是单种单属，这种古老的树种已经在地球上生存了6000多万年。栓翅卫矛的枝干上长有四棱的翅片，当地人称之为"鬼见愁"，别看它其貌不扬，种子有着漂亮的红色假种皮，而它的叶在深秋也会变成鲜艳的红色。紫茎树干暗红、树皮光滑，五片洁白的花瓣紧紧簇拥着金黄色的雄蕊群，黄白相衬，淡雅秀美。驻足树前，微风吹过，一缕缕淡淡的幽香扑入鼻中，令人心旷神怡，所有的疲倦一扫而光。树皮剥落后露出金黄色光滑洁净的内皮，远远望去，阳光照耀下的树干呈现出棕黄、金黄、紫褐等不同色彩，越发显得斑斓夺目。前面的林子被称为"绞杀林"，一大片将要枯死的树木东倒西歪，奄奄一息。仔细一看，每一株枯树上都有一条或几条藤蔓像巨蟒一样紧紧地缠绕着它们，这些藤蔓植物枝叶青青，而那些树木却被藤蔓吸干了养分慢慢枯死，这绞杀植物现象。

　　翻过山脊，远处山峰尽收眼底。宝天曼总体地势是东北高西南低，环抱的群峰形成天然屏障，使来自西南方向的暖湿气流受到地形的抬升，为这里带来了丰富的降水，而高大的山体则削弱了来自西北的寒冷气流，这也是许多珍贵古老的植物能够在这里幸存的原因。宝天曼的水青树、连香树、领春木以及香果树等植物在地球上存活了几千万年。就是因为宝天曼的高山峡谷为它们提供了避难所，所以在一些湿润、避风的河谷地带，它们侥幸存活下来。

　　走进宝天曼，走进这植物的天堂，大自然以它的原始展示了生命的和谐和美丽。此刻，我站在曼顶，云丝从指缝中飘去，千山万壑在脚下旋转。我的心从未盛下这样的开阔，带着原始的古韵深情呼唤：但愿我们在饱览宝天曼山水时，尊重大自然，珍惜她给我们带来的这些美丽吧！

蝶舞宝天曼

春暖花开时节，总爱上宝天曼观蝴蝶飞舞，今年有导游伴行，更添无穷乐趣。从海拔 200 米的山底直至海拔 1830 米最高处的曼顶，五彩斑斓的蝴蝶时而在树丛间栖息，时而以轻盈的舞姿在你身边盘旋，这些"会飞的花朵"舞动着美妙意境，使你恍若步入童话世界，全身心无比惬意和纯净。

随行的女导游讲，宝天曼是伏牛山向东南延伸的巨大山体，构成了一道天然的屏障。冬天阻挡西北寒流的侵袭，夏天截留了亚热带的温湿气流，得天独厚的地理条件使气候温暖湿润。浓荫墨绿的原始林带、人迹罕至的生态环境、枯倒的大树和清澈湍急的山泉，使宝天曼的蝶类异常丰富。这里分布着全省蝶类 11 个科中约 80% 的种类，而且虎纹斑蝶、金裳凤蝶到目前为止也仅在这里发现。

走过翠峰环抱、林木繁茂的"环翠山庄"，眼前便是美丽的蝴蝶谷。至清至纯的蝴蝶潭碧绿幽深，各种彩蝶竞相施展自身的魅力，以多姿的体态、迷人的色彩翩翩起舞，构成一个令人眼花缭乱的蝴蝶世界。蝴蝶谷是宝天曼聚集蝴蝶最多、种类最全的地方，当地传说王母娘娘赴蟠桃会时路过此处，见潭水清澈、景色宜人，就在此沐浴，不料走时将一条丝帕遗忘于此，引得蝴蝶年年嗅香而来，闻香起舞。

忽见两只蝴蝶花色异常娇艳，上下翻飞追逐，正欲询问，导游笑道："这是宝天曼蝴蝶中体型最大最美丽的凤蝶，她们的后翅大都延长为尾状，在天空中翩翩飞行犹如凤凰，所以被古人称为凤子。俗传梁山伯与祝英台死后化成蝴蝶，江浙一带就把一种雌雄翅色各异的凤蝶叫作梁山伯与祝英台。"

我听后若有所思，导游接着道："宝天曼的所有蝶类中，最为珍贵的要数中华虎凤蝶，它翅面金黄，间杂深棕色横条纹，酷似虎斑。无论从体态的优美还是色泽的绚丽来说，它在昆虫纲中都首屈一指，是春天里的舞蹈家。中华虎凤蝶一年一代，其寄主植物仅有杜衡和细辛两种，细辛和杜衡一般数量不多，常作为中草药而遭药农采挖，所以中华虎凤蝶'花容'难得一见，数量极为稀少，已被国家列为二级重点保护动物。而且宝天曼的蝴蝶都有各自的生活习性，白色的粉蝶喜爱在桃、杏等花丛中流连。橙黄色翅上饰有黑色斑纹的豹峡蝶更眷恋菊科植物的花朵；个体较大的蛇眼蝶则喜欢起落在低矮的灌木丛中；特别是丝带凤蝶尾状细长，犹如两根飘带，飞翔时随风飘荡，一副轻盈娴雅、悠闲自得、潇洒安逸的神态，着实让人陶醉……"

听着导游如数家珍般的述说，我从心底肃然起敬，偷眼打量这位女子，天生丽质、靖庄典雅，秀眉与明眸间透着一种睿智，不由赞道："你懂得真不少，蝴蝶专家呀！"

她嫣然一笑："父亲是宝天曼林区管理员，我经常来看他，对宝天曼产生了深挚感情。前年从省林学院毕业，就来宝天曼当导游，这里的一切我太熟悉了。"

我不觉一怔，心底蓦地升起一股热流。这时，又有几队游客走了过来，几位年轻的女导游喜笑颜开地为游客讲述着。我听到有一游客问："蝴蝶除了观赏，还有其他作用吗？"

一位漂亮的导游立即答道："当然有了。蝴蝶的躯体表面覆盖着一层细小的鳞片，形成了无数个光'镜'。当气温升高时，鳞片自动张开，增大反射太阳光的角度，减少光照，免受灼伤；当气温下降时，鳞片又紧紧地贴在身体表面，让阳光直射到鳞片上，从而吸收更多的光能，增加体温。这一奇妙的构成为人造地球卫星处理变温问题提供了思路。科学家们模仿蝴蝶鳞片，为人造地球卫星设计了一种巧妙而美丽的仿生控制系统，很好地解决了变温问题。蝴蝶不仅是大自然的精灵，还是航空航天的功臣呢。"

话音刚落，游客们便鼓起掌来，我也暗自赞叹：宝天曼的导游个个身怀绝技呀。忽然，一个意念跃入脑海，她们不正是宝天曼美丽的蝴蝶吗？

置身在宝天曼这个被誉为中州蝴蝶王国的大花园里，我看到了"留连戏蝶时时舞，穿花彩蝶深深见"的美丽图画，更难忘的是导游们秀美的靓影和渊博的知识，她们带着对宝天曼的炽热情怀，将人生融进宝天曼的一草一木，就像飞舞的蝴蝶给宝天曼带来了生机、色彩和浓烈的希望。那色彩是她们青春的色彩啊，把我的眼睛照亮了，把游客的眼睛照亮了，把宝天曼的眼睛照亮了……

杜鹃花开宝天曼

有朋自远方来，相约去宝天曼看杜鹃。

驱车途中，我充当"内行"道起"真经"：杜鹃花也叫"报春花""映山红"，通常为五瓣花瓣，在中间的花瓣上有一些比花瓣略红的红点。杜鹃花的生命力超强，既耐干旱又能抵抗潮湿，无论是大太阳下或树荫下都能适应。相传，古代蜀国有一位皇帝叫杜宇，很爱他的百姓。死后，他的灵魂变为一只杜鹃鸟，亦叫子规鸟，每年春季，杜鹃鸟飞来唤醒老百姓"快快布谷，快快布谷"！嘴巴啼得流出了血，滴滴鲜血洒在地上，染红了深山的杜鹃花，这就是成语"子规啼血"的来历……

说话间，车到宝天曼，不觉眼前一亮：漫山遍野开满了艳红的杜鹃花，一簇簇、一丛丛，如霞似火，把宝天曼装点得分外妖娆。

杜鹃的种类极多，我国有600多种杜鹃，宝天曼超过20种。沿水线走过秋林河谷，密密的杜鹃花拦住了去路，葱郁的山架上鲜红一片，这便是杜鹃岭。宝天曼有许多大片的杜鹃林，但杜鹃岭有面积最大、花色最多的杜鹃林，有深红、紫红、粉红、乳黄、鲜黄、紫黄等色调，给人以神秘而缥缈的感觉。最奇的是杜鹃树株型，从几厘米的垫状矮小灌木到高达20多米的乔木，叶片最小的

3毫米，大的长达50厘米，变化之大，几乎使人难以置信，被称为"绿色世界里的贵族"。

眼前忽然闪现出几株奇异的花，花色雪白，花叶齐生，每朵大若牵牛花，叶柄硕壮，叶子墨绿敦厚，在山岗中优雅而冷峻地颤动着，似与枝头的花朵共舞。朋友甚是诧异，我笑道："这就是杜鹃中的珍品太白杜鹃，与唐代诗仙李白有关。李白字太白，唐玄宗时曾游历内乡，留下许多诗词。游菊潭山时写下'时过菊潭上，纵酒无休歇'诗句，游宝天曼时被满山杜鹃吸引，尤其喜欢白色杜鹃，遂赞道'冰清玉洁身，犹似吾太白'。后人便将白色的杜鹃花称为'太白杜鹃'了。"

在朋友的赞叹声中，我们遇见一红衣少女，她静静地把游客丢弃在花丛里的饮料瓶、包装袋拾进拿着的编织袋中。近前与之攀谈，得知她是山下一初中生，经常利用星期天到宝天曼捡拾废物，为保护环境尽一份微薄之力。

我和朋友不觉一颤，心头一热，一时语塞。良久，朋友问道："喜欢杜鹃花吗？"

少女甜甜一笑："从小我就喜欢杜鹃花，每次下山都会带几株种在房屋周围，看花开，看花落，还喜欢尝它酸涩的味道，心里可舒服了。"

朋友凝视少女，若有所思，忽然说道："你不就像杜鹃花吗？"少女脸一红，笑个不停，那清脆的笑声在山间回荡……

一周后，朋友给我来信："喜欢宝天曼的杜鹃花，她虽没有牡丹的雍容、昙花的华贵，但她朴实无华，诗一般动人、火一般艳红。而最令我难忘的是：宝天曼景美、花美、人更美……"

沧桑宝天曼

宝天曼从河南省第一个自然保护区到国家级自然保护区、世界生物圈保护区，从全国青少年科技教育基地到国家地质公园、世界地质公园，可谓魅力四射，名扬国际。作为一个内乡人，我为家乡能有这么珍贵的自然遗产感到自豪与骄傲，这是大自然对内乡的馈赠，是先人们留给我们的宝地。翻开宝天曼雄浑的书页，我慢慢地阅读着它的沧桑。

岁月风尘

宝天曼是八百里伏牛山第一门户，为豫西四曼之首（宝天曼、龙池曼、黄花曼、银壶曼），山势雄伟、峡谷幽深，在大地构造上，属中央造山系秦岭造山带。远古时代，这里也曾陷入海洋之中；中生界时期，宝天曼成为一块内陆盆地，茂密的森林、湿润的气候，恐龙是这片土地的主人；白垩纪时期，地壳发生了大规模的构造运动，并伴以大规模的岩浆活动和断裂活动，大量爬行动物及裸子植物遭受灭顶之灾，一些来不及孵化的恐龙胎死腹中，这些宝天曼的主人在喧闹的生活中度过了上亿年，终于沉寂了。斗转星移，沧海桑田，一个物种灭绝了，另一个物种诞生了，多少物种在这里"粉墨登场"，又有多少物种在这里"悄然谢幕"，千年万载，生生不息，宝天曼成为动植物自生自长的家园。100平方公里的山林里，3000多种植物、200多种脊椎动物和3000多种昆虫构成了一座大型的野生遗传基因库，其中29种植物、25种动物和一些昆虫被国家列为重点保护对象。

宝天曼给野生动植物提供了生存条件，也给先民们充当保护伞并提供了丰富的生物资源，成为人类文明起源时期的重要物质基础。宝天曼杏花山出土的"南召猿人"是南阳人的祖先，他们很早就开始在白河上游的宝天曼一带繁衍生息；六七千年前先民们开始在密林中定居，从事耕作、采集等农业生产活动。宝天曼地区不断出土的磨制骨镰、石镰、石斧等文物，表明了远在新石器时代，先民们已生息于宝天曼的鱼道河北岸与白崖河东岸。此后的西汉犁铧、东汉五铢、开元采矿，概括反映了这一历史时期先民于此的垦殖遗迹。

宝天曼很早就以"泉石佳丽"载入史册，明成化《内乡县志·舆地·山川》称："秋林夏馆山，去山北150里，其地泉石佳丽远与花山相接。"历史上的秋林夏馆山，概指今伏牛山界岭以南、玄山以北、牧虎顶以西，包括宝天曼在内的诸多山峦，是层峦叠嶂的荟萃地带，又是内乡西北的天然屏障。北宋中期，约有五百户人家分散居住在800平方公里的秋林夏馆山，平坊一带有"南曼到北曼，七十二家半"之说。自宋金对峙至蒙古灭金的百余年间，邓（州）、襄（阳）一带战争频繁，不少平原农民避乱进山。明初，"额外垦荒，永不起科"的诏令刺激了广大农民入山垦殖的积极性；明代中期，山西人口大量外流，进入宝天曼恳佃谋生的日渐增多，深山陡洼、梯田重重，采集狩猎，出作入息，遍布山峦的药材和山果成为先民生活的重要来源。

宝天曼的植物和动物药材有上千种之多，常见药物也有100余种。山区药物，部分匼系野生，大多数是由定居山区的先民栽培的，时代延替，生生枑孕，遂使各类药物遍布山峦。界岭以南，盛产朱苓，朱苓习称"黑药"，块状，生长于腐化的落叶松丛中，每发掘一墩，少则一担，多可3—4担，年均行销15万斤。黄柏垛则以天麻驰名，是祛湿除风的高效药物。牡丹垛的野牡丹繁多，春季花朵绚烂，秋末树皮蜓裂，剥之即得。至于辛夷、杜仲、柴胡、桔梗等药物，更是多有分布，即使是金钗、麝香等名贵药物，也有专事采摘的药农和专事狩猎的猎户，年产稍有差异，却岁岁都有捕获。山珍、山果、皮毛等物资不但用于自我消费，也用于交换。

明末清初的历史大动荡让宝天曼的人口有所增长，深山陡崖已容纳不了日益增多的入山人口。随着康熙年间经济的复苏，社会秩序的相对安定，垦殖效益的下降，一些农户不愿长期驻守深山，开始逐步向浅山、平原一带转移，喧闹的山林一时间寂静了下来。如今漫步在宝天曼的山林中，不时还可以发现山民留下的石碾、石桌、石档。

无数次的战乱兵火，无数次的砍伐毁坏，使宝天曼历经沧桑，但它以顽强的生命力一次又一次恢复了生机。而今正是由于建立了自然保护区，才有了宝天曼生生不息的故事在延续，才有了我们孜孜以求的梦幻家园。

密林寻梦

1992年8月的一天，几个农民在距宝天曼不到50公里的地方修路时，发现地下埋着一窝黑蛋蛋。这些黑蛋镶嵌在褐红色软石层中，看上去如倒扣的龟盖，侧瞧似才出笼的黑馒头，表面有一层指甲厚、略带线纹的光滑皮壳，敲开一块皮壳拿到鼻前，立刻就闻到一股淡淡的鱼腥味。这几个农民根本不会想到，他们这几锹挖出的不仅仅是一窝黑石蛋，而且是一段尘封了亿万年之久的历史，一部活生生的古生物史。

其后，当地又相继挖掘出更多的石蛋，而且色泽有新的发现，除原来的黑、红色外，另有青、灰、褐、黄等不同颜色，每窝也由 7—10 枚发展到 10—30 枚，甚至更多。与此同时，在附近的乡村也有不同程度的发现。后经地质专家鉴定，此乃举世罕见的宝物"恐龙蛋化石"，"石蛋"顿时变成了金蛋。闻讯赶来的中国科学院脊椎动物与古人类研究所教授赵资奎一行对这个分布面积达 900 平方公里，窝状分布数万枚，且原始保护状况完好的恐龙蛋化石群感到极为吃惊，指出这是我国目前发现年代最早的恐龙蛋化石地点。"它的发现对探索恐龙繁殖行为，恐龙蛋壳的地源和发展以及对白垩纪地层的划分和对比，复原恐龙时代的生态环境等均有重要的科学价值，必将在国际学术界产生广泛的影响。"

恐龙蛋化石宛如刻在地层中的文字，折射出远古生命的信息。面对着可触、可摸、可叹的化石，遥想当年，宝天曼地区湖水荡漾，万顷碧波在微风中卷起层层涟漪。从陆地到水域，横行无忌的恐龙在出没，它们既食植物又食肉，享尽世间的美餐，然后生蛋、繁殖，成为一个庞大的家族，什么霸王龙、拟鸟龙、鹅龙、翼龙、背甲龙……不一而足，有的如几十头大象加起来一般的巨大，有的却像一只鸡一般小。这时候，年轻的地球内心充满着躁动不安，冰川互相撞击，火山不断喷发，地震接连不断。随着水域面积的逐渐缩小，陆地面积的扩大，又经过了不知多少年轰轰烈烈的演变，宝天曼这个巨大的内陆湖泊忽然变成了盆地，成了秦岭古板块的一部分。再后来地壳发生大规模变造，恐龙这个庞大的家族遭受了灭顶之灾。

恐龙和蜥蜴、鳄鱼等爬行动物一样，也是以生蛋的方式来繁衍后代，这些宝天曼的主人纵跨三叠纪、侏罗纪、白垩纪，主宰这片土地上亿年，最后归于沉寂，但它们仍然通过自己的化石向世界发出生命痕迹的信息。

逝者已去，青山犹在。恐龙在宝天曼灭绝了，但恐龙骨骼化石和恐龙蛋化石却昭示着宝天曼远古的历史。如今你步入宝天曼满目苍翠的森林里，不但能看到阔叶林、针叶林、针阔混交林、灌丛、箭竹林等，而且还能发现与恐龙同时代的古老植物家族的后裔：银杏、三尖杉以及蕨类植物等，它们把自己的枝叶张得像伞的样子，招展着风，招展着云，鸟类在树荫的遮盖下快乐地鸣叫。走进密林，每一个踏上这块神奇土地的人都可以让自己的想象插上翅膀，飞回七千万年前的空间，在这片可以飞翔的大地上重温地球与生命历史的一段旧梦。

长城鼻祖

楚长城被誉为"长城之父"，而今在宝天曼生物圈保护区内，竟意外地发现了楚长城的"芳踪"。

登上宝天曼的京子垛，四周群山苍茫连绵不绝，一座山林中的石城墙赫然在眼前展现。攀上城墙，看到这座石城墙把周围的4座山头连在一起，形成了一座山中石城。这座石城长约10公里，城墙依山势而建，大部分环绕在4座山峰的山脊上，逶迤连绵，颇为壮观。墙体高4—6米，全部为干垒石构筑，石块大小配合得体，并根据地形的凸凹变化，有平垒、斜垒和斜立垒等不同的建造形式。城墙断面呈梯形构造，使其稳定不易倒塌，城堡上还有烽火台。以京子垛寨为起点，内乡、南召周边环山分布有120多座石寨城，均设于山间高、险隐蔽处。

摊开古代战争历史，自秦汉以来，内乡并没有长时间发生较大的战争。明末李自成的义军、清末张宗禹的西捻军都从此路过，他们没有时间修筑如此规模的防御工程；晚清到民国的地方战乱都是掳掠性的，没有必要也没有能力修筑这些军事设施。历史上规模较大、时间较久的战争只有两个：一是春秋时期楚国和齐国的战争，齐国联合魏、韩、晋、秦等，攻打地处南阳的楚国；再一个是战国时期，秦国逐渐强大，最终灭了楚。先秦时期的内乡，春秋时属楚，后属秦，中间一度归韩，所以这座山寨的修筑时间极可能在春秋战国时期，只有那个时期才有修筑较大规模军事防御设施的必要和可能。2000 年 8 月，中国长城学会秘书长董耀会、副秘书长吉人和中央电视台记者一行亲自考察了内乡、南召境内的周家寨、野牛岭关等遗址。经过慎重考证，他们认为宝天曼生物圈保护区的古城墙就是楚长城，这段城墙就是许多史书记载而又被淹没 2600 余年的楚长城遗址。

楚长城是谁修建的？它在历史上发挥了怎样的作用？这是每一个到过楚长城遗址的人都要提出的问题。楚长城的修建与楚国有关。春秋时期，楚人不满周初的分封，楚文王、楚武王时期，国力逐渐强大起来，这个立足江汉锐意北扩、雄心勃勃问鼎中原的国家，开始开疆拓土，并通过伐申、蔡、郑等一系列战争，使楚地千里，占领了伏牛山以南的广大地区。说来有趣，楚长城最早的建设者是楚国的叶公子高。这位因成语"叶公好龙"而出名的人物，在平定了白公之乱，使楚国安宁以后，为了防止四境诸侯来犯，以实干家的精神，历时数年造就了"天下莫敢以兵南乡"的楚国长城。到了楚文王时代，楚国在灭掉申国之后，以叶公子高修建的楚长城为基础，在伏牛山一线的高山峻岭继续修边墙、建关城、立关门、树界碑，借以巩固占领的区域和形成牢固的防线。自公元前 688 年始，楚国利用长城和续修长城的时间长达 200 余年，围绕着这座方城，发生了一幕幕腥风血雨的战争。

楚成王十六年（前656），齐桓公率诸侯国的军队伐楚，楚国派一位叫屈完的使臣迎住了齐军。齐桓公让屈完乘坐自己的车子一起观看齐军军容，并以此威吓屈完。屈完不卑不亢地回答齐桓公说："您如果用周天子的周礼来管理诸侯，谁敢不服？但是您如果动用武力，那么您的军队来到我们楚国，楚国以方城做城防，以汉水做城池，面对这么大的防御工程，您的军队再强大也是无用的。"齐桓公得知楚国有长城这样大规模的防御设施，不敢贸然行动，便变怒脸为笑脸，与楚国结为盟友。

在接下来的数十年间，楚倚仗方城的力量一次又一次地瓦解了其他诸侯国的进攻，方城成了楚国安全的保障和最后防线，而楚昭王十年的一次战役，给楚长城辉煌的历史增添了浓重的一笔。那是公元前506年的冬天，吴王阖闾联合蔡昭侯、唐成公三军攻楚，吴军从淮河乘船而来，停在淮河湾中，三军夹汉水与楚军作战。楚国左司马沈尹戌与将军子常共谋战策，沈尹戌的军队全部布防在方城之外，并毁掉吴军战船；子常则率军沿汉水上下堵截，不让吴军渡过汉水。经过激烈作战，三国联军退走。在此战中，楚军把长城和汉水二者综合利用起来进行防御，长城成为中国军事史上早期的两栖作战中重要的设施。

楚长城全线分为西线、北线和东线三部分，总长度800余公里，楚长城的西北隅就是世界生物圈保护区宝天曼。区内分布有楚长城的桃花庵寨、八里坡寨、鸡子垛寨、将军帽寨、京子垛寨、老界岭寨、周家寨和野牛岭关等遗址，以及与其相联结的许多边墙、关门、隘口、古道等。楚长城为宝天曼增添了古文化的底蕴和内涵，宝天曼为楚长城提供了宁静优美的自然环境，两相水乳交融，交相辉映着人文主义与自然的夺目光彩。

宝天曼境内的楚长城，扼守着通向西部（陕西省）武关和北部洛阳的两条古道，对于防御秦、晋等强大诸侯国的进攻发挥了巨大的作用。许多建筑物大都建在崇山峻岭之上，加之基本都是石砌建筑，因而至今保存完好。楚长城的大量遗迹为宝天曼生物圈保护区注入了弥足珍贵的古文化内涵。

当步入亦真亦幻的宝天曼生物圈保护区时，你即可领略保护区的莽莽林海、奇花瑶草、珍禽异兽和名目繁多的国家重点保护动植物，观赏那山、石、林、水等自然景观的奇绝，又依稀可辨茫茫峰巅上的寨城、寨垛，欣赏中国第一条长城之壮美，自然景观与人文景观交相辉映，使人备感大自然之神奇和古代先人们的高超智慧和强大生命力。看到那山峦之上连绵不断、规模浩大的古建筑遗存时，即使今天拥有现代建筑手段的人们，也仍然会感到不可思议，望之兴叹。

宝天曼，似一个从宇宙洪荒中走来的老人，历经沧桑，却包容万物。茂密森林在大山的千沟万壑中蜿蜒起伏，宽阔而博大的胸怀容纳下了千年百代无数的刀砍斧劈和雷电、火灾的侵害袭击，它用自己丰厚的物产和枝繁叶茂养育了一代又一代的生灵，奏出了一曲又一曲的生命之歌……

宝天曼的绿

走进葱茏苍翠的宝天曼，不禁赞叹一声：江山多奇美，此处更传神。穿行方圆百里如梦如幻的秀峦幽谷，登上最高峰曼顶，放眼群山，巍峨峥嵘，气薄云天；环视四野，古木参天，浓荫冠盖。久居闹市的人初来乍到，自会口出快语：好一个清爽的仙境之地。如作停留，定会享受"碧山蝶起舞，闲花云做伴"的意境，领悟"明月松间照，清泉石上流"的韵致，留恋"飞瀑溅玉音，莺啼鸣丝弦"的旋律。更令人叹服的是，漫山遍野披绿叠翠，千峰竞秀。骆驼峰上青松覆盖，四时葱绿；银虎曼山势雄伟，绿树成荫；化石尖高耸入云，古松茂密，苍翠遮天；姑娘楼岩壁峭立，青翠欲滴，如绿衣姑娘悬立顶峰……满眼的嫩绿、鲜绿、油绿、暗绿，果真把人通体绿透，思维也溢满绿汁。

宝天曼属于秦岭东段伏牛山脉的主体，是横亘东西的天然屏障，也是河南省唯一的世界生物圈保护区，3000 多种绿色植物将宝天曼装扮得清秀靓丽、绿意盎然。溪旁、路边，甚至石壁上，只要有一星半点的泥土，绿色植物就立刻见缝插针，设法扎根生存。在飞云岭旁，我看到一块巨大的横卧石头，一株老树劈开这块巨石，树根深深地嵌入石缝之中，不知经过多少年的努力，一点一滴，根部不断膨大，终于使巨石豁然开裂，用顽强的生命力给宝天曼带来生机和留下绿色的祝福。宝天曼茫茫林海中，有国家珍稀濒危保护植物29种，银壶沟林区有一株巨大的、被英国植物学家威尔逊誉为"中国森林里最美丽动人"的香果树，庞大的树冠犹如一把巨伞，覆盖面积达500平方米，特别是盛夏酷暑森林中少花时节，她却怒放出满树繁花，宛如一颗灿烂的"幽谷明珠"闪烁在青翠的群山之中；她那椭圆形的树叶用手划之，叶片上还会留下殷红的字迹，是少男少女表达感情的信物，称之为"红叶捎书"。白桦是宝天曼森林中的仙女，她树干粉白、绿叶亮丽，树冠宛若西施头饰，微风徐来，颇似翩翩起舞的少女，飘荡着柔纱羽裳，亭亭玉立在绿波翠谷中。青冈、华榛、蒙椴、青檀……这些珍贵奇特的树木在宝天曼随处可见，大都有千年树龄，树高达30多米，四个人才能合抱过来。巨大的树冠遮蔽了将近一亩大的地面，年年岁岁，岁岁年年，以各自独特的韵律和个性守护着宝天曼的绿色净土。

这绿色的世界源于曼顶河，海拔虽是千米以上，却有一番鲜灵之气，河水从曼顶奔流而下，长年不断地滋润着宝天曼的花草树木，好像受青山翠峰的熏染，就连形成的汪汪水潭也碧绿幽透。潭水中的游鱼忽隐忽现、忽聚忽散，沉浮自若。可能是很少见人的缘故，脚伸进潭水中，鱼儿纷纷来舔咬你的脚趾，把手放在水里，它们竟毫不害怕地在你的掌心游动，用手轻轻一捏，鱼儿活蹦乱跳，很是有趣。从潭边极目四望，山峦、树木、溪流尽披绿装，生机勃发，使你心绪立时恬静下来，顿忘尘世的劳顿烦忧。

宝天曼是绿色的海洋：绿的风、绿的阳光、绿的空间，连林隙壑幽处的禽鸣、飞瀑流泻的水音以及松涛天籁，都染上了特有的绿韵。呵，青山绿水养育的宝天曼，我心中的那一片片绿……

宝天曼的美丽传说

登过不少名山，很少吮到浓郁的文化情愫，当我数次畅游宝天曼后，却惊奇地发现有那么多的美丽传说，给宝天曼赋予了丰富的文化色彩，铺垫了深厚的文化底蕴，只这一点就足够迷人了。

站在最高峰曼顶极目远眺，云蒸霞蔚，烟绕雾嶂，景色瑰丽，恍若仙境。在这里，我寻到了"宝天曼"名字的传说。

宝天曼原名百叶山，是上天一神牛化作伏牛山后，它的胃变化而成的（牛胃，俗称牛百叶），内中宝物甚多，是天庭藏宝的地方。山下有个大石窑，住着一年轻小伙子，名叫大宝。原是太上老君身边的仙童，因炼仙丹打瞌睡误事被贬此山，专门炼制金银珠宝，供天庭使用。大宝忠厚老实，不但为天庭炼宝，还为人间百姓救苦救难，百姓们非常喜爱他。

大宝每天炼制的金银珠宝专门由王母娘娘身边的侍女曼珠取回天宫。而曼珠姑娘每次取宝，都能看到大宝为百姓送药治病、送花宜人、送种育林的欢乐场面，她悄悄地爱上了勤劳朴实、乐于助人的大宝，不久两人就偷偷地成了亲，一起炼仙珠，一起帮助百姓耕织桑田、排忧解难，生活幸福美满，百姓人人称赞。

曼珠私配大宝的事终于被王母娘娘知道了，即派龟灵圣母下界捉拿曼珠，惩罚大宝。曼珠和大宝料到违反天规，王母娘娘不会轻饶，于是先把剩余的金银珠宝撒向群山，然后二人紧抱一起，泪如泉涌，不论龟灵圣母如何恶狠，死不分开。龟灵圣母恼了，发出一道紫光，把曼珠和大宝收走了。

此后，曼珠和大宝撒在山上的金银珠宝变成了奇花异草、珍稀植物和珍贵药材，他俩的泪水变成两条溪水又汇成瀑布，喷珠溅玉，奔泻而下。菊乡百姓深切怀念这一对为民造福、恩爱有加的夫妻，便将他俩的名字合在一起，把百叶山改名为"宝天曼"。

眼前这座山峰层层叠叠，似一座楼阁，中间一石柱像个苗条的姑娘亭亭玉立在楼阁上，飘浮在云海中。在这里，我寻到了"姑娘楼"的动人传说。

王莽新朝年间，有位名叫杜茂的年轻人，仪表堂堂，天资聪明，文武双全。杜茂原是官宦之家，因王莽篡位，全家遭难，只他一人逃出京城，流浪在伏牛山间一员外家当放牛郎。但杜茂壮志未衰，暗中勤学文武，等时期报仇雪恨，光复汉室。一年初春，听说汉王刘秀在中原聚贤纳士，准备讨伐王莽，他非常高兴，即打点行装投奔刘秀。

杜茂在刘秀部下，除参与出谋划策外，还负责备制药物，供汉军伐莽使用。当时汉王刘秀长住宝天曼跑马岭驯服战马，杜茂就常在宝天曼登山采药。一日，杜茂在山中采药，忽然听到不远处传来"咯咯咯"的惊叫声，抬眼望去，见一条红花蛇缠住了一只五颜六色、十分美丽的山鸡，他迅即放下药篓，拿着砍刀快步走去，瞄准蛇头就砍。红花蛇放开山鸡，避刀直身，猛扑杜茂颈部。杜茂功底深厚，使刀如飞，刹那间就砍死了红花蛇。这时天色已晚，杜茂背起药篓迅速下山，紧赶慢赶过了飞云岭，天已全黑，林间小路甚是难辨，只得慢慢觅路前行。忽然眼前出现一点光亮，原来前面有户人家，屋内灯光照射。杜茂甚喜，心想在此借住一宿，天明下山也无妨。于是上前叩门，刚要叫喊，"吱呀"一声门响，迎面出来一位漂亮姑娘，含羞搭话："大哥，请进屋，我爹娘已经入睡，我给你烧水做饭，住下明日再下山。"姑娘之言正合杜茂之意，杜茂口中连连道谢，就进屋住下了。次日天亮，杜茂一觉醒来，房屋不见了，自己却睡在飞云岭下一座山峰的石头上。原来是杜茂救的那只山鸡变成了一个漂亮的姑娘，为报答杜茂的救命之恩变出楼阁。

杜茂下山后，汉王刘秀就开始兴师伐莽，他再也没有上山采药了。可是山鸡姑娘还想着杜茂，就把那天杜茂住过的楼阁再现在峰顶上，自己住在里面日日等待期盼，此后人们就把这座峰叫作"姑娘楼"。

这是宝天曼最长的一道幽谷，有十五华里，谷内彩蝶飞舞，花香扑鼻，溪流淙淙，清爽宜人。在这里，我寻到了"御葬沟"的悲情传说。

汉朝有位公主叫玉真，已是二八妙龄，可严酷的宫廷戒律使她从未走出宫门一步，她对民间的苦乐、山川的秀丽一概不知，只是对熟读的诗书中有所感触，很想身临其境，于是吩咐身边侍女暗中寻找出宫机会。一天，侍女禀报说："有一年轻御医名叫华生，常出宫购买药材，知道民间事情最多。"公主灵机一动，以医病为名，请御医华生来讲外面的事情。

御医华生是河南内乡人，世代行医，门里出身，在家时常上宝天曼采药。因此，华生就对玉真公主描述宝天曼林海茫茫、峰连叠嶂、奇花斗艳、山清水秀、百鸟欢唱的场景，直讲得公主如临人间乐园、身置仙境一般。从此，玉真公主不但深爱宝天曼，也爱上了御医华生，并要与他私奔。此事不知从哪儿走漏风声，皇上免去华御医一职，发配他到深山宝天曼，永不得进宫。玉真公主得知后，自知理屈不敢声张，只是紧闭闺阁以泪洗面，可她心中已定：是我害了华生，就是死也要找到他。于是女扮男装，混出宫门，直奔宝天曼。

玉真公主受千难，历万险，行月余来到宝天曼，见到华生就晕倒在地，不省人事。华生深知原因，即配药治疗。由于华生精通医道，加之公主心情舒畅，三日后便恢复了原来的容貌。这时，华生劝说公主："你这样做，一是皇上无法面对天下臣民，二是我已成为困居深山的穷郎中，怎能与你玉身相配，我还是送你回宫为好。"公主理解华生的心情，即出绝断之言："请你不要劝说，今生今世我与你白头偕老，你若不愿，我将魂归宝天曼。"华生无奈，只好每天与公主一起上山采制草药。公主非常聪明，时间不长就懂得了不少药名，熟记各种药性，成为华生的好帮手。

一日，华生和公主似林中飞鸟一样，欢笑着来到飞云岭上采一棵千年灵芝，不料公主一脚蹬空，滚下山沟香消玉殒。华生悲痛欲绝，昂首长喊："老天不公，老天不公呀！"奔腾的白云擦肩而过，呼啸的山风迅即而去，谁也救不回公主的生命了。华生悔恨交加，万分愧疚，没有保护好公主，一定要把公主的尸首送回京城。谁知，皇上听到公主死去的噩耗，虽痛心，但私奔实乃不荣之事，无奈提笔御书："宫廷礼葬。死地，其葬处也。"即不在京城安葬，以公主身份在宝天曼厚葬，于是公主就下葬在坠下的深沟中。从此，人们就把这道沟叫作"御葬沟"。

行走在宝天曼的青山绿水间，置身于宝天曼的云烟雾海中，我寻到了可歌可泣的"化石尖传奇"、令人神往的"跑马岭怀古"、诚信为上的"鸿雁捎书"、彰显善良的"山萸肉与雷劈崖"……它们以宝天曼风光为素材，把万丈锁烟的奇峰、万绿簇拥的异卉、万顷千年的古林、万般秀美的瀑泉融入许许多多的美丽传说中，内容平实、朴素自然、情节感人、妙趣横生，象征着内乡人民保护环境、热爱劳动、讲求礼贤、张扬正义，与大自然和谐共存的博大胸怀，使宝天曼有了许多的热烈，有了文化的厚重，有了那么硕满、那么丰富、那么成熟、那么坚实的生命。

啊，宝天曼山动情、人动情，传说更动情……

静寂的宝天曼

　　立秋后的清晨有了些微的凉意，宝天曼的秋晨凉意更浓。昨晚在宝天曼宾馆住下，美美地睡了一觉，今晨就早早地起来了。6点多的太阳已经拥抱东方的一团云锦，多彩的光线向我抛来一个个飞吻，我轻笑着迎着霞光信步前行。

　　忽旋的清风撩动着睡意蒙眬的空气，而空气任性地打着凉爽的鼾息，依然赖在酣梦里。路的两边开满各种野花，散发出若有若无的淡淡香气。宾馆前青绿苍翠、浓荫密盖的松林里，不时传来悠扬婉转的鸟鸣，但只闻其声，不见其影，使宝天曼的秋晨愈显清幽寂静了。

　　我陶醉在秋晨的世界里，不愿再回首碰撞身后喧嚣嘈杂的都市，只想沿着这条路走下去，在这纯净的世界里变成一棵树、一缕风，抑或是一片浮云也好。此刻，我是自由的，思绪是自由的，脚步是自由的，路边垂挂着鲜红果实的野樱桃树、挂着一串串小小蒴果的山白树和挂满累累硕果的千金榆，令我突然感到生命俱是简单而完美的。

　　一阵哗哗的流水声在耳边响起，仔细看去，溪流碰着嶙嶙的乱石，激起一片雪白的水珠，脱线一般洒在洄游的水面上，荡起玉石一般的涟漪。沿溪流形成一个个大小不等、清澈见底的水潭，就是这些同样纯净清澈的水在不同的潭中却幻化出不同的神采。有的潭底纹理斑驳，形成不同的图案，透过清澈的潭水看去就像水底铺了一块硕大的美丽地毯；有的潭水却呈现出几种颜色，看上去就像是镶嵌在一起的几块彩色玻璃；有的潭底排列着体态玲珑的沉积物，或如碧花，或如翠叶，看上去宛如一片水下的苗圃。周边的山林把影子毫发毕现地倒映在水面上，水中的山林看上去比它的本来面目更加真切鲜明，而倒映在水中的碧空，也由于涂上了一层清幽的色彩显得更深邃了。就这样凝神片刻，便觉得满眼景物变成一片清绝碧透的光和色，再也难以分清哪是山林、哪是天空、哪是潭水，一时天光幽幽、山林寂寂，似乎时空都凝止了。在这种境界里，自己的心也似乎产生了某种感应，所有的尘忧俗虑一时涤荡一净，心头只落下一片空明澄净。

伸手去摘一株摇曳的羊胡子草时，一只指甲一般大小、黑黄斑纹的蜘蛛伏在网上警惕地注视着我，使我不由笑出声来，想起一则谜语："小小诸葛亮，独坐中军帐，摆下八卦阵，专捉飞来将"，说的就是结网捕捉昆虫的蜘蛛。蜘蛛是智慧且狡黠的，其本性强悍，但大部分对人类有益。我国记载的蜘蛛有1000种，宝天曼有120种，其中的宝天曼圆蛛、豫高亮腹蛛、伏牛山隙蛛、内乡隙蛛、宝天曼平腹蛛、锯齿管巢蛛等六种是新发现的，民间有"蛛网层层，五谷丰登"的说法，把蜘蛛的群集当作丰年的预兆。摇动着手中的羊胡子草，目光伸向对面的山峦，醉人的秋风里盛开着一片片、一簇簇金黄色的山菊花，我尝到了诱惑的滋味，跨沟越涧走了过去，眼前的景象令我赞叹不已。宝天曼的秋菊傲霜竞放、高洁清雅，大者如盘盏，小者如红豆，高可三米多，低者不盈尺，多则百头千头，少则独立不群。风姿绰约，铁骨玉韵，或如明月高照，或如天仙下凡，或冷艳如孔雀开屏，或素胎如荷花出水。纯白而大的美容菊、艳丽妖娆的桃花菊、色如翡翠的绿菊、玉雕冰刻的蜡光菊、黄白相间的百日菊，它们色彩缤纷、娇而不媚、落落大方、各有千秋，给深秋的宝天曼增添了勃勃生机，也使我快乐起来，继续徜徉在这清寂的秋晨里。

忽见前面有一老者背着筐，正在采摘红果，急忙上前招呼。老者向我介绍：这串串红果是五味子，可以入药，因具有酸、甜、苦、辣、咸五味，故称五味子。其味性温和，不热不燥，既能补气、补肺、补肾和养阴、养心、养肝，又能固精、止汗、生津，常用于补养和治疗肺虚久咳、气短盗汗、肾虚遗尿、久泻不止等症。当地人常用五味子熬水喝或泡白酒，用以平喘止咳，秋季腌咸菜时，在菜缸中放入适量五味子，腌出的咸菜别有风味。

敬佩之余方知老者是一老中医，就高兴地和他一起行走，并知道了宝天曼是中草药的宝库，在这里生长着一千多种药用植物。我看了看老者的背篓，随口说："你真是老当益壮，采这么多呀。"

老者扭头看我一眼，爽快道："你要想要，就都拿去吧。"一句话逗得我哈哈大笑……

太阳已经升高了，在清寂的秋晨里光芒四射，烘暖了大地，烘暖了我的身体，烘干了宝天曼秋晨浓浓的凉意……

宝天曼观瀑

喜爱李白《望庐山瀑布》"飞流直下三千尺，疑是银河落九天"的大气、恢宏，更喜爱宝天曼瀑布之洒脱、昂扬和雄浑。它从曼顶喷薄而出，带着山岚雾霭，裹着风雨雷电，携着山花鸟鸣，一路奔行，百折不挠，飞崖跳涧沛然而下，胆量、气概、精神全都裸挂在万仞峭壁上了，执着、豪迈、雄放全都谱写在澎湃旋律中了。

一场秋雨刚过，便来宝天曼观瀑。雨后的宝天曼天好蓝，山好青，素丝般的云朵飘浮在秀峦幽谷间，像画，又像梦。进入秋林谷，就听见了"合欢瀑"悦耳的轰鸣声，它由平坊河和曼顶河两条河流交汇而成，好似男女声合唱美妙动听，瀑布直落水潭，百米之外就感到水珠扑面。潭水清得出奇，犹如明镜，微风吹来皱起细密的水纹，粼粼波光像一片片散碎的金子熠熠闪烁。我好似觉得，合欢瀑就像是宝天曼传说中的大宝和曼珠在此相会，唱起动人的山歌，互诉思念之情。

从合欢瀑拾级而上，欢跳的溪流一直在我们身边歌唱，青山掩映中的幻影潭极具特色。潭边一座巨石，断岩壁面斜倚水中，阳光下波光映壁，壁映涟漪。石壁好像一面大镜子，随着水面波起，波纹清晰地投在石壁上，不时有小鱼的游踪也印在上面，变化万千，

031

奇妙无比。经过几个小的瀑布和水潭，气势壮观的"九曲三叠瀑"一下子扑入眼帘。

"九曲三叠瀑"由玉银瀑、玉琴瀑、玉龙瀑三瀑相连，溪流透迤蛇行，连折九个弯道，如一条银练从崖顶飞腾而下，急流如注，瀑水长啸，喷珠溅玉，银花四射。三瀑落差 200 多米，水声优美动听，琴韵铮铮，细细品味，有"大弦嘈嘈如急雨，小弦切切如私语"之意境。仰目而视，瀑布两岸峰峦叠翠，林木繁茂，高大的油松挺立山间，伸出长长的"手臂"，好似在迎接我们的到来，令人叫绝。

秋林谷中的瀑布是多种多样的。珍珠瀑水雾洁白，晶莹剔透，如颗颗玉珠飘洒而下；飞线瀑丝丝缕缕，好似一条扯不断的长线，显得婉约动人；玉帘瀑银珠泛起，碧花飞溅，形成一道玉帘色的瀑布……每个瀑布下面都形成一个水潭，碧绿幽透、清澈见底。特别是养心潭水平如镜、水色清幽，右边一青冈树干深入潭面，左边杜鹃树映入潭中，与对面山上的古松"四位一体"，相映成趣，构成一幅美妙图画，相传金代诗人元好问任内乡县令时常来此习文养性。四华里的秋林河谷，潭深瀑奇、潭瀑相连，一瀑一潭，一动一静，构出一种意境，让人心动，令人陶醉。

在"听瀑台"，我们遇到一年轻女教师领着十几个学生观看瀑布，交谈中知她是宝天曼山下万沟村人，前年从南阳师院毕业后，自愿回村当老师。我不由想起苏联早期影片《山村女教师》，敬佩之余，关切问道："教学辛苦吗？"

她淡淡一笑："没什么，孩子们不能没老师呀。刚教他们背会《望庐山瀑布》，今天带他们过来认识一下瀑布。"

这时，孩子们并肩站立，齐声背诵："日照香炉生紫烟，遥看瀑布挂前川。飞流直下三千尺，疑是银河落九天。"那稚嫩的童声融入瀑声中，久久地在山谷间回荡……

　　我突然想对孩子们说：你们从大山里来，但终究要走出大山。你们能像这眼前的瀑布一样，不愿在平坦中徜徉，愈是遭受挫折愈是放声歌唱吗？你们能像这位可敬的老师一样，自强不息、甘于奉献吗？

红叶尽染宝天曼

早已耳闻宝天曼红叶之美。史料载：隋唐时期，宝天曼称为秋林胜境。"秋林红叶"为内乡古八景之一，到秋天行人摘取红叶，用竹签勾画，其字迹殷红，清晰可见，故有"红叶捎书"之说。

正是金秋时节，天高云淡，明净清爽，沿秋风的手指到宝天曼赏红叶、观红潮，我着实被红叶之火狠狠地烧了一把。

宝天曼红叶面积万余公顷，有红叶树30余万株。立秋后，槭树、五角枫先红了起来，从阴坡向两边蔓延，直染得山坡河谷殷红一片，光亮耀眼；漫山遍野的黄栌树叶红得像火焰一般，远远望去，似飘落的花瓣，又像披红挂花的壮士凯旋；柿树、棠梨、四照花齐举火把，汇入红色的大合唱中，波澜壮阔、斑斓缤纷，形成了万类霜天红烂漫的壮丽景观。

宝天曼红叶以奇石险峰线和秋林飞瀑线最盛。走在曲径通幽的林荫道上，棵棵青榨槭似红衣少女夹道迎宾，尽显风韵；红枫、三角槭树枝搭连，卵形的叶、浓郁的花，将红色长廊衬得愈加艳丽，更遇朝阳甘露，犹如红色绸缎上撒满粒粒珍珠，晶莹闪亮；两旁斑驳的岩壁上也是丛丛红叶怒放，或枝丫挺立，或曲折低垂，一阵山风吹过，仿佛看到女孩在火光里舞蹈，那天然的野趣展现出一种执着的美，给人带来一片火的激情。登上化石尖凭高远望，远山近坡红叶醉野，鲜红、朱红、猩红、桃红，层次分明，瑟瑟秋风中，似云霞排山倒海而来，整座山似乎都摇晃起来了，真真切切饱览到"看万山红遍，层林尽染""霜叶红于二月花"的绮丽景象。

宝天曼的红叶特别红，而且其他地方的红叶入冬后便凋零，唯有宝天曼红叶在严寒到来时正红艳似火，这与宝天曼天然屏障带来的偏高气温有关。这个时期也是宝天曼森林色彩最为丰富的季节，到处流光溢彩，红、黄、绿三色互相衬托，相映成趣。满目秋色中，最耀眼的是五角枫，如片片红霞，令人心醉；最靓丽的是元宝枫，金灿灿光亮亮，片片落叶铺满林地，使整个山林变成了藏金宝地。这红、黄的基调，又随着节令的变化和生长过程，演化出嫩红、粉红、淡黄、橙黄等灿烂缤纷的秋色世界，再有松柏点缀其间，金光、红潮、绿意相拥，瑰奇绚丽，使人感受到宝天曼深秋特有的意境，醉倒在惊艳斑斓的色彩之中。

前来观看红叶的人络绎不绝，不少人带着"长枪短炮"，在各个视线良好的地方摆开了架势。这些人来自天南海北，一位摄影师告诉我，这个时候的北国已是冰天雪地了，而宝天曼依然叶红枝头、红潮如海，这对任何一个摄影爱好者都是绝对的诱惑。我还从他身边的一位专家口中知道了叶子由绿变红的秘密："植物叶片除了含有叶绿素、叶黄素、胡萝卜素等色素外，还有一种叫花青素的特殊色素，就像变色龙。它在酸性液中呈红色。随着季节更替，叶片中的主要色素成分也发生变化，到了秋天气温降低，光照减少，昼夜温差增大，对花青素的形成有利。枫树等红叶树种的叶片细胞液此时呈酸性，整个叶片便显现红色，所以说，是秋天的气象条件染红了它。"

阵阵清爽秋风吹来，燃烧的红叶下，许多年轻人有说有笑，成双成对、风情万种地走进镜头。我忽然看到一位老者挂着拐杖缓步前行，急忙上前搀扶。老者对我说，他是内乡夏馆人，20 岁就去了北京，今年已 70 岁了，老家也没什么亲戚，但谁不思念故乡呀，回来看一下宝天曼红叶就是他最大的心愿。我的眼睛一阵湿润，默默地在心中向老人祝福，愿他像这红叶一样，"霜重色愈浓"。

时已傍晚，断霞飞落千山，余晖尽染枫林晚。啊，金秋宝天曼，红叶美、令人醉、不思归。在这狂野般的红潮中，在这火一样的激情中，我禁不住挥臂高喊："金秋枫红伏牛山，大美尽在宝天曼。"

解读宝天曼

在远古的年代里，地壳的构造运动造就了一片神奇的土地。这片土地邃奥清幽、凡尘不染，山雄峰奇、鸟语花香，先人们给它起了一个美丽浪漫的名字——宝天曼。

地质遗迹

宝天曼有五彩缤纷的生物资源和绮丽的自然风光，还有鬼斧神工的地貌资源，保存着古板块构造俯冲留下的"板块缝合线"，是国家地质公园和世界地质公园。翻开宝天曼地壳这部用一层一层岩石写就的大书，里面镌刻着地质演化的奥秘。

在恐龙灭绝之后的2200万年里，由于地球内外营力的作用，在宝天曼的商丹断裂带的南北两侧逐渐形成了相互独立的地貌类型，那就是北部的断块山地和南部的山间断陷盆地。北部的断块山地在4级侵蚀面上形成了高山、中山和低山，与北部山地强烈抬升相对应，北部地壳持续沉降，形成面积1000平方公里的西峡盆地，沉积了厚度达913—4371米的白垩纪河流、山麓洪积和湖积地层。近年来在内乡、西峡发现的大量恐龙蛋和骨骼化石就埋藏在这里。

在距今5万多年前，内乡—西峡之间的断陷盆地由于板块的水平挤压而萎缩、闭合；山区河流出现了袭夺现象，区内流向与原始地面倾斜相一致的顺向河流如湍河，被一系列北面走向的分水岭所分割，并与现代河的主流成直角相交，伏牛山成为中原地区长江、黄河与淮河水系的分水岭。进入第四纪中更新世以来，宝天曼山体的隆升高度已经影响到大气环流和生物区系的分布，特别是近1万年来的全新世时期，这里不但成为我国一级水系的分水岭，北亚热带与北暖温带的分界线，还是西南、华北、华南区系生物物种的汇聚中心。

进入宝天曼那千峰竞秀、层峦叠嶂的峰岭地区，鸡角尖、玉皇顶等锯齿状山峰呈西北—东南方向一字排开，构成伏牛山的主脊；宝天曼、牧虎顶、化石尖等数十座山峰，峰丛间悬谷密布，瀑布喷雪，急流湍滩隐藏其间。构成宝天曼景区内造景母体的是独具魅力的花岗岩，国内如黄山之秀、华山之险、泰山之雄、嵝岈山之奇，都是花岗质岩石在物理风化作用下的杰作，湍河地质走廊内的摆摆石，是花岗岩由于不断地遭受剥蚀而使岩体解除重荷，又经均衡调整而膨胀弹性回跳形成的。而在宝天曼地质公园的独孤垛山峰之中，有一处幽深的天然溶洞，因洞内石壁上有一个苍黑流利的"心"字石画，如上天手书，所以被人们称为"天心洞"。这个地下神宫已成为今人探索大自然的地质课堂和解读岩石秘密的地质档案馆了。

天心洞是一处奇洞，洞口对天直敞，好似日纳朝晖，夜吐幽语。步入洞中，大厅轩敞，顶似穹窿，钟乳倒竖，底如广场奇石罗列。由次生化学沉积物——钙华所形成的石钟乳、石笋、石柱、石质、石花、石幔、石瀑、华锥、华扇等奇观美景，惟妙惟肖、栩栩如生、形态各异。有的如高山流瀑，席卷怒潮；有的似嫦娥奔月，广舒云袖，风姿飘曳；有的如海豚出浴，肥臀呆脑，憨态十足；有的像莲花吊灯，光彩四溢，魅力无穷。在灯光和洞壁美丽曲线花纹的映衬下，这里好似瑶池仙境，堪称岩溶景观中的精品。

如果要寻找天心洞与其他国内岩洞的区别，那应该首推洞内石壁上的一帧帧巨幅壁画。岩壁上那奇特的纹路勾画出令人浮想联翩的图案。特别是一幅《水墨山庄》，只见苍灰与银白两种色彩融合搭配，形成村落屋舍，良田桑竹，青山流水，活生生透出一片世外桃源的宁静闲适。还有牛郎织女图，拥肩相依、四目相对，似绵绵细语，缠绵悲切之状令人怦然心动。而构成天心洞的母体岩石为距今5亿多年的含有石墨的大理岩，这些岩石正好处于华北板块与扬子板块的缝合带上，两大板块强烈的水平运动使溶洞的岩层受到了强大的挤压，发生了压缩、拉伸、剪切、扭曲和褶皱等变质形态，又经过漫长的岁月，岩溶的侵蚀作用把岩石的各种构造变化充分地揭露出来，在溶洞的不同角落形成了这些如行云流水、似波涛汹涌的千姿百态的画卷。天心洞是我国中央造山系碰撞造山运动和宝天曼地质区域构造演化历史的见证，具有重要的科学价值。

珍禽异兽

宝天曼古老的地质造就了奇迹，而高大的山脉和幽深的峡谷又荟萃着天下四方的珍稀物种。走在宝天曼的密林中，清脆的鸟鸣声伴随你的左右，时时出没的飞禽走兽令你目不暇接。201种脊椎动物中有鸟类116种、兽类48种、两栖动物11种、爬行动物26种，金钱豹、斑羚、大鲵等25种动物被列为国家重点保护动物。

金钱豹是宝天曼山林中的主人，当地流传着"山中无老虎，豹子称大王"的民谣。据历史记载和猎人们回忆，宝天曼牧虎顶一带是有老虎栖息的，后因自然和人为原因逐渐减少，如今已几乎绝迹，这就使与老虎同属猫科动物的金钱豹夺取了这里的王位，成了宝天曼兽类世界的首领。金钱豹头小足短，身体低矮而修长，全身有许多大小不等的圈点点缀在金黄色的皮毛上，构成非常精美的图案。它们昼伏夜出，食性广泛，以捕捉野羊、野猪及野兔和禽鸟为食，动作矫健敏捷，善于爬树游泳，其跳跃能力和攀登本领十分高强。金钱豹性虽凶猛，但只要不伤害它，它是不会轻易伤人的，如果有谁要伤害它，它即使带伤也要向伤害者扑去，并与之决一死战。因此，猎豹者都知道，如无一枪致命之技是不敢轻易向豹子开枪的，不然常会猎豹不成反被豹子所伤，随着人口的增多和豹子栖息地的缩小，金钱豹也成了"惊弓之鸟"。2001年5月，一群旅游者在宝天曼化石尖一带遇到了两只金钱豹，发现游人后，金钱豹不进反退，惊恐地爬向近处的一株槲栎树，随后慌不择路地向山谷中跑去。

野猪是宝天曼最常见的野生动物，它并不像一般人认为的那样，是一群笨头笨脑的"蠢货"，它们智勇双全，很有组织性和纪律性。野猪王国至今尚处在"母系氏族社会"，奉行的是"女尊男卑"的等级制度，年龄大、经验丰富、身强力壮的母猪是野猪王国的"女王"。"猪王"在猪群中发号施令，享受着种种特权。任何公猪不仅要对"猪王"唯命是从，而且对一般母猪也要俯首帖耳。进食时，当然是"猪王"最优先，其次轮到小猪和其他母猪，最后才允许公猪享用。不听"猪王"指挥的野猪，会受到严厉的处罚，甚至被逐出猪群。任何野猪一旦被逐出猪群，也就是末日来临，落单的野猪就会成为其他猛兽猎食的目标。野猪的嗅觉特别灵敏，30米外的猎物就可以提前察觉。它的鼻子又长又硬，是觅食的特殊工具，它在觅食时，边嗅边拱，长鼻子就像一架铁犁，可以挖掘出几十厘米深的沟，制造泥塘，掀翻大石头，将小树连根拱起。野猪以素食为主，食量很大，在饥饿难忍的情况下，野猪还敢到村子或野外人们宿营地中去寻找食物。野猪从不随地大小便，它们往往在固定的场所拉屎屙尿，而且远离住地，这样既保持了住地卫生，减少了蚊虫，又避免了猛兽寻迹追踪的危险。除觅食外，野猪许多时间都花在擦洗身体上。所谓擦洗身体就是在泥潭水洼之处打滚，滚上一身泥水，泥巴干燥后，猪身上的寄生虫便随泥巴一起脱落，野猪也就免除了蚊虫叮咬的痛痒之苦。野猪特别喜爱在松树上擦痒，松脂与猪身上的泥巴混合在一起，紧紧贴在猪的皮毛上，坚硬如铁，就像铠甲一样保护了身体。随着野猪年龄的增大，这层松脂泥毛铠甲越来越厚，硬邦邦、光溜溜，完全可抵御一般猎枪的射击。在宝天曼的山林中曾发现一头已死的野猪，剥开一看，身上竟有 19 颗枪弹，积年累月，每颗枪弹都被一个拳头大的肉瘤包裹起来了。可见老野猪一生要经历多少惊心动魄的危险，而这层铠甲对它化险为夷、死里逃生又多么重要！

在宝天曼的密林深处，有一种灰褐色的小动物，当地人叫獐子。獐子即林麝，体形不大，四肢细长，蹄窄而尖，奔跑疾速，跳跃能力很强，尤善攀登陡坡，因此逃避敌害的唯一方法就是跑跳。它那连续大中跨度的跳跃，速度轻快敏捷，姿态优美潇洒，能在茂密的森林中穿梭自如，或隐或现，使人难以对它进行跟踪观察。其性情温柔而孤僻，不合群，单独栖息在地势陡峭、气候寒冷的高山地带，见人迅速逃遁，被追捕时更是狂奔乱跳，直至累死、碰死，人们称之为"舍命不舍山"。麝香是雄麝麝香腺的分泌物，香气浓郁，是中药材中的上品，具有芳香开窍、通经活络、活血止痛、消炎解毒的功效，是古今中外制造各种高档化妆品和优质香精必不可少的原料，还是糖果和酒类中的高级调味剂。

穿山甲是宝天曼的一种珍稀野生动物，浑身布满鳞甲，其硬度超过武士的铁铠，用小口径步枪都难以击穿，因此牙齿再锋利的野兽也奈何它不得。穿山甲只会上树，不会下树，习惯于蜷作一团从树丫上滚下来。由于有鳞甲保护，不管爬得多高，摔在地上也都安然无恙。它以白蚁为主食，也吃蜜蜂和其他昆虫的幼虫，一天一顿，每次的食量都很大，但也耐饿，十多天不进食也饿不死。不愿意做窝又习惯于单活动的穿山甲，就以白蚁的"宫殿"为家，饿了把三四十厘米长的黏黏的细舌头伸出来，舔食蚁巢里的白蚁，饱了就在里面睡觉，吃空了一个蚁巢再换一个，乐此不疲。"铠甲"在穿山甲的生活中起的作用太大，以致它迷信鳞甲，盲目使用，只要一听到响动，一遇到天敌，它就赶紧把长长的身子蜷缩在甲衣中，一动也不动，这种单一的反应使其大脑功能逐步退化。豺狼等野兽见到穿山甲，也不用拼搏，只在蜷作一团的穿山甲身上撒泡臊尿，等忍受不了臊气的穿山甲一伸开身体，就咬住它长着短黄毛的腹部美餐一顿。有人分析，这个致命的弱点可能是穿山甲濒临灭绝的重要原因。

宝天曼的大鲵属国家重点保护动物，因其叫声像小孩的啼哭，所以又称"娃娃鱼"。它常被人误认为是鱼，其实不是，它是世界上最大的两栖爬行动物。鱼有鳃，用鳃呼吸，终生都在水中生活，娃娃鱼有四条腿，长有肺，用肺呼吸，可以短时间脱离水环境，登上陆地生活。它的头和身体扁平，眼小，无眼睑，四肢短，尾部侧扁，最大体长近2米，体重超过50公斤，皮肤光滑且颜色变化较大，一般为棕黑色，随环境的变化也有变成黑褐色、浅棕色或绿褐色的。娃娃鱼栖息在交通闭塞、人迹罕至的深山峡谷的小河和山溪中，以甲壳类、蜗牛、鱼和蚯蚓等为食物，白天多半隐藏在深潭、石洞中休息，夜晚游到溪河的浅滩口捕食，所以一般人难以见到它的踪影。每年的5—8月是娃娃鱼的繁殖期，雌鲵产卵成百上千枚，而且产卵后即刻离去，护卵之事由雄鲵负责，经过52天或68天受精卵就可孵出幼鲵，直到幼鲵能独立生活时雄鲵才会离去。娃娃鱼是一种耐饥饿能力很强的动物，一年不进食也不会饿死，寿命也较长，在人工饲养下可活50年之久，也有活到130年的记载。

鸟类是脊椎动物中外形最美丽、声音最悦耳、最逗人喜爱、最吸引人的一种动物，在宝天曼的每一个角落几乎都能发现它们的踪迹：鸿雁淡雅、鸥鸟素净；天鹅皎洁、鸳鸯华丽；鹭步低昂、鹤行庄重；鸢飞戾天、鹰鹫翱翔；黄鹂鸣翠、云雀飞舞……苍茫的宝天曼是鸟类的乐园，也为野生动物提供了优越的生息繁衍环境，是河南省野生动物资源最丰富的地区。

古树名花

在宝天曼 3000 多种植物世界里，既有千年的古树记载着岁月的沧桑，又有五彩缤纷、争奇斗艳的花卉植物将宝天曼装扮得清秀靓丽。

宝天曼庞杂的植物家庭中，栎类占据着重要的位置，种群总数量占保护区植物的 90% 以上，包括青冈栎、栓皮栎、槲栎、锐齿栎等 16 种，叶形宽阔，似一把把小扇丛生在一起，扇去了阵阵热风，迎来了丝丝凉意。青冈高达 30 多米，好似南方高大端直的毛竹，遮天蔽日、木质坚硬。杜甫在《乾元中寓居同谷县，作歌七首》之中吟道："岁拾橡栗随狙公，天寒日暮深山里。"养猴人拾的橡栗就是青冈的果实，其果实状如莲子，含淀粉，可以充饥，有治肠炎、痢疾的功效，但一定要经过浸泡，否则食之极涩。青冈树倒下之后，吸雨吸光，极易滋生木耳，是发展食用菌的好原料。栎类中身披铠甲的是生长在海拔 600 米处的栓皮栎，这种树木十分奇特，因为一般的树木在剥掉树皮，切断了水分和养料的供应以后，很快就会走向死亡。但栓皮栎则不然，它被剥掉外皮之后还能生长繁茂，原来它的树皮内有一层次生皮层，可以抵御虫害的侵害，是良好的防卫"服装"，暖水瓶或酒瓶上的软木塞就来自这种厚厚的木栓层，其厚度可达十几厘米。栓皮栎树形高大，雄伟壮丽，遮阴面积广，还是优良的观赏树木。

白桦树干粉白，细枝枣红，树冠浓绿，婆娑多姿，被喻为宝天曼森林中的仙女，有诗云："仙女银针尽撒落，才得白桦遍人间。"从浓雾散去的清晨到金色夕阳的黄昏，从脱掉初生的红色亮皮到穿上人类羡慕的白色时装，白桦始终都是欢乐美丽的，健康向上地生长不停。而且白桦还有不少姊妹兄弟，黑皮肤的是黑桦，黄皮肤的是黄桦，终生不离低湿河边的紫桦分布在我国北方，而通体发红的红桦则生活在宝天曼曼顶附近。白桦并非因美丽而引人注意，它不畏严寒，不嫌土壤贫瘠，木质细白坚硬，具有广泛的用途。在古代，桦树皮卷蜡可做烛燃，还可做将士用的箭囊，猎人遮雨御寒的桦皮屋，渡河过江渔夫用的桦皮筏。现代，白桦木材可代替金属制作齿轮，还可提取醋酸、甲醇和木焦油等工业原料。价值最珍贵的是它春季叶芽萌发期茎干上流的树液——白桦汁，那汁液清冽、沁甜，是制作高级饮料的主要成分。

青檀，更像一群群亭亭玉立的少女，分布在宝天曼山谷的溪流两岸。它树干高大，果实小而坚硬，长到一定年龄的时候，树皮就会自然裂开，呈长片状脱落，人们称青檀为中华瑰宝，贵在其皮。据记载自唐初以来，我国就利用青檀皮做千年寿纸——宣纸的主要原料，从青檀树皮到宣纸大概要经过浸、晒、洗等十八道工序，一百多道操作过程，从投料到出产品，大约需要300天时间。"千年寿纸"具绵韧、洁白、纹理美观、不蛀不腐、搓折无损、久不变色、润墨性强等特点，能保存千年完好如新。不仅是文房四宝中纸的极品，亦为外交照会、历史档案、贵重史料复印、高级包装、医药工业的绝好用纸，还是誉满中外、供不应求的特种出口工艺品。宣纸原产于安徽泾县，已有1500年的历史，由于唐代泾县属于宣州府，故名为宣纸。

在宝天曼的茂密林海中，还生长着许多常绿的小乔木，虽然它们的树皮是灰色，其貌不扬，但是起源古老，是著名的抗癌树。三尖杉是裸子植物门三尖杉科植物，在长江以南分布范围广，但在宝天曼只是惊鸿一现，它们的枝叶和种子可以提炼出多种生物碱，尤其是含量较高的三尖杉酯碱，对血癌和淋巴癌有显著疗效。宝天曼还分布着一种红豆杉树，又名紫杉，它枝叶茂密、浓绿，树姿优美，尤其是在种子成熟时，一枚枚由鲜红色肉质杯状假种皮包着的黑紫色种子，于杯口部尖头微露，十分可人；再加上上面深绿，下面具两条淡绿色气孔带的条形叶，微风吹拂下更显得美丽娇艳。红豆杉树皮中可以分离出一种抗肿瘤活性物质——紫杉醇，它对人类生命威胁极大的癌症有很高的抗性。

宝天曼的树奇花更美，四季都有开花植物：望春花洁白如玉，杜鹃花红艳似火，石豆兰清雅高洁，山芍药美轮美奂，紫斑牡丹硕大艳丽，扇脉杓兰色彩斑斓，傲霜秋菊铁骨玉韵，野生蜡梅风姿绰约……宝天曼真是一个花的世界、花的海洋。

神奇的宝天曼，汇集了华夏大地东西南北中的珍稀物种，几千种动植物世代代相依为命，在这片100平方公里的宝山里写就了人间奇迹，构成了一座大型的野生遗传基因库，令人惊叹、令人神往、令人流连忘返……

动人的宝天曼

你不妖娆妩媚，你是以自然古朴动人的。粗布的青色衣裙，缀以大片的白云及高挺的碧松。清澈的溪流滋润着你的肌肤，苍翠的绿带从容地缠在腰间。最张扬的还在于雄浑的性格，四季里透着豪气与力量，掩不住招人的遒劲。仍是远古的晨阳吧，直直地射在你的肩头，将你鲜明地写意出来。

我真的不知道，你在等我这个久别的朋友。宝天曼，叫着你的名字，我今天来了，虽然你很沧桑，但我依然感觉到你的壮美，周身迸发着浑厚的神韵。真的，你还是那样有力、强健，而且不再拘讷，大度地迎着每一位客人。只是看你的人太多太多，你有些猝不及防，本来已习惯的清静与孤寂被打破了。你的原始风貌、你的奇异景色、你的绿色净土，已使你成为国家森林公园、世界地质公园而名播四海了。

想起了商圣范蠡，他青年时期结草庐于宝天曼，饱读史书、兵书，带着宝天曼的灵气出山辅佐越王，成就了霸业。想起了李白、王维、贾岛、白居易、孟浩然等无数文人骚客在此放歌杖行、饱览秀水，留下了许多优美诗篇。想起了化石尖、姑娘楼、御葬沟、牧虎顶、红叶捎书等美丽传说，动人的故事使宝天曼更增浓情，更添魅力。我也就这样徜徉在宝天曼的密林山谷间，微醉似的看两边的重峦叠嶂、幽林茂木，听汩汩的流水声。这山这水这树美得自在，美得纯真，自然得可爱，全无一点尘俗的浸染。一汪汪水潭平静如镜，没有波浪，只有夹岸迷蒙的绿雾轻轻地涌动，水中起伏的山影早已让细密的水纹谱成一曲舒缓的山歌，和着微风在长长枝叶的轻拨中飘动，如朱自清在荷塘月色中仿佛听到了"梵婀玲上奏着的名曲"，我这时也只凭感觉来捕捉这山的旋律了。在这种人仙参半的境界中，在世间一切自然美的形式中，怕只有山才这样的磅礴逶迤，怕只有水才这样的尽情尽性，也怕只有宝天曼的山、水、树才会这样相间相错、相环相绕、相厮相守地美在一起，美得难解难分，叫你难以名状、难以着墨。如果一处山水能以自己的神韵净化人的灵魂，安定人的心绪，能纯得使人升起虔诚式的向往，又美得叫人热恋似的追求，这山就有足够的魅力了。我登泰山时，曾感到山水对人的激励；登黄山时，曾感到山水给人的欢愉。而今我在宝天曼的怀抱里，立时感到一种朴素的平静，真正接受了一次自然对人的洗礼，由衷地在心里默念：什么都抛掉，珍爱生命吧。

入夜，我在宝天曼宾馆住下。时间刚过八点，宝天曼就早早睡了，没有喧闹，没有犬状，只有窗外的阵阵松涛不时叩响窗子，犹如天籁一般。我知道，打着鼾息的宝天曼，原始味儿很浓。忽就闻到一股沁心润肺的幽香，这是宾馆特意采摘并在房间置放的山菊花。早上来时，漫山遍野盛开的山菊花金黄一片，浓浓地包裹了宝天曼，现在这种香气正氤氲着宝天曼的梦境，那梦必是高渺恬静的。这么想着的时候，就慢慢沉入进去，感到密林深处某家屋门开启，走出来的是宝天曼传说中的大宝和曼珠，还是御葬沟的华生和玉真公主？

宝天曼是动人的，宝天曼的夜太容易让人生出梦幻了。

品读内乡衙

照壁前的沉思

这是一座青砖浮雕的"一"字形建筑，名曰照壁，是正对县衙大门而与之有一定距离的独立墙壁，在我国古代建筑理论和风水学中，照壁具有阻挡内外视线交织和聚气、聚财的作用。然而，在照壁的正中，绘一状如麒麟的怪兽叫"獉"，这是传说中的贪婪之兽，能吞下金银财宝。尽管四周都是珍宝，但它并不满足，张着血盆大口，还想吞吃天上的太阳。结果太阳没吃着，却落得个粉身碎骨、葬身悬崖大海的可悲下场。

这时，已是深秋时节。风裹挟着落叶，无声息地旋上照壁，然后悄然地滑落地面。在午后疲弱的阳光下，照壁泛着青辉，孤寂地投下幽幽的暗影。

我静静地站在暗影中，定定地望着照壁的画面，思绪也随着秋风的舞动绵延开来。

照壁绘"獉"，是明太祖朱元璋的首创，他是靠农民起义成功当上皇帝的，也是中国历史上反腐败力度最大的皇帝，官员贪污银子超过六十两，就要剥皮装糠悬挂公堂，让上任新官触目惊心。朱元璋深知官员腐败超过极限，老百姓就要造反，他首创衙门照壁绘"獉"的规则，意在警诫官员以"獉"为戒，切莫贪得无厌。《明史·太祖纪三》载，矢元璋第三个女儿安庆公主的丈夫欧阳伦仗着后台硬、根子粗，目无法纪，公然做起了"官倒"，贩卖私茶，为人告发，在洪武三十年（1397）被朱元璋动了真格而"赐死"。

明朝的茶叶是国家和西域人换马匹的主要物资。为此，朱元璋制定了"茶法"，并在产茶地区和一些边境口岸设立专门机构，管理茶叶贸易事宜，严禁贩卖私茶。可他的这位女婿不但无视国法，企图私运茶叶出境，发一笔横财，还纵容指使家人巧取豪夺、大量收购。地方官对他的行为不满，这位皇帝的乘龙快婿竟仗势欺人，殴打地方官。朱元璋闻之大怒，不仅杀了他这位女婿及其家人，还对那位地方官敕令嘉奖。这件事震动朝野，使那些倚势妄为、钻营求利的不法之徒受到极大震慑，不得不有所收敛。加上其他一些措施，使朱元璋的"以茶易马法"得以顺利推行。

每每读史至此，总抑制不住激动心情，产生万般感慨。朱元璋作为一个封建君主，如此不顾亲情，宁可牺牲亲生女儿的终身幸福也要维护国家法度，这种做法，即使放到今天也是难能可贵的。

古人云："以铜为镜，可以正衣冠；以古为镜，可以见兴替；以人为镜，可以明得失。"明初的繁荣稳定不是来自天赐，而是人谋。而后来的衰亡，也恰恰因为改变了当初的方针。殷鉴未远，当以鉴之！

由此想起《阅微草堂笔记》中的故事：有两人为狐所媚，奄奄待毙，后幸被猎人救起。这两人对狐恨之入骨，请猎人捕杀之。猎人说，鱼吞钩，贪饵故也；猩猩刺血，嗜酒故也。你二人被惑，只应自恨，何须恨狐！这则故事告诉人们一个浅显的道理："狐"固然可恨，然而被惑者为什么被惑，则应从自身找原因。

常言道，固本方能祛邪。所谓固本，就是去贪戒馋，在自己的思想上增强防腐抗腐的"免疫力"。历史上的清官大都拒绝诱惑，以高尚的品格为世人树立了战胜诱惑的楷模。西汉司马迁面对朝中得势的将军李广送来的一块稀世玉璧，道出的是："白璧最可贵之处，是没有斑痕污点，物如此，人何尝不该这样？如果收下这样珍贵的白璧，我身上就有污点了。"在诱惑面前做到不心猿意马，应让"道心"渗入日常生活之中，"入色界不被色惑，入声界不被声惑，入香界不被香惑，入味界不被味惑"，在物欲世界保持清净超脱之心，关键是自己不要被拉自己下水。"无欲则刚，不贪则正。"

不觉太阳已经偏西了，多彩的云霞渐渐冷却为铁一般的青灰，一只黑鹰迅疾地在照壁上空飞过。照壁在暮色中沉默着，而近旁几株生机盎然的桂花树却绿叶青翠，在暗蓝的天空下散发着浓郁的幽香……

刻在石头上的"反腐宣言"

　　我曾于秋阳之下，伫立在云冈石窟前仰望灵动的飞天女神，感受汉魏风骨；也曾于黄昏时分，徘徊在圆明园遗址注目那几根寒光闪闪的石柱，生出万般感慨；而此刻，烟雨蒙蒙，凉风习习，撑一把雨伞，凝视着内乡县衙大门东侧竖立的"三院禁约"碑，仿佛聆听到了历史的鼓点，悠远而沉厚，朦胧而清晰。

　　三院禁约碑高 2.96 米，宽 0.91 米，有千余字，是明万历三十九年（1611）内乡知县易三才、县丞席讲、主簿聂观、典史吴道光四位职官为减轻百姓负担、禁止吃喝奢靡之风，向上级三个部门的监察官员呈文禁革而得到准许后所立的法规性碑刻。

　　明末，朝政腐败，官场里奢靡之风盛行，接待上级官员的地方驿馆，由于官员的猾诈、强行索要饭菜、夫役，造成地方驿馆疲困不堪。为此，知县易三才等官联名，向上级陈述其过境官员"吃喝风"泛滥等腐败现象，并拟定三条禁令和一条关于过境官员乘马坐骑、饭菜供应的具体规定，以及违反这些禁约的处罚办法，从而得到了上级三位监察官员的赞同，命刊刻榜文，立于公署门首之左，永为遵守。据说像这样认真地刻在石头上的狠刹吃喝风、反对大吃大喝的规定，全国独此一份。

　　三院禁约碑距今已有 400 年的历史，碑文中对接待官员吃喝的标准做了明确的规定，什么级别的官员膳银几钱都有详细的限额。如招待京堂科道（一品或二品），一桌膳银为二钱五分；招待司道（三品或四品），一桌膳银为二钱；招待府、厅（五品或六品），一桌膳银为一钱五分。这些规定旨在整治奢靡之风，提倡下级要敢于告发上级官员中出现的不正当行为，对于当今开展的反腐败斗争有着极高的借鉴价值，可谓反腐倡廉、整治吃喝风的一面历史鉴镜，被称为"刻在石头上的反腐宣言"。

　　说到廉政，古人云："其身正，不令而行；其身不正，虽令不从。"《史记·循吏列传》记载：鲁国宰相公仪休嗜好吃鱼，于是有个谄媚之徒便专拣肥美鲜鱼奉献，谁知公仪休却不收，那人怪而问曰："君嗜鱼，何不收也？"公仪休回答：现在我为宰相，俸薪足够我吃鱼，如果因受贿而被免职，今后哪有钱再买鱼吃呢？公仪休能廉洁自守，从我做起，用纪律自觉地约束自己，不信奉"有权不用，过期作废"那一套，自警自节，难能可贵。"千里之堤，溃于蚁穴"，在大是大非面前要坚守准则，在日常小事和细节问题上更要坚守住心灵的"防护堤"，安于清贫、洁身自好，面对形形色色的诱惑，做到"任凭风吹浪打，我自岿然不动"。

　　雨还在淅淅沥沥下着，天空有些暗淡，但雨闪着光，把三院禁约碑洗得愈加高邈和纯净，碑上"禁革前站需索驿递。如违，许该驿径禀本官究治。如再恃强外索者，该驿飞报两院究治"的石刻，把一群封建官员的怜民之心刻画得栩栩如生。明张居正说："政理之要，惟在于安民；安民之道，在察其疾苦而已。"老百姓最关心的身边事，看起来小，实际上小事不小。从这个意义上讲，三院禁约碑的榜样，实在应当垂范千古。

蕴涵深邃的哲理之光

一片静悄悄的建筑群却占着县城中心4万余平方米的黄金地段，吸引着海内外的专家、学者、游客纷至沓来，这就是全国唯一保存完整的古代县级官署衙门——内乡县衙。

"一座内乡衙，半部官文化。"内乡县衙是中国封建社会县级政权衙门的实物标本和历史见证，对研究中国古代县级政权职官设置、机构职能、司法审判和衙门文化都具有较高的历史、科学、艺术价值。而其中旨意深邃的楹联则集中体现了内乡县衙极其丰厚的文化内涵，闪耀着哲理之光。

安身利民　造福一方

内乡县衙大门楹柱上赫然悬着一副对联：

> 治菊潭，一柱擎天头势重；
> 爱郦民，十年踏地脚跟牢。

这是章炳焘知任内乡时撰写的对联。"菊潭""郦"，古指内乡;"天、地、柱"是指天子、百姓、地方官。上联说,身为治理菊潭的地方官,上受皇命重托,下系百姓安危,重任在肩如一柱顶天;下联说,为官从政要以爱民为本,脚踏实地为老百姓办实事,做到为官一任,造福一方,才能站稳脚跟。重建内乡县衙的五品知县章炳焘,之所以"交卸时太平无事",政绩突出,其抱负、才能得以施展,"历任九年"不能不是一个重要原因。由此看来,保持地方官在一地的相对稳定,有利于一个地方的治理。

悬挂在县衙大堂上的楹联是:

> 欺人如欺天,毋自欺也;
> 负民即负国,何忍负之。

这副对联是清代御史魏向恒所撰。意思是说,百姓为天,欺压老百姓就如同欺压苍天,千万不能做这种伤天害理、败坏自己声名的蠢事;辜负了老百姓,就是遗恨于民,也辜负了国家,怎么能忍心这样做呢?把损害人民的利益提高到欺天负国的高度,可谓掷地有声。

而在内乡县衙的楹联中,最为令人关注的,是独领风骚的三堂院的一副长联:

> 吃百姓之饭,穿百姓之衣,莫道百姓可欺,自己也是百姓;
> 得一官不荣,失一官不辱,勿说一官无用,地方全靠一官。

上联是说,为官者吃的、穿的、用的,全是来自百姓,不要以为做了官就可以高高在上、欺压百姓,要记住自己也是百姓的一员。下联是说,得到一任的官职,不能自视高贵荣耀,为国为民即使丢了乌纱帽,也算不得什么耻辱事,不要说地方官没多大作用,要知道地方治理的好坏，百姓是否安居乐业，全靠地方父母官。

此联通俗易懂、语朴意深，阐述了得与失、荣与辱、官与民的辩证关系。据考证，此联是清康熙十九年（1680）调任内乡知县的高以永撰写的。这副对联别有洞天，出神入化，上下两联融为一体，珠联璧合相映生辉。真可谓，直抒胸臆谈官民，恬淡轻松道哲理。它还告诫人们，要正确对待当官，既要淡化"官念"，不要把官位看得太重了，一当官就荣耀万分，一丢官就灰溜溜的，当官者应当能上能下，荣辱不惊；又要强化"官念"，地方的经济发展，老百姓的安居乐业，地方官责任重大，官职一旦在身，就不能把自己等同于一般的老百姓，就要担当起治理地方、造福百姓的责任，并将此铭记在心。

在我们这个具有五千年华夏文明的中华大地上，百姓为天的民本思想是一脉相承、源远流长的，像是不灭的圣火，代代点燃，千秋万代照亮着仁人志士、明君贤达的心灵。春秋时代，齐桓公有一次问管仲："当君王的人，当以什么为贵？"管仲答："贵天，应当以百姓为天。"历朝历代的先贤圣哲都极力主张当官的要把老百姓看作是"衣食父母"，要"爱民如身"。孟子曰："民为贵，社稷次之，君为轻。"清代郑板桥在山东潍县任知县时，十分关心百姓的安危，曾写了一首脍炙人口的诗，倾注他爱民的深情："衙斋卧听萧萧竹，疑是民间疾苦声。些小吾曹州县吏，一枝一叶总关情。"

淡泊名利　廉洁奉公

内乡县衙西花厅挂出的楹联是：

忙里有余闲，登山临水觞咏；

身外无长物，布衣蔬食琴书。

此联大意是，要淡泊金钱名利，闲暇时登山临水饮酒赋诗，过清淡充实的生活；身外也没有多余的东西，只有琴书相伴。而县衙东账房"廉不言贫，勤不言苦；尊其所闻，行其所知"和西账房"一丝一粟，我之名节；一厘一毫，民之脂膏"之楹联，则明言相告：既行廉政，就不要讲自己清贫，既要勤政，就不能抱怨自己辛苦；要注意倾听老百姓的传闻、呼声，检点自己的行为，实现自己的抱负。当官得到的金钱财物都是百姓的血汗，要廉洁奉公，取合法收入；如果索取了不该得到的钱财，就会败坏自己的名声。

宽一分，民多受一分赐；
取一文，官不值一文钱。

县衙的县丞衙大门上的这副楹联简明扼要，体现了为官者力求减轻百姓负担，使黎民得到恩泽的爱民思想，并把为官者向老百姓索取财物、收受贿赂看得一文不值。而主簿衙大门上"与百姓有缘，才来此地；期寸心无愧，不鄙斯民"的楹联，用朴实真诚的语言，畅达了一个清正之官来这里做官，与老百姓完全是一种缘分，一定要尽心尽力做事，做到心中无愧，不做对不起老百姓的事的"官德"。还有衙神庙上"不求当官称能吏；愿共斯民做好人"的楹联，倡示了对当官者最起码的人格要求：不求当官有多高的名声，只要能为百姓办些实事，和百姓一样做个好人就可以了。

这些楹联高情远致，朴实无华，让人看之有味、诵之上口、思之无尽、拍案叫绝。

秉公执法　赢得民心

内乡县衙二堂前的抱柱楹联曰：

> 法行无亲，令行无故；
> 赏疑唯重，罚疑唯轻。

上联是说，为官者在执法中，要不分亲疏远近，不徇私情，做到公正执法。下联是说，在办理重大或疑难案件时，对举报者要重奖，而对于一些因证据不足，一时还不能查明真相的疑难案件，处理时要留有余地，以免冤枉好人。而县衙刑房"按律量刑昭天理；依法治罪摒私情"和典史衙大门上的"法规有度天心顺；官吏无私民意安"之楹联，则真切说明：按照律条定罪量刑，就能使人明白天理所在；依据法律惩治犯罪，只有抛弃私情，才能公正办案。法规宽严得当，就能顺应天地人心；作为官吏能心无杂念，秉公办事，便能安抚百姓，赢得民心。

> 立定脚跟竖起背；
> 展开眼界放平心。

悬挂在县丞衙正厅的这副楹联，告诫辅佐知县的县丞等一般官员，不能把大小事都往知县头上推，而应该立足本职，各负其责，挺起腰杆大胆干事；要向前看，眼光放远一点，保持心理平衡，辅佐知县成就勤政为民的事业。

而县衙内宅门上的一副楹联，则道出了"为政""当官"的核心问题：

> 为政不在言多，须息息从省身克己而出；
>
> 当官务持大体，思事事皆民生国计所关。

上联意为，为官从政不要夸夸其谈、表现自己，重要的是必须时时反省自身，克己奉公，以实际行动来体现自己勤政为民。下联意为，一个地方官一定要顾全大局，在考虑和处理每个问题时，都要首先想到老百姓和国家的利益。

内乡县衙楹联，作为衙门文化的重要组成部分，已引起世人广泛关注。人们对楹联的品味，是在发思古之情，引当世之理。历史是根，文化是魂。历史文化托起了中华民族精神的博大精深，也使中华民族廉政文化源远流长。观县衙楹联，品廉政文化，意义尤为深远。

在内乡县衙想你

金秋十月，百花凋零，唯菊花抖寒怒放。信步内乡县衙，院里院外摆放着各色菊花，给古朴肃穆的县衙平添了灵性和诗意，顿使我遥想起当年的你，金代伟大诗人、曾任内乡县令的元好问。我知道，内乡县衙的大小庭院里，留有你的气息与足迹，飞扬着你的诗情与神韵，我莫名地兴奋着、向往着。

金哀宗正大四年（1227），你与家人一起，车马劳顿，来到内乡。此时的社会局势极不稳定，金、元战火不断，元军所向披靡，金兵节节败退，内乡又面临战争的灾难，人民处于水深火热之中。就是在这社会将要大变革时期，你身负皇命，任职内乡县令。

你体察民情，关爱民生，在《宿菊潭》诗中写道："到官已三月，惠利无毫厘，汝乡之单贫，宁为豪右欺……"诗意是：我就任县令三月来，还没能为百姓谋得一点好事，民生凋敝、贫困不堪，不是恶霸劣绅的敲诈勒索造成的吗？在《内乡县斋书事》中你写道："吏散公庭夜已分，寸心牢落百忧薰。催科无政堪书考，出粟何人与佐军？饥鼠绕床如欲语，惊乌啼月不堪闻。扁舟未得沧浪去，惭愧春陵老使君。"是啊，由于战乱，县令的主要任务就是逼老百姓交税交费交军饷，而当年内乡县的实际情况却是群众太苦太穷了，连县衙里的老鼠都饿得吱吱叫，致使你竟然有"饥鼠绕床如欲语，惊乌啼月不堪闻"的感觉，也表明了你对当时社会不满和忧国忧民的激愤心情。

所以，你重视农桑。每逢灾害发生，亲率百姓抗旱排涝，期盼来年好收成。你写的《七绝·偶记内乡》："桑条沾润麦沟青，轧轧耕车闹晓晴。老眼不随花柳转，一犁春事最关情"，就是你重视农业生产的佐证。

所以，你扶民渡难。春节前的一次私访，见一农户门上对联写着"是亲戚是朋友助我过年，是冤家是对头登门要钱"，横批是"白进红出"。屋内有一妇女啼哭，门外一男子持刀而立，经询问，方知他们父母双亡，债台高筑，出此下策借以抗债。你颇为同情，遂赠白银十两，以为生计。

所以，你安抚流亡。连年不断的金元战争，使大批无家可归的难民涌到内乡，你倾全力接济难民，开仓赈济，并在内乡划界安排难民垦荒，建起新的家园，使内乡社会秩序得以相对稳定。

我理解你的心曲。从历史记载中知你在内乡达5年之久，勤于政事，乐以助民。"当官避事平生耻，视死如归社稷心"是你为官的真实写照，故去任时吏民挽留不舍，攀辕卧辙。然而，动乱的社会使你救国救民的人生抱负根本无法实现。由于战乱，天兴二年（1233），你被元军所俘，遗民生活，先后羁押于山东聊城、冠县。蒙古太宗十年（1238）八月举家启程，于第二年夏秋之间回到阔别多年的故乡忻州。此后20余年，你专事著述，成为金元时期的文坛巨匠。"以集大成而创新，集诸精华而出新，不拘旧格，追求理想，有功于当世，有功于后人。"

你是金元之际最杰出的文学家，诗为金元之冠，历代诗评家将你与宋代的苏轼、陆游并举。你"作曲虽不多而甚超妙"。你的《论诗绝句三十首》以诗评诗，空前启后，你成为我国文学批评史上杰出的批评家、诗论家。

你“采摭遗逸”“杂录近世事”，至百万余言。其《壬辰杂编》《中州集》为修《金史》提供了珍贵的第一手资料。你“以诗存史”“以文存史”“以小说存史”，是一位极富创造性的史学家。

你还是一位具有远见卓识、奋争不懈的社会活动家。金亡以后，中原文明遭到破坏，你以文坛领袖的地位，广泛结交社会各界人士，为振兴文化教育事业奔走四方。为保护中原人才，弘扬传统文化，你三次上书元朝宰相耶律楚材，两次觐见忽必烈，为促进元初政权汉化进程起到了积极而又重要的作用。

我知道我联想得太远了，因为你身上迸发出的亲民、爱民、怜民之情，因为你对祖国文化的强烈热爱和对学术的热诚追求，使我那样地爱你、敬你、想你。你的远见、才识、激情与执着，是那么地令人敬仰。

而今，我在内乡县衙专为你开办的展室里，仰望着你的画像，认真听着导游的讲解。只因为内乡县衙有你的气息与足迹，有你的诗情与神韵，作为一个内乡人，作为喜好文学和写作的我，似乎多了层感受与激动。我在想，哦，700 年前，你在这里。

别具韵致的官箴戒约

还在年少时，我已熟记"兼听则明，偏信则暗""君，舟也；人，水也。水能载舟，亦能覆舟""先天下之忧而忧，后天下之乐而乐"等警世箴言，那时只为写作丰富语言。随着阅历的增加，拨动心弦的不仅是这些箴言的深刻含义，我更为司马光、魏徵、范仲淹等古人的爱国情怀而折服。

秋的一天，来到内乡县衙，驻足在戒石坊下。此时，连日的阴雨一收而尽，天朗气清，惠风和畅。通常，这是郊游的绝佳天气。而此时的我，却宁愿天空飘起霏霏细雨，以便在一种空灵的意境中，细细领略县衙官箴的韵致。

按旧时制度，省、府、州、县各级地方衙门大堂前甬道正中俱立戒石，向南刻"公生明"3个大字，向北刻"尔俸尔禄，民膏民脂，下民易虐，上天难欺"铭文16字。这就是官箴戒约，是封建社会对官员的道德规范和行为准则所作的规诫。

公堂前立戒石，始于北宋，为宋太祖赵匡胤首倡，而上面的铭文则是从五代后蜀皇帝孟昶所撰的《诫谕辞》中精选出来的，于公元983年颁布天下。1132年，高宗赵构又把书法家黄庭坚书写的这一祖训依式颁于各府、州、县，刻石立于大堂前。明太祖朱元璋进一步明令立于甬道中，并建亭保护，故有"戒石亭"之称。至清代中叶，因甬道建亭出入不便，改为三门四柱石制牌坊，称为"戒石坊"，以进出熟规，铭记不忘。"公生明"作为官场箴规，意为公正方能明察事之本末，即所谓"公生明，偏生暗"，长官坐堂理事北向的铭文 16 字，抬头可见，以警戒其秉公办事，若徇私枉法，天理不容。

由戒石坊向上穿过大堂，到了县衙二堂院，与二堂相对的屏门上方有一巨匾，上书"天理、国法、人情"，颇引人注目。"天理"即天然的道理、自然的法则，"国法"即国家的法纪，"人情"即民意，就是施政办案要顺应天理、执行国法、合乎人情。旧时凡遇重大案件都在二堂预审，待弄明案情后方可到大堂公开审理，而一般户婚田土等民事案件亦多在二堂调解，施以教化，达到调处息讼。知县在二堂审案时举目可见此匾，以示警戒，久而久之，"天理、国法、人情"便成了知县办案的纲领。而县衙三堂上置匾书"清慎勤"三个大字，更耐人寻味、发人深思。

"清慎勤"作为皇帝劝诫为官者的箴言，出自三国魏司马昭训长吏之言："为官长者，当清，当慎，当勤，修此三者，何患不治乎？"意思是说，作为长官，立身处世应当清正廉洁，小心谨慎，勤勉不息，如果这三者都能做好，还会有什么祸患不能治理呢？至宋代，"清慎勤"已成为官场普遍流行的官箴。到明清皇帝时，则更倡导这则官箴，令置匾于衙署。历史上著名清官海瑞就恪守"清慎勤"的官箴，并有所增加，在公堂上置匾"清慎勤节"以时时自警。史载其"清苦之行，举朝不能堪，亦举朝不能及"。他一辈子清正廉洁，到了老年虽官居要位，但是其卧室中的铺盖都是用白布做成的，看起来如寒窗苦读的书生。他拒绝馈送，反对奢侈，不愧为"出淤泥而不染者"的著名清官而被世人称颂。

由此想到《后汉书》中记载的一个故事，东汉时期杨震任荆州刺史，上任时路经昌邑，昌邑令王密为了感谢他的举荐，在夜深人静之时，独自"怀金十斤"登门送给他。杨震见之，正色道："你难道不了解我吗？"王密道："我当然知道你清廉，但你太穷，这礼你一定要收下。已经夜深了，没有人知道。"杨厉声说："天知、地知、你知、我知，怎么说没有人知道？"王大惭，悻悻退出。

"天知、地知、你知、我知"说，终使杨震"莫见乎隐，莫显乎微，慎其独也"。杨震在无人管束、无人在场时，不放纵自己的欲念，在极其微小的事情上做到弃恶而为善，于后人不愧是一面镜子。他当官多年，从不置产业，别人善意劝其为子孙留点什么，杨说："如果后人称我的子孙是清白官吏的后代，这本身就是我留给他们的一笔遗产。"如果说杨震固守清贫是注重守节，那么他不被利欲驱使则是定力所为。守节要有定力，而且必须自始至终，否则一旦定力不够，贪欲便会迅速膨胀开来。

为"官"当以德立业。为政者只有具备良好的道德情操，才能够凝聚人心，成就一番事业。离开了这一为官的根本，你纵有经天纬地之才，也终将一事无成。

一阵秋风吹过，把我从思索中叫醒。岁在三秋，阳光依然和煦，空气格外清爽。我就这样静静地在县衙穿行，任和畅的惠风吹着，一种从未有过的张力充盈胸间，使我感到那样充实与欣然……

县衙的礼仪之门

古代王府以及各级宫衙都有一座叫作"仪门"的建筑。内乡县衙的仪门在大门至大堂的百米甬道中央，是县衙的礼仪之门，平时不开，凡新官到任或同级、上级官员至仪门，"文官下轿，武官下马"，才可打开中门，县官僚属整冠出迎至仪门外；大堂如有重大庆典、礼仪活动和审理重大案件，也要大开仪门，让百姓从中门而入，至大堂前参加庆典或观看县官审案。人们日常出入只走东面侧门，称"生门"；西侧门谓"死门"，只有处决死犯时方打开此门。仪门前"依宛镇连丹郧商圣故里，接秦晋瞩荆襄郦邑菊源"的对联，说的是内乡在大方位上的地理位置：东依镇平和历史名城南阳，西连丹江及湖北郧水，这里是商圣范蠡的故乡；北接陕、山二省，站在北部高山上可遥望荆州、襄阳，此地是郦县的故址、菊花的发源地。这副对联证明了内乡在历史上的重要战略地位，兵书称其"守伏牛门户，处秦楚要津，自古为兵家必争之地"。

仪门之"仪"，主要官府礼仪，也取"有象可仪"之意，表示官员的言行应为民之表率。中国具有五千年文明史，素有"礼仪之邦"之称，中华民族的礼仪博大精深，极具艺术价值和文化价值，如尊老敬贤、仪尚适宜、礼貌待人、容仪有整等，源远流长的礼仪文化已成为世界文化中的璀璨明珠。

孟子说："养老尊贤，俊杰在位，则有庆。"任何形态的社会都需要尊老敬贤。不仅因为老人阅历深，见闻广，经验多，劳动时间长，对社会贡献大，理应受到尊敬；同时，他们在体力和精神上较差，需要青年人的体贴、照顾和帮助。《礼记》记载："古之道，五十不为甸徒，颁禽隆诸长者。"就是说，50岁以上的老人不必亲往打猎，但在分配猎物时要得到优厚的一份。而敬贤则有"三顾茅庐"的典故：刘备仰慕诸葛亮的才能，便不厌其烦地亲自到诸葛亮居住的草房请他出山帮助自己打天下。一而再，再而三，诸葛亮才答应。从此，诸葛亮的雄才大略得以充分发挥，为刘备的事业"鞠躬尽瘁，死而后已"。纵观中国古代历史，历来有作为的君主大多非常重视尊贤用贤，视之为国家安危的决定因素。平时不敬贤，到了紧急关头贤才就不会为国分忧。

讲礼重仪是中华民族世代相传的优秀传统，中国人也以其彬彬有礼的风貌而著称于世。"己所不欲，勿施于人""不责人所不及，不强人所不能，不苦人所不好""礼尚往来，往而不来，非礼也；来而不往，亦非礼也""滴水之恩，当以涌泉相报"等富有哲理的名句，无不诠释了"非礼勿视，非礼勿听，非礼勿言，非礼勿动"的道理。毫无疑问，传统礼仪文明对我国社会历史发展产生了积极影响，社会上讲文明礼貌的人越多，这个社会便越和谐、越安定。每一个人都应教养有素、礼貌待人，尤其是官员更应注重修养，处事有节，摒弃"官架子"。

当官而放下"架子"的古来有之。春秋时楚国孙叔敖官令尹之后对狐丘大人说的："吾爵益高而志益下，吾官益大而心益小。"可谓打消"架子"之箴言。不摆"架子"的官才是真正爱民的官，一代廉吏于成龙在罗城任上，"插棘为门""累土为几，案旁置釜一、盂一，召百姓从容问疾苦"。跟百姓没了差别，架子能摆得上来吗？所以说，清醒的官当知"架子"之无用，"架子"除说明你是个官僚之外，什么也说明不了；除惹人鄙夷之外，真怕的并不多。

不论社会怎么变迁，世事如何沧桑，有一点永远不会改变，那就是，礼仪作为沟通人与人之间心灵的桥梁的地位和作用将变得越来越重要。构建和谐社会要求人们和谐相处，应该遵守共同的行为规则，而礼仪正是这样一种规则。《公民道德实施纲要》把"明礼诚信"列为基本的道德规范，足见礼仪是和谐社会公民的必备素质。礼仪就是这样，"爱人者，人恒爱之；敬人者，人恒敬之"。

裹在雾霭里的双祠院

"双祠院"即酂侯祠和土地祠，在县衙大门之内、仪门之外的东院。步入双祠院时，已过早上九时，但晨雾仍像棉团似的浓浓地裹着，塞满了空气，沾在脸上湿漉漉、滑腻腻的，双祠院也如浮起来似的，在雾霭的浸裹里出奇地静寂。院内尚无游人，只有我的身影在浓雾中浮现。

酂侯祠又称衙神庙，其内供奉的是汉代名相萧何，他辅佐刘邦建立了汉王朝，制定了《汉律》九章，对稳固西汉政权起到积极作用，被刘邦封为酂侯。萧何曾为沛县（江苏省）县吏，因功绩卓著升为相国，故为古代衙门的胥吏所崇拜，并设祠供奉，祈求像他一样仕途通达。土地祠与酂侯祠相邻，所祀之神为土地神，它是一方的保护神，掌管人间善恶、行为道德，这也是古代人神共治的真实写照。旧时府、州以下官衙均设此庙，除供祭祀之外，还用于羁押尚未革去功名和惩治已犯死罪的官员。土地祠在明代亦称"皮场庙"，源于"剥皮揎草"，朱元璋开国之初，为巩固自己的统治地位，对各地官员责治甚严，若有官员贪污暴虐，准许百姓赴京诉冤。官员贪污的数额在六十两白银以上的就要处以死刑，枭首示众，以此警诫官员。

透过浓雾依稀看到祠门上的对联，酂侯祠为"不求当官称能吏；愿共斯民做好人"，土地祠为"守伏牛门户年年丰稔；护菊潭百姓岁岁平安"。在县衙内设酂侯祠和土地祠，所折射的"加官晋爵"和"神灵保佑"之封建意识今不可取，但此两副联语所体现的"民本思想"着实令人深思。

《孟子·梁惠王下》中有这样两句话："乐民之乐者，民亦乐其乐；忧民之忧者，民亦忧其忧。"意思是把百姓的快乐当作自己的快乐的人，百姓也把他的快乐当作自己的快乐；把百姓的忧愁当作自己的忧愁的人，百姓也把他的忧愁当作自己的忧愁。到过开封的人大都会去拜谒包公祠，因为包拯（老百姓习惯称之为"包公"）为官清正、疾恶如仇，史书说他"性峭直，恶吏苛刻""立朝刚毅，贵戚宦官为之敛手，闻者皆惮之"，足见他对权贵豪强具有多么大的威慑力。更可贵的还是包公关心民生疾苦，以"兴利除害，济世益民"为己任，敢于为百姓主持公道。按照旧制，百姓告状不得直入开封府大厅，而要通过府吏转达，府吏便乘机勒索，看钱说话，从而造成一些冤假错案。包公任开封府尹后，下令大开府衙正门，让老百姓直接到大堂申诉，快速取证，秉公办案，旧衙门"门难进，脸难看，事难办"的积弊一扫而空，很多冤假错案被纠正，百姓高呼"包青天"。包公祠内的《开封府题名记》碑相传是宋代遗物，但所刻"包拯"二字早在南宋时就被爱戴他的百姓们摸掉了。为什么人人都想摸一摸"包拯"二字呢？当然是因为他们对包拯太崇敬太怀念了。老百姓在《开封府题名记》碑上"寻找"包拯，"抚摸"包拯，带着敬仰，不断地向包拯诉说，以求得到温暖与平和。也就在这不知多少次多少人的"抚慰"下，石刻的"包拯"二字不见了，留下的只是一道深深的沟痕。而在这深深的沟痕里，集聚的是人民对公正与清廉的呼唤。

《清朝野史大观》中记载这样一件事：道光年间的刑部官员冯

志圻有收藏碑帖字画之好。一下属寻得一帧宋拓名碑,用古锦包好送冯,冯连看也没看当即退还。有人劝冯看看无妨,冯说:"一看恐怕就不想退了,而接受它就难免为送礼者所利用。"此乃慎始之举,守住第一次,就没有第二次了。《松窗梦语》的作者张瀚初任明朝御史,去参见都台长官王廷相,王廷相给张瀚讲了一个乘轿见闻。说他乘轿进城遇雨,一轿夫穿了双新鞋,开始时小心翼翼地循着干净的路面"择地而行",后来轿夫一不小心踩进泥水坑里,由此便"不复顾惜"了。王廷相说:"居身之道,亦犹是耳,倘一失足,将无所不至矣!"张瀚听了这些话,"退而佩服公言,终身不敢忘"。如果轿夫没有踩进泥水坑,他应会一直"择地而行",不会有"不复顾惜"之心了。

灰色的浓雾渐渐散开了,淡蓝的天空显现出来,金黄色的光线穿过迷雾射向大地,一切变得清晰起来,双祠院也明朗了许多,"不求当官称能吏,愿共斯民做好人""守伏牛门户年年丰稔,护菊潭百姓岁岁平安"的对联在阳光的照射下闪着柔和的光彩……

由"琴治堂"而想到的

内乡县衙二堂有个极雅的名称，叫"琴治堂"。此堂在大堂之后，过屏门，就看到这座明三暗五的建筑，五梁七檩结构，除无暖阁外，布局大致同大堂：亦以中部三间为堂，明间后金柱间有可供开启的隔扇，屏门下设公案，虽无正堂的庄严肃穆，但左右次间亦放置笞杖、夹棍等刑具。这里是知县预审案件、审理民事案件和大堂审案时的退思、小憩之所。

"琴治堂"名称来自《吕氏春秋·察贤》中的一个典故。说的是孔子有个学生叫宓子贱，当年在山东的单父县任县令时，身不下堂，鸣琴理案，而把单父县治理得井井有条，人心安定，生活富足。后任县令巫马期勤于政务，整日奔波于民间，凡事都率先垂范亲自去做，司样也治理好了单父，但显得很劳累，就问故于宓子贱。宓子贱回答说："我主要是用人，动员大家的力量，而你只用自己的力量，当然辛苦不堪，只有依靠众人才能够安逸。"后人遂用"鸣琴而治"称颂县官知人善任，政简刑轻，也把二堂叫作"琴治堂"了。

应该说，宓子贱、巫马期都是有德有才、亲民爱民的好官，而宓子贱"无为而治""善用人之力"的理政方略更高一筹。从古至今，在选人用人上有许多事例可供借鉴，给我们以启示。

《吕氏春秋》中记载了这样一个故事。一次，晋平公问大臣祁黄羊："南阳缺个县令，你看应该派谁去？"祁答道："解狐可以任之。"平公惊奇地问："解狐不是你的仇人吗？你为什么还要举荐他？"祁说："你只问我什么人才能胜任，并未问解狐是不是我的仇人呀！"结果解狐到南阳后，果然把南阳治理得很好。又有一次，平公问祁黄羊："国家缺个内史，你看谁能胜任？"祁答："祁午可以任之。"平公问："祁午不是你的儿子吗？你为什么要举荐他？"祁说："你只问我什么人能够胜任，并未问谁是我的儿子呀！"祁午上任后，果然把工作干得井井有条。

孔子听说了这件事，也不由得交口称赞："祁黄羊用人，外举不避仇，内举不避亲，可圣矣！"

祁黄羊荐才既体现了他高尚的情操外，还体现了他用人的标准，即"国家至上，任人唯贤"。当然，古之谓贤，无非是才高而德隆，众望而所归。大体说来，德高就是要重"礼"讲"义"，才高即能"书"会"仕"。我们今天的贤者与封建社会所谓的"贤者"内涵已大有不同了，应该是德才兼备之人。我们所说的"德"，是忠于国家和人民的利益，具有全心全意为人民服务的高尚品德；我们所说的"才"，具备深厚的理论修养，丰富的工作生活经验和随机应变的能力。对一个人来说，德才不可偏废。但德才相比，我们更提倡德，因为德行是人的政治方向、工作作风，是才的前提。一个人只有具备了崇高的思想品德，才能将自己的才能充分发挥出来，为国出力，为民造福。我们很难相信，一个处处为己着想，"私"字当头的人，能为国家、社会、人民努力工作、甘于奉献吗？

荀子曾说："口能言之，身能行之，国宝也；口不能言，身能行之，国器也；口能言之，身不能行，国用也；口言善，身行恶，国妖也。"宋朝时，做东都留守的吕元膺一次与一位掌管钱粮的下级弈棋，当吕元膺抽空去处理紧急公务时，这位钱粮官趁机偷换了一颗棋子，最后赢了这局棋。吕元膺当时对此虽有察觉，但并未吱声。一段时间后，吕元膺借故把此人调到外地做官，并预言此人终将因贪污而受到惩罚。后来果然不出所料。

吕元膺以一棋子识人，可谓识人于微，分毫不差。一个人的思想素质和道德品质如何，并不一定等到这个人犯了大错误才显示出来，其实从这个人对许多细小问题的处理上就能看出。这就告诫我们在识人问题上，既要听其言，更要观其行，既要看大节、看主流，更要透过现象看本质，通过小节看大节，不为假象所迷惑，不因其错小而忽视。也就是说，要从细微处甄别人才。

清朝人顾嗣协诗云："骏马能历险，犁田不如牛。坚车能载重，渡河不如舟。舍长以就短，智者难为谋。生材贵适用，慎勿多苛求。"可见，用人之长、避人之短，以至化短为长，是一门多么高明的用人艺术。

内乡县衙的知名县令

内乡县已有两千多年的建县历史，其间"为官斯土者殆不下千数百人"，然由于年代久远，见于旧志记载的为数不多。有史可据自金至清有 185 人任内乡县令，其中多为循良著绩、兴学育才、种种善政之清官。特别是元好问、沃頩、高以永、章炳焘等在内乡任职的"父母官"，启示着当今的从政者怎样为官一任，造福一方。

文坛巨匠元好问

元好问，字裕之，号遗山，太原忻州（今山西）人。7 岁能诗，从郝天挺学，6 年即学成，赵礼部秉文，见而异之。金兴定五年（1221）进士，正大四年（1227），由镇平调内乡令（县治在今西峡县城）。元好问为官清正，体察民情，重视农桑，开仓赈济，边境宁谧。其间丁母忧回家守丧，旋回内乡，寓居白鹿原（今西峡丹水菊花山），结茅舍于菊潭之上，额曰"新斋"。正大八年（1231）服满补南阳县令。元好问是金元时期文坛巨匠，著有《遗山集》等书，在内乡留有大量诗篇，著名的有《宿菊潭》《内乡县斋书事》等，这些诗文都体现了他忠君爱民、忧国忧民的高尚情怀。《内乡通考》曰：元好问劳抚流亡，循吏也，不当徒以诗人目之。

政绩卓然的沃泮

沃泮，字文渊，明浙江定海人，成化二年（1466）中进士。据史料载："沃君文渊以丙戌进士，任监察御史，出按江右（今江西）诸省，除奸去暴，雷厉风行，豪民贪吏惊悸胆落""察苛政之害吾民者尽解而去，豪强屏迹，贪墨逃遁""江右父老咸曰：此公君真得御史之体也"！后因其执法严明，得罪于朝中权贵，于成化十五年（1479）降任内乡知县。

成化年间，明王朝已开始走向衰败，社会矛盾日益加剧。沃泮知内乡县事之初，"内乡连年水旱相接，人民凋瘵者过半"，全县（当时的内乡县辖今西峡县全境及淅川县东南一部分）仅1900余户，21600余人。据成化《内乡志》载："沃泮抵任月余，兴利革弊，民赖以宁。暇日，文渊乃循行邑署巡视，舍有东倾西聸而不可支者，有上雨傍风不能蔽者，有壁空户倒不堪居者"，寥寥数语将元大德八年（1304）内乡县治由西峡口（今西峡县城）徙渚阳镇（今内乡县城）后的内乡县衙破旧之状记叙得十分真切。沃泮基于"民非政不治，政非官不举，官非署不立"之识，在其任职当年的8月，就开始重修内乡县衙。沃泮此举，在连年灾荒、异常贫困的内乡山县，实在不是一件易事。然而，沃泮毕竟是一位在御史台任职十余年的监察御史，其才干绝非一般庸官能比。在修建内乡县衙的整个过程中，沃泮采用的是出财于官，取力（役）于民之策，因其所施之略与当时官吏惯用的横敛为事手段大不相同，故而为民众所能接受。再加上沃泮精心督理，所以仅历时一年零两个月，内乡县衙便为之一新。"其制始备"，前厅、后堂、知县宅、县丞宅、主簿宅、典史宅、申明亭、旌善亭，诸多建筑应有尽有，其宏伟"巍然而山出"，其壮丽"灿然而霞布"。还应当提及的是沃泮在内乡任职 6 年期间，"禁奸佑良，募民积谷十万余石备荒，民无饥馑"。因政绩卓然，于成化二十一年（1485）"擢荆州知府"。

勤政爱民高以永

"吃百姓之饭，穿百姓之衣，莫道百姓可欺，自己也是百姓；得一官不荣，失一官不辱，勿说一官无用，地方全靠一官。"这是悬挂在内乡三堂前的一副楹联。自 1984 年内乡县衙被辟为国内第一座衙门博物馆并对外开放以来，这副楹联的作者——清康熙时内乡知县高以永的名字，也随内乡县衙而名扬海内外。而且高以永是爱民如子的父母官，他以自己的行动实践了联语的要求，在内乡、在安州、在户部都留下了极好的政声。

高以永，字子修，号荆门，浙江嘉兴人，康熙十二年（1673）会魁（礼部会试中单科夺元者），十九年（1680）知内乡县。时县内地多荒芜，国家的赋税，十不能完成一二，以永下车即问民疾苦，以赈济灾民为急务。流民四处返回，给发种子，调剂耕牛，令其广开垦，植农桑，并将新垦土地划分五等，就低划分，申请上宪 6 年内不收赋税，极大地调动了农民开荒积极性，累年开地达四千余顷（40 万亩）。民获其利，蓄积有余，社会安定，民风淳朴。

高以永宽厚温和，爱护百姓，对属下、对民众从未见其发怒，"深仁厚泽，入人骨髓"，后考核卓异，迁直隶安州知州。离任内乡时，百姓扳道挽留，甚而有追送数百里者，后立"德政""去思"二碑于仪门前，入名宦祠。清康熙《内乡县志》称"在事数年，温厚和平为治务，慈祥恺悌之声无间遐迩"，清同治《内乡通考》又说："高以永，广开垦，除匪盗，其有造于内乡者甚大，宜其崇祀名宦也。"更可贵的是其严于律己、清苦过人，为州县官11年未携家人至任所。内乡至安州、安州至户部，离任时，"仅囊衣箧书自随而已"。户部江西司员外郎任上，他深知"江南财赋半天下"，责任重大，为防奸吏作弊，夜以继日查核文书簿籍，以致积劳成疾，病逝于任所。死后没有留下任何属于他自己的财产，连灵柩也不能运回，靠亲故集钱物，得以归葬。安州人闻之，相率入都哭奠者不绝。后公子过内乡，"其民攀留而不忍舍道，相别泣下湿襟"。

高以永既是勤于政事的清官，也是诗人。仅见于康熙《内乡县志》记载的就有诗歌、碑文二十余篇。如他在《内乡春日漫兴》一诗里写道："每逢春耘早放衙，小堂幽静胜山家。悠然竹几摊出坐，落尽中庭白杏花。"这些诗里多表达了他体察民情、重视农事、关心民瘼的高尚情怀。高以永身后留有《高户部诗集》，嘉兴《竹林八圩志》收录其一生诗作数百篇。清代著名史学家万斯同等五人为其所作的序言，从不同的角度评价了高以永为政、为人和在文学方面的成就。如冉觐祖在序言中写道："今海内诗人竞相雄长者未有定论，而公亦可以独树旗鼓，自名为家不愧也。而予尤幸始而闻公之政事，徐而瞻公之容貌，聆公之言论，今又得读公之诗，不觉向往之情弥殷也！"

勤能之官章炳焘

章炳焘，现存清代内乡县衙的主持营建者，浙江会稽（今绍兴）县人。据《内乡县志》载，章于清光绪十八年（1892）以钦加同知衔五品官知内乡县事，光绪二十六年（1900）交卸，历任9年，开内乡知县任职时间最长之先河。

清末，封建王朝江河日下，民生凋敝，内乡县衙自咸丰七年（1857）被捻军火烧"公署全毁"之后的 30 余年间，知县历二十二任，县衙未能修建，县署暂借察院治事。章炳焘受命于危难之时，一上任就决心在内乡干上十年八年，使盗贼敛迹，百废俱举，百姓富裕，安居乐业。上任之初首先召集县内的乡绅富贾，共献治县大计，并当场写下"天理、国法、人情"六个大字拍卖千金，用于修建县衙，向大伙表明这就是他的为官之道，做事循天理，断案凭国法，处事合人情。《内乡县志》记载，他"光绪十八年（1892）摄内邑篆，二十六年（1900）交卸时太平无事。炳焘历任九年，得以专心土木工程"。其工程最大，最浩繁的当数内乡县衙了。从光绪二十年（1894）开始，历时 3 年建起一座规模宏大的县衙，有房舍 260 余间，"迄今观其规模，不可谓不宏远也"。因受他是浙江人的影响，内乡县衙融大江南北的建筑风格于一体，近看主次分明，远眺浑然一体，既表明了内乡百姓的聪明才智，也展示了章氏在县衙建筑上的独具匠心。政余他漫步施工现场，严把工程质量。门前照壁已修丈余，发现墙体倾斜有两三分，命工匠扒了重修。发现工头李狗子贪污公款，挥霍浪费，工匠工资不能如数发放，除予以重责外，并罚工头打制石狮三对置于县衙、文庙、书院，此后人们不敢妄为。章炳焘除重修内乡县衙之外，还修建有崇圣祠、巫马祠、考院、明伦堂、城隍庙、建福寺、奉仙观等，并维修了四个城门，亲为题写石匾，"北接嵩邙""南通襄楚""东襟白水""西带丹江"。今"西带丹江"城门石匾保存完好，是章炳焘留下的唯一书法真迹，显示了其极高的书法造诣。

章炳焘在内乡任职期间，基于"国以民为本，民以食为天"之识，在县城和各乡里增设义仓和常平仓，告诫百姓"丰稔而积仓谷"，以备灾年度荒。每有天灾人祸发生，他都亲率部属下乡实地察看灾情，及时申请上宪免赋税，借贷种子，恢复生产，隆冬时节，县署和乡保设置粥厂以赈济灾民。为稳定治理内乡，章炳焘采取措施，奖励民众垦荒。不到 3 年时间，垦荒达二万余亩。他极力推广其家乡的种稻技术，并提出了"区田"种植，每逢耕种季节，亲自下田督民精耕细作。组织百姓疏通，新修了沐河堰、老高堰、西河堰、八迭堰等灌溉设施，使作物面积产量有了较大提高。光绪二十六年（1900），章炳焘交卸内乡印务，调知中牟任职。暮岁引年之后寓居开封，经济拮据，生计困难，曾携女儿回到他昔日为官的内乡县筹款度日。内乡的故友、绅士、百姓闻之，纷纷解囊相助，致年逾花甲的章炳焘倍受感动，老泪纵横，其女儿面对资助的民众跪而谢之。民国初年，章炳焘故于开封。

　　章炳焘在内乡为官 9 年，给民众留下的形象是清廉之官，勤能之官。正如光绪二十六年南阳知府傅凤扬在给上宪请示让即将交卸离任的章炳焘暂留南阳操办巡防营务的禀文中，评价他"该员办事认真，勤能素著"，这和《内乡县志》记载也相吻合。章炳焘为当时内乡创造了"历任九年太平无事"的社会环境，他所修建的县衙保存至今，"常留人间作史鉴"，客观上成了内乡的象征，内乡的财富。内乡也因县衙而名扬海外，走向世界。

丰年吉庆"打春牛"

在内乡县衙《知县六大职能展》里，有县令"打春亲耕"的泥塑场景，这是古代闹春耕、打春牛农事习俗的一个真实缩影，有着深刻的社会内涵和历史渊源，而"打春牛习俗"也被公布为国家级非物质文化遗产。

封建社会的主体经济是农业，农业的丰歉直接关系到国计民生和社会稳定。"无农不稳，无粮则乱"，这条规律为历代帝王所共识，为表示重农，每年立春之日皆亲耕田土，并把劝民农桑作为各级吏治的重要职能和考绩依据，乾隆帝说过："天下亲民之官莫如州县，州县之事切莫于勘察民生，有事则在县办理，无事则巡历乡村，询民疾苦，课民农桑，宣布德化，崇本抑末。"因此古代地方的州县衙门在立春的前一天，都要举行迎春的仪式。

阳气送冬走，春打六九头，一年之计在于春。古谚道："二月立春而水前，拉土送粪整田园；打井开渠修水利，再看家具全不全。"立春是标志着一年农耕开始的节日，也包含着一系列的祭祀礼仪活动，而牛是我国古代的主要耕作工具，所以立春又有"鞭春"的习俗，"打春牛"便是知县每年立春时举行的一项劝民农桑的政务活动。立春前一日，知县亲率众官，身着朝服，仪仗威严，随员高举"春"字牌，浩浩荡荡来到城南"先农坛"，在此排案祭祀由钦天监颁布制作的泥塑"春牛"和"芒神"（主管树木的神）。执事官站在案前，宣读祝文。祭拜完毕，知县亲手扶犁耕地一垄，表示代御亲耕，以迎春气而兆丰年。然后迎春队伍将"春牛""芒神"抬回县衙大堂前迎春池旁。

第二天立春之日，县衙仪门大开，对百姓开放，大堂前设香案，摆香烛、渚羊、白酒等祭品。百姓执彩旗、敲锣鼓、吹唢呐，聚集而来。知县面北而跪作三献酒，赞礼官诵读祝文："维神职司春令，德应苍龙，生意诞敷，品汇荫达。某等忝守是土，具礼迎新，戴仰神功，佑我黎庶，尚飨！"

礼毕，众官手执彩杖，肃立春牛两旁，赞礼官唱："长官击鼓！"知县三击鼓。赞礼官又唱："鞭春！"众官吏绕牛三圈，知县将春牛击破，牛肚里事先填满的五谷、干果等纷纷落地，众吏役与百姓欢呼抢食，期盼五谷丰登、吉年有余。随后出县衙开始游街闹春，大街小巷彩棚栉比，披红挂绿。鼓乐、狮子、旱船、高跷等民间杂耍奇玩尽兴表演，万家空巷，官民同乐，到处洋溢着吉庆欢快的气氛，将打春这一活动推向高潮。据传，知县扶犁耕地所选用的耕牛为户主的一大荣幸，还可享受免去当年赋税的优惠待遇。

"打春牛"活动延续到清末，全国统一改为正月初二举行迎春大典，官民一体庆贺，但有的仍沿袭旧制，一直延续到民国。《内乡县志》"时序节令"有记载："立春先一日，城中地方用鼓乐彩旗于句芒神、土牛前，以迎春气兆丰年。"不过，这时的土牛已不是土制，而是纸糊的了。

随着时代的发展，牛耕渐渐削弱，打春牛、闹春耕的民事民风民俗也失去了昔日的光环，而成为一种文化积淀尘封于封建历史的褶皱里了。

国以民为本，民以食为天，食以粮为源。中国是人口大国，粮丰食足是头等的大事。当今虽然没有了打春牛、闹春耕的形式，但"天下重农桑"，国泰民安康。中央每年初召开的第一个重要会议就是农村工作会议，建设社会主义新农村成为惠及百姓的民心工程。"春色满园关不住""红杏枝头春意闹"，在希望的田野上发展"优质、高产、高效"农业，做"农业奠基""科教兴农"大文章，这才是新时代最具意义的"闹春耕"。

体现公平的"粮行石斗"

内乡县衙有一凹槽形状、壁上有字的石刻文物，上写"道光十六年六月十五日。行内升斗不足者，除禀官究责外，罚钱一千文。行头胡德校准行斗，永以为式"的铭文40字。

史载，古代官斗、粮行标准斗多为木制，为户部统一颁定式样，而此斗为石质，这在全国实属罕见。该粮行标准斗全长94厘米，宽57厘米，盛粮槽上口长69厘米，宽35厘米，深16厘米，正面距右边棱30厘米处凿有一直径约5厘米的圆孔，粮食倒出时从此流下，经实测该石斗能容小麦29.4公斤。

旧时市场交易粮食，都以升斗计量，不称斤两，粮行经纪斗把子往往借此交易之机徇私舞弊。同是一把斗，收粮时能多量两三斤，出粮时又能少量两三斤，这样一多一少，斗把子从中渔利以饱私囊，不少人为交易不公到官告状。故时任知县熊廷基为加强市场管理，命粮行经纪胡德打制一标准石斗，重达数百斤，支立于粮行，交易双方发生争执到官论理时，将粮倒入石斗挡平，是否有弊。如发现有升斗不足者，除施以笞杖外，还要罚钱一千文。此斗实属一种标准计量器具，为打击、制止一些不法分子贪图小利而短斤缺两、欺行霸市等行为而立。使用此标准斗公平断案，可以维护公民的合法权益。

从公平意义上讲，此石斗当刮目相看，而时任知县熊廷基更当刮目相看。他知道百姓种粮不易，容不得欺诈，便令打制标准石斗，仅这一点就难能可贵，表现出亲民之心。

中国是提倡"亲民主义"最古老的国家。"四书"中的《大学》第一段话就是："大学之道，在明明德，在亲民，在止于至善。"然而亲到动心动情的人并不多。屈原算得上是一位，"长太息以掩涕兮，哀民生之多艰"！那时屈原是贵族，是大官，享有"三闾大夫"的等级和"左徒"的高级官衔。他居然能为"民生多艰"哭过，"掩涕"不休，大不易也。另如唐朝的白居易，他本人是官，"吏禄三百石，岁晏有余粮"，当他看到百姓在饥寒中挣扎就大为愧疚，"念彼深可愧，自问是何人"！有这样的精神，也很不容易。他在杭州做官时，常常遇到水患祸害百姓，就主动组织百姓修堤，离去时百姓依依相送。但白居易以诗回答："唯留一湖水，与汝救凶年。"

讲究修身养性、重义尚德，主张先做人后做官，既要当好官又要做好人，是中国传统文化的重要内容和优良传统。做到予我之物不多求、无我之物不苟求、他人之物不强求、身外之物不必求，不为官所缚、不为名所累、不为利所惑、不为色所动。这样说来，内乡县衙的"粮行石斗"意义非凡，很值得深思。

品读内乡县衙

八百里伏牛山像一条巨龙自秦岭山脉腾空而起，横跨豫、陕两省，一路挟云兴雨，化育万物。位于伏牛山南麓、南阳盆地西沿的古城内乡，犹如一颗璀璨的明珠，在青山绿水间熠熠生辉。素有"天下第一衙"之称的内乡县衙，以其特有的历史风貌和庄严雄伟的建筑布局，标志着内乡源远流长的历史文化，吸引了中外游人和专家学者的目光。

风雨沧桑七百年

秦灭六国，分天下为三十六郡，郡下设县。此后两千多年中，中央和地方的行政机构虽屡经变化，县却始终是封建政权的基层单位，到清代，全国有 1591 个县。但清朝灭亡百年之后的今天，长城内外，大江南北，曾经是各地最豪华、最醒目建筑的县衙竟然难觅踪影，只有内乡县衙硕果仅存，成了我国目前保存最完整的封建时代县级官署衙门。

内乡县衙始建于元朝大德八年（1304），据明、清、民国《内乡县志》记载："县治居城之中，元大德八年（1304）县尹潘逵始建厅堂廊舍",其间规模不大,初具县署雏形,在元末农民起义中毁于战火。如今县衙三堂前和师爷居住的"夫子院",还有两棵高大的丹桂树,据传是元代建县衙时种下的,每到开花季节,丹桂香飘全城,是内乡县衙 700 余年历史仅存的见证了。

明洪武二年(1369),知县史唯一重建县衙。明成化十五年(1479),沃泮以监察御史左迁(降职)知内乡县,"见厅廊既颓,基址又窄狭,不堪观瞻,于是开拓基址,凡厅堂廊舍仓库之类,一切鼎建增置",而"其制始备":中为正堂,后为退思堂,又后为知县廊,东北为县丞廊,东南为典史廊,西北为主簿廊,堂东为幕厅,西为架阁库,西厢为六房,前为仪门,西南为狱房,东南为土地祠,外为谯楼即大门,门东为申明亭、西为旌善亭。崇祯十五年(1642),李自成的农民军攻内乡,县衙被毁。清朝康熙年间,内乡县衙得到陆续修葺;咸丰七年(1857),捻军攻破内乡县城,县衙再次遭到焚毁。衙门是封建统治的象征,又是最基层统治机构,被农民所痛恨,所以农民起义军一旦得势,破坏的第一目标就是衙门。几百年间,内乡县衙三度被农民起义军焚毁。

光绪十八年(1892),钦加同知衔正五品官章炳焘(今浙江绍兴人)知内乡县事,历任 9 年,专心土木工程,规模宏大的内乡县衙得以恢复重建。据说县衙的总体规划、具体设计和组织施工都是章炳焘一手操办的。开工后,他常常亲临现场,严加督工。县衙大门前的照壁是座单立直壁抱框墙,看似简单,却不比一般房屋好修,基础不牢不行,对墙体垂直度的要求也很高。修建照壁的时候,习惯漫步施工现场的章炳焘走到已修到丈余高的照壁一侧,眯着一只眼看了看,便对工头说:"大师傅,墙歪了吧!"那工头是当地有名的匠人,不服气地说:"哪儿歪了?"章炳焘说:"拿垂线过来!"结果垂线一吊,发现有一韭菜叶的误差,那工头傻了眼,忙跪地叩头认错:"大老爷,小民甘愿受罚,马上扒了重修。"从此，工匠们都服了章炳焘，谁也不敢怠慢了。

内乡县衙历经元、明、清三代，屡毁屡建，现存内乡县衙建筑群得以奇迹般地保存下来，原因有三。

其一，它是晚清建筑，且整个建筑群特别是中轴线上的主体建筑，是在三年中一次建成，距今百余年，故保存完好程度一致。

其二，内乡县衙民国时期仍是县治所，新中国成立后亦为县人民政府所在地。1968年县政府迁出后，县人民武装部及县政府部分职能部门驻此，县衙没有遭到破坏。

其三，亦是最重要的原因，内乡县委、县政府具有保护文物的远见卓识，拨乱反正后解放思想，率先把县衙辟为博物馆，并做了大量卓有成效的工作。将县衙由"县保""省保"晋升为"国保"，从而实行了有效保护和开发利用的措施，使之成为内乡对外开放的"窗口"、发展旅游的"龙头"。

庭院深深深几许

内乡县衙位于县城东大街，坐北面南，占地4万平方米，现有房屋260余间，均为单檐硬山建筑，屋脊饰吻兽；建筑群呈现轴线对称、主从有序、中央殿堂、左文右武、前堂后室的格局，自南向北沿中轴线依次排列，布局合理、结构严谨、层层递进、院院相套，集中体现了旧时官衙庄重、肃穆的威严气势。

穿过宣化坊，便可见县衙大门。明间匾额书"内乡县署"四个大字，抱柱楹联"治菊潭，一柱擎天头势重；爱郦民，十年踏地脚跟牢"，对仗工整，抑扬顿挫，表现出古代官吏忠君为民的朴素感情。两侧为旧时百姓所称"有钱没钱别进来"的八字墙，其前石狮，居东的为雄狮，居西的雌狮。雄狮右蹄（西）下踩着一球，俗称"狮子滚绣球"，雌狮左蹄（东）下抚一幼狮，俗称"太师少狮"。雄狮下的球，既是权力，又是统一寰宇的象征，而雌狮下的小狮则象征子嗣昌盛。狮子被誉为"百兽之王"，它的故乡在非洲、印度、南美等地，我国的狮子是外国进贡来的。公元87年即东汉章和元年，安息国王献狮子，从此狮子便出现在中国的土地上。由于佛教对狮子的推崇，在人们的心目中，狮子便成了高贵的灵兽，于是人们用石雕刻各种狮子以镇守陵墓、驱魔避邪。明代以后，许多宫殿、衙署、寺院都用石狮子守门，以壮威严，成为古代建筑不可缺少的装饰。

县衙大门面阔三间，进深二间，前二檩下隐约可见有"大清光绪二十年（1894）九月初七巳时立，钦加同知衔内乡县事会稽章炳焘重建"的原始题记，明间为百米甬道的过道，东西梢间面南设中墙直通脊檩，将县衙大门分成前后两部分。

东梢间的前半间置有喊冤鼓一架，供百姓击鼓鸣冤之用；西梢间的前半间立有两通石碑，上面刻有"诬告加三等，越诉笞五十"字样，意为警戒告状者，既不能诬告，也不能越级上诉，诬告要罪加三等，越级上诉要用笞这种刑具打五十下。大门是门子打更报时，监管进出人员的第一道防卫之门。

进入大门，百米甬道的中央为仪门，是县衙的礼仪之门，凡新官到任或同级、上级官员至仪门，文官下轿，武官下马，县官僚属整冠迎至仪门。仪门，取"有仪可象"之意，表示县令的一言一行应该作为普通百姓的表率，大门至仪门为县衙的第一进院。

进入仪门，走过戒石坊，扑入眼帘的是雄伟、高大的县衙大堂。位于整个建筑群之中心，是县衙最主要的建筑，建在与月台相连的台基上，面阔22.2米，进深12.1米，5架梁9檩结构，采用北方"明三暗五"的暗处理手法，以三间为堂，明次间无前墙，呈开敞式，次间前檐下置木栏围护，东西次间相连处各置一硬山作序，梢间辟为夹室。大堂是知县发布政令，举行重大典礼和公开审理大案、要案的地方，故置匾书"内乡县正堂"。堂前明柱浮镌着清代御史魏向恒的名联"欺人如欺天毋自欺也；负民即负国何忍负之"，把欺人与欺天、负民与负国有机地结合起来，体现了封建统治者天人合一的政治理念和爱民自警的民本思想，寄意深远，读来使人深受启迪。

大堂正中置暖阁，是专为知县审案设的公堂。上置"明镜高悬"匾额，暖阁正中放三尺公案，上面有审案用的文房四宝及红、绿头签。绿头签是捕签，用来捕人的；红头签是刑签，下令动刑的。正面屏风为可供开启的格扇（为第二道礼仪之门，供知县到任或同级、上级官员穿堂而过之用），上绘"海水朝日图"，寓意为官者要明如日月，清似海水。图上的飞鸟叫"白鹇鸟"，为正五品文官的标志。过去一般县的长官为七品县令，而内乡因辖区比较大，包括现在的西峡全境及淅川东南的部分乡镇，且为鄂、豫、陕三省交通要道，历来为兵家必争之地，所以旧时在内乡为五品官者不乏其人。暖阁顶棚中心大方格内绘八卦太极图，意为该衙门是按堪学八卦方位图布局设计的，周围44个小方格内各绘有一只仙鹤朝中间圆心飞去，象征天下归一、四方同心，达到了"建筑必有图，有图必有意，有意必吉祥"。

暖阁前地坪上珍存有两块跪石，东为原告石（方形），西为被告石（长方形），为诉讼双方过堂时所跪之处。知县在升堂的时候，由东侧走上暖阁，然后原被告被带上来，跪在堂前的两块跪石上，这两块跪石都是明代保留下来的。因为在有的案件中涉及有同案犯，所以被告石比原告石要长一些。大堂东梢间为简房，是收贮仪仗的地方；西梢间为招房，是记录堂谕口供的地方。而两列仪仗：青旗、桐棍、皮槊、蓝伞、官衔牌和堂鼓、铜锣等，仿佛使人听到了击鼓升堂的阵阵回声，依稀看到旧时知县顶戴花翎、长袍补服的赫赫威仪。大堂前东西侧，为吏、户、礼、兵、刑、工六房，自北而南，东列吏、户、礼，西列兵、刑、工，与大堂、仪门形成县衙的第二进大院——大堂院。

大堂之后为宅门，是衙门的咽喉之所，为二堂的屏障，故又称屏门。屏门平时不开，只有新官上任或迎接上级官员时方可打开，屏门面北横匾上有六个凝重浑朴的大字："天理、国法、人情"，提示知县办案要顺应天理，执行国法，合乎人情。穿大堂，过屏门，可见二堂，即县衙的第三进院。这里是知县预审案件和退堂休息的地方。正面木格扇，上悬"琴治堂"，取《吕氏春秋》宓子贱鸣琴理讼的典故，意在警示知县要知人善任，力求做到政简刑轻。二堂之后的小型四合院为县衙的第四进院，俗称夫子院，是知县的幕友钱谷、刑名二位师爷的办公之所，一般的庶民百姓不能轻易进来。

三堂是知县接待上级官员、商议政事和办公起居的地方，有些机密案件也在这里审理。三堂建筑回廊宽阔，内部陈设与大堂、二堂也迥然相异。三堂院是县衙的第五进院，院内桂树如冠，给人以幽静之感。左右两侧为东西花厅，是知县眷属居住的地方，后面有后花园，面积虽不大，但清丽静谧、翠竹依依、花木扶疏，是知县和眷属休息之处。

县衙中轴线东西两侧为辅线建筑。东辅线自南向北依次为寅宾馆、衙神庙、三班院、巡捕衙、县丞衙；西辅线自南向北依次为膳馆、监狱、狱神庙、吏舍、主簿衙。从建筑风格看，内乡县衙采用严格的四合院布局格式，错落有致、主次分明，大堂、二堂、三堂依次推进，深邃幽古、壁垒森森、变幻无穷。其主要建筑物面均饰有"五脊六兽"，正脊两端的兽头叫鸱吻。传说龙生九子，即龙与别的九样灵兽交配后繁衍出九个混血儿，而每子都不是龙，它们不仅外貌不同，性格也不同。作为九子之一的鸱吻住南海，能喷水成雨。汉武帝时，因宫殿经常发生火灾，依据"术士"们的说法，在宫殿的正脊两端装饰鸱吻即可镇火。由此看来，县衙的主要建筑正脊两端装饰鸱吻，目的是防止火灾。每个鸱吻的背上插一剑，相传这把剑是许逊的，宋代封为"神功妙济真君"。鸱吻插剑目的有二：一是防止鸱吻逃跑，让其永远喷水镇火；二是妖魔鬼怪最怕许逊这把扇形剑。所谓六兽，主要是安放在四个垂脊之上的神兽，龙、凤、狮子、天马、海马等，最多的达 11 种，而县衙因地位、品级所限，仅装饰有鱼、天马、海马、鸱吻。这些神兽都象征吉祥安定、消灭灾祸，并含有主持正义、剪除邪恶之意，同时也是古建筑上的一种装饰品。故此，在史学界有"北故宫，南县衙""龙头在北京，龙尾在内乡"的美称。

衙署楹联蕴官德

楹联是题写在楹柱上的对联，衙署楹联实际上是一种表达，在某种意义上它是当官者的"政治宣言"，以表明自己的官风、心迹和政愿。内乡县衙的楹联文情并茂、包蕴丰富，其内容主要表现在三方面。

其一，强调当官要具有使命感、责任意识。如"治菊潭，一柱擎天头势重；爱郦民，十年踏地脚跟牢""欺人如欺天，毋自欺也；负民即负国，何忍负之""吃百姓之饭，穿百姓之衣，莫道百姓可欺，自己也是百姓；得一官不荣，失一官不辱，勿说一官无用，地方全靠一官"等。

其二，强调为官要廉洁奉公、爱民如子。如"宽一分，民多受一分赐；取一文，官不值一文钱""与百姓有缘，才来此地；期寸心无愧，不鄙斯民""不求当官称能吏；愿共斯民做好人"等。

其三，强调为政要公正执法、勇于进取。如"法行无亲，令行无故；赏疑唯重，罚疑唯轻""为政不在言多，须息息从省身克己而出；当官务持大体，思事事皆民生国计所关""立定脚跟竖起背；展开眼界放平心"等。

这种以对联权作施政纲领，在当时不但风行，而且对贯彻政令也确实起到了积极作用。当然，受历史发展的局限，这些官员不可能代表绝大多数群众的根本利益，但值得肯定的是，他们的"官念"中至少萌生了为官一任、造福一方的民本思想。从政者能否言出必行、表里如一，历史自然有一杆秤，对于"好官""清官"，老百姓也看得最清楚。

衙署楹联作为一种文化现象，逾千年而不衰，其根本原因在于它包蕴了百姓对执政者的一种道德渴求。自古以来，人们就认为官风决定民风，官风正，民风就淳；官德好，百姓就会起而仿效，正如孔子对季康子说的那样："子欲善，而民善矣。"反之，官吏失德，官吏腐败，国家就会走向衰落，乃至崩溃。

菊潭千载经风雨，官衙几度解沧桑。内乡县衙作为中国封建地方政权的实物标本，见证了千年的世事巨变。在新的世纪，新的千年，必将以新的形象、新的风采，在内乡社会、经济、文化建设中产生更大的作用，焕发夺目的光彩！

激越宛梆腔

壮美宛梆

因为那场轰轰烈烈的明末农民起义，诞生了壮美的宛梆。

那是一个风雷激荡的年代。崇祯三年（1630），李自成起兵陕北，号称"闯王"，辗转奔袭湖广川陕，而在中原主要以南阳为根据地，先后转战 12 年之久。内乡地处豫、鄂、陕三省之交，西叩武关，东出南阳，南窥襄樊，北制伊洛，境内崇山峻岭，连绵起伏。优越的地理位置是藏龙卧虎的理想之地，因而成了农民军战略转移的重要通道，每一次大规模的运动作战总是先通过这里，然后展开进一步的军事行动。且李自成酷爱戏剧，义军便把东路秦腔作为军戏带至南阳之域流传演出，逐渐吸纳当地的民歌小调、民间说唱、乡音俚语而形成宛梆。

内乡的历史驿站从未有过这样热闹的风景。李自成的百万义军曾七次屯集于此，由秦腔化生的高昂明朗、激越狂放的宛梆在军中吼唱，离义军十多里地就能感到它的威势。它如狂风一般削着山梁，掠过树梢，在空中直驰摇荡，把苍茫的山野搅得躁动起来：山道上拉着一车柴木、慢悠悠前行的毛驴，忽然昂起头奋蹄狂奔；正在懒洋洋犁地的汉子，突然没了疲惫，号叫着犁得更欢了。

山庄里的男男女女，一个个走出房门，支起耳朵听个够。

"过瘾！""好听！""劲足！"话不一样，却有共同之处，这唱腔，是粗犷的，粗犷的狂烈，粗犷的蛮横，粗犷的壮美。

就是在这个时期，宛梆雏形破"土"而出，人们叫它"乱弹""西调""老梆子"。庄户人被它感染着，再也耐不住冷寂，纷纷学唱起来。山庄上空响彻着不同声音的宛梆唱腔，冲击着四面八方。

直至清代中叶进入兴盛期，宛梆已形成一个独立的剧种，当时宛梆的科班、戏班可谓星罗棋布，遍及南阳周围各县各镇。仅内乡境内就有五台宛梆戏班，邓县则多至十数台。其演出活动以南阳为中心，东至沙河两岸的周口、项城，西至陕西的商洛乃至西安附近，北至灵宝、卢氏，南至湖北的襄樊一带。特别是豫西南各县大小镇店、村落，每年的庙会、婚丧、求神、还愿、庆寿、社戏等演出活动，多以宛梆为主，群众称之"大戏"。当时有"桃黍棵里喊乱弹""闲了哼哼唱，来段唧唧梆"等民谣，可见其影响之大。

宛梆就有这么大的魅力。唱腔苍凉雄健、别具一格，大起板、导板、哭滚白、花阳腔使听者悦目赏心，陶然流连；而各种哭腔、扬腔又使人牵魂挂肠，声泪俱下。尤其是宛梆主弦，杆粗且短，一尺半长，用皮弦，香椿木特制，属艺人自制乐器，也是弦乐里最高亢的乐器，演奏时拉弓用力在 10 公斤左右，音高明朗，宛如鸟啼，"唧梆唧梆"之声穿云透空，响彻云霄，煞是动听。

壮哉，宛梆！美哉，宛梆！

沧桑"公义班"

岁月的镜头拉回到清朝中叶——

激越豪放的宛梆已是豫西南、鄂西北及陕南的主要流布剧种，南阳周边即拥有宛梆班社百家之多，农村中到处流传着"扛起锄头上南岗，嘴里哼着梆子腔"的民谣。也正是在这鼎盛时期，内乡境内第一个宛梆"公义班"应运而生。

这是清咸丰三年（1853）的春天。一种爱，一种对宛梆的由衷喜爱，使张珊成了内乡宛梆戏班的创始人。

富有传奇人生的张珊，清嘉庆十九年（1814）出生于内乡县夏馆栗园村。弱冠中贡生，聪异不凡，才誉乡里。自幼通晓音律，善弄管弦笙簧，堪称多才多艺。由于早年丧父，受家务所累，"仕宦登进"之途遂绝，便弃学经营商务，利用夏馆山区盛产柞蚕这一优势，率先引进"洋务"，购织机六台，创办"天益祥"丝织机房，所产绸缎丝绫广销四面八方，岁盈利润万两白银。他经20余年苦心经营，家道丰裕，成为夏馆一带的第一富绅。他乐善好施、济贫助困，"富而好行其仁"，口碑极佳。时年有一流浪丐儿年方十三，冰天雪地衣不蔽体，遍身疥疮奄奄一息，张珊急命家人将他扶进前宅，为其沐浴理发更衣供食，请医抓药悉心照料，数月痊愈，临行又赠其银两路费，丐儿千恩万谢而去。张珊平日仗义疏财之举比比皆是，但从不图回报，被人尊称"珊公"。

咸丰至同治年间，关西连年荒旱，百姓无法生存，结队流入伏牛山区。张珊家境富裕，对外来流民多有周济，怀有各种技艺的人更是长期寄宿其家。忽一日，偶与一逃荒求食者谈及喜爱"梆子戏"之事，那老者不但侃侃而谈，且能唱善舞，一招一式颇有造诣。原来老者出身梨园世家，深得言传身教，因荒年散了班子逃生至此。如是切磋数日，双方相见恨晚，遂达成组班唱戏意向，由张珊做戏主，出资置办行头，招纳流浪儿童及闲散艺人，老者则做导演教练，组成宛梆科班，定名为"公义班"。

此时张珊已年届四十，但他以极大的热情投入"公义班"的建设与发展。他很注意戏班的服装、道具和各色装备，更重视提高演员的艺术素质，"公义班"里生、旦、净、末、丑各色行当齐全，演员都是经过筛选，个个技艺高超。武丑王老四，手持双棒，上置一小簸箕鸡蛋，倒翻跟头后，鸡蛋保持如故；还有个饰奸相的演员犟一头，戏演得太好了，卸妆后行经街头，竟被众口责骂。当时宛属各县乃至湖北北部的宛梆班社，没有一个能与"公义班"匹敌，加之设备行头新颖，真个是闻名遐迩、蜚声四外，所到之处无不扶老携幼、万人空巷，争相观看，更兼"公义班"艺德行风端正，赢得百姓交口称赞。

又是一年春天。这一日，"公义班"巡演至湖北光华县内（今老河口市一带），当地有一恶霸豪强，欲为小妾过生日而命"公义班"终止其他演约，立即为其妾奉演于宅院之内。按先来后到之行规，"公义班"未敢毁前约而应允。那恶霸恼羞成怒，命人抢了镶饰行头并恶言相挟。常言道：出门三里外乡人。领班人好言相求，那恶霸胡搅蛮缠，坚不松口。无奈派人连夜赶回夏馆，报于张珊。张珊反复掂量：强龙不压地头蛇，除非经官府了断，但"官府衙门朝南开，有理没钱莫进来"。然事已至此，为了争气，只好用一强劲膘马驮足银两，带一习武之仆星夜赶赴光华。

第二天中午，行至光华北五里桥处，远见一赤膊大汉在桥下小憩。及近，那大汉忽地从桥下窜出，双手抱拳作揖说道："恩公何以至此？"张珊先是一惊，疑为歹人打劫，细看乃是当年收治的疥疮丐儿，遂大喜，告知因由。壮汉听罢道："原来如此，真乃欺人太甚！不劳恩公费心，三日之内必令其完璧归赵。"张珊将信将疑，当夜下榻于城内客店，静候音信。

俗话说，行有行规，帮有帮约。那壮汉当即一声令下，方圆数百里之内的乞丐连夜赶聚于光华城内。次日半晌，几百名乞丐围于恶霸宅院周围，手持打狗棍棒且敲打碗筷，声嘶力竭、胡喊乱叫，声言不为"公义班"讨回镶饰行头决不罢休！内有几个平日沿街乞讨会打"莲花落"的乞丐，和着拍唱道："打竹板，响叮当，人坏良心必遭殃；渴了喝水噎死你，大火烧你堂屋房；拉屎掉到茅池里，全家老少都死光。"

那恶霸差家人几次来轰，无奈丐帮人多势众，全然不予理会，而且几个艺丐回应道："没指名，没指姓，东家你别犯心病；自古君子养艺人，只有小人才横行；人在世上要积德，作恶必有恶报应。"

众乞丐在恶霸院外极尽骚扰，使其昼夜不得安宁。这恶霸平日横行乡里，老百姓恨之入骨，却敢怒不敢言，今遇丐帮闹事，拍手称快并纷纷声援。

自古被丐帮纠缠乃最倒霉之事，且有失身份，那恶霸见丐帮软硬不吃，众怒难犯，于是不得不把所扣镶饰行头如数奉还。张珊一生信奉"好人自有好报"的理念，今日果然应验，不禁喜出望外。为感谢丐帮的奇行义举及四方百姓的声援，他把所带银两尽数施与当地百姓及丐帮义众。离别时，围众塞道，鞭炮之声不绝于耳。自此以后，"公义班"路路畅通，所到之处百姓夹道迎送，饮誉四方。

光绪六年（1880）12月，张珊无疾而终，享年66岁。此后"公义班"虽几易其主，但都不改其名，引以为荣。因之在张珊死后的近百年中，"公义班"声望不减，一直活动在河南、湖北、陕西三省的广大地区，至今还流传着这样的歌谣："夏馆老张珊，养戏公义班；生旦净末丑，唱遍豫鄂陕。"

如今的内乡宛梆剧团，就是新中国成立后由"公义班"演变而成的，是目前国内唯一的宛梆剧种专业剧团。特别是2006年，"宛梆"被国务院确定为首批国家级非物质文化遗产，更引起社会广泛关注。宛梆艺术必将发扬光大、传承发展、走向辉煌！

南阳"梅兰芳"

多亲切的称呼！兴娃儿、拐娃儿、生娃儿，这些都是山乡百姓对王春生的称呼。每逢他出演，十里八乡倾"巢"而出，戏场上人山人海，拥挤轰动，久久不能平静。宛西地区到处流行着群众赞美他的顺口溜："想看生娃儿戏，多跑十里地，板（摔）哩骨头疼，心里也美气""生娃儿飙一腔，迷了八道岗，男的不做活，女的不烧汤""看了生娃儿《反西唐》，忘了老婆忘了娘"。

王春生是宛梆具有影响力的"大腕"。1907 年，他出生于邓县构林常营村。幼年时，家境贫寒，生活艰难。父早丧，母纺织，大哥卖花，二哥种田，从牙缝里挤些银两供其读私塾两年，他能粗背《三字经》《神童诗》，且略知其意。14 岁那年，夏旱秋涝，颗粒未收，王春生无奈辍学，到附近磨户张老八的梆子科班学戏，拜唱生旦兼打鼓的聂明为师，专攻花旦。他粗识文字，敏悟过人，在科班中与其他目不识丁的童伶相比，可谓鹤立鸡群，加之勤奋好学，心灵眼活，很受师父聂明垂爱，被视为得意门生。旧科班规矩，头三个月除练功外，还要分行当学会大小九出戏，以保证可以演出三天，任务相当艰巨。师父们教戏，言传口授，童伶们跟着学念。戏词难懂，小和尚念经——有口无心，童伶们难免在排练中打盹或犯科规，被"放排"挨打，唯独王春生领悟较快，能以幸免。三个月后，科班先后在邓县、新野一带实习演出，童伶们生活上管吃，而演出收入尽归戏主。王春生长相玲珑俊秀，化妆后美如白玉、丰采魅人，声音好、会做戏，初出茅庐即为观众叫绝。该科班属"兴"字辈，有唱红脸的兴唐、唱大花脸的兴豹、唱二花脸的兴雷、唱花旦的兴兰等，王春生遂易名兴生，当地群众称其兴娃儿。

在科班三年后即 1924 年，王春生年方十七，正式出科，先后在南阳十八里岗、邓县宋集等戏班演出。邓、宛一带著名武生周桂琴得知其很有才华，特抵该戏班观看演出并予以指点，还多次与其配戏，使他在艺术上有了长足进步，成为所在戏班的"顶台柱"。然当时遍地战乱、兵祸连结，土豪或匪首间钩心斗角，于演戏时黑枪杀人已是司空见惯，新野某宛梆戏班有位老艺人就是在演出时被黑枪打死在舞台上。1927 年的一天，王春生在邓县西山沟唱戏，被土匪枪走火打伤右腿，抬回家住了半年留下残疾。伤好后又到邓县城内库粮房戏班，因走路稍瘸，群众称其拐娃儿。

王春生不仅为宛梆名角，而且还学会唱越调、二黄戏和大调曲子。1929 年，内乡杨湾越调班戏主杨灵汉（杨集联防局长），得知其名震邓县，又会唱越调，即派人邀他到自己的戏班王春生唱越调数月竟轰动内乡各地，使当地越调名角马福才（唱红脸）、郑家娃儿（唱生角）、红钧（唱花旦）等人相形见绌。该戏班唱到小白营，赤眉齐营梆子班戏主齐俊显、齐大帽等，以王春生学宛梆而改唱越调、破坏传统戏规为借口，派人去抢他。双方争执不下，杨灵汉手下一头目竟鸣枪喝叫："干脆一枪崩了他，咱们谁也要不成。"王春生见势危急，在群众帮助下，钻"狗道眼"逃跑。但齐俊显以当时的赤眉民团团长刘顾三为靠山，势力大，终将王春生截住，抢到齐营重唱宛梆，并任命他为掌班的。此后，王春生即在内乡、西峡、卢氏、淅川、镇平、南阳、新野、邓县、老河口等地演出，群众称他生娃儿。其间，他经过多年的艺术实践，演艺水平更加提高。每到一地，即作为指名点戏的对象，挂过不少银牌（旧时给演员的一种荣誉），就连不爱看旦角戏的宛西民团司令别廷芳也说"生娃儿这货唱得好"。戏班在西峡马王庙演出时，别廷芳还单独接见并设宴招待王春生。20 世纪 30 年代，著名戏剧活动家樊粹庭和豫剧著名演员陈素真，在南阳某地曾看过王春生的戏，并感慨地说："此人称得上南阳的梅兰芳，可惜生得不是地方，要是在大城市，必能成为我国戏剧界的名流。"

其后，王春生转入师岗梆子班、曹冲梆子班等班社，所到之处蜚声遐迩，长幼咸知；不管他在哪家班社，都会成为该班社的顶梁柱；搭谁的班社，谁的班社就红火兴旺。此间，南阳各地唱宛梆花旦较出名的有张小锁（皮钱儿）、李小者（金墩儿）、德金（双生娃儿）、赵兰英（小坤角）等演员的名声均不及王春生。1945 年，日寇占领内乡，各地梆子班相继解散，王春生回邓县构林老家玩小戏（唱大调曲子）至成立。1951 年，他重回新建的内乡县宛梆剧团，以教学生为主，并辅助导演设计唱腔动作，至 1965 年病逝，终年 58 岁。

王春生是宛梆最具表现力的"大师"。他对宛梆唱腔表演艺术做出了巨大贡献，在宛梆发展史上留下不可磨灭的功绩。几十年来，他在舞台上创造了许多令人难忘的艺术形象，并形成了自己独特的艺术风格。他唱"耍"戏如《姚岗征南》（饰黄金婵）、《洛阳点炮》（饰王娟娟），爽朗俏丽、生活味浓；他唱哭戏如《大祭桩》（饰黄桂英）、《卖苗郎》（饰柳迎春），悲凉幽怨、催人泪下；尤擅长蟒靠戏如《反西唐》（饰樊梨花）、《征辽东》（饰穆桂英），神采奕奕、雍容刚健，表现出久驰沙场、能杀惯战的巾帼英雄气概。他基本功扎实，表演上手眼相应，以情传神；花旦台步别具一格，幅度大，不扭捏，不做作，显得优美大方。他的唱腔清脆委婉、甜润流畅、新颖动听，本假嗓结合恰到好处，并巧妙地运用闪板、衬字、卷舌音和花腔，行腔多变，不俗套、不雷同，声情并茂，饶有韵味，所演出的《对多罗》（饰张醇花）、《余二姐求子》（饰余二姐），一唱数百句，以巧唱取胜，使观众张嘴挢舌、目瞪口呆。大板"乱弹"唱后，观众如饮醇酒，无不愕然惊叹。他在艺术上勇于探索革新，不墨守成规。其在《二冀州》中演妲己，唱腔上适当地吸收融合了曲剧和汉剧的声腔，既不失宛梆风格，又使人听了耳目一新；在《春秋配》"捡柴"一折中扮演姜秋莲，根据感情的需要，大胆地将慢板中的"寒腔"作为起腔，收到了极好的效果。他戏路宽广，除花旦、武旦外，还演青衣、老旦乃至生角、丑角，并学会了武场上的打鼓、锣、镲等，熟记了很多传统"包本"戏。和他同代的艺人也为之倾倒，都赞佩他能文能武，多才多艺。

中华人民共和国成立后，他身体不好，很少登台演出，以培养青年演员为己任。20世纪60年代初在观众的强烈要求下，50多岁的王春生曾抱病演出过一些折子戏选场，如《女斩》（饰樊梨花）、《斩黄袍》（饰陶三春）、《铡美案》（饰秦香莲）等。戏报一出，群众街谈巷议，奔走相告，演出时剧场座无虚席。当时，他虽红颜已褪，气力不佳，然表演细腻逼真，手眼身步法的运用皆符合人物情感，仍使人们遥想和回味20世纪二三十年代他青春时期的艺术形象。他对青年演员要求很严，每设计唱腔或动作总反复揣摩，而且教戏认真，苦口婆心，像春蚕吐丝一样，毫无保留地把自己所掌握的艺术财富传授给下一代。至今，宛梆旦角唱腔和表演艺术的精华部分，基本上是王春生遗留下来的。

王春生因宛梆而生动，宛梆因王春生而精彩！

因宛梆而想你

夜阑人静，窗外月明如水，捧一杯香茗，静静地读着南阳师院齐子义教授写的《长歌当哭挽乡音》，突然间一种情愫像雾一样漫过心头，让我从跳动着真情的字符间仿佛看到了你，气宇轩昂的宛梆红脸翟道三。宛梆的艺术舞台上你留下的郁悒悲壮的角色、高亢有力的唱腔、饱满清晰的念白，让我情不自禁地激动着、兴奋着、陶醉着。

1919 年，你生于邓县林扒村。天生一副好嗓子，后入宛梆科班苦练，大本腔和花腔音量洪大、音韵宽厚，可谓"急如闪电，缓如驼铃，脆如玉碎，亮如洪钟"，出班演出就博得喝彩。你善于继承与创新，虽有老师言传身教，但不拘于此，用心领悟角色，形成自己风格，"青出于蓝而胜于蓝"。在《闯幽州》《劈杨藩》《浑圆镜》《十五贯》《取成都》《黄鹤楼》《古城会》《虎丘山》《斩黄袍》《收吴汉》《大郑宫》《审匡洪》《马家寨》《陈胜王》《铡美案》《桃花庵》等众多剧目中，饰演了一个个独具特色、栩栩如生的舞台艺术形象，为宛梆留下了宝贵财富。

因为用心，你特别注重表演的夸张性。扮演《浑圆镜》中的吴承恩，醉醒后发现东人被换，一声"哎呀，不好"即甩却帽子，抽锁鼻凹，眼睛血一样红。尔后，扬起右袖后甩进上场门，又出下场门，跌滚、吹胡、甩发，异常激烈；复进下场门，再出上场门，跌滚、吹胡、甩发，更为激烈；重进上场门，又出下场门，跌滚、吹胡、甩发，最为激烈。像这样一浪高过一浪的三进三出，把人物的惊慌和焦急表现得淋漓尽致，每次演出掌声迭起。扮演《二龙山》中的李怀珠，在激烈的战斗中你层层剥衣，最后光着脊梁上阵，奇崛绝伦的表演令观众赞不绝口。

因为用心，你特别注重气色的震撼力。观众说你恨戏，是夸你演戏不惜气力，感情饱满，达到忘我程度。在《闯幽州》一剧中，杨继业一败涂地、万般无奈之下，只得让大郎化装成宋王代天殉命。你饰演的杨继业每当这时便强忍内心割肝之疼，坐在背向大郎的椅子上不忍相对，眼眶噙血一般。在大郎与父亲告别前的一声"父帅"中，你猛然推去椅子，扭身面对大郎，两眼噙泪，上下左右凝望着大郎久久无语，而后伸开双臂扑向大郎高声喊道："我的儿啊！"把苍凉悲壮的生离死别准确、生动地表现出来，引观众进入戏剧情境，心悬泪流。《黄鹤楼》的高潮是孙、刘两家在黄鹤楼上的斗争，周瑜盛气凌人，赵云浑身是胆，一时间双方"剑拔弩张"，把刘备置于夹缝之中。此时，你饰演的刘备一面向周瑜说好话，一面训斥赵云不知天高地厚，甚至怨恨地冲赵云喊着"四弟""四千岁"，再到"四王爷"，这充分展露了刘备的焦虑、惶恐之心。在双方对峙、刀枪相向之时，你低眉弯腰，双臂下垂，随着锣鼓的节奏，两眼不停地眨着，全身不住地瑟瑟发抖，把一种一触即发的紧张情势推向极致，如此绝妙的身段和气色征服了观众。

因为用心，你特别注重细节的表现力。《浑圆镜》中，王夫人放走吴承恩复又叫回，本是要给他盘费的，但他怎么也没有料到，以为王夫人反口，便说自己丢失东人罪莫大焉，就请王夫人将自己处死堂口。当王夫人说出叫回本意时，你扮演的吴承恩是这样表演的：随着"咦——"的一声惊讶，全身微抽，右手捋边须（指法不同一般：拇指伸展，食指弯曲，从中间通过，而小拇指和无名指稍翘，显得灵巧优美），眼睛眨动，再抽噎，抽噎得竟把两鼻翼吸陷，之后叹息道："我是分文无有啊——"真乃发自肺腑的感动！接盘费后，却是磨蹭着难舍难分地离去，与先前急切地"谢过王夫人"，同时急切地打躬，又急切地出逃（扬起右袖后甩）截然不同。《取成都》中你扮刘璋王，刘备进城与其相见，你这样表现刘璋王的满腹愤恨：坐在一边，两腿交叉，两臂亦交叉放至腿上，两眼紧闭，低着头一动不动。刘备上前道："宗兄，我这里有礼。"你依然如故。又道声，亦如故。于是刘备一面施礼，同时抗你一下。这下子不能不理了，你右手捋边须，"嗯——"的一声睁开眼睛并抬起头来，却面向另一边，致使刘备说："这边厢哩。"妙极了！出城时，你掀掀刘备的衣裳，撩撩自己的衣裳——已是天壤之别了，沉痛地揶揄了刘备的不仁义！

你真的是一位天才演员。齐子义教授就曾是你忠实的"粉丝"，他在文中写道："解放后，我进城读书又有幸到戏院看戏，看得最多的是内乡宛梆，而我最喜欢看的是红脸演员翟道三，人称翟老三。这翟老三，身段周正，手臂圆活，表情有致，唱腔做工都好。星期六晚上和星期日下午，倘若有他演出，那我是无论如何也要看的。初中三年，高中三年，不知道有多少次下晚自习（别的时间不可能）偷跑出去看戏。直到现在，翟老三的许多戏还历历在目。1957年，我离开内乡去读大学，颇感悲戚，因为想着不能看翟老三的戏了。但一面又想城市还能没好戏看？然而一个月，两个月，三个月……过去了，我跑遍开封所有剧场，没有不大失所望。武汉的，北京的，上海的……剧团来，只要是演出翟老三演过的戏，我必去无疑，因为我要对比一下，但是扫兴！失望以致绝望，苦恼欲狂，苦恼欲狂！"可见你的魅力之大。

然而，宛梆唱法对嗓子破坏性极大，因为宛梆有一种特殊唱法——拉嗓，或称花腔、后腔，就是起腔或中间有时要拉紧嗓门，挤出尖而细的音来（有腔无字），用大本腔带拉嗓是宛梆的"正宗"唱法。而你自负嗓子好，毫不怜惜，扯着嗓子吼，那时演出条件差，到后台就大碗大碗地喝冷水，甚至在前台演唱间有人送过来就扭身喝下，这极伤嗓子。尤其是 20 世纪 50 年代中期，豫剧以破竹之势传入，宛梆一度被吞没，剧团演员都改唱豫剧了。豫剧红脸要用二本腔，你痛心疾首地告别自己从小练就的、群众称之为"震塌台子的老红脸"的大本腔，你苦恼，你发泄，常常到酒店柜台前打冷酒喝。后来宛梆恢复，又用大本腔，这样翻来覆去，好嗓子一去不返。有一段时间可以看出你是在痛苦中挣扎的：开始唱不出来，唱着唱着好了些，人们称之"热哑嗓"。不过在一个县里，你过往的"辉煌"大家熟悉了，有你的表演在，也就满足了，绝无喝倒彩的现象，直至你 1989 年病故。

此时夜已深了，月亮高高地悬挂在深蓝色的夜空上。我合上书踱出房门，思绪又被银色的月光扯了出来，眼前不停地幻化出你饰演的赵匡胤、司马懿、杨继业、李世民、刘备、关羽、陈胜、吴汉、匡洪、白起等一个个生动的艺术形象。只因为宛梆有你的气韵与激情，只因为你是宛梆特别出色的红脸演员，作为喜爱宛梆的我，在今晚这个美丽的明月夜，因宛梆而想你，因宛梆而敬仰你，因宛梆而感到夜间的清凉中浮动着一种柔和的温暖……

魅力宛梆

内乡古称菊潭，守八百里伏牛山之门户，扼古秦楚交通之要津。宛梆剧种的形成和流布，带着浓厚的楚文化边缘特色，乡音乡情，独具一格，尤其是唱腔中高八度的"呕"音甩腔，犹如鸟鸣，堪称华夏一绝，声调旋律婉转激越、扣人心弦、脍炙人口。

时代更替，沧海桑田。内乡县宛梆艺术传承保护中心已是当今唯一的宛梆剧种传承载体，多少次搏风击雨，多少次踏平坎坷，坚韧执着地奏响着宛梆传承发展的美妙旋音。

"百戏之祖"化生宛梆

秦腔是我国最古老的地方剧种，号称"百戏之祖"，流传极广影响极大，"八百里秦川尘土飞扬，三千万人民齐吼秦腔"仍是今日陕西写照。在所有的剧种中，只有它不叫唱而称吼，艺人们吼劈嗓子嘴角流血，那般撕心裂肺的呐喊和激越婉转的宛梆有何关系呢？

宛梆为首批国家级非物质文化遗产，早期被称作"西调""乱弹""南阳调""老梆子"，由于唱腔音乐的独特性，又被称为

"唧唧梆"，因南阳古称宛，中华人民共和国成立后被定名为"宛梆"。《中国戏曲志·内乡卷》记载："宛梆是明末清初陕西东路秦腔（同州梆子）传入南阳后，与当地民歌小调、民间说唱融合，演变形成的一个戏曲剧种。"

同州梆子到南阳有这样几个途径：一是来自李自成的部队，秦腔是他的军中戏，当时义军以南阳为根据地，先后转战12年之久，将秦腔传播到这里。二是明清秦晋商人来宛经商，在南阳各地兴修山陕会馆，立庙会、建戏楼、唱秦腔，招徕顾客。三是明末清初陕西大旱，同州梆子艺人逃荒来到南阳，设馆收徒，传授技艺。

秦人中的商人、艺人与军人合力将秦腔带到南阳大地上。秦腔落地，受中原文化和楚文化共同滋养，兼有秦腔高亢激越、楚乐委婉清丽以及中原音乐的平整规范，形成了既激越又婉转、柔美与壮美配合得妙不可言的宛梆。

清中期，宛梆在南阳地区开始盛行，周边各县曾同时拥有近百家宛梆戏班。内乡宛梆始于清咸丰三年（1853），时有夏馆镇人张珊开办第一个名为"公义班"的宛梆科班。尔后的百余年中，宛梆戏班此起彼落，尤其是20世纪以来，豫剧、曲剧等其他剧种的大量普及使得宛梆戏班逐渐衰落，到1948年内乡解放，内乡境内仅存师岗镇一台私人所办的宛梆戏班。1951年，内乡县人民政府为保存地方戏，将该戏班收编改制，组建了"内乡县宛梆剧团"，此后多次招收学员，培养宛梆人才，弘扬宛梆艺术。2012年，根据国家文化体制改革精神和保护传承宛梆艺术的需要，原内乡县宛梆剧团整体划转为"内乡县宛梆艺术传承保护中心"，成为目前国内仅存的宛梆剧种专业展演和研究、交流单位。

宛梆艺术独具特色

宛梆的地域特色浓厚。宛梆是板腔体系剧种的遗存，脱胎于东路秦腔，形成于南阳，由于南阳特有的文化积淀，孕育了宛梆独具的艺术风格。

南阳，地处豫、鄂、陕三省交界地，东接汴京，西通长安，北联京洛，南达荆襄，可谓豫西南门户，自古乃兵家必争之地。自秦设宛郡以来，历经不同时代的文化熏染，形成了特有的民俗民风和特定的文化环境。南阳处在秦文化、中原文化和楚文化交汇带，三种文化冲撞交融，必然造就特有的文化产物。而宛梆艺术能在几百年的传演中独具特色，就是得益于南阳特有的地域文化的滋养，得益于南阳的一方民俗民风的接纳。宛梆激越豪放的艺术风格对应了南阳的地域文化，迎合了南阳人率直、坦诚的民俗民风，因而拥有广大的观众群且经久不减。

南阳的文化积淀既有秦文化的阳刚旷达，也有中原文化的正统平和以及楚文化的流畅清新。由东路秦腔流入南阳融合当地民歌小调、乡音俚语而形成的宛梆艺术，在音乐调式、唱腔表演乃至锣鼓伴奏上，无不浸润和蕴含着秦、楚、中原文化的基因，构成了宛梆艺术激越豪放、规整平和、轻快俏丽的地域特色。

宛梆的剧目特色浓烈。宛梆是个古老剧种，传统剧目重历史题材，内容多以绿林好汉、杀暴除奸、抵御外患、官逼民反的"火爆"戏为主，概括为"五征""六铡""九大山""七收""六州""八大关"。

"五征"即《马三保征东》《秦英征西》《雷振海征北》《穆桂英征辽东》《姚刚征西》；"六铡"即《铡郭槐》《铡美案》《铡西宫》《铡赵王》《铡郭松》《铡四国舅》；"九大山"即

《青铜山》《二龙山》《豹头山》《虎丘山》《双凤山》《磨盘山》《翠屏山》《卧虎山》《五台山》。

"七收"为《收岑彭》《收吴汉》《收姬昌》《收马岱》《收王洪》《收孟喜》《收李怀珠》;"六州"为《头冀州》《二冀州》《闯冀州》《反徐州》《破洪州》《反蓟州》;"八大关"为《铜台关》《反五关》《三上关》《南阳关》《临潼关》《渑池关》《界牌关》《红桥关》。还有群众喜闻乐见的《黄鹤楼》《对花枪》《春秋配》《花打朝》《下陈州》《斩蔡阳》《桃花庵》等140多个剧目。

移植剧目原本不是宛梆的传统剧目,但剧种之间的串演并非坏事,既能相互丰富演出剧目,更大范围地满足观众欣赏要求,又能升华戏剧艺术、拓展演员戏路、提高演员表演技能。宛梆在几百年的演出活动中,移植、排演兄弟剧种上百个剧目,如《清明案》《打金枝》《收姜维》《火焰山》《十五贯》《相国志》《同根异果》《逼上梁山》《杨门女将》《五女兴唐》《状元与乞丐》等,历经几代宛梆艺人再创造,渐具宛梆剧目特色,已成为宛梆的看家戏。有些剧目与宛梆传统功架戏特色虽不对路,但在宛梆在移植时会根据自身特点进行调整,故而这些剧目也很受观众欢迎。如《白蛇传》原是豫剧以情动人的唱功戏,在宛梆舞台上演出时加重了"盗仙草""金山索夫"两场戏的戏量,充分展示了宛梆武旦行当的做、打之长,强化了该剧的激越情势,削弱了文、温一面,更大限度地拓展了演员的表演空间,又丝毫无损该剧原有的故事脉络和精华,这些改编使之成为一出颇具宛梆特色的演出剧目。

宛梆的唱腔特色浓郁。宛梆唱腔分本腔(真嗓)与假腔(俗称"花腔"),唱词用本腔,然后自然地接用花腔。花腔是比二本腔高八度的假嗓无字行腔,喜怒哀乐均可表达,与本腔连在一起,婉转清脆、高昂明朗,既能表现激昂慷慨,又能表现悲壮豪迈。宛梆的唱法按行当区分，生旦净末丑唱法大体一致，而花脸唱腔发音自脑后、苍凉雄健、别具一格。假腔唱法在河南戏曲中已经绝迹，在它的母体陕西梆子里也很少使用，具有较高的艺术价值。宛梆的通常调门有慢板、流水、二八、散板四大部分及其派生出来的变格唱调，如大起板、导板、哭滚白、工字调和各类哭腔、扬腔等。念白以中州音为主，略带南阳方言，唱腔与念白具有浓厚的生活气息，其唱词句式多为"七字句"和"十字句"，粗浅和谐、通俗易懂。传统乐器有大弦、二弦、坠子、月琴、唢呐等，武场有鼓板、大锣、小锣、手擦、大擦、大鼓、战鼓、梆子等。20世纪50年代始，宛梆试探性引进和改进使用低音坠胡、二胡、笙、笛、闷子等；70年代初期，开始采用现代管乐器及琵琶、三弦等。宛梆主弦为秦腔早期大弦，发音高亢清亮，与枣木梆子搭配融为一体，形成独有风格，配之传统的大锣、大擦，给人以粗犷、豪放、明快、健壮的感觉。

宛梆的表演特色浓重。宛梆受东路秦腔孕育，形成了奔放豪迈的艺术风格。宛梆传统的舞台设置也是一桌两椅，变换使用；服装一般为五蟒、四靠，大件俱全。

宛梆古朴、夸张的表演特色，在唱腔上表现为各行当皆用大本嗓演唱，皆可拉"花腔"；在形体表演上表现为动作幅度稍大，生行拉山膀手臂高于其他剧种。各行当一般扎式手势的特点是：花脸高，红生平，小生低。

宛梆小生出场为台步上扬，抖袖、整冠、弹尘、亮相、接着念白，而苦生上场则加入了迎风、掩面，展示贫苦、寒酸的形象。比武或元帅开帐前，武生上场叫走场，京剧叫"起霸"，而宛梆的表演为：出场亮相，踢单腿、连两腿、连三腿、缠丝腿、接山膀亮相，夸张、激越与京剧截然不同。

宛梆早期毯子功有：扑虎、叠巾、抢背、窜毛、吊毛、扫堂、旋子、单叉、双叉等；跟头有：小翻、大提、桌提等；兵士列队程式有：硬站、一条鞭、摆对、大围场等；头部表演有：抖须、抖冠、甩稍子，用于情绪激烈之处，配以演员表情气色，收到极好的剧场效果；道具表演有：耍刀、舞枪、舞棍、舞剑、耍扇子等，表现各种人物特定情景下的感情。

传统武打程式有：杀过河、连三枪、满堂红、扭枪等，传承了东路秦腔真实、激烈的风格；特技表演有：出烈子（演员上场前，口含红颜色水，被杀死时从口中喷出）、变妆（事先在舞台上放上土灰，待剧情到特定地方，演员扑地，猛吹一口气，土灰沾了一脸，再起来时面部血色全无），表现出紧张、惊怕之后人物失魂落魄的形态。

宛梆的表演多配以热烈的打击乐，由于剧目题材多是宫廷、征战内容，很多唱段中达唱边舞，舞罢接着唱，因此打击乐的使用较其他剧种多，处处显现出一种激越、豪放、大气的风格。

比如，宛梆传统剧目《斩蔡阳》中关羽出场一段的表演就十分独特：

关羽内白："马童！与二爷带马来——"马童在打击乐中翻跟头上场，复下场，弯腰拖青龙偃月刀，吃力地退步上场，歇了三次，方至台中。双手把刀放腿上，喘息，再双手举至肩上，扛起走几步，稍停，运气，双手高举起刀，吃力地走小圆场，继而单手举刀，走小圆场，耍刀花，扎式亮相喊："有请二爷！"这一串表演，使观众看到如此精壮的马童拿关羽的刀也很吃力，形象夸张地渲染了关羽的勇武。

关羽内应："嗯汰！"在打击乐中双目微闭，目视前方，右手高出马鞭，稳步上场亮相，气氛豪壮，势不可挡。又在锣鼓声中迈台步走至左台口，收左腿，跨右腿，左转身，右扬鞭，左手勒马缰，马蹬式，背对观众亮相。继而马童执刀引路，台步走至右台口，左回身，与马童走合身，转身出马鞭，和马童走合手，右转身，马童面对关羽弓蹬式，关羽左脚蹬在马童右腿上，右手高出马鞭，左手勒马，依然双目微闭，定格。乐队起，唱："云长河北把兄找，走过了——"又起打击乐，关羽左腿向后撤步，上右腿，右转身，翻背马鞭，马童右弓蹬式，关羽右脚前跨一步，趋之马童后，收左腿，左手推髯口，侧身亮相，气势威武豪迈，接唱："山高路远遥，跨下——"再起打击乐，关羽后撤左步，上右脚，与马童交错抄身，马童扎左马步式，关羽左脚向前跨步，趋至马童身后，右手马鞭从胸前搭向左背，髯口摆至右臂上，收左腿，平伸左臂，侧对观众亮相，接唱："赤兔胭脂马，手托着青龙——"边唱边向右走，马童从关羽身后向左走，把偃月刀托亮给关羽，关羽右手靠马鞭，右弓蹬式，左手指向宝刀，接唱："偃月刀。"

这一段表演与其他剧种完全不同，亮相、造型独特，生动地表现了关羽英武、傲气、忠义的形象。

此剧斩了蔡阳以后，众兵喊："蔡阳已死！"关羽吸气后退，继而急速走向蔡阳尸体，右手背刀，收右腿，左手推须，观看蔡阳是否真死。左手背刀，收左腿，右手推须，再次查看，确认蔡阳已死，大呼："马童与二爷接刀来——"声音渐弱，瘫了，四军士架关羽双臂，关羽微晃身子，四军士也晃，表现了关羽侥幸斩杀蔡阳后的精疲力竭。关羽正面对观众，蹲裆式，唱："用计谋斩坏了大将军。"过门中关羽左手揽须，右腿向前，弓蹬步，右手指向台面，众兵士也同时指向台面，表示对巨大胜利的喜悦。接唱："斩蔡阳累得某片甲俱是汗"，打击乐过门中又同样动作指向左台口，接唱："青龙偃月刀抢得某两膀酸。"过门中站直，接唱："进城去禀与了某的大哥，你二弟斩蔡阳立了大功。"唱时伸出双手大拇指，朴质地表现了斩蔡阳后的喜悦。众军士下场，关羽徐徐下场，复又转身急趋前台，右手指蔡阳伸小指，左手拍胸伸大拇指，右转身，左手揽须，收左腿，右手推虎口至胸前，又目斜台面，抖冠，少顷还原站起，右手揽须，左手胸前握拳，健步下场。一连串的表演，朴质、大气，生动地刻画了关羽的形象。

宛梆演出《斩蔡阳》，全剧中关羽只有三处睁眼。一是探子报："蔡阳领十万大军追赶！"关羽大怒睁眼。二是斩了蔡阳后，为确认蔡阳是否已死，睁开眼看。三是进古城见刘备，大喊一声："我的大哥呀！"再睁一次眼，其余表演全是微闭双眼。宛梆这样的表演处理，准确把握了关羽的人物性格，充分表现了关羽高傲自负、勇冠天下的性格特点。

内乡宛梆璀璨夺目

成立于1951年的内乡宛梆剧团，是全国仅存唯一的宛梆剧种专业表演团体。新中国成立之初，在宛梆仅剩师岗一家戏班、几近消亡之时，是内乡县人民政府拯救了这一珍稀濒危剧种，组建了内乡宛梆剧团，从而使宛梆奇葩深深植于内乡膏腴之土上，枯树抽新枝。剧团初建，宛梆前辈们在极度困难的条件下，坚持演出，自奋求生，服务党和政府中心工作，饮誉一方，占据了豫西南的戏剧舞台，在中华人民共和国成立之初闯出了生存之路，奠定了发展基础。

时至1954年，由于豫剧的广泛流入，宛梆被豫剧替代，更名为"内乡县实验豫剧团"。但宛梆人不输其长，不避其短，深钻细研，以宛梆的自身优势、坚守不变的追求和尽心竭力的服务争得了观众，终又夺回阵地，于1956年重新恢复了的演出。这一时期挖掘整理、排练上演的宛梆传统剧目《汶江河》《虎丘山》《化心丸》《浑圆镜》《秋菊倒酒》等深受观众欢迎，几次赴省城参加汇演，几次获奖。1959年9月，中央政治局委员李先念参加丹江水库竣工剪彩后，曾在南阳南关剧院观看了宛梆演出的《汶江河》；
1962 年 5 月，共青团中央第一书记胡耀邦在南阳人民会场观看了
宛梆演出的《化心丸》中"闹宫"一场戏；部分宛梆优秀唱段被国
家唱片社、电台灌制成唱片、录音磁带在全国发行和播放。一时
间，内乡宛梆声誉大振，这一时期也成为建团以来前所未有的兴盛
时期。

　　1966 年"文化大革命"开始，宛梆剧团无法正常运行，改名
为"内乡县毛泽东思想文艺宣传队"，只演一些自编的文艺节目，
致使部分老艺人和优秀演员离团改行，给宛梆艺术造成了不可弥补
的损失。在这种政治环境下，宛梆人并没消沉、气馁、懈怠，特别
是一部分热爱宛梆艺术、求知欲强的中青年演员，把排练现代戏当
作再学习的一次机会，进一步提高自己的表演技能。他们对所饰演
的角色悉心体味，一丝不苟，尽最大努力刻画人物，做到情到神
至。经过一段时间的摸爬滚打，不仅所排的样板戏得到了专家及观
众好评，这些演员也拓宽了戏路，宛梆的表演艺术也得到了升华，
宛梆又一次名噪一时。1978 年，"内乡县宛梆剧团"的称谓恢复，
传统戏开放，宛梆剧团率先以强大的演出阵容排演了传统名剧《逼
上梁山》，大大超前兄弟剧团，轰动南阳周边各县，观众迅猛增
多，票房效益骤增，演出台口应接不暇。宛梆人再一次创出佳绩，
这一时期成为建团后的第二个兴盛时期。

　　进入 20 世纪 90 年代，由于多种艺术形式的冲击和电视、歌舞
的兴起，戏剧逐渐步入低谷，演出市场不断萎缩，这对宛梆剧团来
说又是一次考验。新一届宛梆班子审时度势，提出了"向市场要效
益，向改革要动力"的新思路，面对新形势下群众文化需求多样
化，大胆改变了单演宛梆的传统做法，把剧团分为宛梆戏曲队和歌
舞话剧队，要求演员"一专多能"，以宛梆为主兼演话剧、小品、
相声等节目。很快，戏曲队演出辐射到了周边 4 省 600 多个乡村，

排练的一系列话剧也在江苏、安徽、广东等 10 多个省份的 100 多个县、市演出，取得了明显的经济效益。同时，根据旅游发展需要，又组建了旅游服务队，实行"一团三队"运行机制，戏曲队占领农村市场，话剧队向六、中城市迈进，旅游服务队以县衙、宝天曼景区为主，做好服务演出，扩大影响，"三队"同存共兴，形成农村、城市景点交叉辐射、相互宣传推进的市场格局。

步入 21 世纪，在市场经济条件下，内乡宛梆始终顺势应时，以观众求新求变的欣赏要求为导向，加快新剧目生产，每年都要排演 4 至 6 部大戏，保证每个老台口常看常新。还结合农村实际，排演科技致富、孝敬公婆、移风易俗等乡情节目，受到群众欢迎。同时，发挥人才优势，积极服务县委、县政府中心工作，创作排演多种形式的文艺节目，承办不同的专场演出，深受社会各界好评，成为河南省专业表演团体的一面旗帜，获得了"全国文化工作先进集体""全国服务农民、服务基层文化建设先进集体""全国文化和旅游系统先进集体"等荣誉，中央电视台、《中国文化报》《中国青年报》《光明日报》等新闻媒体多次对"宛梆现象"进行宣传报道，引起社会广泛关注。2006 年宛梆被国务院公布为第一批国家级非物质文化遗产以来，更是得到了各级党委政府的重视支持，河南省委、省政府及南阳市委、市政府分别将抢救和保护宛梆等稀有剧种列入《河南省建设文化强省规划纲要》和《南阳市建设文化名市规划纲要》；内乡县委、县政府专门制订下发了《保护宛梆艺术开展文化惠民工作的意见》，在逐年加大宛梆财政支持力度的基础上，又实行政府购买服务办法，年购买宛梆演出服务 300 场，并在城区中心位置征地近 20 亩，投资建设新的宛梆艺术传承保护中心。2014 年向上争取"宛梆艺术传习馆"项目资金 2100 万元，这也是河南省唯一获得中央专项支持的非物质文化遗产基础设施建设项目。还积极协调，经上级教育主管部门批准，依托宛梆建立了"南阳宛梆艺术中等职业学校",从而把宛梆艺术人才的制度化、规范化培养纳入国家职业教育范围,使宛梆这一优秀民族文化遗产步入了良性发展轨道。

内乡宛梆从艺术传承上,以清咸丰三年夏馆张珊所创办的"公义班"为脱胎母体,历经清代、民国至现在三个阶段,虽经艺人的多代更替,但始终坚持自我、固守其妙,保持、发展、丰富了南阳梆子的艺术特色。特别是建团至今的半个多世纪里,几经起落兴衰,但依靠着酷爱宛梆艺术的代代艺人和倾心戏剧艺术的志士仁人的不懈追求,依靠着各级政府的关爱和支持,宛梆这一中华瑰宝熠熠闪光、发展壮大。在改革开放的大好形势下,宛梆这株璀璨夺目的艺苑奇葩植根于南阳地域的沃野厚土,承接着党和政府的雨露浇灌,必将绽放出更加绚丽灿烂的民族艺术之花。

九腔十八调

直到现在，我还经常哼唱宛梆。儿时的记忆里充满了宛梆的旋律，看戏是年少时最快乐的事情，每当宛梆的九腔十八调响起，乡村里的百姓就会成群结队蜂拥而至，把戏场围得水泄不通。慢慢地人们都会哼上几腔宛梆，流水、导板、扬腔、哭滚白、工字调等调式哼得有滋有味，而夏夜乡场上更能感受到人们对宛梆的热情。

乡村的夏天是炙热的。只有到了夜晚，乡场上的风景才真正体现出乡村夏夜的别致。各家各户在门前的场上，搁放了桌子、凳子，搁放了竹床、软床，家里的女主人先端起洗脸盆在场上洒些水，免得扫地涨灰，用笤帚将场子打扫干净后，就端出做熟的热菜、馍饭。老人们则大声把孙子喊过来，围坐在桌子旁，等着劳碌了一天的男主人回来，手里还拿了几把蒲扇，一边扇风驱热，一边帮小孩们拍蚊子。男主人终于踏着暮色回来了，女主人也喂好了牲畜，解了围裙走出来，一家人才正式吃晚饭。

这似乎是每个夏夜的序幕。等吃完晚饭，女人们端走了空盘空碗，抹净了桌面去洗刷时，夏夜的乡场上才真正热闹起来。那时没有电视，人们便围到一处，端了长凳拎了小凳随意坐着，会乐器的汉子则拿出板胡、二胡、梆胡等拉开了宛梆调门，有人就开腔唱起了学来的宛梆段子。这个唱罢那个唱，"是腔不是腔，只管往外夯"，自得其乐，图个高兴。在业余剧团演过戏的男女，唱起来格外有味，赢来一片叫好声。如果是明月夜，这种氛围愈加浓烈，皎洁的月光下人们唱得格外起劲儿，九腔十八调在整个乡村回荡……

　　这样的日子一直延过漫漫长夏，直到阴历八月十五才停歇。中秋节晚上，月亮特别圆特别大，这也是夏夜乡场聚会的最后一晚。几乎是全村的男女老少都来了，特别是年轻的后生们，一个个攒足劲儿，亮开嗓子，声情并茂，把学来的宛梆名段唱得像模像样，一个胜过一个，仿佛是自设的擂台赛。有唱得好的后生，还被招到县里宛梆剧团当演员。

　　许多年来，乡村夏夜里美妙的宛梆旋律，悠悠飘荡的九腔十八调，一直萦绕在我的耳际，如陈年的老酒，时间越长，越醇香无比。

　　宛梆，给乡村人带来了无尽的快乐。

　　九腔十八调，是那样婉转动听……

因为那份深深的眷念

总有一种热爱藏于心间，总有一种眷恋融在心底，而在宛梆人心中也只有这样的意念：宛梆是稀有剧种，宛梆是全国唯一，无论再困难再艰苦，也要把宛梆这门艺术传承下去！

宛梆能走到今天，靠的是德高望重的老艺人在言传身教中艰苦传承。老艺人张德洲从小来到宛梆班子，经过勤学苦练，成为有名的台柱子。那年，65 岁的他在镇平贾宋演出时，突然因脑溢血倒在舞台上，再也没有醒来。当时，从现场施救到送往医院再到遗体入棺前，张德洲一直身穿戏装，脚着朝靴，一脸油彩，他是用生命传承了宛梆事业呀！

宛梆老前辈翟道三经常告诫学员们：台上一分钟，台下三年功；冬练三九，夏练三伏；在舞台上你得装狼像狼，装虎像虎，坐有坐相，站有站姿，演啥像啥。他以亲身经历教育学员们，新中华人民共和国成立前夕，他随宛梆剧团到一个地方演戏，还没开演家里就传来噩耗，说父亲去世了。他是团里唱"红脸"的，一走就要塌台，硬是忍着悲痛演完了三天戏，匆匆回家想给父亲上个坟，磕个头。没想到还没到村边，就被早早等在那里的哥哥拦住了，因为族长说翟道三是个唱戏的，是"下九流"，丢祖宗人，回来非打死他不可！所以哥哥死活不让他进村，他只好在路边的干渠沟里用手为父亲拢了一堆土，跪在地上磕了几个头，兄弟俩抱头痛哭，直哭得倒在地上。现在不同了，戏是一门艺术，艺术得到了人民的尊重和厚爱，唱戏的走到哪里，哪里人民就喜欢，哪一家有个搞艺术的是哪一家的荣耀。翟道三流着血泪传承着宛梆，用无尽的责任传承了宛梆呀！

两位老艺人和所有宛梆人一样，无论在什么艰难困苦的情况下，都会为宛梆事业的兴旺发展辛勤耕耘、执着奋斗，用汗水和泪水传承着挚爱的宛梆事业！

宛梆能走到今天，靠的是"以团为家，德艺双修"的团训。每个进入剧团的学员，前辈们都会给他们灌输"以团为家，德艺双修"的团训精神，教会他们如何视戏如命，忠于宛梆；如何敢打敢拼，建好家园。

1992年文化部举办全国少数剧种会演，而这时也是宛梆剧团最困难的时候，账面上只有3万元，实在是太少了，没办法又借了5万元，并通过关系到南阳戏箱店赊欠戏箱道具；还号召全团演员，晚发或少发工资，以后再补；家里有困难的可以求亲投友，帮助渡过难关。就这样夜以继日地赶排了宛梆传统名剧《打金枝》，到山东参加汇演并荣获一等奖和六个单项奖，被文化部誉为"天下第一团"。

会演尚未结束，奖还没有颁发，但团里仅剩几百元钱，多停一天就无法交付住宿和生活费用。如果不让演员等到颁奖，他们就看不到颁奖的热烈场面，享受不了丰收的喜悦，这可能是宛梆人一辈子的遗憾啊！如果等到颁奖，就没有办法回家，只能困在山东啦！剧团班子商量后决定召开全体会议，动员大家提前回家。谁知大家一听像炸了锅一样，有的蹦着吵着说，就是饿肚子也要留下来领奖，有的女演员还抱头痛哭。面对大家激动的心情，老团长范应龙说的第一句话就是"以团为家，德艺双修"的团训，顿时大家鸦雀无声。接着他劝大家："虽然我们不能全部留下来，但我相信从今天起，宛梆的复兴已越来越近了，我们还会站到一个更大的舞台上，领取比这更高的奖项，分享更甜更美的胜利果实。"最终大家还是统一了思想，只留下一位副团长领奖，其他人员提前回县。是团训，让宛梆人在艰苦中创业、在拼搏中进取、在开拓中奉献；是团训，让一代又一代的宛梆人坚守下来，传承下来！

宛梆能走到今天，靠的是开办宛梆专业班不断充实队伍来薪火传承。宛梆是稀有剧种，是国家级"非遗"项目，要传承必须要后继有人。与其他剧种相比，宛梆难学、难唱，对演员要求比较高。而宛梆的独特性，致使社会上没有为宛梆培养人才的艺术学校，人才无法横向引进。为解决这一难题，历来都是宛梆自己办校。

演员们的收入低，学戏、演戏条件又苦又累，许多家长不希望自己孩子从事这个职业，20世纪90年代以后招收学员更难。虽然每次报名寥寥无几，但不管招收多少学员，宛梆人都认真地传艺。

1996年，宛梆的老领导谢丹枫以及李建海、程建坤等几个老艺人看到宛梆学校招收学员困难，几乎后继无人的情况，不顾年老体弱，亲自下乡做宣传、发传单，总算开办了1996届和2000届两批宛梆班。在办班中，确立了"带新人、走正路、出精品、兴宛梆"的办班理念，重点传承唱念做打，传承音乐演奏技艺。当时任教的几位老师都是60岁以上的宛梆老艺人，有的患高血压，有的患心脏病，有的还是癌症患者，但他们都兢兢业业、尽职尽责，即使累倒了，躺在床上输着液还让学员们到跟前指导唱腔。学员们看到这种情况都掉下了眼泪，暗下决心：一定要把宛梆学好，把戏演好，来回报辛勤教育我们的老师！如今不少学员都已成为宛梆的中坚力量活跃在舞台上，挑起了宛梆的大梁。

几十年来，宛梆人因为那份深深的眷念，扎扎实实地按照艺术规律，"在传承中发展、在发展中传承"，经过长期的认真实践，使宛梆艺术不断丰富，愈臻完美。

用什么撑起"天下第一团"

1951年成立的内乡宛梆团，几十年来风雨征程、历尽坎坷，但每一个宛梆人对宛梆艺术的热爱一直不减；虽然常年奔波、风餐露宿，但内心深处一直守护着清贫温馨的宛梆家园。在风吹雨打后，那种难以割舍的情结，让宛梆人一直傲立潮头、百折不挠，把宛梆这朵艺苑奇葩浇灌得壮美妖娆。也正是凭着这份爱、这份情，凭着艰苦创业、传承守业、爱岗敬业、创新兴业的"宛梆精神"，宛梆人牢牢坚守着这片阵地，用血和汗撑起了"天下第一团"。

宛梆发展的历史就是艰苦奋斗的历史，选择了宛梆，就是选择了艰苦。宛梆人知道：只有苦干，才能战胜困难，奋发有为，才能不断地创造出新的辉煌。

剧团没有享福的事，一年365天，在外就有200天以上。对宛梆来说，"金正月，银二月，淋淋拉拉到三月"。从正月初五响锣开戏，到麦收前正是演出的黄金季节，一出门几个月，演出场点一个接一个，有家不能归。有一年，宛梆一共15次路过内乡县城都没有停车回家，有人感慨地说："古时大禹治水才三过家门而不入，而宛梆人何止三次啊！"

春秋时节的演出，天不冷不热，宛梆演员还好受些。可炎热的夏天和冰冷的冬天，对演员来说是最为艰难的考验。为了演好戏，为了不让群众失望，所有演员都要拿出百倍的精力投入演出中。就算天再热、再冷，该穿厚的或穿薄的都坚持做到，演出中晕倒在舞台上或被冻伤手脚的事时有发生。有一年冬天在七里坪乡演出，戏台子搭在半山腰，车只能开到山底下，演员硬是肩扛、手抬、绳索拉，一趟又一趟把戏箱运到山上，又连夜把舞台搭好。留守看台的八个男演员太困了，就睡在舞台上，半夜突然下起鹅毛大雪，雪花飘到被子上都不知道。第二天清晨，一些老演员起早跑过来，赶紧扒开他们被子上厚厚的积雪，看到演员们在雪中那疲倦酣睡的样子，禁不住热泪盈眶。

河南省第七届戏剧大赛，宛梆的参演剧目是《三院禁约碑》。大赛在洛阳耐火材料厂俱乐部演出，舞台跨度大，吊杆是临时加上去的，为保证演出万无一失，剧团决定把十二道吊杆全部重新装置。当时正值酷暑，老演员刘兆龙和年轻演员范延坤冒着40摄氏度的高温爬到水泥屋顶上加固滑轮，一个半小时下来后，两人晕倒在舞台上，汗水顺着湿透的裤子往地上淌。中国艺术研究院研究员赵倩多次到内乡宛梆体验生活，提及宛梆的艰辛和执着，他说："再苦苦不过宛梆，再难也难不倒宛梆。"

宛梆有过辉煌，可当宛梆面临生存危机、举步维艰的生死关头，宛梆人愈挫愈勇、奋力拼搏，在夹缝中闯出了一片新天地。

过去，在南阳盆地及周边流传着这样一句话："想看梆子戏，多跑十里地""见到宛梆团，心里格外甜"，这说明宛梆有着深厚的群众基础。20世纪六七十年代是内乡宛梆建团以来最红火的兴盛时期，演遍了南阳周边的村村寨寨以及大小城市，深受群众爱戴，到处呈现着买票难、请戏难的喜人局面。在南召县城连演40多天还拦着车不让走；在西峡县城，观众黑夜白天排队买票，西峡软木厂为了买集体票，派人扛着软床、抬着火盆、拿着被子连夜排队，结果人睡着了，被子掉到火盆上烧了一大半，差点引起火灾，成为满城笑谈；在邓县、新野等广大农村，请戏的更是应接不暇，一个票口卖不及，要设几个票口，有时急得站在高高的窗台上卖票，怕卖票的摔下来，就用绳子把人拴在窗户上；有时门口人山人海，怕踩伤踏死人，就干脆不再验票，只顾拉人救人；不管到哪个乡村演戏，群众就像过年一样，换新衣、戴新帽、穿新鞋，并把远近亲戚朋友请到家里，套上牛车，车上、牛头上都披上彩绸，拉着他们去看戏。演完戏有不少演员被一些群众硬拉到家里做客，群众把最好的东西拿出来招待，像对待贵宾一样对待他们。

然而，和全国所有县级剧团一样，内乡宛梆在20世纪80年代后期也经历了一次生死抉择。当时，随着电视普及和多元文化发展的冲击，宛梆观众锐减，城市市场基本丧失，农村市场一片萧条。但新的宛梆班子不等不靠，千方百计"找米下锅"，凡农村交易会、丰收庆贺、红白喜事有请必到。还通过印制宣传单、宣传画册，推销自我，从而使农村观众越来越多，演出市场稳定发展，在竞争中站稳了脚跟。为方便群众，还发明制作了流动舞台，所到之处自带车辆、自带舞台、自带行李、自带锅灶，群众只要给接一条电线就能演戏。时间长了，群众戏称宛梆是"四带一线一台戏"，请宛梆唱戏省事省心又方便。

有一年初春，宛梆到赤眉胡庄演出，去后下起了大雪，为了不让迫切看戏的群众失望，就搭起了布篷，冒雪装台、化妆演出。演出中雪水流满了舞台，但演员们不怕水、不怕泥，跪在水里，滚在泥上，演出一丝不苟，感动得干部群众往台上抬沙、抱草、填水坑、垫泥窝。虽然天气严寒，但台上演员演得满头大汗，台下掌声不断，演出结束时不少干部、群众跑上舞台，拉着演员们嘘寒问暖。特别是一些老太太把小演员们冻僵的手一边往怀里揣，一边说："你们演得真抱劲！你们演得真是好！多少年都没看过这么好的戏了！"群众满足的笑脸、朴实的行动，深深地鼓舞着、温暖着演员，演戏的寒冷早已被冲淡了。

在胡庄三天演出结束后，雪过天晴。吃过早饭，为了赶往邓县张村进行下场演出，剧团谢绝了胡庄群众的盛情挽留，开始拆台装箱，准备出发。戏场距公路有十多里地，但山沟道路不平且满是泥水，汽车根本开不进来。这时，不论是70多岁的老演员，还是十几岁的小学员，齐心合力，连抬带扛，硬是将大小两百多件戏箱、道具从半坡上抬到坡根。接着又在村里借来十几辆架子车，男女老少咬紧牙关，拉的拉，推的推，深一脚浅一脚，一步步把东西盘到公路上。此时已是下午4点多了，当同志们看到停在公路上的汽车时，高兴得欢呼雀跃，竟忘记了饥饿，争先恐后地往汽车上搬东西。迎着刺骨的西北风，有的同志脚都冻麻了，手也冻硬了，拉不动刹车绳，就把绳子打成小结几个人一起拉。路旁群众看到此景自发过来帮忙，不一会儿就有几十名群众加入进来。此时在搬运队伍中，已分不清哪是群众哪是演员，真情在这里涌动，爱心在这里传递。车装好后，演员和群众依依不舍地相互道别，车上车下的每个人都挥手，挥手，再挥手……

贴近群众才有戏，这就是宛梆人和广大群众的血肉情结。人民群众赋予了宛梆新的生命，也使宛梆人深深懂得：人民需要宛梆，宛梆更需要人民！

一车人到内乡县城时已是万家灯火。家属们都知道宛梆去邓县张村演出要路过县城，便准备了热饭热菜等待亲人，一位青年演员新婚的妻子怕丈夫路过县城回不了家，特意兜着热气腾腾的饺子等在路边。而赶到张村已很晚了，剧院和大街统统关门闭户，演员只好在剧院的门口和街上的屋檐下背风挡寒，冷得实在没办法就搓搓手、跺跺脚，一直等到天亮。街上的群众看到宛梆剧团后无不称奇，很快找来了剧院负责人，演员们迅速卸车装台，然后到麦芥堆里安排自己的床铺，稍事休息，下午还要按时演戏。张村的一名村干部伸出大拇指说："宛梆人真了不起，这种不打扰群众的作风，这种艰苦奋斗的精神，就像南京路上好八连啊！"

舞台和宛梆人早就紧紧连为一体。无论条件多么艰苦，宛梆人心中始终有一种不灭的信念，那就是怀着对宛梆艺术的信仰，不离不弃、默默奉献。

多年来为确保演出质量，宛梆制定了一整套奖罚制度，一旦发现台词唱错、行腔不到位、拉弦错谱、没按规定动作做等现象，均记录下来作为处罚依据，即使在农村最边远、最偏僻的地方演出，设备也一样不减，保证演出效果。有一年宛梆剧团到唐河涧岭店演出，之前他们从来没有到此演出过。谁知天不凑巧，赶到涧岭店时已是夜里10点，又刚下过雨，车进不去村，货车又坏在泥窝里，演员只好摸黑扒行李，看车的同志就睡在路边。天刚亮就喊醒大家，硬是把活动舞台、箱子抬进村子，上午准时开戏。当地群众赞不绝口，说内乡宛梆能吃苦、守纪律，演戏使劲儿，20多年来从没看过这样的好戏，以后办大事还请宛梆。第一场戏是在南阳油田君高商贸中心演出的，开演时下起小雨，随着雨越下越大，观众仅剩站在屋檐下的12个人，但舞台上演员的情绪依然饱满，一直冒雨演到结束。第二天满街议论纷纷，人们说："内乡宛梆剧团了不起，雨下恁大，看戏的没有唱戏的多，人家还正经给咱演，真是不简单。"从第二天起，观众一天比一天多，有的跑20多里来看戏，观众由每场200多人增加到2000多人，最多时达到5000多人。宛梆演员非常激动，戏越演越带劲，观众掌声也越来越响亮。

宛梆人就是这样，不论再苦再累，只要有演出就全身心投入，在他们心中，宛梆就是他们的生命。在中央电视台对宛梆进行跟踪采访时，著名编导柯伟兵深有感触地说："从宛梆人身上，我们看到了中华戏曲的希望。"

　　2007 年正月初一，正是万家团圆的时候，宛梆作为国家级非物质文化遗产，光荣地赴郑州参加省文化厅组织的春节展演活动。上午 12 点从县城出发，下午 3 点多在许平高速路方城与叶县搭界处，汽车的 4 个轮胎突然爆了 3 个，这里前不着村，后不着店，演员王克军跑了近 3 公里才找到一家个体业主，补好胎已是晚上 7 点多了。在这万家灯火、家人团聚的大年初一晚上，宛梆演员只能在车上吃点方便面充饥，但大家有说有笑，互祝新年快乐。谁知夜里 10 点，在京珠高速路上车子又出了故障，离合器坏了挂不上挡，车子又搁浅了。经与长葛辖区交警联系，车被拖下高速路进行维修。这时接到省文化厅通知，原定大年初二与商丘四平调剧团同台演出的折子戏专场，改为每个剧团单独演出整场戏，而宛梆事先经过精心排练，已准备了 6 个折子戏，现在临时改演整台戏，只来了 27 名演员，角色不齐，怎么办？此时已是大年初二凌晨 1 点，夜深人静，寒风刺骨，但大家利用修车时间，在旁边的空场上抓紧对《收岑朋》《黄鹤楼》《清明案》进行排练，年夜的风把宛梆那独特的韵味吹出很远很远。待车修好后到达演出地点已是清晨 4 点了，从出发到现在历时 15 个小时，同志们又冷又饿，疲惫不堪，但没有任何人发牢骚埋怨。接着在省会进行了三天的精彩演出，展示了宛梆的独特魅力，圆满完成了省文化厅交给的任务。

　　这就是宛梆人，苦的时候能忍受，累的时候能坚持，以苦为乐，团结友爱。靠着这个"传家宝"，宛梆人克服了常人难以想象的困难，忍受了常人难以忍受的折磨，硬是咬着牙关挺了过来。几十年来，因为这份热爱，宛梆人义无反顾，在宛梆艺术发展的道路上默默坚持，使宛梆成为首批国家级非物质文化遗产，成为南阳戏剧史上第一个"国宝"品牌。

体验宛梆生活

2007 年的春天，宛梆人真切感受到了一种关爱和鼓舞。春节刚过，内乡县委、县政府就以内发〔2007〕1 号文件下发了《关于在全县开展向宛梆剧团学习的决定》，给宛梆剧团荣记三等功，还利用县三级干部会议，组织举行了宛梆事迹报告会。一时间，全县掀起了学习"宛梆精神"的热潮，许多单位组织员工深入剧团实地体验，与演员同吃同住同劳动，亲身感受了宛梆人敢于吃苦、甘于奉献的团队精神。我也跃跃欲试，做好了跟团下乡的准备。

7 月的一天，清晨 6 点我早早起来赶到宛梆剧团。太阳刚刚升起，路上行人稀少，空气中弥漫着暑热。装满戏箱、音响设备、舞台设施及锅碗瓢盆的货车已出发了，我和 30 多位演员坐上一辆很旧的大客车。车厢里很拥挤，也很闷热，因我在文化局工作，演员们都认识我，就让我坐在车厢前面，免得受颠簸，弄得我很不好意思。

这次演出地点是新野县江黄集村，3 天 6 场戏，庆寿演出。客车吃力地行驶着，在崎岖不平的乡道上颠簸着，可演员们又说又笑，显得十分轻松。中途撵上了货车，两辆"老爷车"哼哧哼哧地喘着粗气，好在路上没出毛病，终于在上午 11 点多到达了演出地点。

演出现场是一个废弃了的空地，坑坑洼洼、杂草丛生，车辆停好后，演员们便开始搭建舞台，这是演出过程中最辛苦的体力活。此时，太阳已升至中天，气温有30摄氏度左右，人站着不动就出汗。火辣辣的太阳底下，所有演员都在忙碌着，有的搬道具，有的扛钢管，有的抬木板，一切都在有条不紊地进行，没有人叫苦叫累。我仅是帮着把剧团自带的粮食、蔬菜提到离现场不远的一处村民院子，已是大汗淋漓、气喘吁吁、头晕眼花了。一小时后，原来堆放在车上的7吨多重的道具，变成了一座虽然简陋但非常实用的演出舞台。几个男演员爬上6米多高的舞台顶部，安装各种演出用的道具，其他演员纷纷从车上取下自己的行李，暂到安排的住处歇息一下。

这次演出，演员们住在放了暑假的小学里，幸好学校有十几张床，20多个女演员挤在一个热得像蒸笼一样的房间里。一演员说，这样的住宿条件已经很好了。很多情况下，演员们都是在屋子里铺上厚厚的麦秸，在麦秸上铺上自己的被褥，这就算是床了。年轻的演员夜里要睡在舞台的四周，看护演出设备。

就在演员们搭建舞台的时候，两个专门做饭的师傅已在村民的院落里支起了锅灶，做好了饭。这顿饭是馒头、稀饭、炒土豆，我和每个演员一样，拿着两个统一发放的搪瓷碗盛了饭。没有餐桌，演员们就蹲在墙边，安静地吃饭，谁也没有抱怨饭菜简单。带队副团长怕我不习惯蹲着，就从老乡家里拿了一个凳子给我，并安排我住在这个老乡家的西屋。

也许是今晨起得早，我睡得很沉。一觉醒来，已是下午3点了。听到一阵锣鼓声，连忙爬起来赶到演出现场，戏已经开演了。演员们2点多就已在简陋的后台化好妆，演出的剧目是传统戏《花打朝》，讲述程咬金的妻子等人金殿面圣，救下小将罗通的故事。

台上，演员们个个严谨认真，一招一式准确到位，唱腔时而激越、时而婉转，宛梆独具特色的"唧唧腔"脆响在热风中；台下，500多名观众显示了宛梆在这片土地上的"人气"，不仅有本村的，附近村庄的很多人也扛着板凳过来，远处还有骑自行车、坐拖拉机赶来看戏的。

此时是当天最高气温，预报有35摄氏度，观众大多摇着蒲扇坐在树荫里，只穿一件衬衫的我已汗流浃背，而演员们在演出戏服里还要穿上棉坎肩。一方面棉坎肩可当作垫肩，穿上戏袍后好看；另一方面避免演出时汗水将戏袍浸湿。由于是露天演出，为了换装方便，所有演员都养成了一个习惯，就是不管天气多么炎热，都要穿着秋裤，否则换装就是个问题。每个演员下来，身上的衣服都被汗水湿透，赶快端起大水杯使劲喝水，接着又上台演出。演员们按部就班地轮番上场，因是首场演出，演得十分使劲，村民们看得非常开心，精彩处掌声不断。可跑龙套的四个演员需要一直站在台上，烈日下一个演员开始出现中暑征兆，突然晕倒在舞台上。台下一片哗然，台上演出依然进行，丝毫没受到影响。带队副团长赶忙把这位演员搀下舞台，此时台上的四个小兵变成三个。由于别的演员来不及化妆，中暑的演员在后台休息一下，喝些水，就又回到舞台上，直到演出结束。这一幕令我感动，但很心疼。带队副团长对我说："这种现象经常发生，演员们都已习惯了。"我听了心里更不是滋味，眼睛有些潮湿。在与他的交谈中，我还知道了更多感人的事情。

2006年5月的一天，正在七里坪乡野獐村演出的范延坤强忍着奶奶去世的悲痛，仍平静地走台演出。范延坤是宛梆老团长范应龙的侄儿，他的奶奶就是范应龙的母亲。该场演出中，范延坤扮演剧中主要角色程咬金，在后台他接到奶奶去世的噩耗，心中的天塌了。范延坤生后不久丧母，是奶奶用羊奶一手把他喂大的，他对奶奶的感情几乎超过一切。此时有演出任务的他，只有在场下，躲在舞台旁号啕大哭，在场上又擦去眼泪，强忍悲痛，迅速进入角色，一板一眼演着，观众丝毫看不出他身上发生了什么。直到现在，范延坤想起此事，还是心痛不已："奶奶用心血哺育了我们两代宛梆人，我没能给奶奶尽到孝心，只有演好戏来报答她老人家的恩情。"

剧团有一个女演员，由于特殊原因，女儿自幼随她走乡串村，渐渐地竟会背妈妈的一大半戏词。到不上学不行时，女演员才把女儿送到幼儿园，可不到半年时间就换了 6 家幼儿园，因为剧团人接送孩子没个准点，老师总不能每次为了一个孩子都等上几个小时。更重要的是孩子一想妈妈就会偷偷跑出来，老师们担不起这个责任，这期间已丢过三四次了。2005 年腊月的一个下午，剧团正在镇平县曲屯镇演出，这个女演员突然接到幼儿园老师的电话，说："孩子又不见了，快回来想办法找孩子。"等她匆匆从镇平赶回来，老师已在剧团门口等了两个多小时。那天晚上，天很冷，风像刀子一样刮在脸上，还夹杂着雪花。她一边推着自行车找遍孩子可能去的地方，一边沿街哭着喊着叫女儿的名字。两个小时过去了，绝望的她只好回家找邻居想想办法。快到家的时候，突然发现孩子蜷缩在大门旁的一个角落里睡着了，身上已落满厚厚的雪花。她发疯般地冲了上前，紧紧把女儿搂在怀里，暖了好一阵子，孩子才哇地哭出声来，说的第一句话是："妈妈，你可不走了吧！"她痛哭失声，无言以对。

台上演员不容易，台下服务人员也不容易。2003 年农历正月，乍曲王井村的庙会赶到了一个雨天。按照合同约定，剧团把舞台搭在半山腰上，当冒雨把下午的戏演完，留下了看台人员，演员们就赶着下山回家。第二天早上，天还黑着，风却刮得呼呼响。炊事员王师傅用三块大石头支起了铁锅，开始炸油条，为演员们准备早餐。当油条炸到一半时，只听见咕咚一声，后台压棚的一个石头被风刮得从上边滚落下来，不偏不倚地落到锅里，把锅砸了一个大洞。一锅油漏完了，万幸的是正在揉面的王师傅没在油锅前。当演员们赶到吃早饭时，只有冰冷的油条，也没热汤喝，看到的是那口烂锅。这时，王师傅自责道："都怨我，这半山上也借不来锅，大家先凑合一顿，我这就下山去，晌午给你们改善，吃肉丝捞面。"说完，他像犯了错的孩子一样，低着头，踏着泥泞的小路，饿着肚子径直下山了。但那天早上的凉油条，大家吃得特别快，也感觉特别香。

听着这些宛梆人的故事，我的眼眶盈满了泪水，晚饭也吃得很少。晚上8点半演出开始不久，突然天上电闪雷鸣，不多时下起了大雨。演员们又是一阵忙碌，拿塑料布将音响设备、演奏乐器盖住，收起外面挂着的演出服装。但有些观众不愿离去，带队副团长果断决定："继续演出！有一个观众也要演！"就这样，天上下着大雨，舞台上下着小雨，演员们又开始一丝不苟地演出。结束时已是10点半了，回到住的房间，想想宛梆演员们的艰苦与劳累，我一夜难以入眠……

第二天上午演出《黄鹤楼》，这是一出文武大戏，虽然天气更加闷热，但观众依然不少，演员也非常投入，现场掌声不断。11点刚结束，听到一阵唢呐声，原来是我所在的单位——内乡县文化局的领导来此慰问演员，这也是多年形成的一种习惯，只要宛梆剧团在外县演出，局领导都要看望，并带来猪肉、面粉、饮料等物品。我赶忙上前握手，来不及卸妆的演员们也纷纷围拢过来，鼓掌欢迎领导们的到来。

一小时后，因局里有公务需要我这个办公室主任处理，原计划体验三天的我，只得和局领导一起回程。在车上，我一言不发，仅仅跟团一天半的时间，我觉得心里沉甸甸的，好像有什么堵住似的，令我陷入沉思。局领导意识到此次宛梆体验肯定有什么触动了我，也不向我发问，任我一路沉默。此后的日子里，对人生、对工作、对事业、对友情，我想了很多很多，自己也变得沉稳、踏实、温和多了……

梆子戏中的银杏树

银杏树是一种珍稀、古老的树种，而分布在河南的梆子戏以南阳的宛梆最为古老。

来到豫西南农村，不经意间你就会看到一场戏剧演出：只见台上委婉清亮的女腔和高亢豪放的男腔唱着古今大戏，那种曲调丰富、唱腔激昂、穿透岁月的沧桑之音直唱得台下观众为之凝神，掌声不绝。这个被众人称好的剧种就是明末至今历经近 400 年历史而没有凋亡，比京剧、豫剧、曲剧更古老的民间珍稀剧种"宛梆"，而内乡宛梆剧团则是目前国内仅存的宛梆剧种专业演出团体。在南阳，宛梆是农民心中的流行音乐，经常可以看到内乡宛梆的演出车队，从乡村到城镇，四处传唱着宛梆美妙的声音，它时而宛若鸟鸣似百灵穿云，时而悲壮酣畅如鹤鸣九天。为生计忙碌的南阳人，总想在宛梆中寻找一丝平静，远道而来的游客也常被那独特的旋律吸引得流连忘返。

宛梆姓"宛"，生长并流行于南阳，明末清初由东路秦腔化生而成，但绝不是秦腔文化的新瓶旧酒，而是不断吸纳阳腔、弦索、锣戏和昆曲的艺术精华，经过数百年的提炼，最终独树一帜。其表演粗犷、豪迈、奔放、质朴，行当分为四生、四旦、四花脸。四生化妆多用粗线条，武生表演的"连三腿"在其他剧种中很少使用。宛梆学艺，向来注重过硬的基本功：头一年拿顶、虎跳、踺子、小翻、大提，第二年练四面筋斗（即"出场""前播""蛮子""捏子"四种，均牵动着全身各部）。在整个身体中，腰部属中枢，腰是根基，手善变幻，眼能传神，腿脚弹跳。宛梆老艺人王春生曾说道："在练身段基本功时，切忌艺病染身。所谓艺病，就是咬牙绷脸、皱眉努眼、猫腰撅臀、扣胸耸肩、龇牙咧嘴、横眉怒目……"意思是像这样的弊病若不注意纠正，带到舞台上就会破坏艺术效果。要想身段美观，老艺人们还传下这样的口诀："老生身要弓，花脸身要撑，小生紧腰中，旦角全身轻。"特别是扮演武生的老艺人邢德山，绰号"二垫儿"，武功好生了得，年幼学戏时一年360天腰间从没松过"板带"，打起枪刀把子很见功夫，他曾说："打要打得准、打得稳、打得狠，武打虽然是假的，但打得有感情就成真的了。"年轻时在《对花枪》中饰罗成，他用脑后三枪时连翻三个鹞子紧随着三次刺枪，均刺在罗义的脖颈左右和头顶，每一次刺枪都使观众拍手叫好。耍扇子功，前辈老艺人们也传有一套口诀："文扇胸，武扇肚，僧扇袖，道扇领，女扇鬓，老年男的扇胡须，盲目之人扇眼睛。"

据老艺人讲：内乡宛梆早期的"公义班"有一名丑叫王老四，练有几招特技。他扮演《小八义》中的猴子阮英时，手拿两根木棍，上边顶着放有鸡蛋的小簸箕，在桌子上翻筋斗，下来落地时簸箕内的鸡蛋一个也没掉；在表演老鼠偷吃面时，用轻快敏捷的柔体动作张嘴倒啃瓷碗，然后噙着碗矮步走圆场，并用牙将碗咬得叮当响；扮演时迁偷吃鸡的情节时，以舞蹈动作表演吃鸡，吃得逼真可信，用虚拟的动作啃鸡骨、吐鸡骨、嚼鸡骨，把牙咬得咯吱响，观众听得清清楚楚，看得如痴如呆，堪称绝技，满场叫好。老艺人王春生饰旦角，他的台步轻而飘、大而稳，其表演细腻真实、美观大方。扮演《洛阳点炮》中的王娟娟，在击鼓告状一场，采用碎步、挫步、卧鱼等表演动作捡木棒后，打转身抖袖抖裙，再碎步到鼓楼下击鼓，几个身段动作充分表达出了王娟娟这一闺门女子到衙前惊恐羞愁的心理活动和精神状态。宛梆有名的老红脸翟道三，在《斩蔡阳》中扮演关羽，当报子二次上场报道"蔡阳老儿统兵到，要与二爷枪对刀"，他猛一亮相，睁开了双眼，炯炯有神，眼珠子红得能滴出血来，这一绝招充分展示了关羽刚烈勇猛、力敌万夫的英雄气概。

宛梆唱腔分本腔与假腔，男声的大本嗓听起来高亢、洪亮、豪放、明朗，女声的高八度呕音特色花腔则委婉清亮，非常动听，喜怒哀乐均可表达，这是其他剧种没有的。宛梆的定调在目前戏剧当中是最高的，唱腔演出难度很大，特别是演唱花腔的技巧不易被掌握。

常言道："戏班子要有好箱，演员要有好腔。"优秀宛梆演员杜林保被观众誉为"油锤花脸"，他的唱腔之所以受到好评，是有一段艰苦辛酸经历的。其幼年孤贫，便入班学戏，专攻净行（花脸）。在一次演《跪嫂》中饰包公，恰遇嗓子变声期，把戏唱砸了，观众拍了倒好，他下台后被师父打了六七个嘴巴，撵出剧团。他怀着悲愤的心情回到老家邓县，为了生计就跟着打油的匠人干活。打油时必须将油锤抢起，喊着号子，这样落锤才有力。他练着、喊着，喊着、练着，一年多时间竟喊出了一腔虎音，于是重新回到戏班里，拜过师父之后，首演《化心丸》中的包公，由于声音有震台之功，连连数场满堂叫好，观众无不赞叹，从此声震宛西。后有人问他："你的嗓子咋这么好？"他说："我是抢油锤喊出来的。"故当时观众称他为"油锤花脸"。中华人民共和国成立后他进入内乡宛梆剧团，1959年、1963年两次参加河南省戏剧会演，在《化心丸》中饰演包拯、《黑打朝》中饰演敬德，均获得表演一等奖，其唱段被中央人民广播电台录制成唱片，全国播放。

如今，宛梆这一珍稀剧种、国家级非物质文化遗产，在内乡县宛梆艺术传承保护中心的不懈努力和奋力传承下，不仅深深扎根于豫西南这片土地上，成了广大群众的精神大餐，其影响还远及我国港、澳、台地区及新加坡等海外华人圈中，而且逐渐成为本土文化的一个组成部分。本土的、民族的，才是世界的，较之那些已在岁月中流逝的文明，宛梆的坚守，有了活化石的意味。

心恋

在很长一段时间里，一位垂暮的清瘦老人常常走进我的梦里，长久地坐在一座高高的戏楼上，哼着一些无法听懂的戏词。午后的秋阳慵懒地照在老人身上，老人干枯的双眸茫然地穿过远处山坡上闪烁不定的阳光，穿过岁月的镜头。

我翻来覆去做着这个梦，被梦中的这个老人缠绕着。我急切地想知道这个老人是谁，为什么要反复来到我的梦中。直到有一天，老家的三叔进城，听了我的讲述后说，这位垂暮的老人可能是我从未谋面的祖母，于是我知道了一些祖母的故事。

我的老家位于深山区，一列环形的峰峦把山庄围了起来，鸟儿长年不断，四季都有山花开放。每年开春后的庙会，宛梆戏班必来唱戏，村里就在开阔处搭了很高的戏楼，赶会看戏时人山人海，山村里一片沸腾。戏班里有个唱小生的叫贵旺，和祖母是儿时伙伴。贵旺家很穷，但学戏很努力，渐渐成了角儿，祖母也出落成俊俏姑娘，像一朵带露的花，水灵灵的。每年贵旺随戏班回村演戏，一唱好几天，结束后就来到后山坡，祖母边放羊，边跟贵旺学唱宛梆。两人在一起的事儿传到了姥爷耳朵里，姥爷很生气，他是个嫌贫爱富的人，便将祖母锁起来，还让人将贵旺打了一顿。那年，姥爷急

143

急地在本村给祖母找了婆家，一顶花轿抬走了祖母。拐过一道山梁，突然听到贵旺正在唱戏，祖母闻声便从花轿上跳下来，发疯般跑向戏场……

后来，贵旺得了绝症，过早地离开了人世。但哪里有宛梆戏班演出，祖母便要跑几十里去看。日子一天天过去了，祖母谢世那天一直不愿合眼，手指着外面，含糊不清地说着："戏楼……戏楼……"三叔听懂了意思，急让家人套了马车，把祖母拉到老家的戏楼前，祖母长长地出了口气，安详地闭上了眼睛。

这个凄美的故事让我十分感动，对家乡有种别样的感觉。在我的脑海里，故乡的概念很模糊，父亲从小就被送到县城的亲戚家，在县城念书、成长，后来也在县城工作。我出生时，祖母已去世，不知什么原因，父亲从未带我回过老家。多年来，我对故乡有意无意展开寻求，因为我总是想到"叶落归根"这个词，故乡才是我永恒的家。我们最终都要回去的，回去归于土，归于尘，归于花，归于草。这个垂暮老人在我梦中的出现仿佛提醒了我什么，那个凄美的故事也仿佛触动了我什么，让我的心无法安定下来。终于有一天，我随三叔回到了偏远的深山老家，这是个古朴纯净、山清水秀的村庄，但村中的戏楼已很破败，摇摇欲坠，三叔说这里已有30多年没演过戏了。我定定地凝视着戏楼，一阵山风刮过，好像看到了旧时拥挤看戏的热闹场景，听到了宛梆高亢的唱腔在山空中回荡。我的心中忽然升腾起一股苍茫之感，瞬间明白了那个梦境的寓意，宛梆曾承载着这个村庄太多的快乐，也曾在这个村庄演绎一幕幕真情故事。梦中的祖母、戏楼、秋阳、山坡……这些只是一种象征，折射出家乡山民们对宛梆的喜爱，而如今没有宛梆的岁月使山庄变得毫无生气。我的故乡不应是沉寂的村庄，我必须为她做些什么了。

以后的日子里，在我的努力下，我和乡亲们筹资修缮了高高的戏楼；村里的几个娃娃也被招进了宛梆戏校；每年的庙会，宛梆剧团都要来这里唱三天大戏。对我来说，我承延了祖母的心恋，更承延了一段宛梆情、故乡情……

珍稀的宛梆

这个剧种也太珍稀了，珍稀到全国只有唯一的内乡宛梆剧团在传承。一个有着近 400 年历史，那么火爆、充满激情、曾拥有百家之多宛梆班社的剧种，怎么一下子就只剩下一个表演团体？

我对宛梆是相当神往的。它脱胎于秦腔，完臻于清代，曲调丰富、唱腔激越、阳刚大气，数百年间演遍豫鄂陕，倾倒众乡邻，"看了梆子戏，心里真美气""要想心不慌，去听梆子腔"……可是宛梆唱腔独特、难学难唱、音域要求高，唱者吃力，并且宛梆剧种古老、长期流传民间、少有文人介入，没有足够的外部条件促其与时俱进。因此自 20 世纪 30 年代，随着豫剧、曲剧的兴起与流传，宛梆班社随之锐减，活动区域逐渐缩小，至新中国成立时仅存内乡县一个戏班，也就是今天的内乡宛梆剧团，现为内乡县宛梆艺术传承保护中心。

这是一个剧种的悲怆，也是宛梆的无奈。

宛梆，从明末清初走来，曾有自己的辉煌和繁荣，有着独特的生存方式和独特的文化，然而近 400 年的历史却在中华人民共和国成立初期差点消亡，是内乡县人民政府挽救了宛梆。1951 年，内乡县人民政府将当时内乡境内仅存的一个宛梆班社收编改制，成立了内乡宛梆剧团，几十年如一日精心浇灌、辛勤培育，使宛梆这一艺苑奇葩大放光彩、一路欢歌。今天，为更好地传承宛梆艺术，打造宛梆品牌，内乡县人民政府又拿出县城最好的地段建设新的宛梆艺术中心，其功绩盖莫大焉。

我来到内乡县城最美的湍河西岸，约 20 亩的宛梆新址是集办公、排练、教学、演播、艺术培训为一体的标志性建筑。清晨的阳光像展开的折扇照射下来，闪着清爽明朗的光芒。湍河水清澈透明，倒映着蔚蓝的天空，一群麻雀散落在河边的白柳梢头，叽叽喳喳地欢叫着，叫得那样响亮，那么激昂，处处都能感到充满生机和希望。

我又来到宛梆剧团原址，原有的房舍已无踪影，由于县城建设，这里改建为商贸大楼。但就是这个地方，这个院落，曾承载了内乡宛梆近六十年的风雨历程。宛梆人在这里生活，在这里排戏，在这里留下深深的时代印记。几十年风雨变故，宛梆人历经起落屡挫不衰，不管是什么造成的衰萎，无不成为宛梆艺术自身的一次熔锻和升华。这种熔锻和升华，除了因为宛梆艺术本身植根于广大群众的沃野厚土、有强大的生命力外，更仰仗于一代代乐守清贫、不畏艰辛、情系宛梆而甘于为之献身的演员的拼搏与奋斗。

1951 年至 1955 年。因宛梆剧团初建，诸事待举，主要演员仍是从旧时代走过来的老艺人，所上演的剧目大都是一些师传剧目，老戏老演，很不规范，但也只能以此维持剧团的正常运转。从 1956 年开始，在内乡县委、县政府的大力支持下，南阳地区文化主管部门组织一批新文艺工作者对宛梆剧目进行挖掘整理。在他们锲而不舍的努力下，仅 1956 年至 1963 年的六七年间，就先后挖掘整理出《汶江河》《浑圆镜》《化心丸》《下陈州》《花打朝》《铡美案》《桃花庵》《卖苗郎》等 50 多部宛梆传统名剧。其中《汶江河》1959 年 9 月参加南阳地区观摩会演获得剧本整理二等奖、演出二等奖，被中国制片厂录制成唱片进行播放；《化心丸》《花打朝》《秋菊倒酒》等剧目参加河南省戏剧会演，均获得奖项，饮誉中州。同时剧团注重组织自身力量创作新剧目，20世纪六七十年代创编的现代戏《回门》《当代愚公》《护林包公》《白求恩》等；八九十年代创编的大型现代戏《追求》《一方热土》《大山之子》及新编历史剧《三院禁约碑》等；21世纪初创编的历史故事剧《医圣张仲景》《取宛城》《内乡知县高以永》等，都产生了积极的社会影响，收到了良好的社会效益和经济效益，提高了宛梆的知名度，推动了宛梆事业的振兴和发展。

我就这样任思绪在温润的空气中飘逸，而在内乡宛梆原址和新址的穿行中，我更感到一种奔腾的力量，扩充着宛梆的血脉，裹挟着这一珍稀剧种走向无限光明的前方……

音画云露山

水墨云露山

就在一瞥的眼眸里已悸动了我的心,那份清雅、那份娉婷、那份娴静,让我一时找不到一句贴切的词语,把激潋在眼波里的景致活色生香地表达出来。无论从哪个角度看,云露山都是一幅水墨画卷,一如打翻了的古墨在水中漾开,点点地渲染着每一个角落,使我骤然涌出感动和眷恋,撩拨出的缱绻情绪瞬间便沉于氤氲着的水墨中了。

展开这幅水墨画卷:青山黛岭,逶迤错落;飞瀑流泉,波光粼粼;汪汪碧潭泛着青光,照映着高邈的天空,构成了天地间淡然飘逸的色调。走进画中,看团团岚气从谷底、从林间、从松杉尖端慢慢飘升,慢慢向四周浸淫,慢慢遮蔽了岭坳的葱茏,直到与飘飞的云朵混为一体。就在不经意间,丝丝岚气变成了突来的山雨,山岭、流溪、树木均笼罩在轻纱似的雨幕中,浓茂的树冠沐浴着雨水更显风情,像是即将出浴的少女千娇百媚,清清凉凉的水流也轻柔地滑向我的腮边,我只觉得无比清爽。

在这轴水墨画中,有无数精美的景致,你可以尽情地游览,直至疲倦。龙凤山巍峨奇秀,药王谷崖壁千仞,卧虎岭险峻陡峭,箭插垛直冲云天……汉王潭水色清幽,逍遥潭山花簇拥,药王潭凉爽

碧绿，瑶池潭溢满香气……龙王瀑如龙珠抖落，澎湃激扬；石桃瀑
沿岩壁沛然而下，似桃花飘洒；回心瀑喷珠吐玉，瀑声轰鸣；宝塔
瀑落差百余米，十分壮观，为云露山第一大瀑……山的灵秀、水的
清冽、风的柔美、云的缥缈，目力所及处熠熠流淌着温润的质感，
让你心动，让你净化，让你得到悠然恬静的歇息，让你沉醉于水墨
渲染的迷境长廊里。

穿过一片深深的毛竹林，竹叶摇曳，萧萧如乐，在水墨的氤氲
下粲然释放着碧波，逸出清新灵动的气息。往里走去，恍惚间穿越
了时光，世间的种种蛊惑与引诱顿时烟消云散，我亦是快意江湖的
侠客，看到一只飞鸟，遂将竹叶直射而去。然终不是《卧虎藏龙》
中那片封喉的竹叶，这不过是梦里南柯，而我却从中体悟了很多的
禅理。

夕阳西下，染红了西边游弋的云彩，白鹭在芦苇潭飞起飞落，
轻划着漾着晚霞的水面，圈圈精致的涟漪缓慢地晕染开，一如时光
刻进参天古树里的年轮，沧桑隽永，为这一卷恬静的水墨画增添了
清新淡雅的一笔。及至夜幕降临，云露山在徐徐清风中漫溢着山花
淡淡的香，萤火虫零零星星缀在只有月儿的夜空上，柔柔的月晕跌
进我的眼眸，带着几分梦的醉意，我把温润的情愫，一行行、一列
列，挥洒在朦胧多情的夜色中。

云露山的雨

我喜欢雨，但特别喜欢云露山的雨。无论什么季节，她给我的形象和记忆都那样美。

春天，云露山的雨很温情。树叶开始闪出黄青，花苞刚在风中摆动，她就早早地来了。花木一经她洗淋，那种颜色和神态立时变得超乎想象了。每一棵树仿佛都睁开特别明亮的眼睛，树枝的手臂也顿时柔软了，而那萌发的叶子在风中飘动，简直就像起伏着一层绿茵茵的波浪。水珠子从花苞里滴下来，比少女的眼泪还娇媚，半空中总挂着透明的水雾丝帘，牵动着阳光的彩棱镜。这时，整个云露山是美丽的，小草像复苏的蚯蚓一样翻动，发出一种春天才能听到的沙沙声。这时，呼吸也变得无比畅快，空气中像有无数芳甜的果子，在诱惑着鼻子和嘴唇。真的，云露山的春雨比别的地方来得早，来得柔，来得有韵致，来得有诗意。

而夏天，云露山的雨显得很热情。常常是山头聚集几朵乌云，连一点雷的预告也没有，豆粒的雨点就打来了。可这时的她热烈但不恣肆，反而让你喜欢，因为你浑身的毛孔都热得张开了嘴，巴望着那清凉的甘露。如果说，春雨给云露山披上美丽的衣裳，而经过几场夏天的透雨浇灌，云露山就将一切都毫不掩饰地敞开了。花朵怒放着，树叶鼓着浆汁，数不清的青草争先恐后地成长，暑气被一片绿的海绵吸收着。而荷叶铺满了河面，迫不及待地等待着雨点，和林间的蝉声、潭边的挂鼓一起奏起了夏雨交响曲。

当金秋让漫山红遍、层林尽染时，云露山的雨则更有一番风情了。这时候，她不大出门，任和煦的秋阳照着山谷，让红透了的山果晒甜。忽然，在一个夜晚，她闪着光，带着一脉悠远的情思，开始在静谧中倾诉。也许，山民们劳累了一个春夏，也收获了果实，多么需要安静和怀想啊，她就变得更轻，也更纯情了，柔柔地陪伴着你的夜梦。而云露山白天的秋雨也不使人厌烦，你只会感到更高渺、深远，并让温凉的雨滴去净化你的心田。

冬天刚来临，云露山的雨就已经化妆了，变成美丽的雪花飘然而下，在灰蒙蒙的天空中显出一种深情。轻轻地将山岭、密林盖上柔软的雪被，远远望去，银装素裹，一片光亮，冰瀑、冰河、雪淞如冰雕玉砌，玲珑剔透。这时，虽有些清冷，但这种清冷是柔和的，仿佛从那清冷中又漾出花和树叶的气息，带来异常的蜜情，送给人们一年中最后一份礼物。

啊，云露山的雨啊．你的韵致使我对云露山格外垂青，总爱在四季里到云露山畅游，总爱让自己的情感在云露山漫溢、滋润、流动……

云露山随思

云露山总是葱茏苍翠、云绕雾障的，令人遐想悠思。而云露山映照的两个古人的名字——孙思邈和王检心，又使人们对其增加了另一种珍爱流连之情。

早上 7 点，从内乡县城登车，一个多小时就驶进了马山口镇石庙村，悬在田垄上的一层薄雾慢慢消退了。田垄或长或短伸展开来，从田边赶着羊群的儿童，在绿竹青山的衬映下走来，把我指向不远处的云露山。

云露山秀丽清幽、花草丰茂，尤其是天然中草药十分丰富，杜仲、柴胡、山楂、天麻、葛根、山茱萸等珍贵药材达 500 多种。唐贞观年间，云露山就以"世外天然药圃，益寿养生福地"之美称享誉京都长安了。"药王"孙思邈便慕名前来体验和寻药，7 年时间里踏遍了云露山的山坳峰岭、沟壑河冲，新发现上百种名贵药材，为编写《千金要方》提供了新鲜资料。

我在一条山谷中漫行，周围林木繁茂，崖壁千仞，是当年孙思邈经常采药之处，故当地人称"药王谷"。孙思邈擅长阴阳、推步，终身不仕，隐于山林采制药物，搜集民间验方、秘方，总结临床经验及前代医学理论，为医学和药物学做出重要贡献。他汲取

《黄帝内经》中关于脏腑的学说，在《千金要方》中第一次完整地提出了以脏腑寒热虚实为中心的杂病分类辨治法；在整理和研究张仲景的《伤寒论》后，将伤寒归为十二论，提出伤寒禁忌十五条，颇为后世伤寒学家所重视；他搜集了东汉至唐以前许多医论、医方以及用药、针灸等经验，兼及服饵、食疗、导引、按摩等养生方法，著《千金要方》30卷，分232门，此分类已接近现代临床医学的分类方法此书集方广泛、内容丰富，对后世医学特别是方剂学的发展，有着明显的影响。《千金翼方》30卷，属其晚年作品，系对《千金要方》的全面补充，尤以治疗伤寒、中风、杂病和疮痈最见疗效。

书名"千金"则展示了孙思邈不分"贵贱贫富，长幼妍蚩，怨亲善友，华夷愚智"，对其皆一视同仁的高尚医德。他声言"人命至重，有贵千金，一方济之，德逾于此"，故将两部著作均冠以"千金"二字，此书是我国最早的医学百科全书，从基础理论到临床各科，理、法、方、药齐备，有极高的学术价值，确实是价值千金的中医瑰宝，后人称之为方书之祖。他创立了从方、证、治三方面研究《伤寒杂病论》的方法，开后世以方类证的先河。在阅读仲景书方后，再读《千金要方》，真能大开眼界、拓宽思路，特别是源流各异的方剂用药，显示出极高的博学医源和精湛医技。

药王谷幽深静谧，在这个益寿养生之地，飞瀑、碧潭仿佛映印出药王的影踪。孙思邈崇尚养生，并身体力行，他由于通晓养生之术，故而能年过百岁而视听不衰。他将儒家、道家以及外来古印度佛家的养生思想与中医学的养生理论相结合，提出的许多切实可行的养生方法，时至今日还在指导着人们的日常生活。如心态要保持平衡，不要一味追求名利；饮食应有所节制，不要暴饮暴食；应注意气血流通，不要懒惰呆滞不动；生活要起居有常，不要违反自然规律。在临床实践中，他还总结出了许多宝贵的经验，如"阿是穴"和"以痛为腧"的取穴法，用动物的肝脏治疗夜盲症，用羊的甲状腺治疗地方性甲状腺肿，用牛乳、豆类、谷皮等防治脚气病；孕妇住处要清洁安静，心情要保持舒畅，临产时不要紧张；婴儿喂奶要定时定量，平时要多见风日，衣服不可穿得过多。这些主张在今天看来仍有其现实意义，故被尊称为"药王""真人""药圣"，云露山专建有药王庙，供山民们奉祀祭拜。

走出药王谷，午后的阳光暖暖地斜照下来，一阵凉风吹过，倍觉精神。从孔门沿河谷上行，绕过气势壮观的宝塔瀑，我登上了云露山的宝塔山寨。这里风景优美、群山环抱、苇塘修竹、菜畦药圃，实乃修身养性的理想之地。唐代时，宝塔山寨是默水县至南召县路经的一条捷径山道，称"默南古道"。内乡，在唐武德元年叫默水县，县址就在马山口的张岗、闫岗两村之间，历经137年而废。北与南召为邻，因夏秋山洪暴发，河道难行，故另辟默南翻山捷径大路，宝塔山寨即为中间站，设有客栈、茶棚、饭店，人们总在此歇脚、吃饭、住宿，第二天再潜行下山，出沟口，绕白河大道直达南召县城。清时，著名理学家王检心专门在宝塔山寨创建"宝塔书院"，收高足著书讲道。

王检心，字子涵，号惺斋，内乡县东王营人，出生官宦之家，祖上在明代曾官居太仆寺卿之职。清道光五年（1825）中举，历任江苏省句容、高淳、仪征、宜兴、兴华等县知县，后升直隶候补道，晋赐中宪大夫。在任期间，不但体察民情、关心百姓、深得民心，还重视思想教育和发展教育，"重订学规，皆本实心为擘画"。曾在农村创建义学、义仓各百余所，募捐修桥，口碑极好，所以当他任满调动时，从老百姓到士绅都出来送行，"士民送者塞途"。清咸丰二年（1852），被咸丰皇帝赐戴花翎；同治元年（1862），加按察使衔，同年返回乡里，6月太平军进攻内乡，乡绅共推其任城防一职，至同治六年（1867）卸任，潜心修养。

回乡后，王检心继续从事教育事业。"其在准提庵、建福寺、菊潭书院、内乡义塾孜孜善诱"，教学时语言通俗易懂，"不涉高深玄妙之谈"。积累人生做官做学问的体会，曾对人说过三句非常朴实的至理名言："燕居必衣冠，行政必勤慎，待人必忠信。"正是这种非常通俗朴实的语言，赢得了理论界的称赞："检心盖躬行君子也，表里莹澈，体用兼备，一时名臣倚重，群黎感德，至今无异词。非真道德，若能是乎？"

王检心对理学造诣颇深，撰有《春秋本义》《易经说约》《四书存真》等理学专著20余部。理学亦称道学，是儒家文化发展中的一个重要阶段，在中国思想史上，汉儒中的古文经学派，治学上侧重于名物训诂；到了宋代，儒家则侧重于阐释义理，兼谈性命，故叫"理学"。王检心卸任后即携家眷、童仆隐居云露山宝塔山寨，息心养性，通研理学，创办"宝塔书院"著文布道。同治八年（1869），病逝于宝塔书院，葬于书院后的山坡上，后人称"王官坟"，现书院已消，但墓的遗址仍存。

不觉已近黄昏，晚霞满天。放眼四望，山峦、树林、溪流尽披红妆，如梦如幻。及至从宝塔山寨下来，天边仅剩几缕微弱的夕阳余晖，几乎没有穿透暮烟的气力，匆匆收束回去，接着融上一层暗灰的烟霭，渐渐隐于朦胧的大气层中了。孙思邈、王检心在云露山留下的足迹，唤起人们的是依恋与回忆、懔悟与愉悦，如此说来，云露山既是一幅画，又是一段历史，一首叙事之诗。我在心中希冀云露山永远青翠、明净、秀美，让人们看它、读它、咏叹它。

春涌云露山

初春时节，葳蕤的思绪扯起足迹在云露山徜徉。草长莺飞、燕鸣鸟啼，满眼的春色诱人心醉。

眼前，云露山犹如铺展开的绿毯，漫溢着春之韵，流淌着春之歌，濡染着春之梦。于山顶举目远眺，朦胧的山岚中映出牧童、牛群、炊烟、垂柳、稻田、鹅鸭和青竹掩绕的农舍，俨然一幅田园春景图。骤然，有清风扑面而来，漫燃着淡淡幽香，勾兑着浓浓春意。

云露山的春天就是美！各色花儿一簇簇、一丛丛，漫山遍野竞相开放；郁郁葱葱的树木一棵棵、一片片，伴随微风摇动，在浓荫之中露出一抹抹甜甜的笑靥；那繁茂的青草更是铺天盖地，在山风中翻腾着一团团墨绿。这一切，把沉寂的大山渲染得五彩缤纷，十分迷人。聆听着啁啾悦耳的鸟鸣，叮咚作响的泉声，仿佛一道清清的溪水从心上潺潺流过，十分舒畅，令我发出"仰望山中千般景，恨我无力动诗文"的感慨。

云露山展示的是自然的美、纯真的美，这里的山、这里的水、这里的花、这里的树、这里的草，没有酸雨的侵蚀，没有烟尘的污染，始终保持着一种迷人的洁净。如果在这样一个洁净的地方，心里还牵挂昨天失去的和计算明天的名利得失，无疑是玷污了这一处风景的。所以，我有幸忘记了一切，除了头顶呢喃的鸟声、扑到身上的春风、嗅进鼻子里的花香草气，别的统统抛掉。如果你带着心中的期望来到这里，如果你藏有的小秘密还不曾拆开包装，如果你需要诗情画意，云露山真是你不错的选择，在这里你的精神世界将换上一张绿色的窗帘。

蓦地望见一个手握相机、头发斑白的老者，拉着老伴的手，也在绿树花丛中寻寻觅觅，心中不觉一震。我以为只有我最痴，从闹市驱车来这寂寞的深山赏景，不想还有比我更痴者。仔细一想，远离了喧嚣的城市，在这风光旖旎的春日，在这碧绿幽静的山间，嗅着空气中带有的一股湿润、清新、甜滋滋味儿，真是一种难得的享受与陶醉。

春阳西下，依依不舍地走出云露山。路过山下的村庄，苍茫的天穹下我发现一个小院门口生长有一株大杏树，白色花儿开得正艳，一位俊俏的农家少女穿着碎花衣服，笑逐颜开地站在树旁向公路上过往的车辆眺望，仿佛天边一抹彩霞，恰似深山一朵丽花；路边的石头上，一位耄耋老人佝偻着背眯缝着眼向着夕阳，烟锅中冒出一缕缕浅灰的青烟，袅袅娜娜飘向布满晚霞的天空。

这幅绝妙的山乡图画，让我受了感动，心底变得更为纯净，倍觉今日云露山踏春不虚此行。

这就是云露山，春天的云露山！

纯净的云露山

当我扑入云露山怀抱时，全身心都醉了。

在云露山，我的每一寸肌肤都处在一种纯净的感觉中。透明的阳光、清澈的溪流娓娓描述着圣洁的形象，清新的空气裹着山野的气息，将我的肢体一节节吞没。此时的我，如同喝了绵香的陈酒，有了微醺的醉意，只感到周身松软和惬意舒畅了。

太阳从东幢瀑的上方露出，光线透过水雾，现出玫瑰般的颜色。天空干净澄澈，空荡荡的，仿佛刚被一位清洁的少女打扫过，不染一丝纤尘。峭壁上的青草绿得像妩媚的眼睛，闪着柔和的光亮；倒生的藤萝开着花结着果，一条条如丝如带，像山的帷幕；丛生的灌木，绿茵茵如毡如毯，生机勃勃、清秀迷人，随着起伏的山势绵延向前。眼前的景物被金子般的阳光浸润得鲜活亮丽，山谷间也弥漫着浓浓的、暖暖的、温馨的味道。

此时，我内心安宁、神情淡定，跳入清凉的溪水，身上的汗渍和疲惫被瞬间洗涤，思想也变得纯净，立时成了一个没有欲望和痛楚的人，甚至感到一种莫名的幸福。潺潺的溪流在太阳下闪着光泽，保持着惯有的流速和节奏，并没有因为一个陌生人的到来而荡出紊乱的波纹。这份坦然让我发现这里的美就是质朴和纯洁，没有喧嚣和嘈杂，不经意间使我产生了莫大的亲近感，深入其中不能自拔。这么想着的时候，忽地听到有唧唧的鸟鸣，从隐秘处的丛林里悠悠传出，抬头望天，又看到一只水鸟在天空里飞翔，飞得是那样慢，仿佛就在原地轻摇一对小羽翼，直到缓缓把自己摇曳成一个影子，那份漫不经心是如此闲淡与优雅。

大片大片的山花都绽开了美丽的笑脸，春色将寂静的云露山染成了诗意的画卷。穿梭于花丛中，还不时地可见野鸡咻啦啦从墨绿中飞起，一身花簇样的羽毛，只在空中一闪，就掩入黄花绿树之中了。忽然看到不远处有几树粉白似雪的花儿正开得烂漫，横枝优雅又显庄重，斜枝豪放却带着温婉。来到近前，才看清是桃花，一朵紧挨一朵，挤满了整个枝丫，粉白娇嫩，仿佛吹口气就能化成水。凑近了闻，一股清新淡雅的香甜直入心脾，不由想起了"人面不知何处去，桃花依旧笑春风""人间四月芳菲尽，山寺桃花始盛开""草色青青柳色黄，桃花历乱李花香"等诗句。和喧嚣繁华的闹市相比，这几树桃花该是清寂的，但它们只管静静地绽放自己的花期，只为了这一生圣洁的美丽。寂静和繁华、喧嚣和落寞、真实和虚无，原来仅仅一墙之隔，仅仅只在一个转身之间。

站在花树下，突然情愿自己也变成一棵花树，不管世俗纷争，不管有没有人欣赏，只要把自己生命中最好的时光努力地绽放，用极尽短暂的一生，开尽一春的繁华。

晨光中的云露山

一轮红日慢慢升高，静寂的云露山也渐渐苏醒了。大朵大朵的云彩在蔚蓝色的天空上嵌着明黄、橘色的亮边，一层层、重重叠叠铺展开来。沐浴在晨光和霞彩中，云露山的一切像上了胭脂般滴翠动人，而那轻纱似的雾霭也似有似无了。抬眼望去，红红的朝霞映着碧水蓝天、白云翠峰，犹如一幅妩媚明艳的图画，这种色彩没有一点杂质，是鲜艳纯正的自然之色。

信步走过山门，登上龙潭旁的山岭，晨光中的云露山一派阔朗与明净。山是绿的，树是绿的，满眼都是绿的，幽幽碧潭也只是干净地绿着，间或有水鸟在潭面上划过一道水痕，久久不散，恰似电视风光片里的优美画面，倒让我有种不相信的感觉，而这确是真景实像。在这无边的绿意中，屏住呼吸凝神观望，生怕一点点声响惊动这份宁静，搅乱如此清澈、无尘的意境。生态、空灵、清寂，这就是云露山的仙质与天然，如同一个小孩子的梦，恬静坦荡，又好像一杯初泡的云雾新茶，清爽宜人。

在这个初夏的清晨，在云露山的美景之中，我在晨光里呼吸着新鲜空气，感受着那份山水环抱纯自然的享受。清风拂过，神清气爽，不由得张开双臂放开喉咙，大声喊叫、大声欢笑，一切生活中的烦恼、忧愁都在这如诗如画的环境中烟消云散了。也许明天我又站在人潮如海的闹市街头，也许流逝的岁月仍会用无谓的尘埃扰乱我的道路和美好，但此时这种素净掸落了天地尘埃的美，值得我一生回味和忆念。

忽然听到清亮的鸟鸣声，啼早的雀鸟隐匿于绿丛深处，开始叽叽喳喳地不停鸣叫，使清晨的山林愈加幽静。处在闹市的我，已经很长时间没有听到悠扬的鸟鸣了。记得小时候，在老家农村，常能见到斑鸠、布谷、戴胜、喜鹊、山鹰、红嘴鸦、小山雀、啄木鸟等很多鸟，有些是不知道名字的。清晨竟然成了它们的世界，在田野里，在树林中，你歌我唱，飞来飞去，好不热闹。农村人在这一片歌声中，在一个和谐悠然的环境中开始了一天的劳作，自然也就不会觉得劳累了。而布谷鸟最能懂得季节的变化，最能懂得农事的紧迫。到了麦黄季节，天麻麻亮，就"布谷，种够"地叫个不停，提醒人们割完麦子后不要偷懒，一定要把粮食种够。自从到城里工作，就再没听到布谷鸟的叫声了。现在，置身云露山，又听到了布谷鸟的歌声，听到更多鸟类的歌声了。

青山绿水、蓝天白云、晨光金波、鸟语花香，构成了云露山清晨绝妙的画面。这样秀美的地方，朋友，还等什么呢？

云露山月夜

　　白天将云露山景致尽收眼底，颇觉意犹未尽，夜里便寄宿云露山宾馆。恰逢农历五月十五月圆时，晚饭后步出宾馆赏月，别有一番情趣。

　　天上没有云，圆圆的月亮像一面明镜悬挂在深蓝色的夜空中，稀疏的几粒星点散围在温媚的圆月旁边，山谷、峰峦、丛林、树木、岩壁都沉浸在皎洁的月光中。空气中飘荡着浓郁的花香，使夜间的清凉中含有一种柔和的温暖，悠扬的蛙鸣、草莺的轻唱也使云露山显得更加空旷静谧，我真的没有看见过这样深沉与神圣的寂静的月夜。

　　宾馆不远处是怡心岛，茂林修竹，清幽雅静，沿着蹊径走到这里，在一个潭边坐下，听着淙淙水声，仰望一轮明月，心底变得格外纯净，所有的风尘劳顿都消于无形。月亮在潭面上投下银白的光辉，又穿射到潭水深处，把鱼儿照得迷惘着浮起，用张开的圆嘴去触水面。而潭边竹林里的月光斑斑驳驳，风来了，月光、竹影一齐舞动起来，犹如荡漾起伏的水波。所有的一切被笼罩在一个镀满银辉的梦幻中，无一处不空明，无一处不灵动，我也就在这明净无尘的潭边，任思绪随着流动的月光飞扬。

美丽的月亮是历代诗人笔下的多情之物，古人咏月诗不可胜数。"举杯邀明月，对影成三人"，映照出诗仙李白的豪迈气派；"露从今夜白，月是故乡明"，透出了诗圣杜甫故土难离的诗心；"海上生明月，天涯共此时"，抒写了诗人张九龄绵绵不尽的真挚友情；王维的"明月松间照，清泉石上流"营造出一个雅致脱俗、明媚空灵的迷人世界；而苏轼的"明月几时有，把酒问青天""但愿人长久，千里共婵娟"，又让人在禅悟了悲欢离合之后，更懂得珍惜人间的真情。

沉浸在月色中，我的思想也仿佛被月光辉映得清清朗朗、明明净净，没有一丝飘浮的暗影，尽可以轻快地呼吸月儿的灵气，自由地赏玩月色的秀美。记得小时候，妈妈对我讲："明月夜说说自己的愿望，一定会像圆月一样圆满。"于是，我把心许给了每一个圆月夜。随着我的成长，也真的悟出了真谛：人生就像这一轮明月一样，只要心中有所期待，还有什么能够阻止它追求的脚步呢？孤月清轮徘徊中天，好像是在等待什么，却又永远不能如愿，因而它才一直在行走着。而我经过人生磨难和历练，执着地走到今天，虽然一路坎坎坷坷，但更多的是收获、是喜悦、是成功，就像这皎皎的月光，织进了洁白的梦境。

不知不觉夜已深了，踏着月迹转回宾馆，脑海里忽然浮出朱自清的《荷塘月色》，便设想倘若先生还活着，来到这里，定会触景生情，写出更丰富、更美妙的月色篇章来。

感受云露山瀑布

我酷爱瀑布，也游过不少瀑布，黄果树瀑布、庐山瀑布、壶口瀑布……而今站在云露山瀑布前，却别有一番感受，深深为家乡有这般壮美的瀑布而自豪！

仲夏来到云露山，满目葱绿，浓荫冠盖，好一个清爽之地。走进山口，便隐隐听到轰轰声响，平静的心立时激动起来。刚过一木桥，龙王瀑就直扑眼帘，瀑高 20 余米，如龙珠抖落，飞入龙潭，轰鸣声震荡山谷。潭水似受青山翠峰熏染，碧绿幽透，深不见底，阳光下粼粼波光犹如片片碎银熠熠闪烁。龙潭在当地人心中很神圣，每逢天旱就集会于此举行祈雨仪式，很是灵验。站在潭边极目四望，峰峦叠翠、古木参天，风景十分宜人。

从龙潭上行，多级瀑、潭相连，尤其是金蟾潭极具特色，潭边一巨石如金蟾戏水，活灵活现。蟾蜍是蛤蟆的学名，传说月中有蟾蜍，谓之金蟾。这只金蟾好像依恋云露山的溪水，不肯到月亮上去。当地人讲，此石有灵气，夜里能听到金蟾呱呱的叫声，用此潭水洗浴，还能消灾避难。

药王谷中的"三连瀑"可谓澎湃有声，气壮山谷。回心瀑是药王谷第一个较大瀑布，瀑水飞溅、潭水清澈、峭壁险峻、瀑声轰鸣，经此瀑布就进入药王谷采药探险区。区内山高路险，断崖、陡坎阻隔，行路困难，以往采药人至此就考虑是否还能进谷采药，因此回心瀑便成了警示世人进取、磨炼人们意志、提升养生决心的一个最好的试金石，坚强者即能勇往直前、克服艰险，闯出一片天地；反之，弱者只能望而却步，缩手缩脚，长吁短叹，成为一介庸夫。回身瀑是药王谷的第二个较大瀑布，瀑下潭深不见底，瀑布右侧为采药人开辟的攀岩小道，即利用山中树杈勾住岩壁中间的树木，牵引身体攀登，然后稳定身体，再勾住上面的树木攀登，十分险峻、险象环生，采药人至此又要考虑是否进谷采药，故此瀑名为回身瀑。东幢瀑是"三连瀑"的主瀑，也是药王谷最大瀑布，落差近百米。瀑布如一条白练从绝崖轰鸣而下，瀑花四溅，气象万千，夏季雨水大时，瀑面宽有 5 米，抛珠吐玉，雄伟壮观。春天叶茂花开之时，潭边、崖上杜鹃倒映水中，形成一幅自然画面，是游人拍照留念的绝好地方。

西幢地带的瀑布最多。当地传说孔子周游列国时，听说云露山风景秀丽，就携弟子云游至此，果见此地山清水秀，宛若仙境。孔子的七十二弟子就各找一处，每到漫山红遍、野果飘香时，便各自来此沐浴论道，故当地人称此区为七十二瀑群，而把一些特征明显的瀑潭以孔子知名弟子的名字命名，如子渊瀑、子路瀑、子贡瀑、子游瀑、子舆瀑等。这些瀑布一个连着一个，像一条透明的玉带凌空飘落，连绵不绝，宛如飞花碎玉洒入墨绿的水潭。这儿的老人说，若是遇上春夏多雨季节，更有另一番风味。山洪暴发时，瀑布像野马，又像恐龙，倒挂绝壁，水石相撞，近听如闷雷轰响，远听似古钟长鸣，昼夜狂泻，惊心动魄。

及至西幢瀑，更是眼前一亮，当看到巨龙一般的瀑布从百米绝壁轰然而下，禁不住脱口赞道："太漂亮了！"西幢瀑为云露山第一大瀑，站在瀑下仰望瀑布，半空中尽是漫天飘飞的水雾，阳光下犹如无数晶亮的珍珠从前后左右落下。聆听着訇然作响的瀑布声，只觉得胸膛在扩展，所有的感官都被瀑布的雄奇与壮观所震撼，雄浑、豪迈之气激荡心头。刹那间感到自己是如此渺小，许多烦恼、欲望原来都是那么微不足道的，红尘往事被涤荡一空，自己恨不得化作一粒晶亮的瀑水纵身一跃，投身于生命伟岸的搏击之中。

美艳的云露山彩虹

久居闹市，林立的高楼、稀少的树木、灰蒙的空气，让我很多年没看到彩虹了。小时候在农村老家，雨过天晴后，经常可以看见蔚蓝的天空上挂着美丽的彩虹，我和小伙伴们指着彩虹尖叫、欢笑，还背着从课本上学到的童谣："风停了，雨停了，谁在天边架彩桥？桥上不见车马跑，桥下没有白帆飘。雨停了，太阳笑，彩虹架起七色桥。赤橙黄绿青蓝紫，白云宝宝桥上飘。"

近日朋友相聚，在歌厅合唱《真心英雄》时，"不经历风雨，怎么见彩虹"的歌词勾起我的彩虹情结。朋友笑道："前天，我在云露山游玩就看见彩虹，哪天雨后你也去一趟吧。"

于是，我查了彩虹形成的资料。彩虹是一种光学现象，当阳光照射到半空中的雨点，光线被折射及反射，在天空形成拱形的七彩光谱。彩虹最常在下午，雨后刚转晴时出现，这时空气中尘埃少而充满小水滴，天空的一边因为仍有雨云而较暗，但观察者头上或背后已没有云的遮挡而可见阳光，这样便容易看到彩虹。如果面对着太阳是看不到彩虹的，只有背着太阳才能看到，所以上午的彩虹出现在西方，黄昏的彩虹总在东方出现，另一个经常可见到彩虹的地方是瀑布附近。彩虹的明显程度取决于空气中水滴的大小，水滴体积越大，形成的彩虹越鲜亮，水滴体积越小，形成的彩虹就越不明显。冬天的气温较低，在空气中不容易存在小水滴，下雨的机会也少，所以冬天一般不会有彩虹出现。

正值盛夏，连着几场暴雨，空气清凉了许多。云露山距县城不到百里，待雨住风消，便驱车前往。雨后的云露山宛如浸洗过的碧玉，格外妩媚清丽；空气仿佛用绢纱滤过似的，清新而温润；被雨水洗涤过的树木也显得更加青翠，树叶上挂着许多小雨珠，晶莹剔透。耐不住寂寞的鸟儿欢叫着，叽叽喳喳，从一棵树飞到另一棵树，一只、两只，一阵子就站满了枝头。它们在不时的嬉闹中抖动树叶上晶莹的小雨珠，哗啦啦向我的脸上、身上落下，直接融入我的汗水之中，好凉的雨珠啊，真爽！

太阳高悬在湛蓝的天空上，散发着万道霞光，慢慢照进雨后的山林，一寸一寸移动，在湿漉漉的翠绿中行过。那时浓时淡、如丽纱漫舞一般的云雾，轻柔地缠住山腰，故意不把山岭全部藏到乳白的羽翼下，像要跟我们开个玩笑似的，特意让山顶和山腰的白雾之间，露出一部分氤润的幽蓝色彩，间或流出一丝丝油绿的苍林。俄而，云雾又像飘飞的柳絮，向天空冉冉地腾去，默默地消失了。这时的云露山呀，真像刚从雾海云水中沐浴出来，是那样地清秀、俊逸。在这样的意境中，你会感到一种游离于世外的超然的感觉，你的情绪也一定会深深地陷入有我与无我的境界。

不知不觉中，就走到东幢、药王谷、西幢交叉口，抬眼望去一阵惊呼，一道彩虹清晰地挂在西幢瀑上空，让我感到了梦幻般的奇美，一瞬间叩开了我逝去的梦。我就那样呆呆地站在原地，望着美艳的彩虹，脑海里涌出了无边的诗意。

"彩虹犹如出浴的神女，山边的云雾便是她飘曳的秀发，淙淙的山泉便是她款款的笑声，七色的纱衣世间何处寻觅？她裙幅一轮，飘然起舞，那轻柔的舞姿迷住了过往的飞鸿，那天生的丽质令群芳顿然失去了光华。

"彩虹好似硕大的七弦琴，倚天而立，仙乐乍起。七种乐音嘈嘈切切，灿烂而和谐，如心泉奔流，似百鸟齐鸣，交汇成美丽的织锦，化作仙乐飘向人间．让世人享受超凡脱俗的圣洁。彩虹是如椽的七色笔，绘蓝天，绘彩云，绘黛山，绘碧水，绘出了多彩的世界；彩虹是一首会飞的七言诗，那彩色的诗句会长上翅膀，去点燃林中花，染绿岸边柳，唤醒沉睡的山林，吹开含苞的蓓蕾；彩虹更像飞天的七彩桥，这头连着实实在在的现在，那头通向茫茫的天宇，站在此岸是无休无止今天，走向彼岸才会有如诗如画的未来。是梦是幻？是喜是忧？裹足不前，只能在沼泽里耗尽人生；怀揣诚挚的心，踏着彩虹前行，便可以融进真情编织的明天。"

我尽情地背着诗句，周围一片寂静，静得让人心醉。只有纯净的云露山，才能现出彩虹，才会这样鲜艳明丽。在沉静之中，以流水一般的平和心志，去极目远眺瑰丽的彩虹。骤然间我的心胸也像这美丽的景象一样，空旷而充满快乐的憧憬，从心底里对"不经历风雨，怎么见彩虹"有了更深的理解，不由得大声唱起《真心英雄》："在我心中，曾经有一个梦，要用歌声让你忘了所有的痛。灿烂星空，谁是真的英雄，平凡的人们给我最多感动……把握生命里的每一分钟，全力以赴我们心中的梦，不经历风雨，怎么见彩虹，没有人能随随便便成功……"

云露山赏枫

两场秋雨过后，天气凉爽起来，枫叶也开始变红。朋友问我："到哪里赏枫？"我笑答："云露山呗。"

的确，我很喜欢枫树。到了深秋，森林里的花草渐渐零落，唯有枫树此时却显得格外神气，用高贵气质和优雅姿态展示着无畏寒冷的坚强和勇气。漫山的枫叶从绿泛黄，从黄变橙，从橙转红，宛若猎猎红旗、熊熊烈火、灿灿霞光，把秋色装扮得激情澎湃，惊艳斑斓。查阅资料获知，枫树从绿由橙变红是在晚秋的时候，当叶子里的叶绿素没有了，其他色素颜色就彰显出来，如花青素的红色、叶黄素的金色、胡萝卜素的黄色等。除此之外，枫叶中贮存的糖分还会分解转变成其他花青素，使叶片的颜色更加艳丽、火红，最终枫叶完全变成红彤彤的，如霞似火，爆发出生命的光亮。正是枫树经过季节风霜多次的磨砺，躯体由娇嫩逐渐蜕变为坚强，最后变得成熟美丽，犹如人生，才使我对枫树由衷钦佩，每年金秋赏枫便成了我的主题。今年和朋友相约，到云露山观赏枫叶，也着实被红叶之火烧了一把。

云露山四季景色各异，尤以秋景最美，而这美丽则来自枫叶。云露山枫叶跟宝天曼枫叶不同，宝天曼枫叶是成片成片的红，似红云在飘荡，云露山枫叶是成团成团的红，像红绣球在滚动。这是因为宝天曼枫叶以黄栌栎为主，云露山枫叶以五角枫为多，同样是枫树，姿态各有不同，俚都有看头，都令人回味。其实秋天的云露山，除了红红的五角枫，还有青榨槭、棠梨和四照花，深秋时节它们也用红灿灿的躯体，同枫树一起染红云露山。秋天又恰是白桦树摇金的季节，漫山红叶中增添几许桦树白皮和黄叶，如同霞光中闪出的玉线与金星，使云露山越发显得俏丽、斑斓和浪漫。

来云露山赏枫的人不少，朋友也忙不迭地拍照留影，我却避开人群钻进幽静的药王谷，独自观赏红叶怒放。以我多年的体会和感受，观赏枫叶比之观赏花卉更需要宁静的氛围，更需要沉稳的心境。花卉品种多而杂，指指点点观赏很平常，而枫叶色调单一、形样不多，只有独自品味赏玩，才能从中真正体察出枫叶的内涵和神韵，古诗词中"停车坐爱枫林晚""江枫渔火对愁眠""枫醉未到清醒时"等，都是表现赏枫的静谧与安详。缓缓地在药王谷穿行，望天是湛蓝的，看地是碧绿的，观树是深红的，探水是清澈的，整个身心完全融入秋色之中，一时间烦忧尽消。心境如眼前森林一样，那么清新、那么宁静、那么畅快，使你蓦地意识到，人就应该这样无拘地生活，这样的生活才惬意，才纯净，才有滋味儿。

林中欢跳的溪流一直在我身边歌唱，攀岩赏枫累了，就坐下来听潺潺流水声，看飘落的枫叶在溪水中顺流而下，如舞动的红绸缎、跳动的红精灵。这样的意境，这样的享受，怕是其他光有枫的地方无论如何不能相比的。而云露山的溪水甘甜透明，绝无污染，是天然纯净水，烧的开水不生茶垢，用之洗浴明目养颜，长流不息的泉水滋养使当地有许多长寿老人。于是，我便把携带的几个空瓶装满水，捡拾了几片红红的枫叶，走出药王谷和朋友汇合后，我们相约：明年金秋还来云露山赏红叶，观红潮，享受这秋天的快乐。

云露山竹韵

利用国庆节，约朋友去云露山看竹。竹子四季常青，虽劲风不能撼其节，虽雪霜不能夺其色，夏风秋露，姿色可人，有虚心、劲节的美名，以独具的气质风韵代表了超凡脱俗、清新高雅的形象。宋代大诗人苏东坡云："宁可食无肉，不可居无竹。无肉使人瘦，无竹使人俗。"晋代王羲之之子王徽之为人高雅，生性喜竹，曾寄居空宅中，遍寻四周不见竹影，遂命人立即植竹院内。有人问他为何如此，徽之啸咏指竹曰："何可一日无此君！"可见，王徽之是视竹为君子、知己。古往今来，不知多少文人雅士为竹赋诗作画、击节赞赏，这大概与竹的自然风韵和独特品格不无关系吧。

我对竹的喜爱，最初源于清代诗人画家、"扬州八怪"之一郑板桥的题画诗《竹石》："咬定青山不放松，立根原在破岩中。千磨万击还坚劲，任尔东西南北风。"这千古流传的佳句，把竹子坚贞不屈的精神品质写得淋漓尽致。竹在荒山野岭中默默生长，无论是峰峰岭岭还是沟沟壑壑，都能以坚韧不拔的毅力在逆境中顽强生存。尽管长年累月守着无边的寂寞与凄凉，一年四季经受着风霜雪雨的抽打与折磨，但始终"咬定青山"、专心致志、无怨无悔。千百年来，竹子清峻不阿、高风亮节的品格形象为人师表、令人崇拜。

　　驱车过了马山口镇，往北行，曲折的山路扬起了大自然的野性，漫山遍野盛开着一片片、一簇簇金黄色的山菊花，秋天的田野果实累累，一派丰收景象。如画的秋景使我的心胸豁然开朗，感到这里的空气都是甜的。及至云露山，事先约好的一名当地向导早就等在这里。云露山的山间溪边不乏翠竹扶疏，但最大的一片竹林达400多亩，距山门三四里地。于是，我们下得车来，随向导步行而去。

　　山道弯弯，流水淙淙，跨过清澈见底的溪水，上山的道路变得陡峭而又狭窄，我们有些吃力地向上攀登，不由得卷起袖子伸手去抓身旁的树枝，但裸露的双臂时不时被枝条划伤，好在大家一路上说着有关竹的话题，倒忘了这微微的痛感。我是在农村长大，在我的记忆里，老家的翠竹随处可见，凡有翠竹的地方就一定有人家，枝繁叶茂的翠竹充满了勃勃生机，年年月月、朝朝暮暮守护在农家庭院的前前后后。翠竹总是一团团、一簇簇地生长，竹与竹之间根连着根、干靠着干，相依在一起，冬天共同承担霜雪，夏天共同抵挡风雨。单根的竹确是弱不禁风的，在数万年的自然斗争中，这个种族之所以能够生生不息地繁衍，正是由于这种团结精神，才能共同抵御各种灾难的侵袭，展示出不灭的意志。而且，翠竹具有顽强的生命力，砍了又长，无论你怎样砍伐，每年都有新笋不断地冒出，高昂起不屈的头颅，在不到一个季节的时间里就长成了高大挺拔的新竹。翠竹质地坚韧，人们非常喜爱它，常用它来编织。割草、装粮的背篓，夏天的凉席，提土的撮箕，装东西的筐子等，都是用翠竹编织而成的。所以凡有住处的农家，总是在房前屋后种植着青青的翠竹，它既不需施肥，也不需灌溉，便能茁壮地成长。到城里工作后，一直希望能拥有一片自己的竹子，庭院里种上几株，日观夜赏，然而我居住高楼，就没有这等福分了。

转过一个山嘴，便有清爽的气流扑面而来，举目望去，阳光下翻腾着层层碧波，青青的竹一蓬接着一蓬，绵绵几里长，把蜿蜒起伏的山岭葱葱茏茏覆盖。随着向导一声"到了"，我就抢步走进竹林，一阵竹风吹来，立时感到全身轻飘飘的，陶醉在幽幽的绿波之中。抬头望望，蔚蓝的天空被竹梢击得七零八落，阳光只能顽强地从碎隙中钻进来，也被成片的绿荫浓浓地包裹着。朋友们举着相机不停地拍摄，而我只是静静地在竹林中穿行，看竹身在风中摇曳，体味着这种自然的绿韵。

云露山的这片竹林属天然生成，千百年来历经风霜坚韧不拔，终成这瀚海般的大气候。置身其间，只见苍翠挺拔的老竹如同甲胄裹身的武士，而弯弯新竹却像柔情似水的少女；一排排竹就像跨马飞戈的兵团，而风吹竹叶轻轻拂面，又显得万般温柔、宁静和优雅。我猛地想起，竹从不开花，清淡高雅，一尘不染，不图华丽、虚心劲节、朴实无华的自然天性为世人所倾倒。郑板桥曾赞道："一节复一节，千枝攒万叶；我自不开花，免撩蜂与蝶。"而他画竹别出心裁，细干、疏枝、瘦叶，用竹来表达他的内心感情。"衙斋卧听萧萧竹，疑是人间疾苦声。些小吾曹州县吏，一枝一叶总关情。"从冷雨打窗，风吹疏竹发出的"萧萧之声"，把他关心民生疾苦的政治情怀，鲜明淋漓地表现了出来。

是呀，竹子刚劲清新、生机盎然、蓬勃向上。当春风还没有融尽残冬的余寒，新笋就悄悄在地上萌发了，待一场春雨过后，竹笋便破土而出，直指云天。到了盛夏，竹子舒展长臂，抖起一片浓郁的青纱，临风起舞，婀娜多姿。暑尽寒来，仍绿荫葱葱，笑迎风霜雨雪。难怪白居易在《题窗竹》中留下这样的佳句："千花百草凋零尽，留向纷纷雪里看。"竹，拥有永不消失的春天，而且竹的一生是奉献的一生。竹笋做的佳肴，为人类所食用；竹子制作的竹席、竹筷、竹家具、竹工艺应有尽有；竹子还以它残留的枝丫扎成扫帚，清除污垢；就是竹沫、竹头等，也在灶底燃烧，发挥光和热，真是"出世予人惠，捐躯亦自豪"。

就这样和朋友们在竹林中走着、说着，还吟诗答对，甚感舒心惬意，也不知过了多长时间才走出了竹林。放眼望去，满山翠绿点缀着星星黄花，而一片松林在不远处与竹林守望，我的心头又涌起郑板桥的一首诗："四时花草最无穷，时到芬芳过便空。唯有山中兰与竹，经春历夏又秋冬。"

我喜爱竹、欣赏竹、崇拜竹，不仅是因为竹的万般风情给人以艺术的美感，还因为竹的自然天情和独特品格给了我哲理的启迪和人格的力量！

云露山之冬

红叶尚未褪尽，大雁还没做好南飞的准备，云露山的冬天就悄然而至了。飘飘悠悠地从灰色的云缝掉点雪粒，落在宁静的潭里，连涟漪都没有，像一个初次约会的女孩子含着羞涩和矜持。

空气不再干爽，但只是隐隐有些潮湿，早晚的雾气里夹了些许咸腥。而雾气中的满月好像一颗硕大的玉珠，朦朦胧胧，散发着冷冷的美丽。万籁俱寂的时候，山间任何一点微弱的声波都会传得很远，成为空气的一部分。

随后的日子，羽毛鲜丽的鸟类纷纷离开栖息的山林，只剩下那些不怕冻又没有别的故乡的灰麻雀，没有了往日的大声鸣叫，像黑灰的棉桃蜷成小球蹲在树枝上，自言自语点什么。它们对春天无所谓盼望，祖祖辈辈年年月月都是这么熬过来的。

及至下了场大雪，满树霜挂，满枝银花，如果天晴，枝枝柯柯闪着淡蓝的莹光，别有一番韵味。白衣白袍的树木直立在封冻的山墅幽谷间，半明半昧地做梦。这时候空气很平静，风不知在哪个巢穴里，麻雀们开始神气活现地飞来飞去，那树上就刷刷拉拉飘下白净的雪片来。

如若站在山上，尤其雪后，放眼一望，那才真叫原野，干干净净的原野、大大方方的原野、神神秘秘的原野、千里冰封的原野。长啸一声，心中所有的不安与忧惧都随之而散。树疏疏落落随心所欲地以最舒服的姿势站着，河安静地平卧在原野上，远山和更远更远的山层次特别分明，山顶的积雪在太阳的照射下闪着银光，看得清山谷侧面山梁柔和的羽影。

云露山的冬天就是这样，给人一种痛痛快快的感觉，说不定哪个晚上就下雪啦，转而天又晴了，直射的阳光明亮而耀眼。这个时候，你对云露山的冬日便会有别样的感受。风风雪雪是免不了的，但不拖沓、不暧昧，让你觉得胸间无比空旷和敞亮，心里油然生出一个念头：是不是生活得快乐洒脱温暖充实，就必得经过像云露山这样纯净的风风雪雪的日子？

忽然想起远方的一个好友，电话中总说冬天的寒冷让他很孤独很寂寞，所在的城市冰冷而模糊。此时，我想告诉他，来吧，来云露山吧，这里的冬天不会让你孤寂。就像母亲面对淘气的孩子，它用平静宽容的微笑给你一份温情、一份爱抚、一份恬静……

云露山，家乡的一块净土

苍翠葱茏的峰峦纯净地横在晨光下，这是家乡的云露山。山顶悬挂着白练似的瀑布，给人满眼的水光迷离之感。

朝霞满天，如烟的晨雾缭绕着云露山，潺潺溪流像盖着一条轻柔的薄纱娉娉漾动，显出一种朦胧之美。青青翠竹在晨风中簌簌摇曳，片片竹叶都透着阳光，似有无数思绪的光环在轻轻晃着，倒映在水里的竹影颤颤巍巍，在柔柔的涟漪上欢快地跳跃。

当雾袅袅散尽，云露山层峦叠嶂、浓淡分明，山风夹带着几分湿润，掠过幽谧的山谷、清碧的潭面，低吟着云露山流光的温柔。馨爽的水汽带着清凉缓缓腾升，直透心脾，一时间人的思想恍惚被牵得很远很远，仿佛与身边的世界隔离开了，显得晶莹剔透，没有一丝尘染。

山林深处忽地漾过一串鸟鸣，那么清脆而悠扬，待循声寻去，却不见鸟的影子。清澈的溪水里，有小鱼群在游弋，自由自在，与那鸟鸣一样没有愁绪。就连那初醒的小草，此时舒展着的也是一种静谧安详的美，与小鸟儿温婉的鸣啼、小鱼儿拨动水澜的声音悄然融汇成一种特别的韵律，让人的心情也若即若离、情愫缠绵。

云露山，家乡的这块净土，让久居闹市的我暂时卸下工作负担，收拾起紧张的心情，在这个诗意的清晨，踩着细碎晨光，陶醉在如此空灵秀美的山水之中。顺着弯弯曲曲的石阶小径，我轻轻挪动脚步，生怕踩落了花叶上缱绻的露珠，不愿意让一点点不安分的声响敲破这一份美丽和缥缈。

我登上一个山头，静静地坐在山石上，看山间白云自然飘逸，听林中鸟儿愉快歌唱，感受青山在静寂中固有的沉稳。惬意的我突然发现原来幸福就是如此简单，惊鸿一瞥间，来也含情，去也含情。

此刻，我仿佛觉得：岁月已经沉淀在杯底变成了佳酿，希望在氤氲中泛着绿色的波浪。无论欢喜，无论悲伤，无论名利得失，它们都是过眼烟云。因此，我要笑对人生，犹如这家乡的云露山，深情而安静，一直到地老天荒。

感悟商圣魂

在范蠡塑像前

天空是那样澄蓝，空气是那样清爽，阳光是那样明媚。还有这麦苗，生机勃勃地生长着，遍野是绿油油一片。平坦的公路沿麦田边向远处伸展，不时有车辆奔驰而过，搅动着空旷的田野，搅动着寂静的村庄，给农家带来现代化的节奏。

草木吐出了青芽、绿叶，粉色的桃花、嫩白的杏花、鲜红的野百合花，在岗坡上、田陌上盛开怒放，泛出沁人的香气。云雀欢唱着，燕子呢喃着，喜鹊追逐着，大雁排成精巧的人字形横过蓝色的天空，鸟鸣和着溪水的流声在春风里轻轻地回荡。

范蠡的塑像就坐落在这样清幽的环境里，坐落在内乡县城东的商圣苑里。他发髻高挽，身着袍服，左手背后，右手抚须，风度华贵，气宇轩昂，两眼注视着前方，脸色显得庄重和神圣。这塑像是范蠡心怀大志、见识高卓的写照。透视中国历史的浩瀚长河，长达500多年的春秋战国是一个风起云涌、英才辈出的时期：老子、孔子、孟子、庄子、孙子、墨子、韩非子等思想家，百家争鸣。兵家名将也不乏伍子胥、白起、李牧、廉颇、王翦等士，而政客中管仲、晏婴、蔺相如、李悝、商鞅等也都政绩卓著。然而，在这些闪烁的群星中，范蠡独放异彩，无与伦比。他前半生从政，辅佐濒临灭亡的越国成为春秋五霸之一，在政治生涯走到顶峰时又适时隐退，改走从商之路。经商 19 年中，三度富甲天下，财富过千金，在国家危难、百姓流离时，他又散尽家财，救济苍生，被后人奉为财神，尊称为"商圣"。可以说，在中国这个拥有五千年文明、人才辈出的国度里，范蠡是一个独一无二、带有传奇色彩的人，是中国最早的政治家、军事家、思想家，同时也是实业家、商业家、经济学家。

范蠡塑像前摆放着各色鲜花，看得出来，这是仰慕他的游客敬献的。我也带了一簇花，一簇很小很小的迎春花，虽不醒目却香气扑鼻。我出神地望着范蠡塑像，思绪便飘向两千多年前的那个时代。

范蠡，字少伯，春秋末期宛楚三户（属析邑即内乡）人，出身贫寒，但素有大志，青年时就已学富五车、满腹经纶、聪敏睿智、胸藏韬略，颇有圣人之资，再加上他精通剑法，可谓文武双全。文种任楚国宛令的时候，到民间访贤问能，和他这个布衣相交为友。但当时楚国政治黑暗腐攻，有志之士报国无门，范蠡和文种都不是贵族出身，世袭制堵死了他们的前程。"良禽择木而栖，良臣择主而仕"，于是两人一块儿来到越国，寻找施展才华的机遇。不久，势力相对弱小的越国被吴国打败，越王勾践兵败会稽山。国乱显忠臣，很多越国大臣在越国战败后另投他处或叛离投吴，而范蠡与文种对越王不离不弃，范蠡更自愿随越王勾践赴吴国为奴。因此，二人得到勾践的重用。

勾践在吴国寄人篱下，受尽了吴王夫差的嘲讽和欺凌。但范蠡足智多谋，终于使勾践取得了吴王的信任。在范蠡的努力之下，勾践在做了三年人质便返回越国。勾践归国后，范蠡与文种拟定了"十年生聚""十年教训""灭吴九术"等兴国灭吴的策略规划。范蠡还向勾践提出了一整套休养生息的政治主张，他说："广天下，尊万乘之主；使百姓安其居，乐其业者，惟兵。兵之要在于人，人之要在于谷。谷多，则兵强。王而备此二者，然后可以图之也。"这一主张得到了勾践的赞同。在范蠡与文种的鼎力辅佐下，勾践二十余载卧薪尝胆，大赦天下，减收税赋，使人民得以还田勤耕，充实了国库和粮仓。

随着生活的日益殷实，越国人丁日趋兴旺，皆具"带甲之勇"，国力迅速恢复和发展，一跃成为东方强国。公元前473年，勾践终于灭掉了宿敌吴国，报了会稽之耻。接着，范蠡又帮助勾践挥师北进，会盟诸侯，使越王勾践成为霸主，成就了霸业。此时，勾践欲封范蠡为上将军，以平分国家作为酬谢，但范蠡深知"狡兔死，走狗烹；飞鸟尽，良弓藏"的道理，没有接受越王的封赏，并执意弃官从商，携妻儿乘舟出海，悄然离去。

后来，胸怀大志的范蠡来到了齐国，改姓名为"鸱夷子皮"，从零开始创业。他组织开荒种田，引海水煮盐，几年工夫竟治产业数千万，成为齐国首富。齐王极其欣赏范蠡的宏韬伟略与治国之道，拜其为相国，在这种情况下，他再三感叹："居家则至千金，居官则至卿相，这都为世人所得意之事，但久受尊名不祥。"于是，他就尽散家财，再次隐居到陶地（今山东定陶西北）一带，自号陶朱公，专事经商，致资累巨万。范蠡隐居之后不再出山，安度晚年，88岁无疾而终。

"范子何曾爱五湖，功成名遂身自退"，从唐代诗人李白在《悲行歌》中对范蠡的赞赏就能看出，范蠡无论从政还是从商，都显得那么睿智，无论是做人还是做事，又都那样洒脱。兴一国，灭一国，这样的惊天地之事，"兵圣"孙武没做到，"智圣"诸葛亮没做到，而"商圣"范蠡做到了。他不仅创造了以弱胜强的光辉战例，还善于"保存自己"，直到古稀之年，寿终正寝。他官至相国、大将军，爵至上大夫，却毅然辞去，而同为吴、越极地显臣的伍子胥没有想过，文种没有决心，两人均被赐死。范蠡功成身退，悄然而去，说出了"只可共患难，不可共安乐""敌国破，谋臣亡"的千古名言，是中国历史上主动辞官下海第一人；治产经商，富至巨万，同代人望尘莫及，后代人难及项背，是中国乃至世界公认的商业之祖。范蠡身体力行，饲养五畜，"十九年之中三致千金"，提出"物价贱随供求关系变化"之理论，开认识价值规律之先河，后人对富翁以"陶朱公"相称，即由范蠡而来。范蠡在政治、经济、哲学、军事、外交等重大领域均有建树，堪称治国良臣、兵家奇才、商界圣星。他的重人重谷、韬光养晦、兴国方略至今仍可借鉴；他主张商品流通、平抑物价、先富带后富，提出经商要"择人任时"的经济思想具有重要意义。

此刻站在范蠡塑像前，作为一个内乡人，我似乎有了更多的感受与激动。面对这样的伟人我只能仰视，只能怀着深深的敬佩和崇仰心情仰视。范蠡最伟大的地方就是能够不恋高官、不恋钱财，能从炙手可热的官场上急流勇退，艰苦创业却又不当守财奴。这，难道不值得我们后人深深思索？

阵阵春风吹过，是那样柔和、温暖，我只觉得浑身舒坦，仿佛身上所有的毛细血管都被吹得松动了。一只雄鹰在蔚蓝的高空翱翔着，穿过洁白的云层傲视着大地的一切。而在春阳的映照下，范蠡的塑像伟岸挺拔，闪烁着耀眼的光辉。

范蠡，不仅是内乡人民的骄傲，还是中华民族的自豪！

商圣的精魂

周末的夜晚，家人早早地睡了。窗外明月皎洁，繁星点点。难得这样清静，坐在书房里精巧松软的椅子上，静静地读着若木著的《经营之神：范蠡》，一种从未有过的敬仰之情油然而生。范蠡的一生充满传奇色彩，尤其是经商才能独具一格，被后人赞为商圣、尊为财神、誉为中华儒商之鼻祖。于是，在这明月夜，我便想一个问题：商圣的精魂是什么？

而要领略这种精魂，就要洞悉范蠡深邃的经济思想。

"劝农桑，务积谷""务完物，务息币""平粜各物，关市不乏，治国之道也""旱则资舟，水则资车，以待乏也"，范蠡认为物价贵贱的变化是由于供求关系的有余和不足，主张谷贱时由官府收购，谷贵时平价售出，把握商机，候时转物。"知斗则修备，时用则知物""贵上极则反贱，贱下极则反贵""时不至不可强生，事不究不可强成""得时不成，反受其殃"等观点，强调人们不仅要尊重客观规律，而且要运用和把握客观规律，将之应用于经济现象的变化。范蠡运用这一经济思想治理越国，达到了民富国强，雪了国耻。在功成身退之后又用他的经济思想经商，成为我国历史上最著名的商业巨富，成为后世商人供奉的偶像。

这样说来，商圣的精魂就是中国的商魂了。

范蠡急流勇退，离开越国后，凭借着一叶扁舟，出三江，逐五湖，历经了无数的艰难和险阻。终于，从风景秀丽的江南水乡北上，来到了一片有河、有海、有山林、有草甸的齐国海畔。在这里，海盐成为范蠡最大宗的商品之一。大海无垠，晒盐、煮盐的海水取之不尽、用之不竭，"拥有鱼盐之利"是这片土地最出色的特点。在神州华夏，诸侯国之间，范蠡的盐业市场很快就打开了。古语说，谋事在人，成事在天。大海给了人类无数的恩泽，海中有鱼虾、海带，能让人食用养生，无边无际的海水可以煮盐来卖，所以内地食盐无不出自海畔。而且，大海能行船，交通便利，与各国间的交易自不成问题。常言道，天能生物，地能载物，人乃万物之灵。凡能成就事业者，非得天时、地利、人和不可，而范蠡在齐国占尽了所有事项。

范蠡的经商之智不是从天上掉下来的，而是自己磨炼出来的，他的另一个重要的经商思想就是"农末兼营"。除了贩卖鱼盐之外，范蠡还聘请了木工、丝工以及一些各具专长的男女奴仆，并把他们分成多个不同工种的小组。女仆主要负责桑麻纺织，由其夫人监管；男仆则负责耕种、渔猎等，由他和儿子统帅。先后建造了房舍、粮仓，开垦了农田，并在山坡上种植了桑树，开辟出了一大片桑园。就这样，范蠡在这个穷困的海滨之地，很快就建立起了一个集农、工、渔、商为一体的海滨大家园。

自从家园建好之后，范蠡便带领家人到附近的蓬莱及齐鲁以东各地考察年景和商业贸易情况。每到一处，都要了解那里的社会现状、历史、地理、风俗、人情、物产、物价、产地及供需量。回到海滨后，根据在各地掌握的市场信息，把自家生产的各种皮货、绢、纱、绸、缎、食盐等用车运往各地销售。而在一次浙水旅行之后，他坚定了做蚕丝生意的决心。旅途中，朋友与他在船上的一席交谈，使他大开眼界。他细致地了解到了一些有关养蚕缫丝的常识，比如土法缀丝是怎么回事，丝分三种等。并且他也知道了专做生丝生意的茧行、丝行的一些门道，比如带了现金到产地去买丝的人叫"丝客人"，在产地开丝行收购新丝从中取利的人叫"丝主人"，在当地买当地用的小户叫"用户"，专做中间转手批发生意的叫"划庄"等。除此之外，他还知道了做丝生意其实也没什么深奥的诀窍，归根到底就是要懂得丝的好坏，懂得掌控蚕丝市场的行情。虽然丝价每年有起有落，但最有赚头的就是收购当年的新丝。当时，丝价的高低多半都是人为地制造出来的，价格的起落往往掌握在几个大户手里，取决于大户的操纵。比如主要做蚕茧生意的茧行，同行有"茧业公所"，新茧上市，哪一天开秤收茧，哪一天封秤停收，以至蚕茧价格，由同行公议，不得私自变更，蚕农出卖蚕茧，无论在哪里都是一个价格。对于这些方面，范蠡相信自己无疑已成了一个行家。了解这些情况之后，范蠡马上在浙水一带开了一家丝行，自己做起了"丝客人"。同时，他还大量经营人们生活生产所必需的铁器、木器、陶器、粮食等。当遇到农业丰收之年，粮价跌落时就大量地收购贮存粮食，等到农业受灾之年，再把贮存的粮食以平价出售给周边的国家或平民。这样一来，在经商盈利之余，还平抑了物价、打击了奸商、化解了国家的燃眉之急，这大大地提高了他的声誉。在这里，范蠡一家一天到晚劳作忙碌，真可谓一分汗水、一分收获。经过无数个风雨黎明、无数个沙舞黄昏和不眠之夜的苦心经营，几年的时间，范蠡就在这茫茫无边的浩瀚大海之畔集资达数十万，成为当地巨富，名播天下。后人归纳出范蠡经商的经验，这些经验被称为"经商十八则"：生意要勤快，切勿懒惰，懒惰则百事废；价格要定明，切勿含糊，含糊则争执多；费用要节俭，切勿奢华，奢华则钱财竭；赊欠要识人，切勿滥出，滥出则血本亏；货物要百验，切勿滥入，滥入则货价减；钱财要明慎，切勿糊涂，糊涂则弊端生；临事要尽责，切勿妄托，妄托则受害大；账目要稽查，切勿懈怠，懈怠则资本滞；接纳要谦和，切勿暴躁，暴躁则交易少；主心要安静，切勿妄动，妄动则误事多；工作要精细，切勿粗糙，粗糙则出劣品；谈话要规矩，切勿浮躁，浮躁则失事多；出入要谨慎，切勿潦草，潦草则错误多；用人要公正，切勿歪斜，歪斜则托付难；优劣要细分，切勿混淆，混淆则耗用大；货物要修正，切勿散漫，散漫则查点难；期限要约定，切勿马虎，马虎则失信用；买卖要随时，切勿拖延，拖延则失良机……

此时已是深夜，望着窗外银色月光，眼前幻化出范蠡与家人乘着浓重的夜色，驾一叶扁舟出海而去；幻化出蔚蓝的海畔，看着晒成的一堆堆亮晶晶、光闪闪的食盐，范蠡捋着胡须舒心地笑了；幻化出灾年减产，范蠡开粥场赈济灾民的场景……倏忽间，我感到今晚的月儿格外明亮，感到夜间丝丝的温暖和无尽的魅力。

感悟范蠡

范蠡是中国历史上的一代奇人，是华夏天空中璀璨夺目的奇星，是为官即至卿相、经商速达千金的旷世奇才。史书中有语概括其平生："与时逐而不责于人。"世人誉之："忠以为国、智以保身；商以致富、成名天下。"

为政之道：韬光养晦　功成身退

立身图强，以德为本。春秋末期楚国宛郡，生于内乡的范蠡出身贫贱，父母早亡，由哥嫂抚养成人，但博学多才、具有文韬武略。然而，当时楚国政治黑暗，选拔官吏非贵族阶层不得做官，范蠡无法施展自己的才能，就佯狂癫痴，甚至装疯卖傻，做出的事情往往令人惊诧不已，被时人称为"楚国狂人"，乡邻们则喊他为"范疯子"。

楚荆王时，楚国名士文种到宛任令，遍访贤人，听说范蠡年纪不大，但很有才能，就派手下官员去请他。手下人回来说："范蠡行为怪异，疯疯癫癫像是个疯子，不值得邀请。"文种却说："一个人有才能，必假装疯狂来掩盖其贤德。"于是文种亲自驾车去拜访，两人"抵掌而谈""终日而语""疾陈霸王之道"，方觉相见恨晚，遂结为终身知己。相约要建功立业，做一番大事。范蠡与文种都是楚国人，当时楚国已经是列国中的霸主，但国君傲慢自大，皇亲贵族结党专权，政治混乱。因此，在楚国很难有什么大作为，于是范蠡和文种投奔越国为官。公元前494年吴国攻打越国，越王勾践兵败会稽山。范蠡与文种对越王忠心不二，且范蠡愿随勾践到吴国当奴仆，表现出敢于担当的高贵品格。

吴王夫差知道范蠡是个大才，几次劝范蠡离开勾践，封赐显爵，范蠡皆不为所动，很坦然说道："臣闻亡国之臣，不敢语政；败军之将，不敢语勇。臣在越不忠不信，今越王不奉大王命号，用兵与大王相持，至令获罪，君臣俱降，蒙大王鸿恩，得君臣相保，愿得入备扫除，出给趋走，臣之愿也！"为奴的三年时间里，范蠡同勾践夫妻一起耕作劳动、粗食、卧薪，并且不忘和勾践的君臣之别，时刻敬主、护主，三年如一，不离不弃，这让吴王既赞许又羡慕。一次吴王在范蠡经过的路上扔了一块黄金，范蠡经过时丝毫没有犹豫就跨过黄金，径直离去，从此吴王才打消了劝范蠡降吴的念头。

其实范蠡忠诚的不仅是勾践，更在履行对自己人格的承诺。在现代社会中，像范蠡那样笃信诺言，处顺境不骄、于逆境不疑的为人品格已经弥足珍贵。按照现在的一些价值观来看范蠡的行为只是一种愚忠，其实不然，范蠡的这种品德不仅换来了伙伴的信任，也换来了对手的崇敬，具有这样人格魅力的人，再有聪颖的智慧，怎么可能不成就大事呢？从古至今，最终大成的，便是这种以德为本的人。

儒道相济，兼容并蓄。儒家的思想推崇仁、义、礼、智、信，方正的治国大道，是春秋战国及以后各个历史时期处事、治国的主流思想，甚至一直沿袭至今。道家思想则追求道法自然，虚静无为，而受这种追求自然、无欲、无我的观念影响，道家思想者中很少有人从政。因此，在当时基本没有以道家思想领导与管理国家的领袖阶层。而范蠡有一个开放睿智的头脑与宽广包容的胸怀，其兼具儒、道两家之长，更广纳百家之思，又不囿于其中，跳出百家，形成了自己的思想体系。这样的思想特点构成了独特的，既有儒家的礼信才德与直勇，又有道家应天时、融入自然、顺应环境、借助环境、至韧至柔的特性。同时，范蠡善于以开放的心态吸收借鉴法家、墨家等诸子的治国统军之法，使其之思、之行，坚时如磐石，韧时似皮革，而柔时又似湍流入溪，无影无形。

在从政时范蠡就体现出一种儒道相济的思想与人格特性，也唯有这样的特性才能带领衰败的越国走出困境。在吴国为奴时，范蠡与勾践卑膝求全，吴王夫差要出门时，勾践主动趴在地上让夫差踩着自己的背上马，夫差生病时勾践又主动舔舐他的粪便为其诊病。终于感动了吴王，三年后放勾践君臣归国。这些委曲求全的计谋都是范蠡为勾践所出。

春秋时期不乏儒家推崇的具有"士"精神的政客，但能够适应环境、委曲求全、想出范蠡运用的这些办法的人几乎没有。由于范蠡的奇谋，勾践也成了历史中唯一一位能够忍受巨大屈辱与折磨，在逆境中坚韧生存、心怀大志、卧薪尝胆，最终灭敌复国的君王。

勾践被吴王释放回国后，此时的越国处于百废待兴、国内饥荒不断、瘟疫肆虐、民不聊生的状况，外部吴国时时监控打压越国、四周又有其他诸侯虎视的境地。在这样的环境下，生存都成问题，如何迅速走出困境，强大起来，雪耻复国呢？此时范蠡才真正展现出其卓越的领导与管理才能，他与文种规划了兴国灭吴的策略，建议勾践劝农桑，务积谷，不乱民功，不逆天时。先抓经济，继而亲民，稳定社会。施民所善，去民所恶。协调内部关系，内亲群臣，下义百姓。有人生病，勾践亲自去慰问，有人去世就亲自去办丧事，对家里有变故的免除徭役。一系列的措施使百姓得到安定。

越国作为战败国，是不允许有国防的，包括不能建城墙、不能组建军队、不能打造武器等。范蠡想出一些妥协的办法：建造只有三面的城墙，面对吴国的一侧不建设城墙，并告知吴国，建设城墙是为了防止匪寇与其他诸侯国的侵扰，但面对吴国一侧永不建城墙；吴国不让越国组建军队，范蠡就秘密组建"民兵"，秘密进行训练，各户家中藏有武器，遇到战事时这些百姓随时可以参战；不让打造武器，就把炼造场所搬到深山中，与外界隔绝，以密道往来运输。

勾践回国后，转年就要攻打吴国雪耻，被范蠡拦住，范蠡认为，现在天时、地利、人事等条件都不成熟。三年后，勾践再次提出罚吴，范蠡再次阻止，范蠡认为现在地利条件有了——周围虎视的国家都已经和越国建立了邦交，水患也已经清除，但天时与人事还没到时机。7年后，勾践再次提出伐吴，依然被范蠡拦下。范蠡认为，经过7年的休养生息，越国兵强马壮，士气高涨，反观吴国，连年征战，虽然依然强大，但是已显疲态，士兵疲乏，百姓厌战。此时人事已经具备条件，但是现在还缺少天时。10年后，吴国与晋国争霸，发重兵与晋国会盟，吴国空虚，此时范蠡找到勾践，告诉勾践："天时、地利、人事都已齐备，可以出兵了！"出兵后，越军一举攻破吴国国都姑苏，吴王回兵后向越国讲和。勾践想一鼓作气踏平吴国，但范蠡清醒地看出，此时虽然占领了吴国的都城，但是吴国的精兵良将都被夫差带在身边，因此并没有伤到元气，硬拼的话即使获胜，也将是两败俱伤。而经历此次打击，已触发了吴国国力开始盛极而衰的转折，不应急于一时，而是应该顺天时，等待彻底摧毁吴国的机会。于是双方讲和，越国退兵。待到10年后，吴国外患不断，国内又遭遇罕见天灾，越国乘机发倾国之兵，彻底覆灭了吴国。

从范蠡为人、处世、治国、行兵都可以看出，其深谙道法又不拘泥其中，思维开放、灵活，有刚有柔，是典型的儒道相济型的政治家、军事家、思想家。在当今社会，任何一个领域的管理者只有具备儒道相济的思维，才能带领行业于逆境中不挫、顺境中不骄，客观机敏地应对宠辱，才能在复杂的市场环境中立于不败之地。

知晓利害，急流勇退。灭掉吴国后，勾践挥师北上，与众诸侯会盟于徐州，勾践当了霸主。自徐州返回后，勾践举行庆功宴会，分封功臣，范蠡官至上将军，仅于勾践一人之下。此时范蠡在巨大的成绩面前没有被冲昏头脑，而是冷静地分析了局势——当时能对越国构成威胁的吴国已经灭亡，其他诸侯国不是离得比较远，就是实力很弱，根本对越国构不成威胁。也就是说，天下已经太平，这个时候本来功高盖主就是很危险的，容易让君王感觉受到威胁。加之多年的相处，范蠡发现了勾践是一个可共患难，不可同富贵的人，自己官居极品，树大必然招风。范蠡清醒地知道"飞鸟尽，良弓藏，狡兔死，走狗烹"的道理，在政治生涯达到顶峰时急流勇退，向勾践辞官。勾践以平分国家为条件来挽留范蠡，但几天后，范蠡依然携妻儿悄然离去。

范蠡在离开越国的时候曾留给文种一封信，信中陈述"敌国破，谋臣亡"的道理，劝文种也马上离开。可惜文种在高官厚禄面前没有做出明智的选择，范蠡走后不久，功劳仅次于范蠡的文种被勾践无故杀死。文种是一个典型的儒派，认为食君禄、报君恩、建功业、享封赏是理所当然的事，没有从更多的角度与层面思考问题，也没有看透事物发展的必然规律，最终招致杀身大祸。而范蠡真可谓一代智者，他洞察风雨春秋，清醒地意识到功高震主的危险性，以过人的胆识超越了功名，在朝野上下的一片赞扬声中，跳出了君臣间残酷无情的权力之争。后人对范蠡和文种曾有这样的评价："文种善图始，范蠡能虑终。"文种最终成为帝王专制的牺牲品、殉葬品，而范蠡则能适时掌握进退之法，凭借冷静的头脑、敏锐的眼光，从事物发展的规律、人性的特点等多角度进行观察思考，洞察了一切，逃脱了虎口，显示出超乎常人的智慧之光。如果秦朝吕不韦、李斯，汉代韩信，清代石达开等人都能如范蠡一样，看清利害，也许就不会落得杀身之祸。

我们今天众多的行业领导者不缺乏逆境中奋起的精神，但是往往在冲过艰难险阻后倒在了胜利与荣誉面前。在荣耀和利益面前，更重要的是能否说服自己，晓利害，知进退，有所为之后冷静地分析，应该何所不为，"不为"往往是成就基业长青的重要因素。因此，知退也是一种成熟，是一种眼光，是一种睿智。

经商之道：顺势而为　乐善好施

诚信仁义，成就巨贾。范蠡离开越国后辗转来到齐国，变姓名为"鸱夷子皮"，带领妻儿和弟子在海边结庐而居。"鸱夷"的意思是"用生牛皮制成的袋子"，从字面上理解是说自己像牛皮袋子一样，能容纳世间一切。范蠡自此开始了另一段同样辉煌的人生旅程。他在齐国购买了一些靠海边的土地，开垦种田，兼营渔业捕捞、开盐田等；他与妻儿一起下地耕作，同穿布衣，进粗食；他一反商家精苛细算、盘剥敛财的做法，对待雇工十分慷慨、亲和，遇到灾年减产就减免地租，同时开粥场赈济灾民。在年初，和一些农民、商人签订商品收购合约，到年底如果商品价格上涨，范蠡按照市场现价收购，如果价格下跌，就严格履行合约价格。由此，各国商人都愿意和范蠡做生意，工匠与农民也愿意为范蠡做工，虽然表面看来这样做吃些亏，却拥有了大量优质稳定的合作伙伴，使总成本降低很多。这种先进的思想理念现在很多商家都无法领悟，在两千多年前可谓是绝无仅有的。

一次范蠡资金周转不灵，向一个富户借了 10 万钱。一年后，这个富户带着各家的借据出门讨债，走水路乘船时包裹不慎掉入江中，几十万钱的借据和路费都没了，恰好事发地点离范蠡家只有几十里的路程，于是就投奔范蠡。在没有借据的情况下，范蠡不仅连本带息还了钱，还送其很多衣物与礼品，由此，范蠡的仁信之名广播天下。之后范蠡为了扩大生意，三次资金短缺，各富户均主动送钱上门，帮助范蠡度过了危机，抓住了机会。短短几年时间，范蠡就成为齐国首富，家资巨万。据说在齐国闹灾时，灾民听闻范蠡乐善好施，千里之外都来投奔，领取施舍，被后人颂称为"富行其德者"。

消息传到齐国国君的耳中，齐王请范蠡进宫，促膝长谈多日。齐王极其欣赏范蠡的宏韬伟略与治国之道，拜其为相国，治理齐国。为相期间，范蠡大力发展经济，促进齐国与其他诸侯国之间的贸易往来，冲抵灾年对齐国物资短缺的困扰，也奠定了齐国经济与文化繁荣的基础。三年之后，齐国国富民强，百姓奉范蠡为神明，朝野中也是颂德声一片。就在此时，范蠡再次辞官，尽散家财于贫苦的百姓，随后带着妻儿悄然离开齐国。

可以说范蠡是中国历史上功成身退的典范，他清楚凡事物极必反，好事到了极致将向相反的方向发展，与其等待势的反转，不如适时主动顺应。禅学中所讲的"花未全开，月未圆"即是形容一个事物最佳的状态，过犹不及。这个道理说来简单，但是在巨大的名利面前有几个人能做到这样明智呢？因为，一旦获得成功，人的自信心也会随之增加，很少能做到主动后退。这里指的急流勇退并非放弃进取，而是要知道什么时候该退一步，为下一步前进积蓄力量。退是为了更好地进，反思是为了更加明智，就如范蠡的急流勇退，这不是道家思想的消极，而是行止于知的睿智。凡事盛极必衰，在顶峰的时候主动退下来是为了有机会攀登其他的山峰，而不是重重地摔下来，粉身碎骨、万劫不复。

范蠡举家迁至齐国西北的陶地，再次改姓更名为"朱公"，又以一介布衣之身，空空双手之本，再次开创家业。范蠡认为，陶的地理位置得天独厚，东邻齐、鲁，南通楚、越，西达秦、郑，北连晋、燕，是天下的中心，非常适合经商。果然，不久此地就在范蠡的推动下，成为春秋末期东周的经济枢纽、贸易之都。

把握商机，智慧经商。范蠡借助地理位置的优势从事早期的各国贸易，他对经营贸易的理解是：越国盛产蚕桑、齐国广耕锄、秦国多冶炼、赵国善土木，各国有各国的特产与需求，经商就是促成各国间的商品交流，互通有无，在使各国受益的同时，商家得利。范蠡还经营农业、养殖等，并且总结出了很多经营方略，其精髓为：顺应自然环境与趋势，事物发展规律，而后借其力，驱其势。

范蠡认为，天时决定农业，天时变化是有规律的，所以谷物收成的好坏也是有规律可循的。他根据五行更替总结出了丰年与灾年出现的大概规律。在一个农业社会，粮食价格的波动必然引起相关商品价格的波动。那时的贸易也以农产品为主，顺应这种变化规律来进行贸易，等于抓住了市场的关键环节，获利自然丰厚。因此，范蠡总结了按照时节、气候、民情、风俗等自然特点进行灵活差异的经营，经营策略是"人弃我取、人取我予，顺其自然、待机而动"。他提出的"水则资车，旱则资舟"，意思就是在发生水灾时做车的生意，在旱灾时做船的生意。因为当发生水灾时，大家多用船作为交通工具，这样必然导致船舶的稀缺，价格上涨。而没有用武之地的旱路交通工具车辆则大量积压，价格便宜，这时趁便宜大量购入车辆，待水灾过去，车辆必然稀缺，价格就会上涨。

在两千多年前，范蠡就能根据市场的供求关系来判断价格的涨落，提出"论其有余与不足，便知贵贱"的理论。也就是发现市场是供过于求还是供不应求，据此调整下一步的经营策略。他还发现价格涨落和自然规律是相同的，即商品的波动规律与幅度极限。一种商品价格上涨到极点后就会下落，价格下跌到极点后就会上涨，出现"一贵一贱，极而复反"的情况。这和现代经济学原理的论点完全一致。范蠡根据这一理论提出一套购买与销售的方法：在物价便宜时，要大量收进，做到"贱取如珠玉"，即像重视珠玉那样对待降价的物品，尽量买进，再像收藏珠宝一样精心地把货物存贮起来。等到该商品价格上涨之后，范蠡认为，应该"贵出如粪土"，像抛弃粪土那样毫不吝惜地将货物全部卖掉，不要期待价格会不断上涨，因为，价格的涨跌是往复的。

这些理论在今天看来并不深奥精妙，不过是一些基本的自然规律与经济规律，却非常有效。范蠡能在那个文明尚且不发达，更谈不上经济发达的农业社会时期就综合天时变化、农业生产、社会需求等因素综合考量，不能不让我们今人叹服。

天下己任，道义于肩。有一句话叫作"无商不奸"，虽然说法有些片面，但还是有一定道理的。由古至今，商人都在追求利益的最大化，因此，很多商人都采用各种诡诈的手段——投机取巧、哄抬物价、小秤入大秤出等，甚至是违背道德的手段。而范蠡不仅做到了"君子生财，取之有道"，更有一股侠商的气概。范蠡认为：商人能够牟利的根本是百姓，对待百姓要存感激之心，予以回报，这样百姓才更愿意与你打交道。道家创始人老子也有同样的观点："天地不为自生，故能长生。"

《越绝书》中记载，范蠡虽然是一个生意人，但从不急功近利，对于经营的利润只求成本的10%，不再多取，遇到灾年等特殊情况，这个利润比例还会降低，甚至赔钱救济灾民。在那个历史时期，商品10%的利润率是非常低的。因为那时运输极其不方便，战乱、匪寇导致经营风险很大，做生意的人很少；而且，从当时的经济发展情况分析，那时还没出现利润率精确的计算方法。因此，范蠡赚取的10%的利润应该是毛利率，而非净利润。这样低的利润率却能使范蠡迅速成为巨贾，主要是因为其交易数额巨大。其次是因为范蠡的资金从不闲置，能迅速周转。范蠡经营的商品从未积压过，这因为其为人信誉好，为商磊落，更关键的是其商品价格比别人的要低很多，能做到价格低于同行，不仅是降低利润率，更有赖于范蠡的"人弃我取、人取我予"的经营思路。在某种商品过剩，价格很便宜时大量购入，同时，抛售那些稀缺、受人追捧的商品。

范蠡一生为避名利而三次迁徙，名利反倒一直追随他，其中的辩证哲学值得我们深思。司马迁在《史记》中曾经盛赞道："范蠡三迁皆有荣名。"范蠡一生中两次官至极品，三次富过千金，每次富达千金又都施济天下，但不久后又迅速再至千金。从政时，范蠡奉行了一个臣子的忠义；为商时，又尽了一个商人的良心。范蠡真可谓是一个宏略于胸，又悲悯天下的仁心智者。其实，范蠡无论是从政还是经商，其技巧层面的东西并非多么高明精妙，助其成功的往往是一些最简单、最质朴、人人都懂得的道理，但当我们掌握了越多的技能后，这些质朴自然的东西反倒被掩盖或遗忘，而恰恰这些东西的欠缺才使我们绝大多数人未能走上成功大道。

吴王夫差的悲哀

一

吴王夫差怎么好端端地把自己的霸主弄丢了呢？一个那么强盛、充满豪情、极其好战而又所向披靡的吴国怎么一下子就灭亡了呢？太伯、周章、阖闾等一代代吴王励精图治，开疆辟土，打下了广袤而强大的吴国河山，怎么到了夫差即位时就被越国击败，夫差自刎而尽，让强大的吴国、南方第一个华夏文明之国自此消失得无影无踪？太悲哀了！

而这悲哀源于夫差遇到了一个无比强劲、无比睿智的对手——旷世奇才范蠡！

吴国的历史还是很辉煌的。史书载，周太王生有长子太伯、次子仲雍和小儿子季历。季历的儿子昌聪明早慧，深受太王宠爱。周太王想传位于昌，但根据当时传统应传位于长子，太王因此郁郁寡欢。太伯明白父亲的意思后，就和二弟仲雍借为父采药的机会，一起逃到荒凉的江南，自创基业，建勾吴古国。周朝建立后，周武王封太伯第三世孙周章为侯，遂改国号为吴。

吴国是一个文明、先进的国度，虽然位于南方，却是华夏文明的重要传承者。当时吴国的周边，北有淮夷、南有百越、西有荆蛮，东方直面大海。吴国奋发图强，开垦疆土，将领土由最初的苏州附近，扩大到具有浙江北部、安徽西部、江苏江淮之间。至此为止，南迁的华夏部落彻底将江南土著和淮夷同化，形成了辽阔而强大的国度。吴国文化先进，最值得注意的就是举世闻名的大运河——邗沟。邗沟沟通了从淮河到长江的水系，体现了强大华夏文明在南方的发展，这在世界都是一项伟大的工程。即使现在，江苏扬州到淮安之间的大运河仍是以前吴国的邗沟。吴国的国都吴城，邗沟两端的邗城、末口，分别是现在的苏州、扬州、淮安的雏形。

春秋时期战争辗转变化，不但中原诸国纷纷而立，而且位于吴国西部的荆蛮部落逐渐强大，形成了庞大的楚国。楚国既不是周朝的王室，也不是华夏文明的国度，自楚酋熊渠称王，便言"大南方蛮夷，不侍中华"，楚国和周朝关系彻底崩裂，从此中原各国与楚国开始了旷日持久的战争。春秋初期，楚国军事实力强大，大举进兵中原，华夏诸国也在各个英雄的带领下展开反击。从齐桓公尊王攘楚、宋楚泓水之战、晋楚邲之战、鄢陵之战，华夏诸国与荆楚杀得昏天黑地，最终也难以取胜。结果中原南部、淮水北岸，一个个华夏之国灰飞烟灭，俨然楚国有横行中原之势。而自此，华夏诸国开始真正体现了华夏文明的力量，中原霸主晋国出使南方的吴国，邀请吴国夹击楚蛮。

公元前522年，楚国臣子伍子胥叛逃吴国，从此吴国了解了楚国的国情，有了进军荆楚的信心。公元前514年，吴王阖闾即位，励精图治、富国强兵，在中原各国的支持下，正式向楚国宣战。公元前511年，伍子胥、孙武兴兵攻楚，首次击败了强大的楚国。公元前506年，吴国十万大军沿淮水南上，联合了饱受楚国压迫的蔡国（在今驻马店）。大军向南浩浩荡荡杀向楚国，舍弃车马后越过大别山，在湖北麻城吴、楚大军相遇。历年来，一直奉行扩张甚至侵扰中原国家的楚国人万万没有想到，吴国的王师竟然会降临本土。吴国王弟夫概亲率五千子弟击溃楚军，历来没有防守作战经验的楚军抱头鼠窜，直至楚都郢被吴军攻破。

在几百年的中原和荆楚的战争中，华夏诸国始终未能南越伏牛山和淮河一步，踏上楚国本土。然而现在，吴国攻克了楚都——当然这和吴国位于南方，地理和楚国相似有很大关系。这次战争，证明了楚国并非不可战胜，也证明了华夏文明在南方依然拥有强大的生命力。由于种种条件，楚国复国后，对吴国实行了"釜底抽薪"的对策，他们利用吴国南面的越国对其实行牵制。从此，吴、越展开了长期的战争。

二

越国是大禹的后代，封地会稽（今浙江绍兴），历数十世至越王允常时，国势渐渐强盛，这时北面的吴王阖闾也忙着四处征战，于是两国边境争端不断，怨仇也越积越深。而此时吴王阖闾打败楚国，成了南方霸主，便想兴兵伐越。公元前496年，允常去世，越国国王勾践即位，吴王趁机发兵，双方布阵于吴越边境的李（今浙江嘉兴西南）。吴王阖闾满以为可以打赢，没想到打了个败仗，自己又中箭受了重伤，回到吴国将儿子夫差叫到跟前，只说了声"记住越国"，就咽了气。夫差牢记这个嘱咐，派专人站在自己门口，每见出入时就大喝："夫差！你忘记越国的杀父之仇了吗？"夫差总是沉痛地回答："怎敢忘记！"他叫伍子胥操练兵马，过了两年，吴王夫差亲率大军攻打越国。

这时，范蠡已来到越国。他对勾践说："吴国练兵快三年了，这回决心报仇，来势凶猛。咱们不如守住城，不要跟他们作战。"勾践不同意，也发大军与吴国战于夫椒（太湖一带）。越军果然大败，损失惨重，仅剩 5000 残兵败将逃到会稽，被吴军围困起来。勾践对范蠡说："寡人后悔没听你的劝告，如今奈何？"范蠡说："现在只有求降一条路了，如不行，再以许身为奴为条件，尽人事以待天命吧。"勾践沉默了半晌，就令文种到吴王营里求降。

吴王夫差见越王举国投降，便想同意，可是大臣伍子胥坚决反对。之后，范蠡打听到吴国的太宰伯嚭是个贪财好色的小人，就把一批美女和珍宝私下送给伯嚭，请他在夫差面前讲好话。经过伯嚭对夫差的一番劝说，吴王夫差不顾伍子胥的反对，答应越国的求降，把军队撤回了吴国。根据吴越双方和议条件，公元前 492 年，越王勾践带着夫人和范蠡到吴国去做奴仆，大臣们送行。勾践抬头望天，泪流满面，范蠡鼓励勾践忍耐一时，并预言越国定会复兴。

勾践到了吴国，夫差让他们夫妇俩住在阖闾大坟旁边的一间石屋里，给他铡草喂马，范蠡跟着做奴仆的工作。夫差每次坐车出去，勾践就给他拉马，再苦再累也不敢露出丝毫埋怨的神情，只有到了深夜睡不着时，才敢长长地叹口气。他们知道稍有不慎，就可能引来杀身之祸。一天晚上，勾践望着石屋外的星光，沉痛地说："我难道就此终其一生吗？"范蠡劝慰道："自古成大事者，皆有磨难。汤被关夏台，文王被囚羑里，齐小白亡命莒国，晋重耳流亡四海，但最后他们都成就了顶天动地的霸业。大王现在的处境又哪知不是福兆呢？"

勾践君臣就这样整整过了三年，夫差认为勾践真心归顺了他，就想择日赦免勾践。伍子胥听到这个消息极力反对，他对夫差说："以前夏桀囚禁商汤不杀，商纣囚禁周文王不弑，结果天意逆转，夏桀、殷商反被商汤、周国所灭。现在大王囚禁勾践不加杀戮，反要赦放，大王难道忘记夏桀、商纣的教训了吗？"一旁的伯嚭抓住话柄，挑拨说："夏桀、商纣都是昏庸暴君，怎能同大王相提并论？从前齐桓公分沟礼燕，名扬天下；宋襄公不击渡河楚军，《春

秋》对他倍加赞扬。今日大王赦免勾践，正因吴越世仇，更显得大
王圣德、伟大，青史垂名更在齐、宋之上！"伍子胥怒目环张，据
理驳斥。夫差见二人争执不下，此事就暂时搁了下来。

　　范蠡一面派人暗中给伯嚭送礼，一面加紧给勾践出谋划策。恰
逢夫差沾染疫病，时过三月，算算疫病该到好转的时候了。范蠡便
向伯嚭疏通，说勾践想探视吴王。正巧夫差也想看看勾践的近况，
伯嚭就将勾践带到夫差床前。勾践向夫差行礼，请求允许他看看大
王的粪便。侍从将夫差的便桶拿到勾践面前，勾践当着夫差的面，
仔细地观察了粪便的颜色，又取出一点放在嘴里尝尝味道，再看看
夫差的脸色，最后跪下向夫差祝贺，说："大王的病很快就会痊
愈。"夫差见他如此对待自己，十分感动。不久，夫差的病果然好
了，感念勾践的忠顺，就不顾伍子胥的极力反对，终于下令赦免了
勾践君臣，勾践就此回到越国。

三

　　勾践回到越国后，立志报仇雪耻。亲自参加耕种，叫他的夫人
自己织布，来鼓励生产。他唯恐眼前的安逸消磨了志气，在吃饭的
地方挂上一个苦胆，每逢吃饭的时候，就先尝一尝苦味，然后问自
己："你忘了会稽的耻辱吗？"这就是后人传诵的"卧薪尝胆"。
勾践还采纳范蠡、文种的建议，厚待国内贤士，礼遇来访宾客，访
贫问苦、济危扶困、轻徭薄赋、团结民心，使国力渐渐强盛起来。
同时每年又以大量土特产向吴国进贡，厚结吴王左右，窥探夫差的
动向，不断以甜言蜜语歌功颂德，迷惑夫差，让他高兴。

　　为了加深吴王夫差的骄横与腐败，范蠡劝说勾践实施美人计，
在苎萝山（今浙江诸暨南）物色到绝色美女西施献给夫差。夫差一
见西施，不由魂魄皆醉，把她当作下凡仙女宠爱有加。有一回，范

蠡与文种商议了一个计谋后，由文种到吴国对吴王说："越国年成不好，闹了饥荒，向吴国借一万石粮，过了年归还。"夫差看在西施的面上，当然答应了。转过年来，越国年成丰收，就把一万石粮送还吴国。夫差见越国十分守信用，更加高兴。他把越国的粮食拿来一看，粒粒饱满，就对伯嚭说："越国的粮食颗粒比我们大，就把这一万石卖给老百姓做种子吧。"

伯嚭把这些粮食分给农民，命令大家去种。到了春天，种子下去了，等了十几天，还没有抽芽。大家想，好种子也许出得慢一点，就耐心地等着。没想到，过不了几天，那撒下去的种子全烂了，他们想再撒自己的种子，已经误了下种的时候。这一年，吴国闹了大饥荒，吴国的百姓全恨夫差。他们哪里想到，这是范蠡、文种的计策。那还给吴国的一万石粮，原来是蒸熟了又晒干的粮食，怎么还能抽芽呢？勾践听到吴国闹饥荒，就想趁机发兵。范蠡认为现在讨伐还不是时候，一来吴国刚闹荒，国内并不空虚；二来还有个伍子胥在，不好办。勾践听了，觉得有道理，就继续操练兵马，扩大军队。

公元前484年，吴王夫差要攻打齐国。伍子胥急忙去见夫差，说："我听说勾践卧薪尝胆，跟百姓同甘共苦，看样子一定要想报仇。不除掉他，总是个后患，希望大王先去灭了越国。"吴王夫差哪里肯听伍子胥的话，照样带兵攻打齐国，结果打了胜仗回来。文武百官全都道贺，只有伍子胥反倒批评说："打败齐国只是占点小便宜，越国来灭吴国才是大祸患。"这样一来，夫差越来越讨厌伍子胥，再加上伯嚭在背后尽说伍子胥坏话，夫差就给伍子胥送去一口宝剑，逼他自杀。伍子胥临死的时候，气愤地对使者说："把我的眼珠挖去，放在吴国东门，让我看看勾践是怎样打进来的。"

公元前482年，吴王夫差约鲁哀公、晋定公等在黄池（今河南封丘县西南）会盟，把精兵都带走了，只留下一些老弱残兵。等夫差从黄池得意扬扬地回来，越王勾践已经率领大军攻进了吴国国都姑苏（今江苏苏州）。吴国士兵远道回来，已经够累了，加上越军都是经过多年训练的，士气旺盛。两下一交手，吴军被打得大败。夫差无奈，只好派伯姬去向勾践求和。勾践和范蠡一商量，自度力量还不足以灭掉吴国，决定暂时答应讲和，退兵回去。

公元前475年，越王勾践做好了充分准备，大规模地进攻吴国，吴国接连打了败仗。越军把吴都包围了两年，夫差被逼得走投无路，就向勾践求降，勾践意欲接受。范蠡冷静地对越王勾践说："会稽之战，是上天把越国赐给吴国，吴国未受，致使越国有了报复的机会；现在上天把吴国赐给越国，难道越国也想违背天命，让吴国以后再来报复越国吗？大王20多年来勤政辛劳，刻骨铭心，难道不是为了今天？现在终于等到这个机会，岂能放弃？古人说，天予不取，还受其咎。万望大王不要忘了20年前的困厄！"一番话说得勾践无语。

夫差求降不成，万念俱灰，站在姑苏城四顾吴国河山，仰天长叹："我错杀了忠臣伍子胥，死后无颜去见他。"语毕，拉起衣袍包住自己的脸面，横剑自尽了，时为公元前473年冬天。

自公元前494年勾践被困于会稽山向吴屈辱求和，在文韬武略、胆识过人的范蠡的辅佐下，经过20多年的艰苦努力，终于报仇雪耻，灭掉吴国。

岁月无痕，往事如风！

伟者，范蠡！悲者，夫差也。

范蠡精神

范蠡是春秋末期著名的政治家、军事家和商业家。他不仅韬光养晦、蓄势待发，而且富有智慧、敢作敢为。他的神奇之处在于：从政可为宰相，经商能为巨富，而且行善积德、救助贫困，受到人们感恩赞誉。从范蠡丰富的人生经历，我们可以把握到他的精神，而这种精神对后世产生了很大影响。

不断进取的奋斗精神。范蠡幼时家境贫寒，但从小酷爱读书，十几岁就博学多才，更难得的还不是渊博的学识，而是他独到的思维见解，可迅速洞察事物本质，宠辱不惊、泰然处事的能力。青年时的范蠡常被周围人认为思想有些疯癫，因为他常和大众的观点不同，有时语出惊人，使人目瞪口呆，因此和他接触的人都说他是疯子。其实，他只是思考得更深刻与透彻，别人没法理解而已。

范蠡在 20 岁时遇到宛令文种，两人一见如故，纵论天下大事，高谈富国强兵之道，十分投机。于是，文种把他推荐给楚王，范蠡从此步入仕途。但是后来，楚国忠臣伍奢被楚王杀害的事件给范蠡的心头蒙上了一层阴影，公元前 511 年，25 岁的范蠡同文种一起弃楚投越。当时，南方的吴、越两国同时崛起，常年战事不断，越王求贤若渴。范蠡和文种的到来使越王甚为高兴，越王便封两人为大夫，二人便成为越国的重要谋士。此后，范蠡以高超的谋略辅助越王勾践奋发图强，灭吴兴越，建立了不朽功业。

从政是范蠡人生的转折，更是他不断进取、治国平天下的宏大志向的体现。

脚踏实地的务实精神。越国兵败会稽山后，范蠡随越王勾践赴吴国为奴。在范蠡的计谋之下，最终使勾践三年后返回越国。此时越国一片混乱，连年毫无生成，几乎跌到谷底。而且在复兴之时，要慎之又慎，不能让吴国有所察觉。勾践夫妇听从范蠡的建议，亲自耕种、织布、礼贤下士、赈济贫苦、吊慰死者，得到百姓拥护，终于使越国大治，经济日益繁荣。

为了提高军事力量，范蠡重建国都城。在建城的过程中，范蠡建了两座城，一座小城，一座大城。小城是建给吴国看的，而大城建得残缺不全，面对吴国的方向，不筑城墙，这样就迷惑了吴王夫差。并秘密组建军队，严格训练。为提高士气、增强战斗力，还组织了敢死队，以最高金额奖励。越国富强之后，急于报仇雪耻的勾践多次准备攻伐吴国，但是头脑冷静的范蠡觉得时机还不成熟，均坚决加以劝阻。一直等到吴王听信谗言，杀掉保国忠臣伍子胥，国力衰败之时，范蠡方建议越王挥师攻吴，彻底覆灭了吴国。正是范蠡的脚踏实地、运筹帷幄，才使越国经过 20 余年的休养生息，兵强马壮、国力强大，一举灭掉吴国后又挥师北进，会盟诸侯，使越王勾践成就了霸业。

真诚经商的人格精神。范蠡助越灭吴后，弃官从商，乘舟到达齐国。他与家人在海边选了一片土地，开荒种地，种植谷物，并引海水煮盐，日出而作，日落而归，不几年光景就资产数十万，成为当地巨富。范蠡做生意讲究薄利多销，看准行情买卖货物，赚钱只赚十分之一的利润，并十分注重信誉，所以生意越做越好，诸侯争相与他交往。

范蠡还是我国重视消费者的第一人，他提出"人弃我取，人取我予，为消费者谋"的观点。范蠡曾携家人隐居吴县，从事手工业制作。他把乡人不买的竹子收购过来，长的制作战塔竹，短的制作竹扫帚；收购别人不买的芦苇，长的编成芦苇席，短的编成芦花扫帚；买别人不要的树垛，粗的制成砧板，细的制成棒杆，然后把这些货物用船运到东桥售卖。有一位身穿粗布衣的嫂子一定要买一把好看的芦花扫帚，范蠡反而不卖，众人不解，范蠡说："这位嫂子家境贫寒，房屋地面潮湿，不适合用芦花扫帚。"有一位小孩买砧板，付钱之后转身就跑，范蠡叫住小孩，众人不解，范蠡说："因为人多，为防止小孩迷失，故叫住小孩。"并将多余的钱退给小孩。有一位老头买扫帚，范蠡收钱后并不给帚，众人不解，范蠡说："人多拥挤，老伯体弱行动不便，故而收钱不予。"直到人散，才将最后一把扫帚给老人。范蠡真诚经商的人格魅力使他赢得了"商圣"的美名。

回报社会的无私精神。范蠡经商受人称赞，还有一个原因，就是他"富好行其德"，十分讲究道德。他"十九年之中三致千金"，又一再"分散与贫交疏昆弟"，把财富分给穷人及较疏远的兄弟，不为金钱所累。唐代诗人李白路过南阳，在《南都行》中咏道："陶朱（范蠡）与五羖（百里奚），名播天壤间。"

范蠡无论在齐国或定陶经商，每次富达千金都要散尽家财、施济天下，遇到灾荒之年就广开粥场赈济灾民，百姓颂德一片，奉其为神明。范蠡"富好行其德"，是因为他意识到物聚必散，天道使然。《老子》有云："圣人不积，既以为人己愈有，既以与人，己愈多。"人生是一个过程，钱财再多有何用？若能救助贫困，不仅挽救了众多生命，而且具有极大功德，范蠡便是行善积德的圣贤者。

放弃是一种睿智

　　人生需要选择，也需要放弃。然而对待放弃，不是每个人都能做到的，因为放弃需要发自内心的勇气。

　　从本质上讲，每个人的身上都先天性地存在着贪婪的成分，在既得的物质和利益如金钱、职权、名利等面前，要想放弃并不是件易事。尤其是人生的前期，通过艰辛的努力获得了物质利益等其他实实在在的满足，往往就自得其乐，坐享其成。因此，此刻放弃是最难的，也是最可贵的。

　　范蠡辅佐越王勾践灭掉吴国，成为霸主之后，越国君臣设宴庆功，群臣皆乐，唯独勾践面无喜色。范蠡看到后，暗自叹道："勾践为了灭吴兴越，不惜忍辱负重、卧薪尝胆。如今如愿以偿、功成名就，越王不想将功劳落到大臣名下，只能同患难，不能共享乐，猜疑嫉妒之心已见端倪。大名之下，难以久居。如不及早急流勇退，日后恐无葬身之地。"于是不辞而别，悄然而去。

　　临行之际，范蠡派人给文种送去一封信函，信中写道："良友文种，见函如斯，此时吾已踏上离越之行。飞鸟尽，良弓藏；狡兔死，走狗烹。越王为人长颈鸟喙，可与共患难，不可共享乐，子待何不去？汝若执迷不悟，不早做准备，蒙害之日将不远矣。"

　　文种接信后，认为范蠡过虑了，自己不但功劳显赫，且对勾践忠心耿耿，勾践必不会杀自己。然而，事情的发展超出了文种的预想，越国称霸后，文种的制敌才能已无用武之地，且文种一旦为乱，无人可制。于是，勾践乃赐文种之剑曰："子有阴谋兵法，顷敌取国。九术之策，今用三已破强吴，其六尚在子所，愿幸以余术为孤前王于地下谋吴之前人。"意为：你有取国九术，今用三术就打败了吴国。余下的六术，你到地下帮助我的先王对付敌人去吧。文种遂自刎而死。

　　文种与范蠡同为越王勾践的谋臣，为打败吴国立下赫赫功劳。但范蠡察微知著，全身而退。而文种自觉功高，不愿放弃名利，却被勾践不容，遂被赐死。

　　做人其实也是一样的，不能什么东西都把着、护着、拿着、要着，好像什么都应该是你的，什么都不能丢舍，前后左右、大包小袋你都要装满，这世界上有多少种颜色，你就想要多少种颜色。而这样的结果往往只会束缚住你的思想，让你变得鼠目寸光，让你只能在自己的小圈子里整日转来转去，自以为得意，好像自己的大包小袋都有收获。而其实，正是这些所谓不能放弃的"收获"强加给你的重量，使你所迈出的每一步都显得无比沉重。而当你在自己的小圈子里不停转圈的时候，人家已经在旷野中纵横驰骋了。所以，你必须有勇气放弃一些东西，尽管有些东西在你看来总是那么重要，那么无法释怀。

　　人生是一个过程，放弃和选择都是我们要面对的。而事实上，人生的过程就是一个不断选择和放弃的过程，选择最能实现自己最大社会价值的事业，放弃不太重要的东西，只有这样才能拥有美好的人生。

智慧的灵光

范蠡的一生充满传奇。他洞察风雨春秋，掌握进退之法，无论从政、从商都显示出超乎寻常的智慧之光。单就经商而言，从几则故事中就可窥见范蠡的大智慧。

相传，范蠡有一次到卢氏经商，来到一个集镇上，集镇旁边有一个大湖。镇上很是热闹，有各种各样的店铺，人们熙熙攘攘，连大树底下也摆满了杂货小摊，有皮毛肉类和各种山货。一打听方知这儿就是昔日洪水横流时，大禹治水的熊耳山下古莘卢邑，那时禹王带领民工在山的东北角处劈山开石，疏通河道，使洛水东流后水位下降，留下一片几十里的大湖，人们才在湖边镇上安居乐业。

范蠡了解到当地盛产核桃、木耳、山珍野味、肉类皮毛，粮食药材等土特产品，但缺少食盐、葛麻布衣、日用杂品等，他觉得做生意的好机会来了。

于是，范蠡就在当地开了个杂货铺，做起了收购山货的生意。他收购的山货价格很高，一传十，十传百，供货人都往这里跑，不满一个月，各种山货就堆满了几个大库房。

见货越来越多，范蠡就找人把每种货物挑拣分类后打包，然后根据掌握的销售信息，用牲口将山货驮运出山，销往全国各地。得款后，他再到市场上购回食盐、葛麻布衣和各类日用杂货。这些购回来的货物很快就卖完了，他把往返一来回的利润一盘算，赚了很多钱。就这样，远近的商贩们闻风而至，供货的、进货的络绎不绝，商贩们送来从山区购回的大宗山货，按一般收购价再加价，提高了他们供货的积极性，走时又让他们带些食盐，让他们到山区以盐换货。当地的民众见有利可图，也都纷纷前来批发食盐或日用杂品下乡去卖，学着做转运生意，渐渐地也都富裕起来。随着货源的不断增加，光靠牲口驮运已不能满足要求了，范蠡就打算利用洛河进行水运。他用木筏将山货运往洛阳等地销售，加快了转运速度。

有一次，当地另一家收山货的店铺起火，范蠡的店铺就在隔壁也随之起火，接着一条街的店铺都烧着了。镇上的人都忙乱着处救火，但范蠡没忙着救火。而是带上银两，网罗人力到附近的镇上采购竹木砖瓦、芦苇椽桷等筑房材料。火灾过后，百废待兴，大家都开始忙着建新房子，范蠡采买回来的大批竹木砖瓦这时派上了用场，人们纷纷来买这些建房子的材料。范蠡原来被烧毁的店铺虽然损失惨重，但卖砖瓦木材所赚的钱数十倍于店铺所值之钱，同时也满足了百姓的需要。遇到大火不救商铺，反而外出购货，足见范蠡的超常智慧。

范蠡在卢氏经营了几年收购转运生意，积累了几十万家财，还为山区人民闯出了一条致富路。临回定陶时，他又把绝大部分资产留给了乡邻和穷苦百姓。后来，人们为了纪念这位伟大的商人，就把这里改为"范蠡镇"。

范蠡在定陶经商时，打听到吴越一带需要好马。他知道，在北方收购马匹并不难，马匹在吴越卖掉也不难，而且肯定能赚大钱。可是把马匹运到吴越却很难：千里迢迢，花费的盘缠且不说，当时正值兵荒马乱，沿途强盗很多，马匹很可能运不到吴越就被抢去。

范蠡听说附近有个很有势力、经常贩运麻布到吴越的巨商姜子盾。姜子盾因常贩运麻布早已用金银买通了沿途强人，于是范蠡写了一张榜文，张贴在城门口。榜文上说范蠡有一组马队，可免费帮人向吴越运送货物。不出所料，姜子盾主动找到范蠡，求运麻布，范蠡满口答应。就这样，范蠡与姜子盾一路同行，货物连同马匹都安全到达吴越。马匹在吴越很快卖出，范蠡因此赚了一大笔钱。

范蠡还是十六两老秤的发明者。他在经商中发现，人们买卖东西都是用眼睛估计，很难做到公平交易，便想创造一种测定货物重量的工具。一天，范蠡经商回家，在路上偶然看见一个农夫从井里汲水，方法极其巧妙：井边竖一高高的木桩，一横木绑在木桩顶端；横木的一头吊木桶，另一头系石块，此上彼下，轻便省力。范蠡顿受启发，回家仿照着做了一杆秤：用一根细直的木棍儿，一头钻上小孔，小孔系上麻绳，用手来掂；细木一头拴上吊盘，装盛货物，一头系鹅卵石为砣；鹅卵石移得离绳越远，吊起的货物就越多，秤做出来了。一头挂的货物多，鹅卵石就要移得远，才能平衡，他觉得必须在细木上刻出标记才行，但用什么东西做标记呢？他苦苦思索了几个月，仍然不得要领。

一天夜里，范蠡偶然外出，一抬头看见了天上的星宿。他突发奇想，便用南斗六星和北斗七星做标记，一颗星一两重，十三颗星是一斤。从此，市场上便有了统一计量的工具——秤。但时间一长，范蠡发现有些心术不正的商人卖东西时缺斤少两，克扣百姓。如何杜绝奸商的恶行呢？范蠡又是一番苦思冥想，终于想出了改白木刻黑星，为红木嵌金星，在南斗六星和北斗七星之外，再加福、禄、寿三星，十六两为一斤。范蠡告诫商人，缺一两折福，缺二两折禄，缺三两折寿。这种十六两秤，一用就是两千多年。在民间，范蠡被尊为财神，南方许多百姓家里敬财神都是一文一武，武财神是赵公明，文财神就是范蠡。

忠而全退的欢歌

宋代王十朋曾写诗赞范蠡："久与君王共辛苦，功成身退步逡巡出。五湖渺渺烟波阔，谁是扁舟第一人。"

"久与君王共辛苦，功成身退步逡出"，范蠡实乃千古难得的忠义之士。公元前 496 年，越王勾践对吴国贸然发起进攻，致使夫椒之战一败涂地，只好率领五千残余困守会稽山。穷途末路之际，正是谋臣范蠡及时进言，越王选择忍辱为国，到吴国为奴。范蠡虽然对战败不负任何责任，但为了替君分辱，忠心耿耿的他毅然陪伴越王夫妇到吴国同为奴。临行前，越王勾践痛苦至极，作为一国之尊，他特别担心到吴国为奴的日子怎么过！范蠡向勾践发誓："辅危主，存亡国，不耻屈厄之难，安宁被辱之地，与君复仇者，臣之事也！"勾践夫妇这才和他一块儿登舟启程。

到了吴国，他们成了吴王夫差的马夫，每天很早就起身喂马擦车，以备吴王游玩和打猎。晚上，他们栖身在吴王父亲坟墓旁的石屋里，为其守灵。这些耻辱让勾践痛不欲生，多次处于绝望状态。范蠡就开导他，宽慰他。同时，范蠡处处在勾践面前保持着君臣之礼，让勾践保持了仅有的一点尊严，让他感受到自己还是一国之君。范蠡的这些表现，连吴王夫差都非常感慨："彼越王者，一节之人；范蠡者，一介之士，虽在穷厄之地，不失君臣之礼，寡人伤之！"并极力规劝和利诱范蠡弃越而事吴，但范蠡不为所动，誓死忠于越王勾践。吴王就威胁他说："子既不移其志，吾复置于石室中！"范蠡坚决地说："臣请如命！"

吴王对范蠡的忠诚非常钦佩，而此后勾践对范蠡更是言听计从，他对范蠡说："可与不可，惟公（范蠡）图之。孤所以穷而不死者，赖公之策耳！"三年之后君臣回国，为了雪耻，范蠡忠心辅佐越王勾践刻苦图强、卧薪尝胆，终于在公元前474年使吴王夫差国破身亡，完成了复国大业，也成就了越王勾践的一代英名。

"五湖渺渺烟波阔，谁是扁舟第一人"，范蠡实乃洞察春秋的一代智者。在越王勾践成就霸业之后，范蠡却能冷静观之，及时辞职归隐，全身而退，泛舟而去，避免了兔死狗烹、鸟尽弓藏的悲惨结局。从此欢歌商海，最终富甲天下，被后世誉为中华商业鼻祖。

渔光曲

晚霞裹着夕阳，把玫瑰色的斜晖投在波光粼粼的海面上。渔舟轻划着漾着霞光的水面，圈圈精致的涟漪舒缓地晕染开来，恰如一支优雅的渔光曲，恬淡婉约地落在碧波上，荡起一腔共鸣。

于是，天空有了热情，海水有了柔情，天光海色浑然相融，熠熠生辉。

渔舟就这么惬意地行进着，如悠然地在海天间飞起飞落的白鹭。

远处岸边有一片亮闪闪的光点，似水晶，又似白银。

"那是海盐，我们晾晒的海盐。"范蠡说。

"是吗？这是来到齐国海畔第一次出盐。"西施惊喜不已。

范蠡稳健地摇着橹，夕照下的西施静静地坐在船头，脸颊红晕，格外动人。范蠡不由想起与西施初识的情景，顿觉心头一热，百感交集。

那年，范蠡陪伴越王勾践含垢忍辱，结束了在吴国为奴的日子，安全回到越国。勾践卧薪尝胆，立志复国，但当时越国的军事实力远远不敌吴国。范蠡深知吴王夫差好色的致命弱点，便策划实施了"美人计"。然而范蠡绝没想到，他一手策划的"美人计"，

219

却使他陷入了揪心的感情纠葛。

因为担任这个历史重任的美女不仅要美丽过人，而且要胆量过人，机智过人。范蠡跋山涉水在民间寻觅，千挑万选却始终不能如愿。正当他感到失望时，却意外地在苎萝村觅到了西施。

西施是个浣纱的女子，端庄秀丽，貌美如花。她在河边浣纱时，清澈的河水映着俊俏的身影，使她显得更加美丽。这时，鱼儿看见她的倒影，忘记了游水，渐渐地沉到河底。从此，西施这个"沉鱼"的代称就流传开来。西施有心口疼的毛病，每次病发都皱着眉头，捂着心口缓步前行，人们管这姿势叫"西施捧心"，可见生病的西施也楚楚动人。这事让东村的一丑女知道了，也学着西施的样子走路，但走起来十分难看，比她平时的样子还要丑得多，成了大家的笑料，于是把这个丑女叫作东施，"东施效颦"就出于此。

那天，也是红霞满天的傍晚，范蠡寻到苎萝村溪边。两人一照面，便如电光火花撞出一片激情。西施的美貌与纯真打动了范蠡，而西施的心里对这位气度不凡的将军也是一见倾心。但范蠡终有理智，向西施说明了选美的原委，深沉地告诉她："国家要灭亡了，只有你才能拯救！"

西施被范蠡强烈的爱国热情深深感染，这个山野浣纱女第一次感到一种神圣的力量在心底涌动。为了她的家人，为了她的乡邻，为了她的国家，她不能拒绝。

西施深情地望着范蠡，用手捂住隐隐作痛的心口，含泪表示愿意担此重任。

范蠡极为感动，将西施带回宫中，教她习歌舞、熟礼仪，为她讲解历史、时局和权谋，还对她面授机宜，交代了三件大事：沉溺夫差于酒色之中，荒其国政；怂恿夫差对外用兵，耗其国力；离间夫差和伍子胥，去其忠臣。

西施聪慧过人，很快就能歌善舞和熟知宫中礼仪。此时，西施已不再是从前那个无忧无虑的浣纱女，而变成了一个多才多艺、负有神圣使命的才女。在这些日子里，范蠡迷上了聪灵温柔、深明大义的西施，而西施也恋上了学识渊博、忠君忧民的范蠡。

渔舟在水波的亲吻中靠到岸边，范蠡上岸后捧起一把晾晒的海盐，开心地笑了。在他心中有一个很大的愿景：利用无垠的海水晒盐、煮盐，凭借大海行船便利的交通条件，与各国往来交易，做大盐业市场，积累财富救济苍生。

西施没有下船，望着范蠡舒心的笑容，她也感到特别欣慰和幸福，正如她最终不辱使命，完成了范蠡交给的三件大事，完成了越国战胜吴国的复国重任。一刹那在吴国的一幕幕浮上了眼前。

西施到吴国后，好色成性的吴王夫差十分欢喜。西施聪明、伶俐，时刻牢记来到吴国的政治使命，她用尽浑身解数让吴王宠爱她并听信她的话，夫差果然对她宠幸有加。大臣伍子胥认为这是"美人计"，苦心劝谏，夫差却充耳不闻，立刻将西施纳入后宫。

吴王夫差命人在灵岩山施建了馆娃宫，在附近修了玩花池、抚琴台、吴王井、玩月池、响屐廊，还有采香径、锦帆径和打猎用的长洲苑。到了春天，夫差就和西施到采香径、玩花池游玩；到了夏天，夫差就和西施在洞庭的南湾避暑，享受自然的"空调"。南湾有十多里长，两面环山，吴王将此处取名为"消暑湾"，并令人在附近凿了一个方圆八丈的白石池子，引来清泉，让西施在泉中洗浴，并将池子起名为"香水溪"。秋天两人一起攀登灵岩山，看灵石，赏秋叶；到冬天下雪的时候，夫差与西施披着狐皮大衣，令十多个嫔妃拉车寻梅，全然不顾嫔妃们汗流浃背，每次都要尽兴后方才返回。如此挖空心思地玩乐，可见吴王夫差已不顾朝政社稷，一门心思全放在西施身上。

吴王夫差对西施越来越喜爱，西施也时刻想着怎样让吴王高兴，怎样让吴王把更多的心思放在自己身上，好让吴王成无道之君，荒废国事。西施还用了一个得力的助手伯嚭，伯嚭是吴国的大夫，深得吴王宠信，为人奸诈贪婪。越国利用他的这一弱点，经常给他送些金银珠宝和美女，因而他对越国也是死心塌地，常常与西施一道向吴王说越国的好话。

越王勾践在范蠡的辅佐下，国力日益增强，军队也已训练有素。吴王夫差感到威胁，想要征伐越国，被伯嚭大夫巧言阻挠。不久齐国与吴王关系恶化，夫差想要攻打齐国。伍子胥认为，越国才是心腹大患，不宜远征齐国。但伯嚭大夫力主攻打齐国，并保证出师必捷，结果吴王侥幸胜利。一向与伍子胥有隔阂的伯嚭就趁机挑拨吴王和伍子胥的矛盾，吴王将伍子胥赐死，提拔伯嚭为相国。伍子胥一死，范蠡认为可以攻打吴国了。公元前482年夏，越国伐吴，吴国溃败，正如后人所说："吴之亡，应由昏君夫差、奸佞伯嚭大夫负责。"范蠡与西施在越国灭吴后破镜重圆，悄然离开越国泛湖而去，成了一对神仙眷侣。

如今，远离官场和尘世的范蠡，要在这荒僻的海滨之地经商鱼盐、开垦农田、种植桑麻，建造新的家园。西施毫不怀疑他不干则已、干则必成的智慧和力量，仿佛面前的范蠡变成了一座耸立的山峰，那样高大、那样沧桑、那样雄浑，永远不会被风浪吞没。而她也要与这座山峰并肩齐立，共同抗击风雨，永生永世，无怨无悔！

渔舟又向前划进，远方天际还有最后一片晚霞仍坚强地散发着光彩，那光彩中必定蕴积着明天崭新的希望！

印象范蠡

你从不居功自傲，你是以聪敏睿智动人的。你总是那么洒脱飘逸，周身透着豪气与力量、遒劲与刚健。你的一生充满着惊奇、浪漫、务实及理性：惊奇处在于能洞烛先机，并为越王制定"十年生聚，十年教训"之政策，以时间换取空间，改变形势；浪漫处在于以美人计复国，功成后与西子泛舟而去；务实处在于不眼高手低看事务，而在稳定中求发展；理性处在于善用资源，获得最大成就，成为中华商业鼻祖。

从一代政坛人杰、兵家奇才到东方商圣，你三次迁徙的传奇人生蕴藏着难以企及的大智慧。

你本是楚国人，面对楚国昏聩的政局和诸多精英怀才不遇的现状，胸怀大志的你，果断地与好友文种一起投奔了当时国力弱小的越国。之后，在越国的整个复国过程中，你展示了非凡的政治才能和军事才华，最终在越王灭吴后被拜为上将军，可谓人臣之极。这是你人生的第一次迁徙。

辅佐越王成就霸业之后，你却不恋功名，挂印辞官，急流勇退，携带家小随从出走齐国，从此化名鸱夷子皮，海畔结庐，勠力耕作，兼营副业，很快积累了数千万家产，开启了商业生涯的大局面，可谓富甲天下。此为你人生的第二次迁徙。

你在齐国的商业英名得到了齐王的青睐，齐王请你到国都临淄，意欲拜你为相。而你婉拒齐王，不仅辞了相印，还散尽家产给至交与乡亲，又一次带领家人随从弃齐而去，来到了一个叫"陶"的地方，改名陶朱公，重新书写商海大业的新篇章。数年之后又创造了陶朱商业的奇迹，被后世尊称为"商圣"。至此，你完成了人生的第三次迁徙。

你忠以治国，勇以克敌，智以保身，商以致富，富而好行其德，三徙成名于天下。唐代诗人汪遵作《五湖》诗，对你大加赞扬："已立平吴霸越功，片帆高扬五湖风。不知战国官荣者，谁似陶朱得始终。"

你意识到物聚必散，天道使然，也从人有盛衰，泰终必否的道理中得出了"久受尊名不详"的人生感悟，所以你面对功名急流勇退，富甲天下又尽散家财。你的人生哲学与老子的道家思想和孔子的儒家思想有着异曲同工之妙，你传奇的一生是儒道合一的范例，对后世芸芸众生的启迪实在深远悠长。

"心机"是一种谋略

"兔死狗烹，鸟尽弓藏"，自古以来许多为国家立下不朽功勋的名臣老将都难免此种悲惨结局。但范蠡在辅佐越王勾践完成复国霸业后，却能及时退身而去，从此独步商海，富甲天下，创造了一番商界奇迹，这的确要有超群的"心机"。

一般人总是把"心机"想成一种诡计，一种世故，其实不然。一个人活在世上，无论家庭背景有多显赫，才华多么出众，如果不懂得做人的艺术，尤其是做人没有一点"心机"，是永远无法获得成功的。因此，"心机"是一种智慧，一种谋略，要想在复杂的生活中更好地生存和发展，就要具备一点"心机"。

凡事留有余地，做人要留退路。公元前496年吴越争霸，越王勾践贸然征伐吴国，结果一败涂地。危难之际，正是有"心机"的范蠡及时进言，甘愿陪勾践入吴三年为奴，忍辱负重，以此才为越国求得了一线生机。三年之后，君臣二人回国，范蠡更是筹谋"心机"，与好友文种为越国制定了一系列雪耻复国的策略，勾践依计而行，卧薪尝胆、励精图治，终于在公元前474年完成了复国大业。

做人要有"心机"，就要懂得方圆之道，能够"亦方亦圆"。

一般说来，自然形成的都是圆的，人为修饰的都是方的。因此，方为动，圆为静，方是原则，圆是机变，方是以不变应万变，圆是以万变应不变。外表要圆（大智若愚），内心要方（清静明志）；对己要方（严以律己），对人要圆（宽以待人）。有圆无方则不立，有方无圆则带泥。所以，做人能亦方亦圆，方中有圆，圆内有方，就能够在人际交往中应付自如，立于不败之地。范蠡能够韬光养晦、蓄势待发、洞察先机、知进知退，经商成巨富而又三散家财，"富好行其德"，便是领悟方圆之道的体现。

运用"心机"谋略，还要善于藏锋露拙。追求卓越和超凡出众，是一种积极的人生态度，但锋芒不可太露。如果无视周围环境，一味孤芳自赏或自我炫耀，就会显得格格不入、招人厌恶，甚至可能招来祸端。藏锋露拙并非要埋没自己的才能，而是为了保护自己，避免祸端。东汉末年，英雄辈出，刘备在实力不足的时候深藏不露，大智若愚，处处露拙。最典型的就是煮酒论英雄时，刘备一一列举袁术、刘表、孙策、刘璋等人为英雄，唯独不言自己。当曹操明确指出"今天下英雄，惟使君与操耳"时，刘备"吃了一惊，手中所执匙箸，不觉落于地下"。正因为他处处示弱露拙，"操遂不疑玄德"。然而战国末期，韩国贵族韩非子著书立说，鼓吹社会变革，他的著作流传到秦国，秦王嬴政极为赞赏，便邀请他到秦国。但韩非子才高招忌，入秦后还未受到重用，就被李斯等人诬陷，屈死狱中。宏图未展身先死，纵满腹经纶又有何用。如果韩非子处事谨慎一些，不过于招摇，而是谦卑抱朴、藏锋露拙，等待时机一展抱负，相信他最终并非仅仅只是一个思想家。

"人心惟危，道心惟微。"人的心理是十分微妙的，当你以非常谦虚的态度对待自己的功劳时，人们会更加推崇你的功劳；当你不遗余力地夸耀自己的功劳时，人们反而会逆反性地挑你的刺，有意无意地贬低你的功劳。历史的教训表明，唯功高者不可骄人，骄功者不仅失功，而且很容易失势。在这方面，范蠡是一个成功的功高者。"宠辱不惊，看庭前花开花落；去留无意，望天上云卷云舒"，心态决定一切，有好的心态就活得潇洒，活得不累。做人能做到"宠辱不惊"的境界，人生无论遇上什么大事也毫不胆怯，哪怕天塌下来，也一样从容应对，无所畏惧。

对话范蠡

　　"上有天堂，下有苏杭。"慕名来到苏州，感受了江南园林之
美，还游览了范蠡公园。苏州是吴国国都所在地，吴越之争的结果
是越灭掉了吴，而越王勾践之所以取得胜利，主要还是依靠了得力
谋臣范蠡。越国虽然灭了吴国，但苏州依然为亡吴的功臣范蠡建了
"范蠡公园"，在苏州还有"蠡野""蠡口"等许多纪念范蠡的地
名，究竟是苏州人胸怀大，还是被范蠡的忠和义感动了？可能是二
者兼有吧！

　　晚上，在范蠡公园附近宾馆住下，正是花好月圆时，便步出宾
馆找一僻静夜摊处，弄两个小菜，一壶美酒，独自把盏赏月，别有
一番情趣。酒意蒙眬中，恍觉穿越到两千多年前的春秋时代，也是
这般月夜，同范蠡对面而坐，推杯换盏，与之对话，直抒胸臆，谈
笑间尽展春秋画卷。

范蠡时代：春秋到战国的巨变

　　从春秋到战国，由于生产力的提高，生产效率、生产果实明显
增加。经济发展，社会变化，造成社会制度的不平衡。动荡、变

革，贵族制向平民社会发展，传统制度如宗法制、世卿世禄、井田制、工商食官、学在官府在动摇，社会活化。

春秋讲"尊王"，战国无人讲；春秋贵族"世卿世禄"制，战国开布衣卿相之局；"田里不鬻"变成土地可以买卖；从"工商食官"到私人商业、手工业出现；从"学在官府"到学问下移，新兴士阶层出现。春秋时代，生产力得到发展，包括铁器的产生，牛耕、水利事业、施肥的推广，青铜制造、手工业的发展。铁器是当时最实用的工具，农业和手工业的发展带来经济的发展。经济的发展主要表现为商人活跃，城市发展，商人的自由度提高，不限制在一个地方从商。

到了战国，变法与改革推动了封建制度的确立和完善，而变法与改革充满了曲折与反复，促进了社会的发展与进步。封建君主专制制度和官僚制度在各国相继建立，出现了地主制度经济和活跃的士阶层，社会结构出现新格局。铁器的普遍使用，生产力水平提高，社会经济得到新发展。战国是一个战争时代，兼并战争激烈，合纵连横，同时也是中国思想文化的黄金时代，诸子蜂起、百家争鸣，思想文化和科技取得新成就。

井田制的破坏使农民对自耕份地的占有关系加强，出现自耕农小土地所有制；贵族阶级的分化，也使一部分贵族下降为自耕农。战国初期，军功贵族通过赐予和买卖取得土地；同时，商人、货币持有人也通过买卖取得土地，他们和军功贵族一起成为新兴大土地所有者。春秋末期，农奴大量出现，被称为隐民、私属徒、宾萌、族属等。

原属官府的工商，春秋末期已有很多人成为拥有不同生产资料和资金的个体工商业者，其中还有少数人成了大手工业作坊主和大商人。此时独立的商人也出现了，如弦高、范蠡、子贡等，而由于子贡的经商足迹遍布天下，孔子的名扬天下有子贡经商宣传相得益彰的影响。

随着农业、手工业生产的发展，社会分工的扩大，农夫要"以粟易械器"，手工业工人要"以械器易粟"，都要通过市场进行交换。贵族、官僚、地主的剥削所得主要是农副产品，他们也要通过商人的手换取大量的奢侈品。由于商品交换，于是民间商业冲破官营商业的藩篱而发展起来。当时到处都有不合法的市场，为了增加财政收入，列国也承认私商的合法存在而征收商税，商人纳过税就可以在城里的市场上进行贸易了。春秋战国的商业活动有两大类，一类是远距离的货物运输，谓之"行商"；一类是某个区域内货物的聚散，谓之"坐贾"。孟子曾追叙商业生产的历史："古之为市也，以其所有易其所无者，有司者治之耳。有贱丈夫焉，必求龙断而登之，以左右望而罔市利。人皆以为贱，故从而征之。征商，自此贱丈夫始矣。"

解读：从春秋到战国的社会变化，由贵族到平民，人的变化非常重要。此时的社会结构，使人拥有流动的自由、从商的自由、思考的自由，这就是范蠡生活的时代。

佯狂癫痴：范蠡韬光养晦，静待时机

范蠡少年有志，胸藏韬略。他苦读了《书》《易》《诗》等大量书籍，学到了许多历史知识和治国安邦的理论，还潜心钻研了姜太公的军事书籍《六韬》，姜太公把大力发展农业、手工业和商业作为军事韬略的三大法宝，这一点他特别推崇。姜太公的思想对范蠡治家与治国的影响都很大。当时著名的商业理论家计然到南阳云游，范蠡拜其为师，跟他学习经济知识和经商技巧。

范蠡虽满腹经纶，但当时楚国政治黑暗无法施展抱负，就假装疯癫，"佯狂倜傥负俗，人莫可语"。时任宛县县令文种对范蠡早

有耳闻，觉得此人不俗，很想请他出山，共同干一番大事业。谁知派去联系的小吏回来说："范蠡本国狂人，生有疯病。"文种却独具慧眼，听后哈哈大笑："吾闻士有贤俊之资，必有佯狂之讥，内怀独见明，外有不知之毁，此固非二三子之所知也。"文种还认为"狂夫多贤士，众贼有君子"，于是亲自驾车去拜访，却发现范蠡家大门紧闭。正要下车，忽见院墙下的一个破洞里有个人蓬头垢面，趴在那里冲着文种学狗叫。随从的官员看不过去，上去用宽大的袖子遮挡范蠡。文中说："不要遮盖，我听说狗之所以叫，是因为人来了。我今天到此，发现有圣人气，一路求访，才来到这里。况且他是人身却冲我汪汪叫，意思是说我是人呢。"于是，下车恭敬地朝范蠡作揖，而范蠡却不予理睬，文种只好离去。

第二天，范蠡对其哥嫂说："今天有贤人来拜访我，请借给我一套干净衣帽。"刚穿戴梳洗完毕，文种就来了。这一次，范蠡不再装疯卖傻，他很客气地把文种请进屋。两人交谈后，方觉相见恨晚，遂结为终身知己。这就是南阳广为流传的"范蠡狗洞遇文种"故事，而这个故事恰恰体现了范蠡的韬光养晦，也说明了人才的出现必须有伯乐的发现。

解读：大凡古今成就大事业之人，多是勤奋刻苦、博览群书，多是广拜名师、文韬武略，只有练好本领才能在将来驰骋天下。

选择越国：拉开人生的灿烂序幕

春秋末期列国纷争，相互争霸兼并，楚国的政治更加黑暗，有才之士得不到重用，范蠡、文种就准备离开楚国，另投贤明，实现政治抱负。范蠡说："三王是三皇的后代，五伯是五帝的子孙。天机命运千年轮回一次，如今我观天象，霸王之气已见于东南方。楚国良将伍子胥已挟长弓持锐箭投奔了吴王，我们为何在这楚国碌碌无为？"于是商议去吴国。但将到吴国时，发现吴国的两位谋臣伍子胥和孙武已声名显赫，他们深知过多的人才集中一处未必是一种幸事，便跋山涉水来到越国。而力量相对较弱的越国对人才的需求更为迫切，范蠡和文种入越后就深得越王重用，由此开始了治国平天下的宏大志向。

越王勾践率兵攻打吴国，结果被打得大败，只剩下五千残兵困于会稽山。在范蠡、文种的谋划下，勾践数次"卑词厚礼"，收买吴国大臣伯嚭，求得吴王夫差放了一条生路。范蠡随勾践入吴为奴，但忠心耿耿，出谋划策使勾践化险为夷。获释返国后，范蠡与文种共谋良策，促越王卧薪尝胆，终于把越国治理得强盛起来。勾践十五年，吴王夫差率精兵北赴黄池会盟诸侯，留太子与老弱守国。在范蠡建议下，勾践发兵伐吴，袭破吴都，杀吴太子。勾践二十四年，越军在围吴都三年后破城，夫差自杀，越国终于吞并吴国。

解读：人生目标选择十分重要，范蠡因越国而得志，越国因范蠡而强盛。若无范蠡，越国必亡。而范蠡提出的"卧薪尝胆"谋略，不正是他年轻时佯狂癫痴的韬光养晦谋略吗？有时候苦难是一种财富，可以促人反思，提升智慧。

功成身退：范蠡用大智慧开创了中国商业文化

范蠡在助越灭吴后，急流勇退，乘舟到达齐国，并隐姓埋名，自称"鸱夷子皮"，即生牛皮，意为"有罪被流放的盛酒皮囊"，这是为了纪念被吴王逼杀、并装入叫"鸱夷"牛皮革囊中抛入大海的伍子胥。从此，范蠡在海边结庐而居，垦荒耕作，兼营副业并经商，很快成为巨富。

范蠡对市场有着独特敏锐的观察力，主张把握商机，候时转物。他遵循经济丰歉循环论经商，提出"待乏论"，不要人等货，应让货等人，要准备别人没有的或想不到的货物，这样才能在市场上占据优势。他的待乏原则，实际上是要求经营者站在时机的面前，超时以待，就像以网张鱼需迎之方能获猎。

范蠡对商品的价格上涨或下跌趋势也有着精辟的理解，他说："论其有余不足，则知贵贱。贵上极则反贱，贱下极则反贵。贵出如粪土，贱出如金玉。"就是说，透过市场上某种商品的多寡，就可以预测其价格发展的趋势。一种商品其价格极贵，可以获取极大的利润时，必然吸引更多的人从事这一产品的生产，而生产出来的产品一多，价格就会下跌。反之，一种商品价格极为便宜，必很少有人愿意生产，导致供不应求，于是其价格就将上涨。因此，商品价格的涨落不是无限度的，上涨到一定限度就会下跌，下跌到一定限度就会上涨。商品价高时，就要尽快把手头商品像粪土一样毫不吝惜地抛售出去；商品价格下落时，要把它看作珠玉一样，大量收购进来。手内不要多存钱，要加快资金周转，这样才能获取更多的利润。

范蠡对货物交换过程中如何盈利、积累财富看得十分透彻，他主张经商要"时断"和"智断"相结合，把握好"度"，才能立于不败之地。货物通过交换增值，商人在交换过程中赚取应得的利润。做生意应使"财币欲其行如流水"，意为像流水一样地周转流通。唯有资金与商品流通不息，才能使利润滚滚而来。范蠡有一次做生意到了商洛，据说这里是中国最早发明青铜器的地方。商洛当时生产的青铜器具很精美，远近闻名，当时上至豪门、下至百姓都以使用青铜器为荣耀。范蠡打听到邻近的秦国对青铜器需求量大，他想物以稀为贵，如果把商洛的青铜器运到秦国，肯定能够牟取高利。于是就雇了很多牛车和人，到商洛地区收集青铜器，然后到秦国去卖。为了标明身份，就在牛车上和青铜器上都铸个"商"字，

"商"的意思是"买卖"。到了秦国国都咸阳，秦人看到牛头上写着"商"字，青铜器上铸着"商"字，加上一件件器具光亮耀眼，精美绝伦，于是人们都叫着"商人来了，商人来了"，很快就把器具抢购一空。"商人"后来就成为买卖商品人的代称，"商人"的名称由此而来。

范蠡经商受人称赞还有一个原因，就是他"富好行其德"，十分讲究道德。他"十九年之中三致千金"，又一再"分散与贫交疏昆弟"，不为金钱所累，被赞为商圣，更被供为财神。范蠡在经商方面的思想主要表现在：一是预测行情，窥其先机；二是贵贱复反，贱买贵卖；三是实物上种，质高货真；四是薄利多销，无敢居贵；五是旱则资舟，水则资车；六是加速周转，行如流水；七是多元相济，综合经营；八是富而好德，仗义疏财。

解读：范蠡既能治国用兵，又能齐家保身，是春秋时期罕见的智士。有智慧的人总在建功立业后急流勇退，范蠡便是大智慧之人。而行善积德必有好报，范蠡千古传名，实乃当年厚德福报也。

一阵凉风把我从醉意中唤醒，夜已很深了。今晚，在这片月光下，我感到了一种从未有过的月夜之美，眼前的一切也弥漫着一种充满诗意的幻觉，就像这皎皎的月光，足以使我驰魂牵魄、陶醉其间了。

霜重色愈浓

丢失的邓窑

一

这个创烧于唐、兴盛于宋的邓窑也太出人意料了，怎么红红火火地到了元代就突然停烧、销声匿迹了呢？一个那么富有神韵、纹饰精美、釉色青绿、艺术风格独具特色的邓窑青瓷怎么一下子就消失得无影无踪了呢？几代能工巧匠呕心沥血、费心劳神、殚精竭虑研制邓瓷技艺，把邓窑从民窑变为官窑，把产品从黑瓷变为青瓷，把烧制工艺推向极致而畅销海内外达 700 余年，这么辉煌的历史、这么闻名的邓瓷，怎么就衰于元末，从此不复存在了呢？太不可思议了！

这是陶瓷发展的悲哀。

这是邓瓷文化的悲哀。

中国是世界上发明瓷器最早的国家，其原始瓷烧制发现于郑州商代二里岗文化，距今已有近 4000 年的历史。经商周秦汉演变，东汉时期青瓷正式烧制成功，为后来陶瓷的成熟与发展奠定了坚实的技术基础。魏晋南北朝延续，隋唐瓷业大发展，到了宋代更是昌盛繁荣，五大名窑的兴起（汝、钧、官、哥、定）、八大窑系的形成,使我国瓷业达到历史巅峰。

邓窑就在这特定的历史背景下应运而生。邓瓷窑址在今内乡县岞曲乡白杨村大窑店,唐宋时内乡属邓州管辖,故称"邓窑",所烧瓷器亦称"邓瓷"。在南阳陶瓷史上,有史料记载、有窑址可寻的古窑唯有"邓窑"。据南宋叶寘《坦斋笔衡》记载:"本朝以定州白瓷有芒不堪用,遂命汝州造青窑器,故河北、唐、邓(今邓州)、耀州悉有之,汝窑为魁。"明代李贤《大明一统志》中载:邓州瓷窑在今内乡县境。但邓窑的地理位置、确切窑口所在,由于记载不详,给邓瓷研究者造成困惑,直至 20 世纪 70 年代经各级文物部门联合组织实地考察,终于在内乡县境岞曲乡大窑店发现。窑址三面环山,一面临水,属丘陵环山地貌,周围森林茂盛,瓷土资源丰富,为邓窑的兴盛与发展提供了丰富的物资资源。窑址西侧石堂山所珍存的元至大二年(1309)碑文"孤村陶烟时起,前事宛然在目"佐证了大窑店即邓窑所在地。

深秋时节,我驱车来到大窑店。一座刻有"全国重点文物保护单位邓窑遗址"的石碑孤寂地矗立在路边,从碑文中看到:"该遗址呈不规则长方形,以大窑店为中心,东西宽 800 余米,南北长1500 余米,总面积约 120 万平方米。"

时近黄昏,秋阳在蓝色的天空渲染出极其鲜艳的红霞,四面眺望不见一处窑口,只有空阔的田野呼吸着宁静的秋光。玉米、花生、黄豆已经收割完了,农忙后的田间显得空落、寂寥。一群鸟鹊在空中低飞盘旋,田边挺直的杨树涂抹着苍爽的秋色。

我独自在遗址上走着。农田里到处散落着碎瓷片和窑具残片,不用挪地方,一会儿就捡一堆。除了碎瓷残片,窑具中碗托、匣钵、垫圈残片也处处可见。顺着大田往西行,跳下一人高的田坎,猛然看到出露的一处窑址只剩半截窑壁,窑底淤泥埋得较深。从那覆盖的黄土和风剥雨饲的窑址里,我依然读到邓窑昔日的红火和沉默的力量。

邓窑从创烧到衰落，历经 700 余年，曾有鼎盛的辉煌和独特的文化。但邓窑与邓瓷文化在元末戛然而止，辉煌不再，近 800 年的历史最终只留下被空旷的田野掩埋了的遗址。

丢失的邓窑是落寞、悲伤的，抑或是邓瓷文化的大劫大难。

<h1 style="text-align:center">二</h1>

南阳盆地历史悠久、人文荟萃，为陶瓷文化奠定了良好基础。尤其自隋唐以来，受到中原陶瓷基地大发展的影响，更促进了当地陶瓷文化振兴。

陶瓷发展催生了邓窑，而邓窑明智地选择了大窑店。

因为，烧选邓窑的瓷土（高岭土），在大窑店丘陵环山上瓷土量大，就地取材、得天独厚。

因为，邓瓷窑址今日虽是农田，但在唐宋时期却森林茂盛，柴薪取之不尽，这为邓窑烧造提供了宝贵资源。

因为，大窑店交通方便，尤其水运畅通。邓窑周边贯穿丹水、白河、唐河三大水系，西与淅川县马蹬镇接壤，东与邓州市临界，南与乌河、丹江联结，为邓窑的外销及出口提供了便利的水运条件。

所以，邓窑充满了活力。邓瓷创烧初期，造型简单，品种单一。经演变与发展，到了宋代技术日趋成熟，生产规模不断扩大，产品流散各地，甚至被地方官员进奉皇宫，以贡品进供御用。这样一个偏僻的窑场引起皇宫重视，朝廷曾派窑务职官到现场考察、监烧，遗址上发现一刻有"窑司"字样的瓷片，就是宋代皇室派遣官员对邓窑进行窑务管理的实物见证。有的邓瓷还通过输出，经洛阳或西安，依助陆上"丝绸之路"远销西亚各国；有的通过水运，经汉口或大运河运往扬州，再经长江、海上陶瓷之路运往东南亚各国。通过瓷器的外销，既推动了与国外的贸易交往，也是中国与各国人民友好往来的历史见证，更是中华文化传播的历史见证。1992年在丹江水库水下沉船中发现的一批邓窑瓷器，就证明了宋元时期邓瓷由水路外销的历史事实。

所以，邓窑充满了动力。邓瓷善于吸收众家之长，又具有自身风格，尤其受到鲁山段店窑、郏县黄道窑及禹州赵家窑的直接影响。邓窑独特的窑如丝絮状的釉色，有的称为丝绵状蓝色窑变，有的称为丝雨状，是其他窑变所没有的。既有钧、汝之釉色，又有耀州窑的刻花印花工艺，还有磁州窑的白底黑花瓷及湖南长沙窑釉下彩的渊源，更有河南天目瓷的遗风。据史载：以邓窑为中心的瓷业中心所烧制的花釉最为丰富，最有代表性，对后期形成的钧瓷艺术成就有先导借鉴作用。

所以，邓窑充满了魅力。历史上邓窑是以青瓷窑口而驰名的，邓瓷以盘、碗为大宗，器表的印花为最，刻花较少，施釉较厚，垂釉处犹如透明玻璃珠。纹饰题材多以缠枝花卉、折枝花卉、交枝花卉、团花纹展现，线条流利生动，图案美观大方，亦有水生物题材。邓瓷青釉多为青绿色，釉质晶莹润泽、光亮如碧玉。釉色虽为青绿，但与耀州窑、龙泉窑、临汝窑、宝丰窑的青瓷有所不同，它的青要更深一些，不像耀州窑、龙泉窑、临汝窑的橄榄绿、黄杨绿有黄而明亮的倾向，也不似宝丰清凉寺窑的葱绿色，悬一种独特的麦苗绿。这种麦苗绿呈色略深，偏褐青色，稍有发乌的感觉，而且时代越晚发乌的感觉越明显。邓瓷青釉中大多出现有黑色斑点，这是其他窑青瓷所未见的，从而成为区分邓瓷青釉的一个重要特征。由于邓窑瓷土含铁量高，配方中杂质较大，故而烧成后，瓷器露胎处和薄釉处多褐红色或褐黄色。邓窑青釉碗的圈足与临汝窑等河南系青瓷碗的宽矮不同，多数高而窄，圈足内又多呈紫褐色，这些风

239

格均反映了邓窑青瓷的本土特色。

所以，邓窑充满了张力。邓瓷的成型工艺主要采取轮制、模制、浇注、组合粘接和捏塑等不同的成型技法。对成型的坯胎进行修坯的过程中，采取的推、拉、旋、压等技法已相当成熟，施力的大小、对泥坯干湿程度的把握也已恰到好处。烧制出来的器物，粘接、捏塑、划线等工艺精致入微、生动传神，合接部位严丝合缝，很少见到烧制变形的现象。邓瓷的匠师们为了满足社会各阶层人士的客观需求，还采用刻、划、印、雕、模印附贴、镂雕技术等各种艺术手段，对不同的器形予以不同的装饰，使其达到实用与美观的统一。在装烧方面也同样采取不同的方法，多数采用支烧、垫烧、一匣一器进行烧制，这种装烧工艺虽然比定窑覆烧（芒口）多占窑位，但极大地提高了产品的烧制成功率。邓瓷工艺讲究，富于装饰，产品丰富，使邓窑成为唐宋以来国内生产瓷器的一个重要基地，产销两旺，享有盛誉。

三

邓窑为何停烧于金元？这完全由当时社会政治经济的发展决定。

早在四五十万年以前，"南召猿人"就已在南阳这块土地上繁衍生息，开始了原始的土地利用。经对南阳许多处新石器时代遗址的考古发掘，表明距今5000年前先民们已经聚落而居，有了房屋、手工作坊和谷物种植，这样也就有了原始的"农业用地"与"建设用地"。夏商西周时期，实行土地"王有"即土地国有制度；春秋末期，楚国占有南阳；战国时期，楚与秦、韩、魏之间为争夺对南阳土地的控制权，多次诉诸战争；秦汉时期，南阳是著名的冶铁中心，采矿、冶炼业多处用地，面积较大；东汉时期，南阳为"帝乡"；隋唐两代，南阳社会稳定，经济发展，大诗人李白在《南都行》中作了生动的描绘；后经"安史之乱"和五代纷争，南阳大地荒凉，有"长风吹白毛，野火烧枯桑"之写照；北宋时，迁闽浙移民入唐（今唐河县）邓（今邓州市）二州，实行"招徕垦殖，许为己业"的政策；南宋与金元的战争持续了150余年，南阳首当其冲，数度易手，民众逃亡，田地荒芜；元军占领南阳后，蒙古贵族圈占大量良田，弃耕改牧，后虽有忽必烈招抚流民屯田，但直到元仁宗皇庆元年（1312），南阳府也仅有人口4893人。由此可见，邓窑始于唐代的社会稳定经济发展期，盛于北宋迁移民入唐、邓二州鼓励发展经济期，因南宋与金元长期战乱之祸而凋零、停烧。更由于停烧之后很少有人对其进行具体的考证及文字记载，久之邓窑已名存实亡。

邓窑虽是历史名窑，在文献中其地位在耀州窑、龙泉窑等之上，但由于没有对邓窑遗址进行过正式考古发掘、传世名瓷鲜有发现、文献记载几近空白等原因，在陶瓷史上一直默默无闻。"邓瓷"的研究也仅仅停留在初级探讨阶段，知名度不高，对邓窑面貌的探究总是云遮雾绕、支离破碎、难窥其详。在人们的潜意识里，一提到"邓窑"瓷器，无论是古陶瓷研究者或是收藏爱好者，首先想到的是那粗糙的青瓷、黑瓷、白瓷、缸胎瓷等民用瓷器，很少能把它和宋元时期的著名青瓷如汝瓷、耀州瓷、龙泉瓷等青瓷器物联系起来。

邓窑过早夭折，邓瓷辉煌历史丢失，这的确是一种大大的悲哀。

四

我在邓窑遗址上徘徊，偶与路过的村民交流，了解到大窑店的由来。大窑店村名与窑址有关，有大窑才能成店，在唐至元 700 余年时间里，这个村子因窑址而形成完整的"产业链"，至今地名犹存。村西大田为窑口分布区，自此向东，依次出现了窑货沟、土槽沟、扳货岗等地名，这些都与邓窑遗址当年各个工作作坊、作业面有密切联系。窑货沟，是成品瓷器堆放的地方；土槽沟，是挖掘高岭土之处；扳货岗，是丢弃烧制次品器物的地方。

傍晚的秋风裹着我向前走着，遥想当年，这邓窑何等辉煌、壮观，何等气派。北起土槽沟，南经店坊、水沟、白杨至上庄村，5公里的狭长地段上窑群密密、窑火烈烈、窑烟滚滚，"十里窑场"一片繁华。而今却显得如此荒衰、寥落、空寞。西边河道也已干涸，往昔水运盛景已是过眼烟云，只有地面上散存的窑具、瓷片、窑址等遗迹遗物使人依稀可辨昔日盛况。此时，我脑海里蓦然闪出李煜词句："无言独上西楼，月如钩。寂寞梧桐深院锁清秋。剪不断，理还乱，是离愁。别是一般滋味在心头。"

我想，邓瓷文化在我国陶瓷史上具有重要的历史地位，在社会上产生过重要影响，它的外销与传承也是中外文化交流和与各国人民友好往来的见证。今天，全力做好邓窑遗址的保护、开发与利用，对于弘扬中华民族璀璨文明及发扬光大灿烂的陶瓷文化，无疑有着非常重要的历史意义与现实意义。

虽然邓窑尚未经过科学发掘，而且人们对邓瓷的了解尚为肤浅，复兴邓瓷的确有些先天不足，但可以欣喜地看到越来越多的人在关注邓瓷、喜爱邓瓷、收藏邓瓷、研究邓瓷，各级文物部门也在为邓瓷的复兴奔走努力。更令人欣慰的是，邓窑遗址 2013 年已被国务院公布为第七批全国重点文物保护单位。我们期待着邓窑被科学发掘进而揭开神秘面纱的那一天，期待着复兴邓瓷的梦圆时刻。

当我离开邓窑遗址的时候，天边仅剩几缕夕阳余晖，大窑店四野空旷，寂静无声。上车时回望邓窑遗址，一种厚重的情愫从心底涌起，渐渐融入傍晚的暮霭中……

沧桑古朴石头村

每次走进吴垭石头村，心里总产生一种悸动与震颤。

这是一处奇特的石头村落，始建于清代乾隆八年（1743），现存房屋 200 余间，距今已有近 300 年的历史。远远望去，整个村庄就像一座青灰色的石头城堡，掩映在茂林修竹、古藤老树之中。走进其中，就会发现石板路、石板桥、石台阶、石楼门、石院墙、石磨房、石畜圈、石窑、石井、石盆、石槽、石桌、石凳随处可见。所有房屋清一色的石墙青瓦，依势而建，错落有致，从基石到屋顶找不到一块砖，看不到一块土坯，全由青石垒砌，新石器时代文化遗风犹存，这是中原极其罕见的石头民居村落，堪称露天民俗博物馆。此地 2006 年 6 月被河南省人民政府公布为第四批省级文物保护单位，还先后被命名为河南省民间文化遗产、河南省历史文化名村、中国景观村落等，具有重要的建筑文化、农耕文明和历史遗产价值。

在吴垭村的东沟处，有一块《吴迪元之墓碑》，碑文记载："公讳迪元，祖居堰坡，乾隆八年迁居于兹。迁时并无地亩，尽属荒山……"此碑文记述了吴垭村吴氏始祖吴迪元，乾隆八年从内乡县湍东镇龙头村堰坡迁来，面对荒山不畏艰险，筑石为屋，开荒种田，繁衍生息，为吴垭村的发展打下了坚实基础的事迹。在这个村子里，所有的人都是吴进元的后人，这个村子因处于两山之间的高地上，故有"吴垭"之称。村后的坟园里长着一棵非常少见的古柏树，主干上有三个分叉，据说只有西安的文庙有一棵五叉柏树。近300年来村子里一直有这种说法：最初吴迪元迁到吴垭村后，只有一个儿子叫吴复周，后来吴复周有了三个儿子，那就是吴克振、吴克顺和吴克明。吴垭村的人丁开始兴旺起来，这棵柏树的每个分支代表一个孩子，而且哪个分支旺盛，所代表的那个孩子的后代就有出息，那一门人就比较兴旺发达。现在这三支分岔都生长茂盛，吴垭吴氏家族的部分子孙也纷纷走出山村，开辟了新的生活。

　　而说到村子前面的老虎岭，当地也流传着一个故事。村民们说，现在的老虎岭上没有一只老虎，但在当年这里那可是名副其实的老虎岭，时常有老虎出没，他们的祖先在此安家没少担惊受怕。老虎不仅叼走村里的牛羊，甚至还伤及人。吴垭村以及周围的村民都拿老虎没办法，只好在离村二里的地方建了一座黑虎庙，供奉一位黑虎神，祈求平安。可是庙宇建了，神灵也供奉了，虎患依旧没有消除。村里有户人家，家中有四个孩子，老三中了秀才，弟弟高兴地去接他回家，路过黑虎庙时却不幸被老虎吃了。这件事让当时南阳署衙的官员知道了，带着卫士专程来到黑虎庙，做了一件更令人意想不到的事——开堂审问黑虎神。说其不为民做主，不如扔到黑龙潭里，这一举动把黑虎神吓得冷汗直冒。审了黑虎神之后，不知是因为官兵的围捕，还是因为黑虎神变得尽职尽责了，反正老虎岭周围的老虎真的不再出现了。这样的传说不管是真是假，都给吴垭村增添了不少神秘的色彩。老虎没有了，吴垭村的村民终于可以出入自由了，也更加努力地建造家园，而取之不尽的村边山石为他们提供了良好的建筑材料。吴氏族人发挥自己的聪明才智，就地取材，开山凿石，与自然环境巧妙结合，一代代建起了一座又一座造价低廉、经风耐雨、独具特色的石头房。在这里，石头诠释着岁月，也实实在在地融入村民的生活里、血液里和生命里。石头与人相互依存，人与自然和谐相处，生生不息，源远流长。

我忽然透过岁月的烟尘读懂了石头村的沧桑。

吴垭是原始古朴的。那些富有神韵的石头房像一块未曾雕琢的璞玉、一位朴素天然的少女，虽经百年风雨依然整齐美观，依然容颜未改。走在村中铺得规正的石板路、石阶路上，用手抚摸着那厚重的石磨、石碾，欣赏着那或粗糙或精细的石盆、石缸、石桌、石凳，端详着那在石缝中扎根并顽强生长的老柿树、野梨树、歪枣树，一切都那么自然，那么巧夺天工。眼前浮现的是一个处处充满原始气息、散发着山野清香的石头城堡，一个瑰丽多姿、丰富多彩、浑然天成的石头世界。

吴垭是积淀深厚的。石头房的构造凸显了吴垭匠心独运的建筑文化，一尺多宽的石墙全由四指厚的片石干垒起来，没有一点儿泥土和砂灰，但坚固异常，风刮不进、雨淋不透、火烧不裂，实乃人间奇迹。石头房的整体结构为四合院式，院子较大，正房和厢房互不相连，不像南方的天井院式，充分体现了北方民居建筑的特点。最奇特的是，大多数石头房借助山势，依山而建，有的上房下院，有的房院一体，还有的两房两院呈阶梯状分布，似宫殿一般。这里的石头房全部使用拱形梁，设在都柱之上、瓜柱之下，梁的拱字形结构减少了瓜柱的长度和重量，把房顶的压力分解到两边的墙壁上，减轻了房顶对柱梁的压力，使房子经久耐用，这也反映了吴垭先祖们的勤劳与智慧。吴垭还是宛西民俗文化的杰出代表，无论走进哪家院落，就会了解到他们的家居文化。年纪大的一家之主住正房，接下来按长幼次序分居于东西厢房。男主外，田间劳作，外出务工；女主内，洒扫庭除，洗衣做饭，相夫教子，三世同堂或四世同堂，其乐融融。从村后和村东的坟园里看，还会发现这里的人们敬天祭祖，不忘根本。墓前大多立有石碑，记录着吴垭先祖们艰苦的创业史、高尚的道德观、敦亲睦邻的好风尚和枝繁叶茂的子嗣群。如果把这些墓志串结成集，就是一部生动翔实的吴垭村史。当然，还有大量的石器、纺花车、织布机、八仙桌、太师椅等古家具、农具，这里确是一个特色浓郁的农耕文明村。

吴垭是蕴含科学的。从地质学的角度看，吴垭还是一个地质文化博物馆。那随处可见的火山石，圆圆的、光溜溜的，大的有脸盆那么大，小的仅有拳头大小，有的零星散落，有的呈蜂窝状分布。如果砸烂或摔碎一个火山石，会清晰地看到像蛋壳、蛋清、蛋黄和蛋核一样的结株分布，使你难以分辨究竟是恐龙蛋化石，还是火山石？也很难想象可怕的火山喷发会喷出这么可爱的火山石来。最令人惊讶的是那漫山遍野类似板岩的大石头，当地群众称之为连山石，这种石头好像千层饼一样相互叠加着青石板和红石板，一层一层很漂亮但不知有多少层，科学原理叫"水相沉积岩"。很久以前，这里或是河边，或是海边，每天都有大量的淤泥或红砂在这里淤积沉淀。经过地壳运动，这些淤泥和红砂都变成了岩石，淤泥变成的青石板比较坚硬，红砂变成的红石板相对薄脆，所以人们就用钢钎子从红石板处下手，把一块块大石分解成一片片的板材，盖起了这奇异的石头房。对那些拴牛拴猪用的有洞眼的奇石，人们以为是大自然风化的结果，其实这些石头原本在海底，经过海水的侵蚀逐步形成，按科学的说法这是"海相浸蚀岩"。这里的地质文化、科学知识还有很多，如村后整个山是一个五氧二钒矿，村东的煤洞山蕴含着大量的煤矸石。这些都有待进一步探索和发现。

吴垭是诗意生态的。吴垭周边的山头都是光秃秃的，除了满山的黑石头就是杂草，而一进入吴垭全变了，到处是大树，到处是绿草，遮天蔽日、郁郁葱葱。从老虎岭往下看，看不到这个美丽的石头村，整个古村全被树木遮住了。这里冬暖夏凉，因为吴垭的垭就是两山之间的高地，冬天凛冽的北风会被前后的大山挡住，夏天此地却因地处高山又十分荫凉，实是一处旅游、休闲的好地方。如果在知了初鸣的孟夏时节来到这里，看到那碧黄的麦浪，听到那叮叮当当的牛铃声，心头定会荡起"竹拥溪桥麦盖坡，土牛行处亦生歌"的意境。而在金秋时节走进吴垭，又会看到一个喜获丰收的生态果园。红红的柿子在枝头迎风摇曳，让你垂涎欲滴。老乡们用一种夹子把柿子夹下来送给你，轻轻剖开那软软的小红灯笼一样的柿子，一股香甜就弥漫开来，用嘴巴轻轻一吸，那甘甜清香就会滋润到身体的每一个毛孔。鲜红的花椒也那么诱人，像一粒粒小玛瑙，摘下来在手心里轻轻一揉，好清爽的香气啊，一身的疲惫早已消失无踪。若能参加劳动就更有意思了，当你扛上锄头走进棋盘一样的石梯田，一锄挖下去，一窝窝红薯、一串串花生带着泥土的芳香就出来了。吃一口脆甜红薯，嚼一颗香脆花生，越吃越香，越干越有劲，顿忘一切烦恼，只想做个快乐农夫。步入石头院落，那一挂挂未剥的金黄色的玉米棒被高高地吊在房檐下的梁上，红红的辣椒、山楂串成串儿或扎成把儿挂在外墙上，白白的大蒜编成辫子搭在厨房的墙上，满筐的红枣和酸枣晒在院里，含一颗在嘴里，那个甜呀，真个是无法形容的满口余香。这时，你会坐下来慢慢感悟、静静体会那种让人乐不思蜀、回归故乡的感触。

吴垭石头村给我的回味是多种的。有美好，有乡愁，更被一种恬静、淡泊的田园生活给笼罩了的感觉。走在吴垭的石巷之中，还未走近房门，就听到从半掩的柴门里传来"汪汪汪"的狗叫声。听主人一声呵斥，那叫着的黄狗便摇着尾巴亲热地来蹭你的鞋子或裤脚，大门洞开之后，一层又一层院落，让人顿有"庭院深深深几许"之感。这时，一阵阵"咩咩咩"之声响起，放羊的大爷赶着成群的白山羊从山坡上下来，与蓝天白云和山上的青草树木形成一幅绝妙的风景画。一位年轻的村姑"咕咕"地唤着养的芦花鸡，外面的十几只老母鸡也"咯嗒咯嗒"地觅食归来，同院里的大白鹅和红嘴鸭一起唱响鸡鸭鹅交响曲。漫步在柞树林或竹林中，听着树梢画眉鸟的鸣叫，看着林间小松鼠不停地跳跃，简直不想移动、不想说话，只想与这儿融为一体，物我两忘。

岁月如织，沧海桑田，但未改变的依然是吴垭村的石头房子和农耕生活。而且吴垭独特的宛西风情和农耕文化也引起各级政府重视，国家已拨资金全面开发这一农耕文明的活标本，吴垭村精美的石头会继续歌唱，这里的美丽故事也会更动听、更引人入胜！

内乡文庙感怀

　　秀美古城，湍河流淌，虔诚地来到内乡文庙，去追寻两千多年前一位伟人的华光。微风掠过，情越千年，仿佛又听到那"逝者如斯夫，不舍昼夜"的临川长吟。

　　孔子生活在公元前551年到前479年的春秋时期，是中国古代也是人类最伟大的思想家、政治家、教育家、军事家、史学家和文学家。历代帝王仕儒向他敬奉了无数桂冠，如"大成至圣""至圣先师""万世师表""天下文官祖，历代帝王师"。堪当此誉的，中国历史上仅此一人。

　　文庙，亦称孔庙、黉学，是专门祭祀孔子的庙宇。公元前478年，也就是孔子死后第二年，鲁哀公将孔子生前居室立为庙（今山东曲阜市），"岁时奉祀"。到了唐代初年，皇帝下诏，各"州、县皆立孔子庙"。这样，文庙就在全国各地诞生了。每年的仲春和仲秋都要在文庙进行大型祭祀活动，以纪念这位古代儒家学派的创始者。千百年来，人们一直把孔子尊称为圣人，让他享受着与帝王相等的待遇，还为他修建如仲尼庙、夫子庙等庙宇。

　　内乡文庙坐北向南，始建于元大德八年（1304），元末因战乱被毁，明洪武八年（1375）重建，自明至清几经修茸。原文庙规模宏大，布局完整，位于中轴线上的建筑自前到后依次为照壁、棂星门、泮池、龙门、杏坛、大成殿、明伦堂、教谕宅等建筑；西侧副线上有西学门、宰牲所、西号房、西斋；东侧副线上有东子门、土地祠、东号房、训导宅、敬一亭、崇圣祠。由于历史沧桑的变迁，文庙建筑或遭自然损毁，或遭兵焚，大部分已不存在，现存建筑主要是中轴线上的部分建筑，有棂星门、泮池、月台、大成殿及两庑等，占地面积近 5000 平方米，1986 年 11 月被河南省人民政府公布为第二批省级文物保护单位。尤为可贵的是内乡文庙与"神州大地绝无仅有的历史标本——内乡县衙"联为一体，且同为元大德八年建造，是研究封建时代县级政权机构与文化教育紧密关联的实物标本。

穿过县衙前的"遮道巷"，就看到进入文庙的大门"棂星门"。棂星门为四柱三门庑殿式木牌楼建筑，高 6.5 米，明间通天柱及两侧边柱各有一根斜柱支撑，楼顶坡面施灰色小板瓦，檐下施网格状如意斗拱，衬托起上部屋面结构。这种玲珑秀丽的斗拱饰件，不仅美观大方，而且有实用舒适之感，是巧夺天工的艺术佳作。据传，天上有个天镇星即棂星，古代人认为棂星是天上主管文教的"神星"，"主得士之庆"。因此，文庙的第一座门以此命名，意味着孔子为天上星宿下凡。人们通过棂星门，就可以得到神灵的保佑。门外两旁有石雕刻凿的"神狮"一对，怒目扭颈，形象怪异，线条流畅，壮伟之至。

走进棂星门，须经过一座架着石桥的半圆形水池，此池叫"泮池"，俗称"月牙池"。泮池来源于《周礼》中的"辟雍"，原意是指周天子设置的四面环水的大学堂。人们踏上泮池，就如进入了最高学府，因此泮池上的石桥亦称"状元桥"。院内三棵古老而粗大的柏树，为元大德八年文庙修建时所栽，有 700 余年树龄，是文庙历史的见证，谓之"先贤柏"。露台，亦叫月台，位于大成殿前。台面东、西、南边沿，用长方形条石压盖，北与大成殿连接，呈直壁式，是当年举行祭祀孔子仪式和歌舞的地方。

站在"先贤柏"前，气势雄伟的大成殿跃入眼帘。大成殿取孔子集历代圣贤之大成之意，是文庙建筑群中最为主要的建筑，单檐歇山式，面阔五间，进深三间九架梁，通高约12米，建筑面积264平方米。大成殿营建在直壁式台基之上，建造形式为"明三暗五"，其结构属"墙倒屋不塌"的大型木构建筑。殿内五间相通，两侧的稍间明显小于明间和次间。明间和次间无前檐墙，三间均为木制格扇门，两侧稍间前檐墙用明代青砖砌筑，檐墙的中部各开一圆形窗户。

大成殿的建筑也颇有特色。殿内共有12根粗大柱子，腰围约2米，其中檐柱4根，前后金柱8根。明间柱顶石上部为圆形鼓状，下部为方形与铺地相平；次间柱顶石与明间柱顶石有明显区别，仅是一方形石块承托起粗大的柱子，其石的平面与殿内地幔相平。大成殿的墙壁均为明代大型青砖砌筑，下部青砖厚而大，上部青砖薄而长。在中国古代建筑中，墙壁一般不承重，房屋的重量是依赖柱子支撑的，但墙壁毕竟是屋宇建筑中不可缺少的部分，可以阻严寒酷热，挡风雨霜雪，隔声音嘈杂及拦水防火等，还能起到美化建筑的作用。大殿的彩绘主要饰在檐下斗拱和殿内额枋、平板枋及四架梁、双步梁等大构件上，彩绘图案采用旋花彩画，线条明快，粗犷流畅，美观大方。梁枋心为六形牡丹、菊花盛开图案，花轮丰硕，色彩朴实。箍头饰以几何形和流云形图案，斗拱上的彩绘主要是以黑、绿、蓝三色勾画出连续不断的方块或几何形图案。大成殿前后檐及东西两檐均施斗拱，前檐的木作为六铺做三下昂，昂嘴多呈琴面状，亦有部分为尖状；檐下平板枋上的坐斗下部有的呈斜壁，有的呈一定弧度，这些均反映了不同时代的维修烙印，部分木作还带有元代的艺术风格。殿顶的正脊、垂脊、戗脊及两侧博脊

252

的正背面均为盛开的牡丹花，枝叶为连续图状；正脊吻为象形吻，垂脊、戗脊和博脊的吻兽均为龙头状；屋面饰灰色板瓦和筒瓦，瓦当的图案少部分为龙，大部分为虎头，滴水部分图案亦为龙。内乡文庙是河南省目前保存较为完整的古代文庙建筑，大成殿虽为明代所建，但大部分继承了元代的建筑风格，凸显出中国古代建筑"适用、坚固、美观"的要素，不仅具有较高的历史艺术价值，而且也是研究我国元、明、清三个朝代木构建筑嬗递的实物资料。

大成殿正中存放的是"宣圣遗像"碑，即孔子画像碑。碑高2.05米，宽0.8米，厚0.22米，碑首篆刻"宣圣遗像"四个大字，碑阳和碑阴各刻孔子画像一幅。碑阳右侧刻有明代进士李蓘（内乡人）题记："古仒，昔有执政者，过烟驿梁，其马嘶伏，策而不进，遂得此石于桥下，及唐吴道子之笔也。至正辛巳，广东宣慰都元帅僧家奴摹刻于广州学痒，历传已久。"左侧落款"万历丁亥冬月内乡李蓘谨识"。碑阴画像落款是："蒋氏子成笔，四明胡彦闾镌。李蓘重刊于白玉泉，寺僧圆银督工。"根据该碑的题记，"宣圣遗像"为唐代著名画家吴道子所作。吴道子，唐代河南禹县（今禹州）人，出身工匠，擅长宫殿寺庙壁画，画像富于想象力。"宣圣遗像"刻线流畅，人物逼真，须发如银，眉目传神，体态端庄。所勾衣纹刀笔有力，挥洒飘逸，大袖长袍，层次分明，前襟下端和靴端绘饰牡丹，气氛肃穆，别具一格。该画像比山东曲阜所存孔子画像碑大一倍以上，是一件不可多得的珍贵文物，对古代绘画和雕塑具有相当影响，无愧后人"吴带当风"之称谓。且碑刻属元代遗物，系佛教寺院之"白玉泉"寺僧"圆银督工"，为研究元代三教合流历史提供了罕贵实例。大成殿内除供奉孔子牌位外，其左右有颜子、曾子、子思、孟子牌位，称为"四配"；两侧有闵损、冉耕、冉雍、宰予、端木赐、冉求、仲由、言偃、卜商、颛孙师、有若、朱熹十二牌位，称为"十二哲"。"两庑"即大成殿前左右配房各 9 间，结构为单檐硬山，主要是供奉先贤先儒的地方，东庑从祀 71 位，西庑从祀 69 位。在祭祀孔子、四配、十二哲的同时，东西两庑的先贤先儒一并受祭。

凝视孔子画像，我似乎感到周围闪耀着一种高贵的圣洁之光，此光使我身心沉浸其中滋润净化。

孔子是雄踞古代中国思想皇宫的帝王。"仁"是孔子思想的基石，仁者爱人，仁者无敌。孔子对奋斗者说，"仁者先难而后获，可谓仁矣"；对成功者说，"夫仁者，己欲立而立人，己欲达而达人"；对当政者说，"克己复礼，天下归仁焉"；对君子说，"非礼勿视，非礼勿听，非礼勿言，非礼勿动"；对普通人说，"己所不欲，勿施于人"。他的仁政、德政观构成古代最早的政治观，而他的"民以君为心，君以民为本""君以民存，亦以民亡"的君民观，既是对上古民本思潮的继承，也是对奴隶社会以来君本思想的批判，开启了"君轻民贵"思想的先河，代表那个时代先进文化的前进方向。他从《尚书》中整理出"民为邦本，本固邦宁"的理念，对今天以人为本的执政思想起到奠基作用和历史贡献。

孔子是中国古代社会核心价值体系的缔造者。他提炼出为政"九德"："宽而栗，柔而立，愿而恭，乱而敬，扰而毅，直而温，简而廉，刚而实，强而义。"他主张做人讲诚信、守规矩、有约束；他尊重劳动，崇尚勤俭，反对淫逸，主张克勤于邦、克俭于家；他确立自重自律自警自强的君子品格，赞赏舍生取义、杀身成仁的义利观，为天下人标出了道义的制高点和欲望的底线；他宁受劳顿之苦，绝不苟且偷生，想借力济世，但不攀龙附凤、摧眉折腰；他意趣高洁，温和、良善、恭敬、检点、谦让使他德馨飘远，四海弥漫。他的政治主张、国家政策、文化观念、哲学思想、社会理论、道德倡议，从国家、社会、个体三个层面，锤炼出讲仁爱、重民本、守诚信、崇正义、尚和合、求大同的特质，以强大的内聚力、稳固性和认同感，奠定了中华文化最初的基因，引领了中华民族最早的梦想。

孔子是一座人文精神的高山。"有朋自远方来，不亦乐乎！"他是天下人的老师，更是天下人的学生。他初学周朝礼仪，遵从鲁国礼乐，苦读上古经典，掌握了礼、乐、射、御、书、数等六艺，融汇了社会科学和自然知识。他学而有道，概括出"好学、擅学、博学、为学、倡学"的方法论，主张"学而时习之""教学相长""见贤思齐""三人行，必有我师焉""学而不思则罔，思而不学则殆""博学之，审问之，慎思之，明辨之，笃行之"的学习观。他拜圣者为师，可能者学艺，先后向师襄学抚琴，向剡子学为官，向老子学周礼，可苌弘学音乐，在齐国学古典乐舞《韶》而"三月不知肉味"。他可贤达学习，也向基层学习，周游四方的经历就是深入实际、贴近生活、走近民众的过程。他重实践、讲习行，重实干、不空谈，走出了中国古代知识分子知行合一的成长之路。他本不是守旧之人，他的"川上曰"是运动的观点、发展的思维，他的旧识新解、旧闻新知、旧说新语，他的真知灼见、新知新见，既博大精深、自成体系，又融会贯通、能学管用。他的"温故而知新"倡导知识的更新，更包括对思想与实践的创新。他创立的开放式学术体系，为中华文化的吐故纳新、绵延不绝奠定了先天的品质。

孔子是中国的，也是世界的。一部《论语》，大道至简，要言不烦，"百行孝为先，百善孝为首"的孝行观、"道之以德，齐之以礼"的礼教观、"仁义忠信，乐善不倦"的道德观、"不罔不殆，不狂不狷"的中庸观、"和实生物，同则不继"的和谐观等，是天下最好的教科书，中华民族一读两千年，百读不厌，百思不尽，百行不至。如今400余所孔子学院和600多个孔子课堂遍布上百个国家和地区，儒家文明是中华文明的宝贵结晶，是世界文明的

255

共同产物，是人类文明的共有财富。

　　走出文庙，举目四望，天蓝如洗，鹰击长空，心胸豁然开朗。与文庙相邻的学校传来学子们琅琅的读书声，动听悦耳，我仿佛受了感染，吟咏起司马迁对孔子的赞曰："高山仰止，景行行止，虽不能至，然心向往之，可谓至圣矣……"

挺立的法云寺塔

早想到圣垛山一观法云寺塔了。明代进士李蓘云："圣垛山名自昔闻，耸然不与众峰群。深藏翠壑千层雪，高挂晴天一片云。元始到今如削玉，巨灵何处可挥斤。我来登眺浑忘倦，遮莫西林下夕曛。"这诗句是颇有些迷惑力的。

法云寺塔又名圣垛寺塔，位于马山口镇三岔河村圣垛山南麓。而说到马山口的来历，当地还有一个美丽的传说。

相传，北山有个小马庄，庄上有个叫马山的年轻小伙子，为人正直、淳朴善良，终日南山打柴，换得一日三餐，赡养家中老母。一天，他又在南山打柴，忽听山下马蹄嘚嘚，喊杀声急。探首一看，吃了一惊，只见十数个官兵正追赶着一位骑着白马的女子。那女子身伏马背，手挽缰绳，长发飘舞。虽然几经迂回，终难逃脱官兵追捕。

马山看到这里，浑身热血沸腾。他让过骑马女子，一个虎跳拦住官兵去路，大喝一声："休伤吾妹！"官兵正在穷追猛赶，忽听青天响了一个炸雷，又见一个汉子威风凛凛，手执板斧，好似天神下界，一个个吓得骨软筋酥、屁滚尿流，哪里还敢纠缠，拨转马头逃命去了。马山望着猹狈逃窜的官兵，开心地笑了。忽听背后又响起了马蹄声，回首一望，只见刚才逃出的女子一手挽缰，一手揽裙，朝他缓缓走来。姑娘来到马山身边，款款一礼，叫声："哥哥！"马山这才搭上话荏，说："这位妹妹，为何受人追赶，跑到这里？"姑娘闻听，拉马山同坐一块石头上，诉说起一段往事。

原来，姑娘名叫刘盈，是汉王刘秀第三个小妹子。只因外戚专权，王莽篡政，刘秀被逼得无处可走，携带妹妹逃居在深山汉王城隐蔽起来。谁知好景不长，王莽带人搜查到这里，攻破汉王城，兄妹失散，刘秀不知逃往何方，她也被官兵追赶到这里。马山出于同情，问公主今欲何往。姑娘说："天地之大，无我刘门立锥之地，哥哥若不嫌弃，就认我做亲妹妹，同伴一室。"马山喜出望外，说："妹妹是公主，我是一草民，家有老母，穷家破檐，委屈你了。"

二人回到家里，一时轰动了乡邻，更喜坏了马山的老母亲。见如花似玉的皇王公主要做自己的闺女，老母亲烧茶添水，问寒问暖，无个休歇。然而福无双至，祸不单行。当天夜晚，无数的官兵包围了马庄，要村人交出公主刘盈，否则杀他个鸡犬不留。马山大怒，决心保公主突出重围。后面追兵浪潮似的压来，把个马山急得钢牙咬碎，双眼冒火。

"杀死马山，活捉公主，圣上有赏哟！"一人呼出，万人相应，四山回荡，震耳欲聋。马山抢起大斧，照准举火把喊叫的那个官兵劈去，谁知用力过猛，斧柄脱手，板斧带着千斤余力直飞南山头。斧落处，火光一片，接着就听嚯啦啦一声巨响，南山头竟被炸出一道豁口。在万人惊呼中，只见马山怀抱公主，身负老母，三人一乘，如箭离弦，由豁口冲出，消失在黑暗之中。后人为了纪念马山的勇敢，就把南山叫作马山，豁口处也就称作马山口了。

利用"中秋节"假日，我去观法云寺塔。金秋十月，天朗气清，三岔河村秋色宜人，层林尽染。车停山下，沿山间小路安步而上。几里山路着实劳累，但沿途秋景美不胜收，及至看到法云寺塔，欣喜之余便也忘了疲劳。这里位居深山，崇山峻岭、重峦叠嶂，古树参天，在松杉翠竹荡漾的林海之中，古塔显得俊秀壮观。

法云寺塔为七层八角棱锥状，据塔底外壁镶嵌的《重修法云禅寺石记》载，该塔重修于明景泰七年（1456），由此可知法云寺应建于明代以前。另据竖于塔前清代石碑记载，乾隆四十八年（1783）法云寺又得以重修，表明明清时期此寺佛事、香火兴盛。而与居住在塔旁的老者攀谈，得知清末至民国法云寺开始衰败，民国后期寺院全毁，仅存塔群。后由于人为和自然原因，20世纪50年代中期，塔群内众多佛塔倒塌毁坏，仅存现今之一塔。从建筑特点上看，该塔为明代所建，塔身全部为青砖砌筑而成，造型简洁，比例适度，是一座庄严古朴的楼阁式密檐砖塔。通高23米，塔基周长18.4米，底座直径5.8米，塔身自下而上层层依次递降，一层最高，内有空间，面南置券门，人可入内，上为窟窿顶。二层至七层均为实垒不能攀登，从外表结构可以看出仅第一层与第二层密檐衔接处为木质斗拱，其余均为砖雕斗拱。

法云寺塔距今已有500余年的历史，虽历尽沧桑，但依然挺立保存完好，充分反映了我国古代劳动者的智慧和创造力，具有重要的历史、艺术、建筑研究价值，2008年6月被河南省人民政府公布为第五批省级文物保护单位。这也使我涉过辽远的岁月，对历史悠久的马山口镇更为敬重。

马山口东汉留名，唐初封镇，据清康熙《内乡县志》载："马山在内乡东北五十里，与麦子山相接。世传汉光武帝（刘秀）初起兵徇地于此，得善马，牧名。又青山、梅子、花北三河汇流于此，故名马山口。"马山口地处要塞，古称"咽喉商洛，脉络川陕"，历为兵家必争之地，文物古迹较多。朱岗寨系仰韶文化遗址，镇北1公里有古汉城遗址，汉光武帝刘秀率兵经此，留有试剑石、点将台，并为冯异大将军修有庙宇和墓葬；三国时，曹操派夏侯惇镇守此地，防刘备从汉中突袭；唐王李世民也曾拥兵达境，现有唐王寨等历代遗迹；清时四大理学家之一王检心晚年悉心讲学于云露山宝塔寨，死后葬于此。

马山口还曾以全国四大中药材集散地之一而久负盛名，民谣"月亮走，我也走，我跟月亮赶牲口，一赶赶到马山口。吃牛肉，喝烧酒，说书、唱戏啥都有。药材行里有金钗，山货行里有猴头；买来扁担软溜溜，挑着铁锅下汉口；不枉一路多辛苦，不亏来到马山口"，就说明马山口昔日堪称一大古镇、重镇，这也与其得天独厚的地理位置有很大关联。它系伏牛山南麓门户，为北通京津、南下湖广、西进秦晋、东达汉沪之要塞。虽系乡村集镇，但上连各大城市，具有城市之尾、乡村之首的特点，历代承担着沟通各地物资交流的重任，在商贸往来中举足轻重。故在清末民初《中国袖珍地图》中有马山口而没有内乡县名，有"远省知马山口，而不知内乡县名"之说。

马山口的丰厚底蕴赋予了圣垛山灵气和法云寺塔神韵，流淌着千秋岁月的丰盈惠泽。深秋，就让倦怠的心留在这里，看红叶尽染，观古塔剪影，听竹林吟唱，一切都被凝结在质朴唯美、超然物外的永恒肃穆中……

信师礼堂断想

信阳师范学校旧址，为抗战时期省立信阳师范学校西迁内乡县师岗镇时之校址。现仅存的大礼堂和部分教室分别位于师岗镇政府和张集村，2008 年 6 月被河南省人民政府公布为第五批省级文物保护单位。听人讲，其建筑中西结合，别具一格，好奇心驱使我利用周末前去观之。

师岗镇位于县城西南 25 公里处，西与瓦亭、岈曲，北与湍东、大桥毗邻，西南与淅川县厚坡镇相连，东南与邓州市十林镇接壤，是内乡县历史上四大名镇（师岗、赤眉、夏馆、马山口）之一。据师岗镇师姓族碑载：明洪武二年（1369），一世祖师普海携全家从山西洪洞县迁居于此，在内乡通往淅川的公路要道上开设一小货摊。经过一番苦心经营，到清雍正八年（1730），师家已发展成当地富户，家实殷富。为显宗耀祖，师家在此倡兴集镇，并施舍土地供街道店铺占用。因此，四面八方商户遂云集于此，形成集镇。五世祖师志先恳请县令倡设"师兴镇"，因该镇坐落于岗坡上，后人谓之"师岗镇"。

来至师岗镇政府院内，迎面便见 5 间砖木结构的信师礼堂。深灰色的墙，尖顶门窗，两层木质楼房，融中西建筑风格为一体，当地俗称"洋楼"。据 1994 年《内乡县志·教育、科技篇》载：民国二十六年（1937）"七七事变"后，河南省教育厅根据中央教育部"青年学生应先迁安全地带，以免学业中断"的通令，将豫北、豫中、豫南的黄河水利专科学校、省立开封高中、省立安阳高中、省立洛阳中学、省立南阳五中、战区一中、省立开封女子师范、省立淮阳师范、省立信阳师范、河南战区第二师范、私立两河中学、私立北仓女子中学、省立汲县师范、郑县化工职业学校等各类学校30 余所，于民国二十七年（1938）、民国二十八年（1939）相继迁入内乡。这些学校在内乡期间共有学生两万余名，内乡籍学生约占 26%。在这些学校中，省立信阳师范学校于民国二十七年（1938）一月迁入内乡师岗，民国三十四年（1945）二月又西迁西安。信师在师岗 8 年期间，共有 21 班（女师 9 班，普师 6 班，艺师 6 班），学生 1500 余人，教师 76 人。另外还附设初中、小学，当地青少年入学读书者居多，这对促进内乡西南部文化教育事业发展起到了很大作用。

信师礼堂宽阔壮观，长 16.64 米，宽 9.32 米，高 11.36 米，现作为师岗镇政府大会议室使用。从西侧楼梯登上二楼，楼面为木板铺成，几架大梁支撑着巨大楼顶，整个建筑设计合理、巧夺天工，虽经近 80 年风雨侵蚀依然完好。礼堂周围的树木郁郁葱葱，哗哗抖动的树叶仿佛在讲述过去的岁月。1939 年初，中共河南省委根据豫西南地区学生工作需要，决定在中共豫西南地委下设学生工作委员会（简称地学委），由地委直接领导。地学委主要负责河南沦陷区迁到内乡、淅川等县学校的学生工作，当时与之联系的学校党组织有：河南大学、省立开封女子师范、省立开封高中、省立信阳师范、省立开封初中、开封女师、省立开封师范、国立一中、国立一中分校、保定育德中学、安阳高中等。地学委经常到淅川、西峡口、师岗、夏馆等地直接与有联系的学校接头，部署工作。其主要任务有：民先队员的转党工作，对表现好的直接转为共产党员，其他转到抗日救亡团体，如读书会、研究会等。动员发动共产党员和进步青年前往革命根据地，主要是去延安和豫皖苏边区的新四军第四师。在学校发展和壮大党的组织，注意协调、促进各学校之间的团结，反对国民党反动势力的挑唆。通过各种关系营救被捕同志，并编印《青光》杂志（后改为《实践》），宣传中国共产党的抗日政策，加强对党员的教育工作，转接共产党员的组织关系。

抗日战争时期，中共内乡党组织高举全民抗日和抗日民族统一战线的旗帜，组织抗日救亡团体，采取各种有效方式，积极宣传中国共产党坚持全民抗战的政治路线，动员全县民众积极投入抗日救亡的洪流之中。中共豫西南地委学生工作委员会迁到内乡县赤眉镇后，加强对沦陷区迁入为乡县各学校党组织的领导，指导青年学生开展抗日救亡宣传活动，在学校组织了抗日救亡团体和学社，使抗日救亡宣传运动持续深入开展。迁入师岗的信阳师范同其他学校一样，以学校为阵地创办壁报、开展读书活动，组织学生研究讨论时事政治、编写墙报和抗日救亡宣传材料，使学校的抗日救亡宣传活动开展得轰轰烈烈。还在地方党组织的支持和帮助下，深入附近农村开展抗日救亡宣传活动，为抗日战争募捐。对在抗日救亡宣传活动中表现好的，积极培养考察发展党员，壮大学校党组织，为内乡的抗日救亡运动做出了重大贡献。

从信师礼堂驱车向西，十几分钟就来到张集村。村小学隔壁的大院干净整洁，留存的 14 间信阳师范附属教室保存完好。也是砖木结构，两层中西风格结合的木质楼房，与师岗镇政府院内 5 间礼堂均为当时省教育厅拨款，信师所建。此为抗战期间西迁内乡诸多学校唯一珍存的建筑，为研究抗战期间学校西迁以及民国时期中西建筑的融合，提供了难得的实物。在此后面还有三间坐北面南的关帝殿，面阔 14.2 米，进深 6.3 米，檐高 5 米，单檐硬山顶，脊饰兽吻。据镶于前檐西山墙的断碑记载，此建筑属明万历年间都堂张悌创建，民国二十五年（1936）区长王彬鸠工重修。该殿曾是原中共华北局中原军区张集会议旧址，2010 年被内乡县人民政府公布为第三批县级文物保护单位。1946 年 8 月，李先念、王震率领中国人民解放军从大别山革命老区突围转辗于此，并在此居住和召开军事会议，之后兵分西北、西南两路出发，成功与刘邓大军会合，彻底粉碎了国民党妄图把我军消灭在中原地区的阴谋，为全国的解放奠定了基础。此殿对于研究豫西南古建特点提供了实物证据，同时也是广大青少年进行爱国主义教育的重要实践地。

离开信师学校旧址的时候，心底涌起一种特别深厚而强烈的情致。留驻在我心中的信师礼堂和附属教室，不仅是抗战期间省立信阳师范学校迁入内乡师岗的标志，不仅是中西建筑风格融合的结晶，还是一座用智慧和心血凝成的大厦，一座包含爱国主义精神、闪耀着光辉岁月的大厦……

石堂山读碑

一

早春的内乡，耀眼的春色诱人心醉，春风也是凉丝丝、甜润润的，拂在脸上既爽快又惬意。

此时，我正在道教圣地石堂山，面对着《成吉思皇帝赐丘神仙手诏碣》肃然而立。

高高的石碑在春阳下泛着青光，406 字的碑文为 1219 年成吉思汗第三次召见丘处机的手谕，字里行间流露出成吉思汗治国平天下的宏图大志、选贤纳士的迫切愿望和对丘处机的赏识、仰慕及虔诚诚意。

丘处机（1148—1227），字通密，号长春子，后人称其"长春真人""丘神仙"。19 岁出家，拜师王重阳，为全真七子之一。他曾在北京白云观传道，在镇平县创建太极观，到内乡县石堂山普济宫修行。丘处机光大了全真道，为龙门派的创始人，他不仅是一位高道，更是一位情操高雅、满腹经纶、通晓古今的有志之士。

1206 年，成吉思汗建立蒙古政权，为了一统天下，发动了大规模的扩张战争。然而，打天下容易守天下难，成吉思汗决定选招贤能治理天下。他得知丘处机博古通今，才能超群，便想招为国师。成吉思汗两次遣使召见丘处机，可丘处机隐居山林，深入简出，避而不见。成吉思汗求贤若渴，不肯放弃，于1219年第三次派遣近侍臣刘仲禄备轻骑素车、携带手诏请丘处机出山，演绎了自三国以来又一个帝王虔诚躬迎、礼贤下士的故事。成吉思汗不远千里三派朝臣恭请出山的诚意终于打动了丘处机，他审时度势决定西行拜见成吉思汗。丘处机率徒18人跋山涉水，历尽千辛万苦，抵达印度河上游成吉思汗行宫。成吉思汗大悦，设宴款待其师徒一行。丘处机向成吉思汗进言："若要统一天下，就要敬天爱民；若要长生久视，就要清心寡欲。"成吉思汗对他的话很赞赏，感叹道："天赐仙翁，以悟朕志。"命左右记录下来，以此教育几个儿子，并赐予丘处机虎符和玺书，玺书内容就是现存于内乡县石堂山普济宫《成吉思皇帝赐丘神仙手诏碣》的碑文，后人评说丘处机有"一言止杀"之功。在行宫中，成吉思汗对丘处机尊礼备至，不唤其姓名，只称呼"神仙"，并命丘处机统管天下僧道，豁免道士赋税差役。他们虽为君臣，却诚挚相见，肝胆相照，被后人传为佳话。至大二年（1309）4月，石堂山普济宫道人们为不忘成吉思汗的皇恩，纪念丘处机的功德，特将手诏刻于圆顶石碑上，以诏后人。

朝代更迭，历史变迁。《成吉思皇帝赐丘神仙手诏碣》依然立于石堂山山坳里，成为不朽的历史，记述着一段感人的故事。虽然石堂山普济宫被毁于20世纪中期，但是《成吉思皇帝赐丘神仙手诏碣》历经700余年春秋被完好地保存下来。

二

历史上的石堂山地位十分显赫，因是闻名遐迩的麻衣道场，而成为中国道教的著名胜地。又因麻衣子影响深远，和武当山的张三丰不相上下，故有"南武当，北石堂"之说。自唐代贞观以来，历代皇帝对石堂山多有敕建，规模不断扩大，鼎盛时期有"千顷上下寺，万顷石堂山"之誉。仅从民间的一些传说中就足以感到这方土地的灵性和魅力了。

石堂山之所以庙院宏大、香火炽盛，还得从麻衣真人说起。麻衣真人姓李名和，字顺甫，祖居秦中。少时喜交游，性放荡。时至东晋中期，朝政腐败，天下大乱。李和愤世嫉俗，不愿受胡人统治，遂隐居终南山中，葛巾麻履，参禅悟道，取号麻衣子。

一日闲游山中偶遇一道人，长发跣足，危立于悬崖陡壁之上。李和心奇，稽首倒拜。但听那道人说："吾在此候汝久矣！今日有缘相会，当授汝秘诀终身受之。"李和闻言又拜："弟子李和，谨遵师命。"那道人又说："终南非汝宅也。南阳之间、淯水之阳有山灵堂，汝当往之，当有异人率众拜附。他日功满，功德无量，切记切记！"李和再拜，问道人尊号，长发道人自称："吾乃左元太极也。"言毕不见。

李和信其言，跋山涉水，绕秦岭、出武关，历时月余，来到南阳属地、淯水之滨寻找灵山石堂。时逢盛夏，骄阳似火，李和历尽艰辛，名山大川寻遍，还不见石堂所在。这日来在石羊岗下，坐定休息，念念自语："难道那左元太极骗吾不成？"疑惑间，忽听前面山涧有人作歌唱道："有名石堂山，坐落西南天。山腰有石堂，堂内好修仙。水打山顶走，泉生十二眼。喝了潭中水，返老把童还。"

李和闻言心喜，疑是神仙点化。寻声急上，待到近处看时，唱歌者原是一樵夫。李和稽首道："施主请了，适才施主唱歌，那石堂山是个什么所在？"那樵夫闻言看了看李和，见是个身披麻衣的道人，笑着回答："道人莫非问的灵山石堂吗？"李和忙应：

"正是。"樵夫道："说起灵山石堂，那可是个好去处，青山绿水，景色秀丽，天然洞穴，独自成屋，瀑布倒挂，相映成趣，修行在此，万世之福也！"李和大喜："贫道不远千里，寻的就是灵山石堂。难得施主明言指点，贫道托福不浅，无物相赠，贫道这里以礼相谢。"言毕，稽首再拜。樵夫感其心诚，欣然引导李和于石堂洞门。石堂高有八尺，丈二见方，钟乳倒挂，恰似水晶宫一般。石堂内石床、石桌、石凳，一应俱备。室外紫竹掩映，十二眼水泉如珍珠线串，白云覆盖其上。身置室中，恍如凌霄玉阙，令人心旷神怡。李和高兴万分，再寻樵夫时，樵夫早已不知去向。自此，李和穴洞而居，修身养性。

大雁飞来，小燕归巢，暑来寒往，周而复始，晃眼便是四十个春秋。这一年久旱无雨，大地龟裂，禾苗干枯，百姓望穿泪眼。这时候，永青山下、石羊岗上有一位叫张爽的农民，纠集大伙商讨说："人传石堂麻衣子是得道的活神仙，有移山倒海、呼风唤雨之术。如今焦土一片，咱们何不结社求拜，拯救一方生灵？"张爽言毕，众人当即响应。一时间鞭炮齐鸣，鼓乐震天。众人簇拥着张爽上了石堂山，求拜李和降雨。众人来到石堂门外，见李和鹤发童颜，飘然若仙，无不雀跃欢呼。张爽说明来意，李和应了声"无量天尊"，继而说："道同天地，感化万民，诚心所至，苍天必怜。众人且安心归去，待贫道作法祈祷天庭，三日内可见大雨。"众人心喜，告辞下山。

李和见众人离去，便返回石堂闭目养性。于夜半子时，登上石堂后的天坛披发仗剑，踏罡布斗，念咒施法。一连两天过去，纹风不动，照旧日如喷火，地似蒸笼。李和心焦：道法无边，怎奈天不助吾？正在祷念，忽然从外面涌进十二个面色各异的顽童。见了李和，一齐跪倒叩拜："我辈参见真人师傅！"李和心奇，险山峻岭，虎豹出没，哪里云集这么多顽童？忙说道："尔等何村人氏，不在父母身边守孝念书，然何出没山林，见我口称师尊？"那十二小孩说道："我辈数十载伴师石堂，无颜聆谛箴言，今逢师父召唤施令，故此前来参拜。"李和听了越发心奇："尔等既伴吾数十年，吾无一日不在石堂，怎的不识尔等，尔等可报上名来？"十二小孩顺序道："曰巫峡，曰五云，曰岷山，曰清远，曰桐柏，曰昆仑，曰武陵，曰荣罗、曰浣沙，曰渑池，曰嶓冢，曰弘光。"李和听了若有所悟，正色道："尔等既属上天遣派前来助吾，吾正焦心于民，尔等可助吾作法，布施云雨。"十二小孩听了，齐声道："谨遵师命！"言毕，退回石堂。

第二天，时至中午，天色瓦蓝响晴。李和心事重重，踱步石堂门外，忽见十二条小龙垄十二眼泉水上戏水亮甲。小龙见了李和，一齐隐入泉中。真相大白，李和心中万分高兴。

天交午时，突然雾起东南，风生西北，霎时阴云四合，乌云压顶，嘎啦一道电闪过去，引出隆隆几声沉雷，紧接着瓢泼大雨倾天而注，百姓望雨心喜，拍手称快。

雨过天晴万物复苏，万民欢腾奔走相告，一时传为盛事，轰动京城。皇帝龙心大悦，敕封李和为"慈慧普济真人"，十二泉水为"十二龙潭"，并大兴土木为此地广为扩建。石堂山也由此成了人们求神祈雨、采药求子、顶礼膜拜的地方了。

而石堂山何以成为道家圣地？仅仅因为这里是麻衣子修真之所、丘处机云游之地，还是另有原因？这又引出一段有趣的神话故事！

传说当年道家祖师太上老君云游四方，传经布道，并选择可供道家修身养性的洞天福地。一日，他来到石堂山下，只见石堂山林木葱郁，泉水丁咚，山虽不高却连绵起伏，犹如莲花半开不开，水虽不大却如串串珍珠滚动。太上老君不觉欣喜异常，便留了下来，还开始召集附近村民筑坛讲道，广收门徒。

谁知没过多久，佛祖释迦牟尼也来到这里，见石堂山风景秀美、民风淳朴，便也留了下来，开始参禅打坐，收纳僧尼。过了一段时间，两位老仙的徒弟们多了起来，双方各执一词，争论不下，各说各的神通广大，争辩了九九八十一天，还是不分高低，弄得听法的善男信女们也不知所从。有个老头实在忍不住了，就对太上老君和释迦牟尼说："不怕不识货，就怕货比货。说一千道一万，不如让大家看。我这儿现有两节竹竿，你俩各拿一节种下去，谁的竹竿先发芽、长得高，就说明谁的道行深，谁就坐头把交椅，而另一个就立即离开石堂山，不得再来！"

老君和佛祖听了觉得有道理，就点头同意，各取一节竹竿插在面前的地上，而后分坐两边闭目运法。大伙瞪大眼睛看，不一会儿，只见两节竹竿都已发芽，并不断开始长粗长高，眨眼工夫两节竹竿已有碗口粗，五丈多高了，大伙忍不住叫起好来。佛祖这时候悄悄睁眼一看，糟糕！他面前的竹子没有老君的高，心想，这牛鼻子老道还真有两下子哩！得赶快想个法儿，别叫他占先了。佛祖使出浑身解数，可他的竹子仍没有老君的长得快。这可怎么办？丢不起这面子呀！他一急倒急出个调包计来，趁老君闭目打坐的空隙，运用功力，神不知鬼不觉把老君的竹子换到他的面前，把他的竹子换到老君面前去。

这时，太阳已经下山了，人们都说："好了，好了，别再运功了，现在就比试吧！"于是两人都撤了法术。有善爬树的，早已爬上竹梢一瞧，说："佛爷的竹子高，佛爷赢了！"老君一听，大吃一惊，再一细想，便明白了八九分，原来是佛祖捣的鬼。他只装作不知道，对佛祖说："老友法力超人，在下佩服，只是想问老友，你种的竹子有几节啊？"

佛祖正在得意，没料到会问他这个话，一时答不上来。数一数吧，已来不及，心里那个急啊，只急得满头是包也没有办法，只好硬着头皮想：自己种的竹子是七七四十九节，这棵也不会多。便说："四十九节。"老君一听哈哈大笑："诸位请看，我运用先天八卦种下竹竿，每卦八节，可长八八六十四节，不信大家数数看，这一棵七七四十九节的竹子才是他种下的。"而当时的善男信女们虽然没见佛祖调换竹竿，可见这情景也明白过来，这头把交椅当然由老君来坐了。趁着人们向老君道贺之时，佛祖只好带着一帮弟子灰溜溜走了。于是，石堂山就成了道家的道场，而佛门子弟从不踏入石堂山半步。

凡上过石堂山的人，会在山顶的小天池边见到几块奇异的石头。那石头奇在哪呢？一是有三块长约 10 米的石头，宛如三条苍灰色的巨龙匍匐在地，只是头部不那么完整。二是在这龙石之上，有七八个异于常人的脚窝，深约三五厘米，清晰可见，这在当地被称为"仙人足"，而"仙人踏背治恶龙"的神话传说也广为流传，经久不衰。

当年，麻衣真人李和在十二龙子的帮助下，道术大行，泽被乡里。十二龙子眼见麻衣真人修道有成，就"各自溃穴，穿岩而去"，回到原来的属地，只剩下大小天池和十二龙潭供人瞻仰和祭拜。真人得道之后，就云游四方，到处传道。公元 457 年，他在湖北郧阳传道时，羽化登仙，享年 101 岁，当地人建白鹤观以纪念。

可是不知何时，突然石堂山的小天池里来了三条恶龙，兴风作浪，为害乡里，不但每个月要附近的山民献上三头牛、三头猪、三只羊，而且每年年底还要奉上三对童男童女供他们食用，这样才保这儿风调雨顺。这三条恶龙十分凶狠，当地百姓非常害怕，只好乖乖答应他们的要求，而送牛、猪、羊倒还好说，可童男童女怎么办呢？每到年底，便是家家发愁，户户不安，害怕灾星落到自己的头上。

没办法，几年过去了，年景倒是不错，可孩子们太可怜了。有几家想到快轮到自己了，孩子又不想送出去，只好天天到普济宫祈祷，希望麻衣真人回来惩治这几条恶龙。皇天不负有心人，这几家的虔诚祷告终于直达天庭，传到了麻衣真人的耳朵里。他听后，十分震怒，向玉皇大帝请了斩龙剑，就腾云驾雾向石堂山而来。

到山顶，麻衣真人立在云端下望，只见三条恶龙在小天池嬉水，便大喝一声："孽障，你们的末日到了！"几条恶龙一听是上天的仙人声音，便立即逃走。刚到岸边，麻衣真人就瞅准为首的那条苍龙，念了一声"落"，便落到苍龙背上，又一个"定"字使几条恶龙动弹不得，手起剑落，三个龙头便落了地，麻衣真人又为民除了一大害。

此后，三条龙身风化为石，麻衣真人踏过的地方留下几个脚印，龙头因为顺坡翻滚早已没了样，而麻衣真人也已重归仙班。

三

初春的太阳暖洋洋的，明媚的阳光柔和地照射下来，使蓝湛湛的天空显得更加深邃。石堂山春意盎然，弥漫着清新与生机。在《成吉思皇帝赐丘神仙手诏碣》石碑前，挺立着一棵20多米高的千年古柏，胸径需3人合抱，树干扭曲盘转上升，宛如一条盘旋升空的巨龙。石堂山千百年来曾遭无数雷雨电击，好多老槐树、黄楝树、松树被击中枯死，而这株最高的古柏却安然无恙，虽历经千年沧桑，仍枝繁叶茂，伟岸挺拔，生长旺盛，被当地百姓尊之为"龙柏""神柏"，崇之为"石堂山的保护神"。

古柏周围矗立着十几通元、明、清三代碑碣，除《成吉思皇帝赐丘神仙手诏碣》外，《石堂山麻衣道场重建十方普济宫碑》《紫青白真人无极图和嗣汉三十代天师虚靖先生心说碑》《武当朝谒四次十宫谢恩碑》等也具有较高的史料价值，不仅有助于了解道家思想和普济宫的演变，而且有助于了解这一地区在历史上的旱涝灾情和风土人情。碑刻的书法艺术也甚为可观，有隶书、楷书、行楷等体，运笔自然，刚柔相济，宛如铁划银钩，不失大家手笔。1982年石堂山碑林被内乡县人民政府公布为第一批县级文物保护单位。

走过一通通石碑，我立定于《石堂山麻衣道场重建十方普济宫碑》前，从字体雄健的碑文中感到了麻衣真人研究《易经》及相术的高深莫测。麻衣子创作的《麻衣神相》是相书史上一部具有总结性的划时代著作，它集前代相书之大成，从理论上系统地阐述和发挥，最终奠定了相术学的理论体系。《麻衣神相》成书之后，立即风靡一时，当时几乎家家藏有这本相书。这本书总结千余年来的相术，撷取了其中的精华，摒弃了一些烦琐无稽的说法，使相术理论达到了一个前人后者都难以企及的高峰。而且内容丰富，尤其附有大量插图，翔实具体，通俗直观，使它成为至今影响最大的一本相书。麻衣子能创作出《麻衣神相》，固然与他天生聪颖、深得各家之长有关，更重要的是他积累了十分丰富的相学经验。

麻衣子观相之神奇。五代时，有一个叫符彦卿的人，把女儿嫁给河中镇守李守贞的儿子李崇训。有一天，麻衣子路过河中，被李守贞请到家中，让其为家人观相。麻衣子看看他们父子俩，什么也没说，等到李守贞的儿媳符氏出来时，他才说其儿媳有贵相，定当成为国母，然后就走了。麻衣子走后，李守贞高兴地说："我的儿媳尚且能当国母，何况我呢？"于是下定了反叛的决心。

后周太祖显德元年，李守贞据河中反叛称秦王。不久，反叛失败了。河中城也为后周太祖郭威所破，李守贞自焚而死。李崇训绝望之下，先杀了弟弟妹妹，然后准备杀符氏。符氏无奈躲于帷帐中，李崇训匆忙之间找不到她，就自杀了。乱兵很快就冲进来，符氏镇静自若，临危不惧，安然端坐堂屋中，斥责乱兵说："我父亲与郭公是好兄弟，你们不得无礼！"太祖郭威听说后，就派人把她送回给符彦卿。等到周世宗柴荣镇守仁川时，太祖为他娶了符氏。世宗即位后，立符氏为皇后。皇后性情温和贤惠，又聪明果断，世宗非常敬重她。这就是当初麻衣子说符氏定为国母！

麻衣子观气之精妙。李守贞叛乱时，周太祖郭威亲率大军前去征讨。麻衣子路过军营，被以后封为韩王、时任参谋的赵普请去看平叛会不会成功。麻衣子登到高处一看说："李守贞怎能长久地盘踞城中呢？我观城外大军中有三股天子气笼罩，必胜无疑！"不久，河中城果然被攻破。这三股天子气，就是指当时的皇帝周太祖郭威和以后当上皇帝的周世宗柴荣、宋太祖赵匡胤。俗话说，神仙与帝王将相之相貌，岂是一般人可以辨认出的，而麻衣子只看了一眼就分辨得出，他的见识实在太高了！

石堂山碑林前便是普济宫遗址，自唐太宗贞观十三年（639）始建，普济宫至少有六兴六衰的历史。据记载，石堂山普济宫最后重修于咸丰九年（1859），为宫殿式建筑，雕梁画栋，灰瓦覆盖，伟雅壮观，占地1330平方米，建有山门、大殿、文昌阁、东西两庑15间，1958年庙宇拆毁，现仅存遗址。时近正午，天朗气清，沐浴在春光下的石堂山满目青翠、郁郁葱葱，令人心境顿开，有超凡脱俗之感。站在普济宫遗址上，放眼四望，从心底蓦然升起一种期盼，期盼风景秀丽和文化内涵丰富的石堂山能早日重现光彩，使这座千年名山再次彰显魅力而走向新的辉煌！

赤眉古寨走笔

　　在暮色苍茫中登上修茸一新的赤眉古寨，别有一番情趣。

　　赤眉镇因西汉末年赤眉起义军驻扎此地而得名。古镇东北角空旷的地平面上矗立的这座古寨，便是赤眉古寨，1993年被内乡县人民政府公布为第二批县级文物保护单位。古寨高出周围地面15米，东西长100米，南北宽80米，面积达800平方米，城垣为夯土而成，城门上书"赤眉古寨"四个楷书大字。据记载，古寨为赤眉起义军首领樊崇所建。汉更始三年（25），樊崇率赤眉军由灵宝西进长安，途经此地高筑古寨，作为屯兵之所。而在当地至今还流传着古寨的神奇传说。

　　西汉末年，王莽篡汉，天下民不聊生。山东民众以红眉毛为标志，聚众起义，号"赤眉军"，麾师长安，夺取新莽政权。兵进内乡，已是隆冬，伏牛山和秦岭大雪封山，樊崇下令筑城，休养越冬。经过将士努力，城墙城门楼筑好了。樊崇很满意，美中不足的是城内缺少一制高点做点将台。樊崇让将领们想办法，将士颇感为难。恰在此时，士兵来报，说有一骑驴老者求见。樊崇未及答话，却见一位白发老者乐颠颠地倒骑毛驴而来。樊崇见状蓦然省悟：人说八仙中张果老倒骑毛驴，莫非是神仙到了。

老者来到樊崇跟前，翻转身子跳下驴背，果然仙风道骨，手持拂尘。樊崇急忙施礼："道长驾临，有失远迎，在下樊崇，拜见仙长。"老者笑道："将军扶汉灭莽，义举天下，在此筑城，老朽也当尽地主之力，有帮忙的话，请将军示下。"樊崇大喜："道长若肯相助，全军将士感恩不尽。今欲筑点将台一座，隆冬取土不便，道长有何良策，请赐教。"

老道哈哈大笑，也不言语，席地而坐，脱下鞋子，拍拍磕磕，将鞋内灰土倒在地上，继而穿好鞋子，倒骑毛驴稽首告别。众将官见老道如此戏谑，愤愤不平，欲待嚷叫，奇迹出现了。老道刚从鞋里磕出来的灰土，由小到大发作起来，一时三刻变成方圆数十亩、高十丈的大土冢，一座点将台绰绰有余，足可供中军千人驻扎。樊崇大悦，同众将遥拜张果老，随即在土冢上扎营筑寨，操练人马，城内有城，巍巍壮观。春暖花开，兵精马壮，樊崇带领人马进军长安。樊崇走后，人们纪念他筑城有功，将城池改名叫赤眉城。因义军全用朱砂染眉，晚洗早画，环城的小河沙石被染成五色玛瑙，当地人便称它为"洗眉河"。

时序越千年，峥嵘岁月稠。早在新石器时代，赤眉这块土地上即有先民繁衍生息，小寨遗址出土的鼎、钵、罐、斧等陶器和石器，就反映了新石器时代上古人类在这里生产生活的历史风貌，包容了仰韶文化、龙山文化、屈家岭文化等多种类型的文化因素，体现了赤眉镇悠久的历史文化渊源。而解放战争时期，名震中外的豫西牵牛战就发生在赤眉镇鱼贯口。

鱼贯口，在赤眉镇北 6 公里处，群山环抱，地形如袋，是赤眉入山隘口。每年初冬大风刮起，附近湍河老龙潭里群鱼贯出，顺河水经隘口出山南下，故得名鱼贯口。1947 年 11 月，刘邓大军、陈粟大军和陈谢大军三支雄狮自东向西，逐鹿中原。刘邓大军、陈粟大军准备在豫南平汉线实施具有战略意义的大破袭战，陈谢部队如能吸引国民党精锐之师李铁军部，掩盖刘邓、陈粟大军的重要军事意图，才是对整个中原战场的重大贡献。陈赓将军在关键时刻一言九鼎，做出了既不躲避，也不硬拼，不斗武只斗智，以少部分兵力把李铁军这头"肥牛"牵入伏牛山中拖瘦拖垮，然后寻机歼灭的战斗方案。8日，陈赓将军把"牵牛"任务交给十三旅和二十五旅的5000健儿。旅首长带领部队从南召出发，兵分多路，在沿途村庄大修锅灶和房屋，制造声势，引"牛"上钩。李铁军部误当是我军"主力"，就尾随上来，牛鼻子被牵上了。十三旅和二十五旅按照陈赓将军指示，用重武器打下了宛西门户镇平县，激李铁军"咬"紧我军，又放弃镇平奔袭内乡，准备牵"牛"进山。19日，我军以比攻打镇平更猛烈的炮火狠袭内乡城，城内守敌乱作一团，急忙向李铁军求援，其实我军围攻内乡只是佯攻，待李铁军率兵杀气腾腾而至，我军已悄悄沿湍河两岸北上进山了。

李铁军到了内乡城扑了个空，已经人困马乏，还没喘息过来，城北又响起了攻击的枪炮声。原来20日我军到达赤眉后，不见李铁军部的动静，旅首长考虑再三，决定派出三个连队返回城北五里堡挖战壕、修工事，请"牛"出城。并根据鱼贯口地形，准备在这里大打一次阻击战，狠揍敌人一顿，逼其进入深山中。鱼贯口党支部也组织群众修工事、磨面粉、做军鞋、捐土布，为阻击战出力。22日，返回五里堡的三个连队凭借战壕、工事再次组织战斗，向县城北门猛攻，按兵不动的李铁军终被激怒，率部倾城而出，紧跟我军直向赤眉穷追。23日凌晨，"牵牛"小部队配合前来接应的八连，在赤眉西北方向又打了一阵，故意"咬"这一口，惹"牛"发怒，让其乖乖往隰口方向移动。

李铁军看到我军多处书写的"总指挥部"路标，得意地说："总算追上共军主力了！"遂率兵团数万人马从赤眉东北的夹道沟和鱼贯口南沟口蜂拥而上，仪仗装备精良，往鱼贯口的制高点大嘴岭上强攻。担任阻击任务的三营指战员，早已在鱼贯口布下布袋阵，严阵以待，同仇敌忾。战斗从上午九时激战到下午三时，英勇地打退了敌人的一次次冲锋，顷刻间山坡山沟敌尸盈野，敌人不能前进一步，只得龟缩在山岭脚下。李铁军气急败坏，令大炮狂轰我方阵地，黄昏时分待敌人拥向我方阵地时，连一个人影也没见。他们怎么也想不到，我军在打退敌人进攻后，马上停止战斗沿淮河北上，走小道穿山沟向深山转移了。李铁军却狂妄起来，急向南京告捷，吹说已把陈赓"主力"逼进深山穷路，旋即又命令部队丢掉辎重，轻装追至深山。正当他沉醉在美梦之中时，我军主力传来了平汉线破袭战的胜利消息，鄂豫两省敌人完全陷入瘫痪状态。这时李铁军方如梦初醒，发觉上当，急忙拨马掉头，妄想向平汉线速驰奔援。待他疲惫不堪奔到西平时，已窜入我解放大军的包围中，落了个全军覆没的下场。他这个曾与陈赓黄埔同窗的"小弟弟"被牵着鼻子走了半个多月，"肥牛"拖成了"瘦牛"，最后让"陈大哥"给宰掉了。

豫西牵牛战永载中国人民解放战争史册，也给赤眉镇的历史增添了辉煌的篇章。几十年来，这里的人民常以此感到光荣，他们发扬当年的战斗精神，改造山河，发展经济，合力建设美丽的家园。而今，赤眉镇是联合国工业发展组织确定的绿色产业示范区，也是全国最大的优质油桃生产基地。赤眉油桃喜获中国国际农业博览会金奖，被国家认定为绿色无公害产品，赤眉镇被河南省确定为无公害水果标准化生产基地。2008年5月11日，温家宝总理来这里视察，对赤眉镇的新农村建设给予高度评价，使其名气越来越大，越来越受到各界关注，更带动了集镇建设的日新月异，赤眉已经从单一的农业大镇向工业强镇、林牧大镇、生态名镇转变。

暮霭渐浓，和风舒拂，我尽情地呼吸着古镇特有的沁人心脾的甜润凉爽的空气。登上城门，只见一群青年在相互拍摄取景。有几个女孩穿得比较鲜艳，时尚可爱，在夕阳的辉映下更显得充满青春活力。此刻，站在古寨之上，放眼天地，那晚霞满天的彩云浮游千古，那倒映着红霞的小河叠送涟漪，那河岸上的垂柳因风起舞。悠悠红云映出赤眉的古今变化，叠叠涟漪催人思绪万千，依依垂柳穿织着古寨的梦幻。如今的赤眉人民没有忘却值得骄傲的沧桑历史，他们用勤劳的双手书写着新的华章、新的神奇，赤眉古镇的明天也会像桃花一样开得更加灿烂，更加绚丽！

寻访麦子山

豫西，伏牛山南麓，内乡县余关乡地界，有一座奇峰，尖尖的顶，矮矮的底儿，状似麦囤儿，人称"麦子山"。峰顶，建祖师宫，孤峰壁立，气势恢宏，素有"北顶"（武当山为"南顶"）之称。

我多次到余关乡采风，路过麦子山下总是驻足凝望。它的山水文化、祖师文化和山寨文化深深地吸引着我，于是我产生了一种愿望：登临绝顶，领略一番麦子山的神韵。

一次，我向乡干部打听此山的来历，乡干部娓娓道来一个传说故事。

很久以前，这里住着一个叫陈占峰的大财主，田地千顷，楼堂百间，金银成库，米粮如山，长工伙夫、仆女丫鬟无数。然而，黄蜂尾上针，天下财主心。坑、蒙、拐、骗、讹，陈占峰五毒俱全。他信奉一条："穷人是天命，越穷越弹挣。"宁可让狗食肉，猪食料，也不让长工仆妇吃好穿暖，尽拿麦糠烂菜折磨他们。他家里养了十条恶狗，每逢讨荒要饭的来到门前，便放出恶犬，轻者咬伤，重者咬死，人们恨透了他。

这件事很快被玉皇大帝知道，玉帝决定亲自下来看看。这天，玉皇大帝变成一个讨饭的老头，木棍破瓢，一步三摇地来到陈家大门口。还未站稳脚跟，早有一条恶狗扑将上来，把玉帝本来难以遮体的破裤烂褂撕成了八片。玉帝举起木棍一下将恶狗后腿打断，伤狗哀叫着逃跑了。

玉帝走进陈家大门，果见一群恶狗在争食牛肉。他绕道来到长工住处，见长工们个个脸似虫掏、骨瘦如柴，端着糠饼菜汤蹲在地上就餐。玉帝走上前去讨要吃的，长工们这个一筷那个一口，纷纷施舍于他。玉帝咬了一口糠饼菜团，苦涩难咽，问长工说："这家人的狗尚且食肉，难道你们出力做工的就吃这些？"长工见他这样问话，误以为择食，没好气地说："牛吃草，狗吃肉，想吃好的找陈财主。"玉帝受了抢白，并不发作，转身朝陈占峰的上房走去。

陈占峰正在客庭脚登西瓜、头枕冰砖、丫鬟打扇、品茶纳凉哩。听说有个老叫花子竟敢打残他养的狗，一腔恶气哪里容得下，随之推倒丫鬟，踢开西瓜，正要出门寻衅找事，却见老叫花子踢踏踢踏朝客庭走来，胸中怒火难按，一声吆喝，九条恶狗一齐扑去。玉帝见了哈哈一笑，举起木棍左右开弓，噼里啪啦，打得恶狗死的死、伤的伤，退在一旁哼唧哼唧直叫唤。陈占峰哪受过这份侮辱，唤来家奴围攻，老叫花子却化股青烟不见了。

玉皇大帝回到凌霄宝殿，十分气恼，降旨托塔李天王同哪吒三太子，夜值三更下凡，火焚陈家大院。是夜，雷鸣电闪、狂风大作，陈占峰正搂着娇妻美妾做好梦哩，突然四下起火，眨眼间火烧中堂。陈被大火惊醒，连呼救命，但是对他恨之入骨的长工们谁肯救他？第二天，陈占峰连同他的万贯家产早已化为灰烬。只有他那粮囤儿变成了尖尖、鼓鼓的黑石山，就是现在的麦子山。

麦子山东有一山峰也非常奇特，远望比它略低，而且整个山体好像歪了一样向麦子山倾斜。乡干部说，这座山原来的名字叫"降山"，后来又叫"歪垛山"，这与祖师爷有关。当年，祖师爷在麦子山顶修行时，看到东边的降山一直在长，就有些生气，难道你还想超过麦子山吗？一怒之下，他右脚一蹬，就把降山给蹬歪了，"降山"也由此改称"歪垛山"。现在站在麦子山顶，就能清晰地看到祖师爷的右脚印。

伴着时间流逝，心底蹦腾的登山愿望愈发强烈起来。于是有一天，邀几位好友兴致勃勃地向麦子山进发。

山下风景诱人，桃树遍山，松柏成林，遮天蔽日。在林间穿行，呼吸着松柏翠竹散发的清香芬芳，很有种期盼已久的回归大自然的感觉。走出松柏林，"龙吐琼浆"的奇异景观便映入眼帘。只见一条宛如小龙的青石静卧在茂林修竹中，碗口粗的一股泉水自嘴中喷涌而出，昼夜不息，滋润林木，养育民众。麦子山四周只此一泉，且含有丰富的矿物质。传说远古天上有十个太阳，天下大旱，民不聊生，羿射九日，普救苍生。但地表干裂，农作物一时难以复苏。东海龙王动恻隐之心，派一龙子穴居麦子山半腰，口吐"玉液琼浆"，从此万物复苏，人丁兴旺。徘徊其间，泉水叮咚，鸟语花香，令人流连忘返。

沿青石台阶而上，抬头仰望，三条大型石龙在半山腰逶迤盘绕，这便是远近闻名的"三围石寨，九门九关"，为中原罕见景点。内寨建于唐朝，周长600多米；中寨建于明朝，周长3000米左右；外寨建于民国二年（1913），周长5000米左右。三寨分设九道关卡九道石门，俨然铜墙铁壁，有"小长城"之称，2010年被内乡县人民政府公布为第三批县级文物保护单位。

步入内寨，沿羊肠小道蜿蜒前行，一座小山横断其间，转过山包，眼前豁然开朗。举目望去，可见麦子山顶峰，真是"山重水复疑无路，柳暗花明又一村"。但若上到峰顶，还要攀过"舍身崖"。此崖左为悬崖峭壁，右为万丈深渊，必须胆大心细，攀爬挪步而行。费了一番力气，总算过了舍身崖。拾级而上，麦子山祖师宫耸立眼前。殿堂飞檐斗拱，雕梁画栋，殿内壁画龙飞凤舞，造像栩栩如生。祖师宫始建于唐贞观年间，历代香火不断，游人不绝。特别是麦子山庙会于每年农历三月三（祖师爷生日）起会，会期三天，大戏连台。方圆上万之众云集麦子山顶祭拜，盛况空前，香客游人络绎不绝。

麦子山人杰地灵，历史文化悠长，自古至今许多文墨骚客、高官显贵、名山道众、乡绅逸老到此探幽览胜，或游山赋诗，或访道参玄，或潜心问学，或会友养尊。当地相传东汉光武帝刘秀，大唐开国明君李世民，明代侍郎李新、阁老杨嗣昌、闯王李自成以及清代僧王僧格林沁等，都曾在此安营扎寨练兵习武。寨内留有"跑马道""点将台""刘秀上马石"等诸多遗迹。尤其是抗日战争时期，河南、河北两省中学曾一度迁此，培养了一大批有文化的革命志士，为新中国建设做出了积极贡献。

麦子山一峰独秀，傲然挺立，两条山梁左右蜿蜒而下，近看如母亲双臂合抱，远看如将军稳坐中军。在过去动乱年代，麦子山高耸的山寨就是不可逾越的天险。站在麦子山山顶，可以瞭望周围十里村庄，若发现异常，山顶上敲响警钟，声闻十数里，各地立即防范戒备。并号召周围居民进寨建房，平时在山下居住耕种，一旦有土匪骚扰，即可让老弱妇女进寨避难，同时组织青壮年守寨。

麦子山优美的自然风景更为鲜明。春天桃花盛开，万木葱绿，生机无限；盛夏三伏，峰顶风云际会，云吞林谷，夏雨瑟响，如入仙境，是理想的避暑胜地；秋天红叶满山，涧崖尽染，极目四望，山川蜿蜒，河流如带，风烟景物尽收眼底；严冬寒天，云松挺拔，冰挂如屏，尤为奇观。站立麦子山顶，俯视山下四野，赤（赤眉）马（马山口）、灌（灌涨）二（二郎坪）公路似两条玉带环山缠绕，湍河、默河似银河流淌，乡村沃野千顷，房舍整齐划一，恰似人间天堂。

　　下得山来，回首仰望，云雾渐使麦子山朦胧起来，心底倏忽间也如云雾一样蓦然升起一种祝福：愿我们的生活就像满满的麦囤儿，五谷丰登，人寿年丰；愿我们伟大的祖国繁荣富强，国运昌盛，锦绣辉煌！

拜谒巫马期

出于对先贤巫马期的景仰，我选择清明时节去巫马期遗址拜谒。

游览内乡县衙时，二堂上置"琴治堂"匾额，通过讲解知道这与巫马期有关。《吕氏春秋·察贤》载，孔子有个学生叫宓子贱，当年在山东的单父县任县令时，身不下堂，鸣琴理案，而把单父县治理得井井有条，人心安定，生活富足。而孔子的另一个学生巫马期，后来也到单父县任县令，勤于政务，整日奔波于民间，凡事都率先垂范、亲自去做，同样也治理好了单父，但显得很劳累，就问故于宓子贱。宓子贱回答说："我动员了大家的力量，而你只用自己的力量，当然辛苦不堪，只有依靠众人才能够安逸。"后人遂用"鸣琴而治"称颂县官知人善任，政简刑轻，也把二堂叫作"琴治堂"了。而且，巫马期后来游学来到内乡，在这里生活了很长时间，死后就葬在城北20里处赵店乡袁寨村，长期受到内乡人民的祭祀。

从袁寨村村口下车，在向导的引领下，沿着田边小道向东南侧走去。清明时节的田野风很柔和，空气很清新，温暖的阳光照着已经拔了节的麦苗，散发出一种沁人的麦清香。呼吸着芬芳气息，不多时就到了巫马期遗址。

巫马期遗址紧邻湍河，原封土堆高约 3 米，遗址上曾存有巫马期墓，且在明清时期建有巫马期祠。20 世纪 60 年代在此平整土地，将地表土平掉，巫马期墓、巫马期祠自此不见踪影。但地表及断壁上有钵、盆、罐、鼎、纺轮等陶器和斧、凿、网坠等石器，属仰韶、屈家岭文化遗存，所以考古专家称其巫马期遗址，1982 年被内乡县人民政府公布为第一批县级文物保护单位。

巫马期原名巫马施，字子期，山东人，生于周景王二十四年（鲁昭公二十一年），比他的老师孔子年轻了 30 岁。据典籍记载，巫马期的品德很高尚。

有一次，巫马期和子路结伴砍柴，路上遇到一个富翁坐着豪华的马车，前后还有许多载酒载肉的车马。这个车队非常威风地走过去之后，眼馋心羡的子路对巫马期说："如果你也能得到如此显赫的富贵，终生无忧无虑，你还能像现在这样一心一意跟着孔夫子吗？"巫马期毫不犹豫地回答："当然！我牢记孔夫子教导'志士不忘在沟壑，勇士不忘丧其元'（意即英雄时刻不会忘记为伟大事业而献身）。看来你是太不了解我啊！"子路一听，感到非常惭愧，就扛着柴先回去了。孔子问子路："你和巫马期一块儿出去，为什么先回来了？"诚实的子路就把刚才那件事原原本本说出来，孔子很感慨。巫马期还很注意学习各种知识，一次孔子和学生们一块儿远行，当时天气非常晴朗，孔子却让大家都必须持盖（即带上雨具）上路。不久，天果然下起大雨了。巫马期对老师料事如神的能力非常敬佩，就向孔子请教："早晨起来太阳很好，天上万里无云，您却让我们带上雨具，您是怎么知道天要下雨的？"孔子回答说："《诗》不云乎？'月离于毕，俾滂沱矣。'昨暮月不宿毕乎？"巫马期恍然大悟。

而巫马期是怎样来到内乡的呢？巫马期在山东单父任县令时，

披星戴月夜以继日，把茔父治理得非常好。鲁哀公十六年（周景王四十一年）巫马期43岁时，伟大的思想家、教育家孔子去世了，恩师的逝世使他非常伤心难过，无意继续从政，当时的知识分子大都继承孔子的光荣传统从事游学。所谓游学，就是收一些慕名而来的学生，除了学习文化典籍之外，还带着他们到各地去开阔视野，遇到问题时，老师则有问必答。巫马期离开官场之后就游学河南，来到了楚之析邑即今内乡的赵店乡袁寨村附近。因为这里风景优美，便一直留了下来，死后也埋葬在这里。由于孔子的地位越来越神圣，孔子的学生也成了人们崇拜的对象，再加上巫马期确实品德高尚，大家就把那个村主叫作巫马期庄，这就是旧县志上记载的"今内乡县北二十里有巫马施庄"的来历。再后来，儒家还把他列入祭祀的对象，他的地位就越来越高了。

唐玄宗开元二十七年（739），朝廷下令以巫马期祀孔庙，赠封邓伯。到了宋真宗时，又下诏书，封巫马期为东阿侯，并命宋代大画家赵昌为巫马期画像并作赞曰："英英子施，受天和气。名登鲁堂，位沈周季。犹勤戴星，庇民为治。让德进封，垂芳永世。"

南宋时期，宋高宗赵构对巫马期非常敬仰，亲笔为巫马期的画像作赞曰："天清日明，密云何有？师命持盖，子亦善扣。惟夫子博，三才九究。学者之乐，所得遂茂。"

明世宗嘉靖九年（1530），诏令改称巫马期为先贤，下令位列天下文庙西庑第八位。蒲城进士兰性谦任县尹时，在内乡访得巫马期陵墓之后，毅然慷慨解囊出资重修，并写下《重修巫马期墓祭文》："性命之理，人人可传。得其旨者，为圣为贤。嗟我夫子，圣门高第。道或失传，名贻后世。生本陈土，卒葬中乡。兵灾之后，墓址几亡。谦摄兹篆，求得故迹。禁止采樵，封丘立石。春秋祭享，以妥先灵。致祭之日，定于上丁。愿我夫子，常为道卫，默佑此邦，斯道勿坠。谨告！"

我在遗址上徘徊思索，不禁为巫马期墓的消失而惋惜。离开巫马期遗址时，风大了起来。正是桃红柳绿、莺飞燕舞的时光，湍河岸畔春意盎然、尽披绿装，巫马期遗址静静地伴着春光，倾听着风儿拨动着历史的琴弦。我忽然想起"明月依然在，何时彩云归"的诗句，也愿巫马期墓能在遗址上重现，使我辈得以祭拜先贤。

巫马期，作为彪炳千秋的历史名人，内乡人民不会忘记。

卓越的"宛西小延安"

初夏,既没有春寒,也不太炎热,天蓝云白,万紫千红,是山城内乡美丽的季节。

汽车沿公路向北行进着,这一次,我专为被称之"宛西小延安"的赤眉镇而来。在抗日战争和解放战争时期,赤眉不仅是内乡和宛西地下党活动的根据地,还领导着河南省沦陷区迁入宛西的20余所中小学校地下党活动,既发展壮大了党的队伍,又直接向陕北及其他解放区输送了大批革命干部,时称"宛西小延安"。

怀着深情,我来到赤眉小学。赤眉小学位于赤眉古寨西门内,由原金花庙、邱公祠、火星庙改建而成。从1936年到解放前夕,这里一直是中共地下党活动的根据地,留下了可歌可泣的革命斗争史。而赤眉小学原名福阳小学,创办于1908年,为赤眉福山大户王希孔所建,从校内竖立的褒德碑可知其主要德行事迹。

衣食俭朴,扶民度荒。王希孔虽拥有数百石稞租,但常年布衣粗食,一介平民形象,一件棉袍穿十余年不换新的,平时主仆同吃一锅饭,从不浪费一粒粮食。并怜贫恤孤,心中装着穷苦百姓,每年冬春青黄不接设粥棚赈济饥民。光绪三年(1877),秦晋豫三省大旱,人相食,外出逃荒者不绝,他分家财周济灾民。民国八年（1919），内乡遭两百年不遇水灾，冲毁田舍无数，一望尽成泽国，自上游漂下无数尸体于赤眉一带，他便命人雇工掩埋。佃户200余间房屋被淹没，不少人家产尽失，他遂命家人昼夜磨粮，救济灾民，又砍伐竹木让灾民修筑房屋。

慷慨捐资，修衙建学。自咸丰七年（1857）捻军攻打内乡，知县杨镛弃城而逃"公署全毁"后的30余年间，内乡知县更迭22任，加之修衙没有专项经费，县衙未能得到恢复，历任县官只好暂借察院办公。光绪十八年（1892），新任知县章炳焘发动绅商捐款重建县衙，王希孔首捐白银三千两，从而带动捐款三万余两修复县衙。光绪末停科举兴学校，他又首捐两千大洋，兴建赤眉高小、师范二校，主张多科并举、学以致用，开内乡现代教育之先河，堪称内乡师范教育之父。

勇于剿匪，伸张正义。民国初年盗匪如毛，王希孔慷慨解囊为剿匪提供费用，本县兴隆寨告急，亲率乡勇救援剿灭匪患。为维护地方秩序，他同乡绅办保甲，严防范，保一方平安。清宣统二年（1910），县城学绅张明淮因反对知县邱缙的苛捐杂税为民请命，而被捏造侮辱朝廷命官之罪名，判狱15年押送于信阳，王希孔冒雪步行前往营救，其维护正义之精神令人感佩。

低调做人，功藏于名。王希孔乐善好施，救助穷苦，崇尚礼仪，敬贤孝亲，一身正气，誉满乡里。但他不近功、不急利，为人低调，不事张扬。宣统时因办学有功，朝廷赏五品顶戴。民国时，时任大总统黎元洪为之题写"乡国垂型"褒词，可他从不张扬，并叮嘱家人去世后立碑也不要提及此事，充分显示了不为名不为利的高尚品德。王希孔1929年病故至今已近90年，历经各种政治环境，而他的善行一直在民间口口相传、代代不息，无争议、无贬词，足见其功德感人至深。

赤眉小学之所以闻名遐迩，是因为抗日战争前后，这里曾是中共地下党豫西南的活动中心。1936 年中共地下党员张明河在此创建"中共赤眉小学党支部"，继之中共豫西南地委先后在这里设立了"中共内乡区委""中共内乡中心区委""中共内淅联合工委"和"中共豫西南地委学运工作委员会"，一批地下党员以教书为掩护，在这里宣传党的主张，发动民众抗日救国，并培养了大批进步青年，同国民党反动派和地方民团进行了艰苦卓绝的斗争，为民族解放事业做出了卓越的贡献。1948 年 5 月赤眉解放，豫、陕、鄂的许多机构（六军分区司令部、六地委及专署等）迁至赤眉，这里成为解放宛西的指挥部，豫西六地委创办的《新宛西报》社址就设在赤眉小学。

在洁净、宽敞的校园内，我看到了一棵根深叶茂、生机勃勃的核桃树，据说是 20 世纪 40 年代在这里从事革命活动的地下党张明河、王锡璋、蔡康志等所栽。在战争年代，这些老革命家经常聚在这棵核桃树下商讨革命大计，核桃树见证了他们的丰功伟绩，也见证了赤眉小学曾经的辉煌，因此被称为"红色树"。如今，赤眉小学成为青少年教育基地，一批批中小学生走进赤眉小学，站在校内的核桃树下，缅怀当年革命前辈在这里奋斗的光荣事迹，铭记今天的幸福生活来之不易。而赤眉小学作为中共地下党活动旧址，也于 2010 年被内乡县人民政府公布为第三批县级文物保护单位。

初夏的空气相当清爽，高高的、动得很快的云在蓝色天空中飞过，湍河上吹来的暖风带着潮湿的凉意，我也就沐着和煦的阳光由赤眉小学步入兰田小学。

兰田小学位于赤眉镇南，距赤眉小学仅一公里。校园内有一座三合头古庙院叫"蓝田庙"，庙院东边有一棵 400 余年的皂角树，胸围 3.6 米，冠幅 15 米，树高 14 米，根部粗壮需四人合抱。虽树干中空可容成人上下穿过，但依然木质鲜活、枝繁叶茂、古朴苍翠，当地也叫"将军树"，这里面有一段感人的故事。

传说明朝末年，朝廷腐败，民不聊生，李自成率众揭竿起义，各地贫苦百姓纷纷响应。陕西省蓝田县有一支农民起义军，首领是一个穷苦人出身的大将军，非常体谅老百姓的疾苦，所到之处从不扰害民众，深受百姓欢迎，部队很快发展壮大。大将军得知闯王在河南与陕西交界一带活动，便率部前来与闯王会合。行至赤眉，发现当地百姓中正流行一种皮肤传染病，患者浑身溃烂，痛苦难忍，且无良方可医。将军亲自到百姓家里察看，发现这种病与家乡早年所流行的传染病一样，必须用皂角熬水熏洗方可治愈。又打听当地皂角树极少，就立即派几人骑快马回陕西收集皂角。不几日皂角运来，将军便命士兵在军营支起几口大锅为百姓熬煮皂角水。凡患此病者皆来取水熏洗，很快这种皮肤病就被治好了，疫情也得到了控制，将军为赤眉百姓消除一灾，村民们对将军的恩德广为传颂。

义军走后，军营堆放皂角的地方长出一株皂角树。百姓为了纪念将军大恩，把这棵皂角树很好地保护起来，施肥、浇水，得以茁壮成长，还把这棵树叫作"将军树"。后来听说这位将军在一次战斗中阵亡了，附近村民在皂角树旁建了一间将军庙，逢年过节来此为将军烧纸焚香，寄托哀思。清朝中期，陕西蓝田一商人来内乡做生意，听说"将军树"的神奇经历后，把这位将军看作蓝田人的骄傲，就投资建起九间三合头的庙院，起名"蓝田庙"，以此纪念这位勇敢、善良的大将军。庙东不远处有一水塘，无论天旱雨涝水位不升也不降。水塘四周长着许多兰草，每逢开花时节，日夜花香四溢，香飘数里，便有文人改"蓝"为"兰"，"蓝田庙"也就变为"兰田庙"了。

20世纪初期，内乡掀起兴办学堂热潮。有开明人士借兰田古庙办起了兰田小学堂。自此，一些进步人士纷纷云集这里，点燃了革命的星星之火。1936年，中共地下党在赤眉小学建立了首届党支部，与之相近的兰田小学就成为赤眉小学党支部的一个重要活动基地。由于赤眉党组织的发展壮大，中共镇平中心县委于1938年5月在赤眉小学设立了中共内乡区委（亦称赤眉区委），同时建立了兰田小学党支部，支部设立在学校内兰田古庙的西厢房内。后来内乡中心区委撤销，建立了中共内乡县委，也就是第二届内乡县委就设在兰田小学。

兰田地下党从1938年成立组织以来，在中共赤眉区委的领导下，积极进行革命活动，宣传共产党主张，宣传抗日救国，发展党的组织，掩护党的领导干部，为宛西的抗日活动和内乡的解放做出了积极贡献。受地下党员的影响，20世纪40年代初，以黄诚为首的一批热血青年在地下党联络员的率领下，奔赴革命圣地——延安。此后，黄涤之、黄华敏、黄定伍等革命青年跟随解放军渡过长江，奔赴前线杀敌立功。不少人在新中国成立后都成为军政要员，因此，兰田小学被当地百姓称为"军官的摇篮"。

时光流逝，沧海桑田。曾经的水塘、兰草、兰花已不知去向，但当年的校址和地下党活动的遗址犹在，老校址前的皂角树仍巍然屹立、郁郁青青、生机盎然。兰田学校辉煌的革命历史和革命前辈的丰功伟绩，永载史册，恩泽后代。兰田庙作为中共地下党兰田支部旧址，已于1982年被内乡县人民政府公布为第一批县级文物保护单位，兰田小学也被定为青少年爱国主义教育基地。

我离开赤眉的时候，晚霞正漫过古寨、湍河。我又一次深情地回望赤眉古镇，不禁心潮澎湃、感慨万千。就是这样一座小镇，却在中国革命极其艰苦的岁月付出过流血和牺牲，承担过忧患和洗礼，是当之无愧的红色根据地；赤眉小学、兰田小学虽是这么普通，却在那漫漫长夜闪烁出灿烂光芒，哺育了多少革命青年、有志之士，如今又站在崭新的起点，不断攀越，创造了一个又一个历史高程。

赤眉，我向你深深地致意——你，革命的根据地，军官的摇篮，宛西的小延安！

壮观的湍河渡槽

　　每到一个地方，我喜爱观桥。多姿多彩的桥架于水上山间，凌空越阻，普度苍生，确实使人崇敬，古往今来无不赞之。北宋画家张择端的《清明上河图》里画了"虹桥"，以桥为主笔画桥上的人流、桥下的船以及两岸的风貌，描绘了当年汴京近郊在清明时节各阶层的生活景象。唐代杜甫诗句"市桥官柳细，江路野梅香"，白居易诗句"晴虹桥影出，秋雁橹声来"及北宋苏轼诗句"弯弯飞桥出，敛敛半月彀"，都从不同的角度描写了山光水色中的桥。

　　看过一篇散文写道："世间本来没有桥，古人为了步涉溪间小河，用大小砾石或较整齐的条石，在水中筑起一个接一个的石磴，形成一座堤梁式的石桥。后来才有了独木桥、浮桥、跨空桥。随着历史的变革，桥在漫长的岁月里也在不断地更新。我想，在走南闯北的日子里，要是没有桥会怎么样呢？桥，是载负希望和光明到达预定点的舟楫，也是缝合大地鸿沟的无比坚韧的丝线。长江上的大桥、黄河上的大桥、松花江上的大桥……不都是被那无比坚韧的丝线扦合在一起的吗！我赞佩那些扦合者们的伟大襟怀，他们敢于在汹涌的江河之上架起彩虹。每当我从这些巨桥上通过时，不仅看到了我们时代的风貌，听到了风云的呼啸；而且一种民族自豪感油然而生，仿佛强大的精神力量在震撼我的心灵，激发我勇往直前。"

前不久，我路过赤眉镇，看到雄伟壮观的湍河渡槽，如长虹卧波横跨湍河之上，两边行人，中间渡槽过水，当地誉为"天桥"。湍河渡槽为 1976 年所建，长 481 米，扎在湍河中的桥腿高 20 余米，系老龙潭灌区西灌区最大水利配套设施，也是内乡县境最大渡槽之一，2010 年被内乡县人民政府公布为第三批县级文物保护单位，而湍河渡槽与赤眉镇东西大渠密切相关。从 1957 年到 1958 年全国大兴水利基本建设期间，赤眉因有得天独厚的水利资源，内乡县政府在赤眉东西两坡开挖两条大渠，向南延伸至赵店、余关乃至城郊（现湍东镇），成为全县最早，也是最大的引水灌溉工程，被称为"东大渠"和"西大渠"。

西大渠原来叫"幸福渠"，始建于 1957 年，渠首位于杨店村后岗组北的老龙潭下边，从湍河西岸靠坡引水，流经杨店、邵家岭、陈湾、马营、赤眉、齐营、韩岗、庙沟八个行政村，南下经赵店达城郊齐家。全长 11.2 公里，设计灌溉面积 4 万亩，有涵洞 17 座，水闸 37 座，桥涵 17 座，取水码头 7 处，渡桥 6 座，拱涵暗渠 19 处。

东大渠原来叫"万福渠"，1958 年始建，渠首在杨店以北的岳营，沿湍河东岸靠坡经赤眉、余关、赵店至城郊。全长 10.16 公里，设计灌溉面积 4 万亩，有过水隧道、涵洞 10 个，渡槽 11 个，泄洪闸 5 座，同时投建的东风水库（斩龙岗水库）与之相连通，为东大渠的结瓜工程。

这两条大渠修建时动员了受益乡镇的群众，他们以肩挑车拉等方式参与修建，投工达一百多万个，动土方 40 万立方米，石方 2 万立方米，混凝土 1.3 万立方米，投资 500 多万元。特别是途经杏虎崖时，工程异常艰难。杏虎崖是当地有名的悬崖峭壁，施工人员拴绳挂索吊在 100 多米的空中，用铁锤、钢钎打炮眼、装填炸药。

用"蚂蚁啃磨盘"的精神，一小块一小块硬是在百米悬崖上啃出了一条大渠。

内乡县这两大水利工程，声势之浩大前所未有，表现了人民群众战天斗地的豪情。据说，原安阳专区林县县委书记杨贵率班子成员来这里参观学习，大受启发，回去后设计开挖了直至现在还誉满全国的"红旗渠"。1976年，水利部门在杏虎崖架起近500米跨河空中渡槽，即湍河渡槽，引水通过，使湍河上游以及鱼贯口境内大部分农田得以灌溉。不久，又从杏虎崖脖打通隧道1000多米，把渠水引入斩龙岗水库进行水力发电，解决了当地用电灌溉的困难。赤眉镇东西两条大渠和相关的水利枢纽工程显示了赤眉优越的水利资源，见证了赤眉人民在开发水利资源时那热火朝天的场面，也确实为赤眉的农业生产增加了抗御自然灾害的能力。

和风煦煦，金波粼粼，河面上吹过来一股清新的风。站在湍河渡槽上，望着高远清澈的天空，西天的彩霞一层一层地重叠着各种炫目的颜色。随着和风的吹拂，彩霞慢慢地变成一条宽带，尔后中间又渐渐隆起，远看真像一座彩色的桥。我爱桥，更崇敬建桥的人们，就如这湍河渡槽不知凝聚了多少建桥人的心血和汗水，为我们浇开幸福之花，也为我们的后世子孙留下了永不枯竭的源泉……

黄龙寨与李蓘诗石刻

这个秋日，我和同伴慕名前往桃溪镇，去攀登"古来兵家必争"的黄龙寨。

桃溪镇位于内乡县西南部，地处浅山丘陵区，山岭盘亘交错，河谷沟溪纵横，西与淅川县马蹬、上集镇山水相连，北与西峡县田关乡接壤。明清时期，此地为自然镇，形成集市，因一条溪河穿镇而过，两岸桃树连绵成林，故得名桃溪镇。据载，因军阀混战，土匪猖獗，又遭大火，加之瘟疫流行，群众便在西部土岗上修建庙宇一座，祈求上天赐福，又以古庙会盛传四方，此地逐步演变改称为西庙岗。1962 年成立西庙岗人民公社，1983 年改为西庙岗乡，2009 年 5 月 25 日经省政府批准，撤乡建镇，又更名桃溪镇。

刚才还驱车柏油路，此时已喧声渐隐，徐徐踏入幽幽的山径。举目远眺前方，山影憧憧，郁郁葱葱，周围幽邃宁静，一点声音也没有。清新的空气中含着馨香，确是超尘脱俗之处。黄龙寨海拔741 米，虽不是内乡县域最高的山峰，但无疑是宛西最为险峻的山峰。

走在攀山古道上，观望着万仞绝壁，心里充满惊叹和幽趣。黄龙寨的美就在于原始而神秘，半山腰一处清泉常年不涸，清澈甘甜，当地人说饮此泉水能祛病健身、延年益寿。典籍记载，方圆十数里的黄龙寨是多种中草药的原生地。此时虽已深秋，但依然看到娇艳欲滴的红色山萸肉在枝头闪烁光泽，险峻的山崖间隐约可见采药人正在忙碌。

穿过不曾飘落的红叶林，在海拔557米的扦剑崖陡壁之上，明代诗人李蓘的摩崖石刻赫然在目。诗文为"佳哉此山，美哉斯泉，宽哉我心，众哉留恋"，诗句摩刻高0.47米，宽0.25米。李蓘系内乡人，明嘉靖三十二年（1553）中进士，入补翰林院，授检讨，历任大名府推官、池州府同知、南京刑部员外郎、礼部仪制司郎中等职。才情横溢的本土大诗人，潇洒穿行于云雾缭绕的峰峦之间，高谈阔论，吟诗作对，足可说明历史上的黄龙寨已遐迩闻名。而李蓘诗石刻，也于2010年被内乡县人民政府公布为第三批县级文物保护单位。

李蓘厌恶时弊，无心仕途，41岁即辞归故里，隐居县城东关自辟的"足园"（今菊潭公园）专心著述。并游历内乡山水名胜，留下许多诗文。如《石堂山》："草合琉璃殿，花深胜国碑。不逢丹灶侣，空与白云期。坐卧林风起，行来山雾随。年年灵壑里，关尽碧桃枝。"《天明寺》："乱峰北拥沐河流，苍翠中涵野寺幽。宝塔有铃谁解语，庭涂惆怅月中秋。"《菊潭》："甘菊之下潭水清，上有菊花无数生。谷中人家饮此水，能令上寿皆百龄。"《登古汉城望冯异庙》："将军何处去？大树日萧萧。地古徒存庙，山空远见桥。河流思帝绩，城堞起民谣。徒倚荒烟外，长歌兴转遥。"

小心走过绝壁耸立的扦剑崖、大裂沟，手脚并用攀上黄龙寨峰顶，昔年的寨墙紧依绝壁，依山而建，遗迹犹存，炮台、石碑等遗存都让人产生梦回古战场的感觉。遥望外围诸峰，幽林深壑，远山含黛，到处呈现出明净、隐幽的景观。透过悠悠云烟，望见山下东西水库波光粼粼，忽传来阵阵鸟语，更显得"鸟鸣山更幽"。我蓦地想到，当年李蓘在此赋诗，坐林下石边，静聆黄鹂鸣蝶，真个快哉！继而心里充满遐想，如若有心人保护开发黄龙寨文化旅游资源，打造特色生态景区，岂不乐哉！

谒李孟墓

　　这是永青山向南延伸的一条大岗，属瓦亭镇杨沟村境地。山之一隅，丛树中隐着元朝丞相李孟墓，青砖围砌，两通石碑立于墓前，为第三次全国文物普查新发现文物点。

　　此时已是黄昏，余霞映得天空一片橘红，四野闪着温柔的光色。西边天际一抹暮云缓缓悬移，像是赶在天光消逝之际，把瓦亭镇从历史的深处推出来；又像是赶在夜色回合之际，把瓦亭镇向时间的深处推过去。

　　瓦亭北依伏牛，西临丹江，东南为辽阔的江汉平原，古为荆襄入秦通道，战略地位重要，历来兵家必争。旧时十山九寨，雄关要塞，如得瓦亭进可至江汉平原攻城略地，退可入伏牛纵深凭险固守，历史上境内曾发生多次战事活动。明崇祯十四年（1641），义军李自成南下湖北，在瓦亭角子山与来此堵截的明总兵左良玉大战，左良玉兵败子亡，退守襄阳。清嘉庆二年（1797），白莲教首领王聪儿率部从瓦亭过境，北去抗击清军。1925年蒋、冯、阎大战，冯玉祥的一军与亲蒋的川军在瓦亭金马山至卧牛山一线交战数日，最后川军溃退西逃。而说到瓦亭的来历，还有一个鲜为人知的故事。

　　古时在荆襄通往长安的官道上，盖有一座以草盖顶的凉亭，供过往行人休息，称草亭。唐朝末年，黄巢起兵反唐，攻破襄阳，知府杨再温守战无方弃城而逃，沿官道奔长安，过如今瓦亭所在地方在凉亭坐下休息，顷刻间狂风大作，飞沙走石，凉亭草顶被掀起半边。茅草在空中飞舞，杨再温大惊失色，迷信是自己陷城失地老天示警，此番进京必然凶多吉少，当即跪地祷告祈求上天保佑，并许下心愿，若到长安逢凶化吉，回来时便重修凉亭以造福众人。杨再温一行晓行夜宿十日至长安，第二天早朝，杨再温上殿奏明皇上乞求宽恕，皇帝不准，下旨以弃城不守罪打入天牢。时太皇太后干政，查知杨再温为官清廉，因文官不懂武事而守城失利，下懿旨命皇帝赦杨再温出狱，将之贬为郴州司马。黄巢乱平，杨再温回襄阳交印，再过瓦亭所在地方，捐白银千两，在草亭基址盖起以瓦盖顶的六角凉亭。一时瓦亭名声大振，过往客商、官绅老远赶至凉亭休息观瞻，后来此处地名建置也以"瓦亭"而命名。

瓦亭三面环山，永青山雄居东北，卧牛山伏卧西南。永青头，卧牛尾，山连峰接，沿界延绵 40 华里，环抱瓦亭镇域。永青山的山名传说为汉光武帝刘秀所封。西汉末年王莽称帝，汉室宗亲刘秀起兵反莽，初时实力弱小被王莽撵得东躲西藏。一日，王莽撵刘秀至如今的永青山地方，两下相隔一箭之地，刘秀带着岑彭、马武、姚期等人在前边紧跑，听到后边喊杀连天，回头一看快要追上，情急之中躲入永青山丛林之中，松柏枝叶遮住刘秀一行。王莽带兵追至山前，只见茫茫林海，不见刘秀一行踪影，就下令放火烧山。说来也怪，青翠欲滴的松柏枝叶却点火不着，刘秀一行躲过灾难逃生。后来刘秀称帝，感恩永青山树木绿叶护驾有功，便封此山为永青，传至今日。

刚才还为霞满天，蓦然感到有雨点落在脸颊。疏疏的雨点缓缓洒落在树丛上，草叶上，洒落在李孟墓上，就像融入寂静山野的一组音符，和谐无迹。据《内乡县志》记载：李孟，字道复，山西路州上党人，出身官宦世家，自幼聪明好学，7岁能写文章。其父在四川为官时，川中官员曾力荐李孟入仕做官，他坚辞不出。当时的武宗、仁宗还在少年时期，朝中有人荐李孟做老师，他却欣然就任。教太子孛儿只斤海山及皇子孛儿只斤爱育读书，后二人皆继位为帝。

李孟历事三朝为相，忠心为主，有安邦定国之功。元大德初年，皇太子奉命去漠北抚军。时成宗皇帝驾崩，宗亲安西王阴谋篡权，丞相刺哈孙密报于皇次子孛儿只斤爱育。皇次子犹豫不决问计于李孟，孟说："旁支之子不能继承大统，这是世祖典训。"并力劝皇次子行使监国大权，协同母后入皇宫主事。皇次子命李孟参知政事，李孟与诸正义之臣，用计将阴谋篡位之人抓进监狱，挫败了安西王的篡位阴谋，并派重臣携传国玉玺至漠北，让皇太子在上京即皇帝位。李孟拥戴有功，被封为平章政事同知枢密院。后武宗驾崩，皇弟孛儿只斤爱育即位，封李孟为魏国公。

仁宗皇帝器重李孟，对其言听计从。李孟虽位高权重，但从不骄人而谨慎用事。后天下太平，他便急流勇退，上书致仕。致仕后隐居于内乡瓦亭境内永青山，故后谥文忠王，葬于杨沟村唐家洼。墓前所立两通石碑，一通立于清嘉庆二年（1797），为李孟二十五世孙、清朝山东兖州府同知李观兰主持刻制，碑文刻有李孟生平事迹；另一通立于清光绪二十年（1894），为李孟二十七世孙、清末贡生李冲宵、李鹏展主持刻制。史载李孟"三入中书，退居一室，萧然如布衣。凡献纳谋议，常自毁其稿无存者"。在封建社会做高官，能保持如此高尚品德，真是凤毛麟角。

雨丝如帘，雨丝如帐。此刻，尘虑却，俗务摒，纤绵雨意寄云山。潇潇雨声那么自如，那么滋润，仿佛在深情诉说着瓦亭人才辈出、文化灿烂的悠久历史，诉说着今日经济发展、人民安居乐业的好光景。

红色桃庄河

来到桃溪镇桃庄河村，走进"桃庄河精神纪念馆"，一张张图片、一件件实物，向人们昭示着坚忍、顽强和毅力，彰显着艰苦奋斗、团结合作、执着追求、无私奉献的"桃庄河精神"。20多年艰辛而持久的劳动并没有压垮桃庄河人民的脊梁，反而造就了他们吃苦耐劳的品格、勤劳致富的信心和崇高的集体主义荣誉感，让我们油然而生一种敬羡和向往之情。

战天斗地：甘洒热血写春秋

历史上的桃庄河，是"九岭十六山，深沟五十三，涝地十七洼，外有一条干河滩"，还有歌谣称："桃庄河是逃荒河，河水没有泪水多，沟穷河干水如油，十年庄稼九不收。桃庄河是苦水河，河水没有泪水多，沟穷河干人发愁，愁吃愁穿愁老婆。"

李士兴担任支书后，誓把河山重安排。自1956年开始历时22年，在没有任何机械协助的前提下，带领群众背石头、砌河堰、修水渠，逢山钻洞、逢沟架槽，先后打通七座山，开凿了15公里盘山大渠，其中隧道6个共960米；修建东沟水库、西沟水库、洞山

304

沟水库"三座水库",总库容 184 万立方米,把清凉的库水引到了家门口。同时在干河滩闸起 18 道石坝,用石头垒起了 3000 米长、两米多深的地下暗河,并在暗河上拉土垫方,整理出 1500 亩土地。到 20 世纪 70 年代初,祖祖辈辈吃水困难和耕地灌溉难题得到彻底解决,桃庄河人实现了不再缺水缺粮的宏伟目标。1969 年和 1970 年的国庆节,支书李士兴作为全国农业战线的先进代表,受邀到北京天安门城楼参加国庆观礼,还分别受到毛泽东主席和周恩来总理的亲切接见。1974 年 9 月 21 日,中央人民广播电台播发长篇通讯《高举红旗学大寨——记河南省内乡县桃庄河大队党总支书记李士兴带领群众改变山区面貌的事迹》,"桃庄河精神"开始在全国为人所知,成为传续至今的红色基因。

改天换地:敢教日月换新天

1956 年 11 月,桃庄河村男女老少勒紧裤腰带,东沟水库破土动工,拉开了奋战大幕。冬天河水结着冰凌,人们都有畏难情绪。李士兴就第一个跳入水中,大家看到支书身先士卒,也都开始跟着下水。当时的条件极其艰苦,生活上是"两差":吃得差,穿得差。"红薯面,红薯馍,离了红薯不能活",就这根本不够吃,还要准备南瓜、酸菜、荆树芽、榆树叶等。冬天也只是一个薄袄系草绳,龙须草编的鞋子很少,很多时候都只能光着脚。工程是"三缺":缺钱、缺人、缺经验。

缺钱怎么办?党支部就开源节流,组织 100 多人成立副业队,养蚕、打席、做粉条、烧木炭、割龙须草,甚至到其他乡镇出工,以副促农,给工程建设筹集资金。炸石开山需要大量炸药,没有资金向供销社购买,就依靠以前做过鞭炮的两个老汉,"半间草房半口锅,两个老汉做炸药",在洞山沟炒制炸药 5 万余斤,节约资金

3万多元。工程建设还需要大量河沙，而整个桃溪镇不产河沙，桃庄河人就拉着架子车翻山越岭，最远到50里外的淅川老鹳河拉沙。为了节约时间，拉沙队往往赶一夜山路，天明时到达老鹳河，一车装700多斤沙子，天黑之前赶回工地。通过这种方式，拉沙队硬是拉回来400多万斤河沙，节约资金8万多元。

缺人怎么办？那就出"义务工"。在保证生产队农业劳动的基础上，抽调一切能够参加劳动的人参与专业队工程建设，这样的"义务工"一年365天几乎没有停顿。桃庄河人不讲条件、不计代价，干群一样、男女一样，"一个窝头一把镐，一件蓑衣赤双脚"，晴战川、雨上山，硬是解决了劳力问题。

缺经验怎么办？那就外面请、里面教。这样一支没有任何复杂工程经验的"泥腿子"队伍，刚开工时一哄而上、效率低下。村干部认识到这个问题后，反复商量，将工程任务分解到每个队，提前完成的提早休息，大大提高了施工效率，还激起了各队之间的争先意识，各队互相学习、互相比拼，热情随之高涨。村里从县里请来技术员，组织头脑灵活的年轻人学习测量，还有老石匠坚守在开山凿石的工地，硬是培养出了300多名新石匠。

天寒地冻，人群簇拥，炸石开山，筑坝修渠，挥起的镢头伴着激昂的口号此起彼伏。在那艰辛的岁月里，桃庄河人靠着坚强的意志、无私的奉献和劳动的汗水，最终使"九岭十六山"披上了绿装；把"深沟五十三"改造成了沟坝地；将"涝地十七洼"变成了苇子园和蓄水塘；硬是在"一条干河滩"上建成了高产稳产的米粮川。

感天动地：寥廓江天万里霜

尹文秀，桃庄河村铁姑娘队队员，在东干渠隧道施工中不幸被山上滚石砸中身亡，年仅 18 岁。为了纪念这位不幸牺牲的姑娘，给该洞起了一个悲壮的洞名——"英雄洞"。

付成功，桃庄河村专业队放炮手，在东干渠施工的一次爆破中，一连放了 20 多炮，他数着还有一炮未响，分析应该是哑炮。可在去处理的过程中炮响了，他献出了宝贵的生命，时年 32 岁，给那一段浸染鲜血的渠道留下了一个永远的渠名——"成功渠"。

还有青年波槽，是当时上山下乡的知识青年参与修建的，他们把一身胆气、一腔热血交付给工程建设。铁姑娘突击排的 36 名未婚女青年打破旧俗，抢锤上阵，成为奋斗在青年渡槽一线的"铁娘子"。

埋葬英雄们的墓地，那一字排开的墓碑，尹文秀烈士、付成功烈士、人送外号"叫明鸡"的尹天顺……都是一个个闪光的名字，一个个矗立的丰碑，一棵棵启迪后人、昭示未来的大树。

翻天覆地：人间正道是沧桑

自支书李士兴后，桃庄河村党支部"一任接着一任干、一张蓝图绘到底"。先后建起了 8 个绿色林场、石棉厂、龙须草加工厂，20 世纪 80 年代后又建了桃庄河大理石矿和机砖场，村集体经济年收入迅猛增长，顶峰时达到 50 余万元。近年来，桃溪镇作为南水北调水源地和涵养区，为保"一渠清水永续北送"，桃庄河村壮士断腕，按照政策相继关停机砖场和大理石矿，仅此一项村组两级的集体收入年损失 100 万元以上。但桃庄河人都不后悔，大家的付出保障了南水北调中线工程沿线十几座大中城市的生产生活和工农业用水，6000 万人口受益。这种付出和牺牲就是"桃庄河精神"在当代的传承和发扬。

如今的桃庄河，天蓝水清、绿树红花、空气清新，人们脸上洋溢着幸福笑容。几十年来，该村四任支书接力传承"桃庄河精神"，发挥党建引领作用，带领全村群众战胜各种困难和挑战，把"有女不嫁桃庄河"的苦涩历史变成"山清水秀花果山"的美丽新村，把曾经偏僻落后、缺水少田的穷山村变成全县有名的"经济强村""党建先进村""林果示范村"……

　　进入新时代，幸福的桃庄河人守牢"绿水青山就是金山银山"理念，赓续着"桃庄河精神"，乘着乡村振兴的东风，蹚出了一条以"三库两渠一原一坝"红色旅游，带动"万亩板栗基地、万亩大樱桃基地"绿色旅游的"以红带绿"农游一体化特色发展新路子。"桃庄河是幸福河，河水荡着欢快的歌；山清水秀花果香，儿女不离桃庄河。"这新的歌谣就是桃庄河村"容颜巨变"之后的真实写照。

悠悠故园情

舌尖上的内乡

一

内乡县属山城名副其实。站在山巅眺望，内乡四面环山，形如盆地，湍、默两河绕于左，刁、黄二水环于右，山城怡然其间，藏风聚气，似呈二龙戏珠之势。千百年来人们在这里耕耘劳作，生生不息，而形成的地方特色美味则成了人们永远忘却不了的乡愁。

"月亮走，我也走，我跟月亮赶牲口，一赶赶到马山口。吃牛肉，喝烧酒，说书、唱戏啥都有。药材行里有金钗，山货行里有猴头；买来扁担软溜溜，挑着铁锅下汉口；不枉一路多辛苦，不亏来到马山口……"民谣悠悠，千古传唱，久负盛名的中药材集散重镇马山口，铁锅生产也曾名扬全国，至今已有 600 余年历史。由原始的手工作坊到目前铸造抛光成型，始终以其独特的生产工艺和经久耐用的产品质量而享有盛誉。著名作家周大新曾以"马山铁锅"为原型撰写小说《铁锅情话》，20 世纪 90 年代被北京电影制片厂搬上屏幕，开辟了制锅行业有史以来首次拍摄影片的先河。

马山豆腐的特点是瓷实，人们说："马山豆腐不用秤盘，用秤钩勾起就能称。"点浆用柿醋及酸菜水，以其纯清、无污染、营养高而闻名。老杨是马山口人，每天清晨三四点就开始打水烧火，为早市做新鲜的豆腐。虽然现在有了电动打浆机，但从事豆腐制作几十年的老杨依然坚持传统的豆腐做法。即架起一口大锅，锅上架一个木架，架上绑着一张渔网一样的白纱布，老杨就站在锅边用手摇动木架，滤出豆浆，再制成豆腐。老杨说，这样做的豆腐才光滑好吃。

火烧馍当属王店镇最为出名的小吃。清乾隆十四年（1749），王店府君庙村民李敬始，在王店街开一饭铺，主营火烧。其工艺精巧，圆形规整，厚一寸，内有夹层，用芝麻油、辣子油、葱花等佐料，经八火四烧，烤熟后呈橙色，醇厚焦香，故名"火烧"。当时，来马山口经销药材的客商多路过王店街，过者无不食用火烧，有的还将之作为礼品远带至陕、川、鄂、贵等地。民间有顺口溜："王店火烧好，八成能吃饱，老人入口酥，小孩不滞消。行路君子吃了它，二十里路不难跑。"后当地人在制作实践过程中，风味越来越浓，花样越来越多，技术越来越高，有夹层芝麻火烧、香甜焦酥火烧、捏凹火烧、牛舌头火烧、油旋火烧、内加葱蒜火烧、荤菜火烧，由于着料不一，风味各有不同。

老李现在每天都在王店街炕火烧，展现着祖辈传下的火烧工艺。他前一天晚上先把酵子用温水将面糊搅好，放在温水锅里，第二天早上5点面糊能开，然后将面发上，放少许碱。老李说，如果前一天晚上就将面发上，炕出的火烧馍发酸。之后将发好的面团搓成30厘米长的圆条，用两头尖、中间鼓的擀杖一正一反擀三四次，使中间薄两边稍厚，将自制的油、盐、葱花作料均匀地放在擀成的薄面上。然后将薄面片卷起来平放，再用擀杖擀过去，成牛舌状，立身擀成凹火烧馍，炕一会儿用手压下去成油旋火烧馍。将做好的馍放在炉子上的鏊子上炕，鏊子能前后左右放4个馍，第二个做好将第一个转动，将第二个放在第一个的位置；做好第三个时，将第一个翻身，放在第三个的位置；当第四个做好，依次转动后鏊子上已摆满馍。当做好第五个馍时，将第一个做好的馍放到鏊子下边的炉窝内炕，鏊上边保持四个馍在圆柱形炉窝内。一个火烧馍要经过四圈一翻身才能熟，如果急于吃馍，馍在炉窝内转三圈可吃，但这样的馍不酥。

内乡的缸炉烧饼以其酥、焦、香、甜、鲜而远近闻名。一般是每80斤白面，加芝麻油1斤、盐1斤、大葱5斤及适量的五香粉等。多次搓揉面团，细匀腻光为止，擀成圆饼，抹以糖稀，撒上芝麻，贴于炉壁上，用木炭炙烤，待色黄、质焦时即成。

"三毛"现在可是内乡的"名人"了，内乡县衙街区的"三毛烧饼"颇有声誉，每天各地游客纷至沓来，购买者络绎不绝。"三毛"的真实姓名已不详，因头发稀少人们便喊他"三毛"。"三毛"长年累月在县衙路边炕烧饼，以上等面粉用温水与油拌和，经发酵、盘、揉等工序，先用刀剁成圆面团，再擀成饼状，然后在外面涂抹一层糖汁和油，撒上食盐、花椒、茴香面等多种佐料，再撒点黑白芝麻，放在特制的烧饼炉中用炭火烤熟。烧烤后的烧饼薄如纸片、红中透黄、外焦里嫩、香酥可口、老幼咸宜。问及"三毛"一天能卖多少烧饼时，"三毛"笑而不答，只说这些年炕烧饼收入不少，在县城盖了新房，也买了小车。

二

黄酒是一种以稻米为原料酿造制成的粮食酒，不同于白酒，黄酒没有经过蒸馏，酒精含量低于20%，属于低度酿造酒。黄酒营养丰富，含有21种氨基酸，其中包括数种未知氨基酸，这些氨基酸人体自身不能合成，必须依靠食物摄取。黄酒因富含氨基酸，而被誉为"液体蛋糕"。

内乡黄酒酿造历史悠久，历代在民间尤为普遍，现今的"古衙黄酒""花园黄酒""伏牛黄酒"比较有名，远销全国各地。每年的9—11月为最佳酿造时间，老张和儿子就赶到集市上采购制作黄酒的内乡山区优质红小滥米，此后便在老屋的院子里酿制。操作过程全部采用传统手工技艺，特别是浸米、糖化发酵都在瓦缸中进行，以传统麦曲作为糖化发酵剂，经低温发酵、压榨过滤精制而成，装入酒坛用泥盖封存后即可出售。

老庞的全名叫庞建庆，认识他的人都叫他老庞。从每年农历腊月开始，老庞会骑着电动三轮车，拉着自己家里做的粉条到县城里去卖。老庞卖的粉条是用表面光滑、无青头、无病虫害、大小适中的红薯制作的，滴水成冰、天寒地冻时才是做粉条的好时机。传统工艺手工制作的粉条虽然不是那么好看，粗细不是那么均匀，但是口感爽滑、细腻、劲道十足。红薯粉条含有丰富的淀粉、维生素、纤维素等人体必需的营养成分，还含有丰富的镁、磷、钙等矿物元素和亚油酸等，这些物质能保持血管弹性，其中纤维素对肠道蠕动起良好的刺激作用，促进排泄畅通。6岁的浩浩最高兴的事情，就是跟爷爷一起将粉条拿到背风向阳处晒干。浩浩长大后，也许不会记得粉条的做法，但那种柔韧筋道的口感，家乡的味道，则会留在浩浩一生的记忆里。

初夏的早晨，清清的湍河水静静地流向远方。张丽华从小在湍河岸边长大，这天她早早起来，用河水卧了一缸酸菜。对她来说，故乡就是这种让她魂牵梦萦的酸菜的味道。卧酸菜，也叫沤酸菜，是内乡民间长盛不衰的菜类制品。制作时将家菜或野菜淘净，用锅煮至七八成熟，捞于缸、坛、盆等其他容器中，上面用石块压实，加水，卧（沤）五至七天即可食用。做面条配入酸菜，其味酸开胃，十分好吃。在漫长的日子里，只要有酸菜陪伴，张丽华便会觉得生活变得温暖、惬意而且有滋有味。

三

浆面条也叫浆水面，是内乡特有的风味小吃。王老大和家人一起经营着自家的饭店，浆面条是饭店的招牌。每天早上，王老大将鲜芹菜切成寸许小节，煮熟，先倒入面糊，煮沸后盛入盆中，加入麦面发酵，次日即成"味酸、香甜"的"浆水"。用浆水下锅煮面条，再配以油炸葱花、姜、蒜、五香粉、黄花菜、辣子油、花生米、酱油、盐等，酸辣甜香，光滑可口，食者无不称赞。

离开故乡 20 年的郑培龙，从云南回到内乡。朋友在晚上为他准备了接风宴席，他终于有机会吃到熟悉的卷煎和鲤鱼窜沙。卷煎又叫菜蟒，是民间粮、菜搭配的一种调剂食品，多以肉、粉条、鸡蛋、韭菜为调馅。制作时将面团擀成薄片，将馅匀摊其上，卷成筒状，两手各执一端往中间一挤（表皮起皱，颇似蟒身），即上笼蒸熟，便可食用。鲤鱼窜沙即用玉米糁和面条一起做成的饭食，在内乡甚为流行。吃起来香甜可口，既满足了食欲，又保护脾胃，可谓一举两得。其做法简单，先把锅烧热，倒入适量的油，油至九成热的时候倒入干辣椒、姜、葱，翻炒，后倒入想食的菜，炒一会儿待用。然后在锅内将稀玉米糁烧至快熟时，放入面条和炒好的菜，小火煮熟即可。这种熟悉的味道对郑培龙来说，不仅是久违的口福，更多的是一种喜悦、亲情和幸福感。

和郑培龙一样，在广州工作的金海伟春节回家过年时，也吃到了母亲亲手做的、从小最爱的烙油旋和锅出溜。内乡有歌谣："光身汉，活神仙，顿顿烙个小油旋。"烙前将面和成团状，揉至腻软，用擀杖推成圆饼，先淋香油，再撒菊花、香菜、细盐、作料等，摊匀卷成筒状，持两头拧成"麻花"，纵向捺实，推成圆饼。待锅内油热后，将饼放入锅内烙炕，务必勤翻勤转。熟时，焦黄酥香，味美可口，夹层薄如蟑翼，十层、十数层不等，故又名"千层饼"。锅出溜吃着清香，先将面和水各适量搅匀至没有面疙瘩儿，在锅里把水烧开，这样锅边达到一定温度时刷一圈油，再顺着锅边上沿倒上薄薄的一层面水，片刻就凝结成一张面皮，铲掉，重复。如此多次后把炒好的菜和面皮倒入锅中，烧3至5分钟即可吃。

内乡的特色美味还有很多很多，这些味道，已经在漫长的岁月中与故土、乡情、怀旧、俭朴、勤劳等情感凝合在一起，才下舌尖，又上心头，让我们感受的始终是一种情怀、一种乡愁、一种境界。只管随着这熟悉的味道，随着匆匆的时光，一起向明天走去……

古景中的内乡

内乡从远古走来。

早在新石器时代，内乡这块土地上即有先民繁衍生息。茶庵遗址、朱岗遗址、小河遗址、香花寨遗址、黄龙庙岗遗址，集中反映了上古人类在这里生产生活的历史风貌，融合了仰韶文化、龙山文化、屈家岭文化等多种类型的文化因素，体现了内乡文明发祥的历史渊源。

内乡秦初置县，古为郦县（包括今西峡县及淅川县），山河壮丽、钟灵毓秀，"灵峰拱其前""圣垛峙于后"，湍、默两河绕于左，刁、黄二水环于右。名山胜水、翠峰如簇，鬼斧神工、天地造化，留下了"湍水春涨""丹江晚钓""秋林红叶""天池樵唱""钓台烟雨""孤峰积翠""菊潭秋月""萧山霁雪"八大古景。康熙五十一年（1712）《内乡县志》有诗云："湍水逢春涨未消，丹江晚钓乐逍遥；秋林红叶霜林染，唱彻天池听归樵。蓑笠潼蒙认钓台，孤峰耸翠翳飞来；落潭月色擎秋郎，雪霁萧山银屏开。"

一

盛名远扬的当数"菊潭秋月"。

内乡是药用菊花发源地，被誉为"菊乡"。史学家范晔在《后汉书·荆州记》详尽记述："南阳郦县北八里有菊水，其源旁悉芳菊，水极甘馨，饮食澡浴，悉用。此菊茎短花大，食之甘美，异于余菊，广收其实，种之京师，遂处处传植之。"东晋医学家葛洪在《抱朴子·内篇》中感叹不已："南阳郦县山中有甘谷水，谷水所以甘者，谷上左右皆生甘菊，菊花堕其中，历世弥久，故水味未变。其临此谷中居民，皆不穿井，悉食甘谷水，食者无不老寿，高者百四五十岁，下者不失八九十，无夭年人，得此菊力也。"北魏地理学家郦道元在《水经注·湍水》中娓娓道来："湍水出郦县北，菊水注之，水出西北石涧山芳菊溪，亦言出析谷，盖溪涧之异名也。源旁悉生菊草，潭涧滋液，极成甘美。云此谷之水土，餐挹长年。"

故而，内乡在隋时改"郦县"为"菊潭县"。"菊潭"也就闪着光芒挟风兴雨，在唐末大咖诗人的华美诗章中密集聚焦。

开元十三年（725），"诗仙"李白游至南阳，结识"酒中八仙"之一的崔宗之。李白善抚琴，宗之赠他古琴，时常伴临菊潭，采菊茗茶、诗酒唱和、抚琴放歌。此后李白写下《忆崔郎中宗之游南阳遗吾孔子琴抚之潸然感旧》："昔在南阳城，唯餐独山蕨；忆与崔宗之，白水弄素月。时过菊潭上，纵酒无休歇；泛此黄金花，颓然清歌发……"豪放诗句像一轮明月，映出菊潭金菊碧水的千载风韵。

开元十七年（729），山水田园代表诗人孟浩然离开长安，辗转襄阳、洛阳，就是这一次的放归，成就了菊潭与诗人的邂逅，留下佳作《寻菊花潭主人不遇》："行至菊花潭，林西日已斜；主人登高去，鸡犬空在家。"

"诗王"白居易、"诗奴"贾岛也于此时与菊潭结缘，分别写下为菊潭增彩的《内乡村路作》："日下风高野客凉，缓驱匹马暗思乡；渭村秋物应如此，枣赤梨黄稻穗香。"《石门陂留辞从叔谟》："幽鸟飞不远，此行千里间；寒冲波水雾，醉下菊花山。有耻长为客，无成又入关；何时林涧柳，吾党共来攀。"

盛唐的菊潭闪光耀金，大宋的菊潭照样璀璨绚烂。

"先天下之忧而忧，后天下之乐而乐""居庙堂之高则忧其民，处江湖之远则忧其君"等警句格言，使北宋杰出思想家、政治家、文学家范仲淹的《岳阳楼记》成为传世名篇。而他在《献百花洲图上陈州晏相公》中写下的"万竹排霜杖，千荷卷翠旗；菊分潭上近，梅比汉南迟"又使菊潭大放光彩。

"唐宋八大家"之一、北宋文学家苏辙以散文著称，兄长苏轼称其散文"汪洋澹泊，有一唱三叹之声，而其秀杰之气终不可没"。他在《五月园夫献白菊》诗赞菊潭："南阳白菊有奇功，潭上居人多老翁；叶似蟠蒿茎似棘，末宜放入酒杯中。"

北宋著名政治家、史学家、文学家司马光主持编纂的《资治通鉴》是中国最大的一部编年体通史。他的诗作《景福东厢诗·菊》："琐琐南阳菊，秋潭岁自开；孤根拥红叶，落蕊媚苍苔。正以参苓药，因之植紫台；愿兼金掌露，同入柏梁怀。"此诗生动描绘了菊潭风韵和菊花娇容。

朝花夕拾，花好月圆。钱起吟着"交枝花色异，带石云根浅"，踏寻菊潭；陈师道咏着"菊潭之水甘且洁，潭上秋花照山白"，走近菊潭；谢枋得诵着"清香不独占秋天，菊潭一滴三千岁"，造访菊潭；杨万里唱着"渴饮南阳菊潭水，饥啄蓝天栗玉芝"，寄情菊潭……

秋月皎洁，影置潭中。伴着岁月时光的映照，伴着阅之不尽的诗情，"菊潭秋月"幻化出一个淌金叠彩的风光，展现出连绵不绝、气象万千的历史神韵。

二

"湍水春涨""天池樵唱""孤峰积翠""钓台烟雨"很是活色生香。

伏牛苍苍，湍水泱泱。湍河是内乡的"母亲河"，汇集着森林的乳泉，负载着远古的幽梦，犹如一条银色的巨龙，从原始、蛮荒的往昔流了出来，日夜不息地流过千载岁月。润泽着两岸的土地，润泽着生命的绿洲，润泽着内乡的文明。湍河西岸金银坡上，古有"顶水庵"，为观景胜地。每值"湍水春涨"季节，临庵北眺，但见湍河两岸垂柳含烟、激流滚滚、远山流霞、平畴凝碧、水光天色，令人痴醉。正如许宸（崇祯十三年进士，官至江南按察司吏）诗云："淅淅雨声昨夜斩，朝来俄眺万山青；板桥弱柳公无渡，野寺疏钟留有星。风蹙涛翻欺麦浪，日摇锦叠乱鸥汀；水花莫带桃花影，恐有渔人误远程。"

"天池樵唱"传有两说。一指城西十余里之方山（亦叫高前山），顶有"天池"。《山海经》云："高效上有地，甚寒，乃布台之浆也。得而饮者，可意心疾。"一指县城东南三十里之土谷山，因山形似釜古称覆釜山。淫雨将至，云雾罩顶，又称吐雾山。北侧之"天池"，传说汉光武帝刘秀饮马于此，见樵夫踏着夕阳负薪而归，一路高歌，顿惑"歌在山中飞，人如画中游"之意境。唐代著名诗人王维游此赏景，吟诗《饭覆釜山僧》："晚知清净理，日与人群疏。将侯远山僧，先期归敝庐。果从云峰里，顾我蓬蒿居。藉草饭松屑，焚香看道书。燃灯昼欲尽，鸣磬夜方初。一悟寂为乐，此生间有余。思归何必深，身世犹空虚。"

柏树山，位于城南10余里处，又因峭峰独起别名孤峰山。古时，顶有白云寺，掩映于四季常青的苍松翠柏间，景称"孤峰积翠"。香烟钟鼓、四时不绝，置身其景、身心清穆，真有脱尘凌仙之感。李伯熏咏诗："突兀城南第一峰，登楼遥接翁蒙茸；参天黛色林间出，绕廓岚风雨后浓。水墨难摘新画本，烟萝不改旧形容；会当携客凌高岫，古柏苍苍晓寺钟。"

县南十五里之富春山，山虽不高，四时树木葱郁、山花遍布，富有春天景色。明万历年间山顶建有严子陵祠，近有钓台。严子陵为东汉著名高士，汉光武帝同窗好友，一生刚直不阿、低调做人、远离官场，相传晚年结庐隐居富春山。时值暮春、仲秋，毛雨蒙蒙、远山苍茫，孤舟蓑翁独钓寒江，"钓台烟雨"颇具画意诗情。许宸诗云："无数闲人说子陵，一竿湍水钓鱼曾；富春近峙名山在，短碣犹存太史称。漠漠鸿翔天外路，萧萧林隐雨中僧；高风到处争留迹，满眼何人避缴罾？"

三

"秋林红叶""丹江晚钓""萧山霁雪"更是难掩芳华。

"秋林红叶"，指夏馆镇东10余里之秋林寺和红叶山（青山）。秋林寺北宋始建，殿宇楼台巍巍壮观。青山红叶，用竹签勾画，其字迹殷红，清晰可见，故有"红叶捎书"之说。每值金风送爽，万山红遍，秋林晚钟，令人流连忘返。凭高远望，红叶醉野、层林尽染，波澜壮阔、斑斓缤纷，形成了万类霜天红烂漫、"霜叶红于二月花"的壮丽景观。郑澍诗曰："霜深十月爱山行，野客泽疑到赤城；霞烂峰腰初日映，今开林面晓烟轻。朱颜飘泊闻笳悲，醉貌苍凉击筑情；莫遣寒飚摇落尽，留将丹色照人明。"金哀宗正大四年（1227）春夏之交，金代著名文学家、史学家元好问调任内乡县令。次年其母病逝，辞官服丧三年，寓居秋林寺。诗作《临江仙·内乡北山》，感赞秋林胜景："夏馆秋林山水窟，家家林影湖光。三年间为一官忙。簿书愁里过，笋蕨梦中香。父老书来招我隐，临流已盖茅堂。白头兄弟共论量。山田寻二顷，他日作桐乡。"

"丹江晚钓"与"钓台烟雨"异曲同工，一南一北遥相呼应。丹江今属淅川县，但古淅川归属内乡。《抱朴子》云："丹水其中有丹鱼，常先夏至十日夜伺之，丹鱼必浮于水侧，赤光上照，赫然如火。细而取之，可得。虽多勿尽取也。割其血涂足，则可步行水上。"如此奇观与"丹江晚钓"相映成趣，怎一个美字了得！李流才诗云："淼淼清江下急端，江边草阁客凭栏；帆通汉水潮遍绿，山接湘云雨自寒。获里轻蓑移野棹，沙过罨画映鱼竿；一轮才挂夕阳下，沽酒还来明月滩。"如今浩渺丹水，滔滔北上，"一渠清水送京津"，世纪工程"南水北调"功莫大焉！

萧山亦名霄山，位于西峡县（古属内乡）东南部。其山巍然突出，势凌霄汉，故名霄山。又因山顶有萧王庙（萧王指萧何），也叫萧山。该山海拔较高，山尖峰巅，积雪难化。时值隆冬，须晴日，银装素裹，分外妖娆，"萧山霁雪"油然而生。江博诗云："饶寒犹在冻云轻，依仗郊原眺远晴；霞映玉峰如画好，粉残黛仙写眉清。风前涧树香初动，月下岩泉响暗生；我欲振衣凌绝巘，萧王祠庙看霓旌。"

朝雨夜露，皓月犹在。八景古色展示着内乡千百年来庄严神圣的美，历经蹉跎岁月，升腾起一种辽远的希望。今日内乡，到处都有歌，到处都是景，装点着充满诗意和活力的秀美大地，同样也装点着内乡新的生活！

民谣里的内乡

我的家乡内乡县，位于伏牛山南麓、南阳盆地西沿。有人说："内乡古称'入关孔道''秦楚要塞'，守八百里伏牛之门户，扼秦楚交通之要津，历代为兵家必争之地。"有人说："内乡历史悠久、物华天宝，隋唐时即有'桐漆之乡''茂林修竹地'之美誉，明清时更以'中药材集散地'名传遐迩。"也有人诙谐地说："内乡是小城不大、风景如画，人口不多、热情好客。"

于我而言，却是盛行于民间的内乡民谣，给我留下了很深的印记。从记事起，这种幽默风趣、合辙押韵、朗朗上口、回味无穷的民谣，这种洋溢着厚重文化、字里行间蕴含着家乡特色、故事的民谣，这种哄孩子玩耍、调大人胃口、妇孺皆知、老少咸宜的民谣，因为实用、顺口，大都记了下来。儿时穿行大街小巷，常见长辈们扯起小孩胳膊逗笑："这儿甜，这儿咸，这儿杀猪，这儿过年，这里小虫儿掏不完。"当长辈手指伸到小孩胳膊窝时，小孩便笑得前仰后合。接着手移膝盖，轻轻抚摸："一抓金，二抓银，三抓不笑是好人。"话音刚落狠狠挠动，小孩又痒得笑个不停。很多小孩哭的时候，都习惯说肚子痛，就自然有了一种"对症下药"的民谣："肚子疼，找王城。王城拿个刀，割你小屁包。"小孩听到这句民谣后，哭声戛然而止，并赶紧往大人身后躲藏，可见民谣的实用功力。但真正治愈肚子疼、行之有效的民谣："妈呀、达（爸）呀，真真的肚子疼。面疙瘩搅葱花，一吃就不疼。"按此方法操作还真管用。儿时记得一首耳熟能详的民谣："板凳板凳歪歪，我是妈的乖乖。妈打我、找外婆，外婆外婆你说说，你的闺女光打我。"母亲说着这句民谣的时候，我就想起乡下的外婆，实际上母亲也想，第二天就带着我到农村看外婆。

我从小就是外婆带大的，对外婆感情很深。外婆是位传播民谣的高手，大字不识的她对民间流行的民谣背得滚瓜烂熟。常听外婆念叨的民谣是："下大雨，是阴天，外头没有屋里干；黑了关门睡，门槛在外面。"这种大实话真是接地气。还有贬斥不孝顺的民谣："麻野鹊，尾巴乄，接了老婆忘了娘。他娘想吃麻烧饼，'妈呀妈，看看今年啥光景'。媳妇想吃酥甜梨，'明天我就去赶集。买个梨，你吃瓤、我旋皮，快点吃、快点咽，别叫老货看见梨。'""黄鹄咕噜咕噜黄，这枝蹦到那枝上；不想爹、不想娘，就想花女坐新床。"外婆一边说着，一边问我："你将来不会忘了爹娘吧？"我把头摇得像拨浪鼓似的。这时，外婆哈哈大笑，拉住我的小手来回摇摆："筛筛隔隔，大舅来了吃啥饭？打鸡蛋，烙油旋，不吃不吃两大碗，还给娃娃撒一碗。黄猫回来偷吃了，蹬烂碟子打烂碗。公公拿个半截砖，婆子拿个水牛鞭，一下儿把黄猫撵上天。""嫂子嫂，嫂白菜，嫂子拽磨比驴快；嫂子嫂，扫磨沿，嫂子拽磨驴撒欢。"外婆这是借民谣说事儿，想乡下的亲人了。而哄我开心的几首民谣至今难忘："盘脚盘，盘三年；三年展，展蚰蜒；蚰蜒发，发芝麻，芝麻地里栽大瓜；有钱哩吃一个，没钱哩你爬过。""小白鸡儿，叨玻璃儿，看看婆家几个人儿。阿伯子哥，小兄弟儿，胖不楞墩儿小女婿。""这娃儿说话颠倒颠，沟里石头滚上山；山里猪娃儿背豹子，平地小虫（麻雀）叨鹞子；扫帚枯戳儿结樱桃，井里黑蟆（蛤蟆）吸乌梢（大蛇）。""掂个刀去杀鸡，鸡说：鸡蛋皮，薄又薄，杀我不如杀个鹅。鹅说：我的脖子长又长，杀我不如杀只羊。羊说：四只白蹄朝前走，杀我不如杀条狗。狗说：一天叫得嗓子哑，杀我不如杀匹马。马说：一天碾了五斗谷，杀我不如杀头猪。猪说：一天吃你三升糠，临死死在刀尖上。"现在想来，仍觉意味深长。

母亲也经常对我说民谣。小时候不小心摔一跤，母亲赶忙拉起我，摸着我的头笑着说："小乖乖，摔门下，头上碰个大疙瘩。疙瘩疙瘩散散，别叫奶奶看见，奶奶看见烙个大油旋。"这时我便嚷着吃油旋。奶奶去世早，母亲就哼着民谣"光身汉，活神仙，顿顿烙个小油旋"，亲自给我烙油旋。母亲烙的油旋是我从小最爱，将面和成团状、揉至腻软，用擀杖推成圆饼，先淋香油，再撒菊花、香菜、细盐、作料等。待锅内油热后，将饼放入锅内烙炕，勤翻勤转。熟时，焦黄酥香，味美可口，夹层薄如蝉翼，十层、十数层不等，又名"千层饼"。吃毕心满意足，就与母亲相互拍手："你一我一，事事如意；你二我二，去拉胡戏儿（胡琴）；你三我三，骑马当官；你四我四，黄瓜没刺；你五我五，铜锤铁鼓；你六我六，去摘石榴；你七我七，八哥野鸡；你八我八，八面开花；你九我九，菊花做酒；你十我十，火镰火石。"每想起这种场景，心里便甜甜的，真想回到童年那美好时光。

成年后，我听到的劳动民谣是："白亮叶，哗啦啦，锅里煮的面疙瘩。爹吃吃去犁地，妈吃吃去种瓜，哥哥吃吃去砍柴，姐姐吃吃去纺花。两娃争着铲圪渣，坷又坷又两勺把。""打罢春，又一年，湍河两岸丰收田。一亩麦子打八石，三棵黄葱切半年；早头里我打菜园过，见个萝卜顶着天。""青青草，青青草，野地青草三寸高。小弟兄俩去割草，又扛又抬往家挑。牛羊吃，母猪嚼，猪娃乐得满院跑。膘满肥壮价钱高，全家老少嘻嘻笑。"听到的生活民谣是："电铃一拉，车子一卡，飞奔回家。地头一扎，衣裳一扒，地里一爬，挖地种瓜。""指甲花，转籽莲，女家不给娃家玩。女家吃蒜面，娃家啃案板；女家上绣楼，娃家墙下瞅。""一把扇子两面白，黄花做酒红花开。红花开花高山顶，黄花开花地尘埃。高山顶，地尘埃，两个大姐采花来。大姐采花头上戴，二姐采花揣满怀。头上戴，揣满怀，两个蜜蜂采花来。蜜蜂为的采花来，梁山伯为的祝英台。"

记得十几岁时，在马山口镇的一个表哥暑假来县城住几天，一见面就和我们一起玩"闯关挑将"游戏。两队队员手拉手"一"字形站立，面对面中间隔 10 米左右。表哥喊道："挑兵挑将，大头和尚；有钱喝酒，没钱跟我一块儿走。你挑谁？"我应道："野鸡翎，对马城；马城高，对大刀，你的人马来一条。我挑你。"说毕，表哥铆足劲向我们冲来，冲得我们人仰马翻、笑声一片。还给我们带来了马山口民谣："月亮走，我也走，我跟月亮赶牲口，一赶赶到马山口。逮个鸡叨豌豆，逮个猴栽跟头，一栽栽倒嫂子门里头，要看看嫂子花枕头。嫂子不叫看，扒住窗户硬要看，窗户扒倒了，嫂子也吓跑了。""月亮走，我也走，我跟月亮赶牲口，一赶赶到马山口。吃牛肉，喝烧酒，说书、唱戏啥都有。药材行里有金钗，山货行里有猴头；买来扁担软溜溜，挑着铁锅下汉口；不枉一路多辛苦，不亏来到马山口。"后来我知道，马山口镇早在元代就商贾云集，是历史上久负盛名的全国四大中药材集散地之一，明清时期鄂、豫、陕、沪等地商人在此开店经营，成为人杰地灵、经贸昌盛、文化灿烂的中川名镇。古有"下汉口，上河口（湖北老河口市），要上就上马山口"之说，一句"月亮走，我也走，我跟月亮赶牲口，一赶赶到马山口"被誉为"儿歌经典"和"童谣至尊"。

民谣生于乡村，也在乡村传诵。"薄嘴女，肯说话，一说说到马山凹。眼看鸡娃要上架，撒着火，点上灯，还有两句没说清。""石榴花，红又红，俺家有个古董虫。叫她纺花屁股疼，叫她织布小脚拧；叫她串门子可得能，叫她回娘家等不到明。"道出了生活中的情趣。"大奶奶，二奶奶，清早睡那儿不起来。门口有个玩猴哩，提着裤子跑头里。""哏儿、哏儿、哏儿（公鸡叫声），上门墩儿，门墩儿倒，羊娃跑。张大嫂，李大嫂，逮住羊娃咱俩好。"这是来自生活的幽默。"柴没三根它不着，人没老婆不做活。""红公鸡上磨杠，妈妈敲梆爹爹唱。爹爹唱的不中听，妈妈唱的大红生。""大月亮小月亮，开开后门洗衣裳。洗得白，浆得光，打发哥哥上学堂。学堂满，要笔杆；笔杆清，画莲蓬。莲蓬女，骑白马，一下骑到妈门前。爹爹见俺来，扔掉旱烟袋；妈妈见俺来，离开车子怀；哥哥见俺来，立到大门外；嫂嫂见俺来，光骂小乖乖。哥哥你别恼，嫂子你别吵，俺没带米没带面，俺的爹妈还活着，俺来没吃你的饭。"那时觉得好听，现在敬佩创作者的才能，一首首民谣丰富了百姓生活，也激励着一代代家乡人不负韶华，建设美丽家园。

　　家乡的民谣好多好多，蕴含着千百年来内乡人民劳动与智慧的结晶。喻理人间情真，彰显孝廉、礼仪、和睦、博爱的传统美德，永远也说不尽、道不完、听不够……

民舞奔放的内乡

一

内乡大地上，好一个激壮的竹马舞。

竹马舞，这个内乡流行较早的民间舞蹈，以竹编织，以布张为马皮，扎上精细绒线似茸茸马毛，马头仰首翘望，铜铃作响，恰若奔腾临敌。

一群朴朴实实的乡民，身后是雄浑的大山。就是他们，舞时将竹马系于腰部，或握弓，或持剑，或挟刀，或抡锤，乘马与赶马呼应配合。于锣鼓铿锵中扬鞭催马，忽而疾驰，忽而徐行，忽而跳跃，忽而缓踱，没有管弦乐，只有打击乐伴奏，跳出一番原始、喧闹、雄壮的舞蹈。

而那且舞且唱，更是妙趣横生："锣鼓一敲那个颤索呀索呀哈哈，听我唱个十字歌呀哎。一字那个一横一呀道河呀，一元复始都把春节过；二字两横平行着，两家爱好都求喜事多；三字三横平行着，三元及第在朝阁；四字好像个四字座，四季发财元宝多；五字弯腰盘盘坐，五谷丰登粮食多。一点一横两眼儿瞪，（白）是个六字，六畜兴旺满山坡；一横一竖弯个钩，（白）是个七字，七巧灵活喜心窝；一撇一捺（白）是个八字，八仙庆寿能活一百多；一撇一横竖弯钩，（白）是个九字，九唱富贵喜事多；一横一竖（白）是个十字，十全十美好得没啥说……"

这且舞且唱，透着内乡山民的智慧和深厚的文化底蕴，极富趣味的花棍舞与此异曲同工。花棍舞可追溯到唐代，男女舞者各持一棍，左打右拨，花棍在空中翻、滚、转、跳，也是边舞边唱："俺打花棍正月正，正月十五看花灯；俺打花棍二月二，杏花朵朵开满树。俺打花棍三月三，三匹白马上南山；俺打花棍四月四，四月黄瓜一身刺。俺打花棍五月五，端阳节日吃粽子；俺打花棍六月六，六把扇子遮日头。俺打花棍七月七，牛郎织女来相会；俺打花棍八月八，八个姑娘来纺花。俺打花棍九月九，九九重阳人高寿；俺打花棍十月十，放牛娃们坐上席。俺打花棍十一月，十年好运紧跟着；俺打花棍十二月，十冬腊月下大雪。"还有："一二三、两三四、三四五、剪子股，尖角六、六十七，咯里啪啪两丈一。打九棍、是九棍，咱俩打个花花棍，花是花、城是城，城王庙里卧草龙。草龙高、拿把刀，刀把长、戳死羊，羊流血、好比鳖，鳖游游、好比牛，牛有角、好比南山拉骆驼。骆驼不吃南山草，打打咧咧往前跑，跑到哪儿？跑到大王山。要不是我脚上长肉铃，我给撵到郭吕营，要不是我脚上扎个刺，我给撵到灌涨铺。"

歌谣动听，民舞动人。这激壮的竹马舞啊，骑马者热情奔放，赶马者轻松灵活，尤其是十多人的表演雄壮、热烈，红、白、黑马各一排，每马八个铃，随唱词变换队形、齐奔跃动，队伍、铃声构成一派威武气势，好似甩起来、跳起来、抖起来的一股劲儿，充满了呼呼作响的力量，舞动出刚毅的民族信念、民族脉搏和民族自尊。

二

说起狮子舞，内乡的父老乡亲都不会忘记。每逢春灯节，舞狮的锣鼓声总会在耳畔响起，腾跃劲舞的狮子也常在眼前浮现。

狮子舞在民间源远流长。明清时，内乡即有"狮子玩会""狮子拜年"活动，沿袭至今。狮子舞一般为二人协作表演，表演狮子头者两腿插入狮皮前腿，表演狮子尾者两腿插入狮皮后腿，适将演员四足遮掩，使其不露人的痕迹。架狮子头的人，高举狮首，左右摇摆，腰间系一宽厚的皮带；做狮尾的人，双手紧抓前者的皮带，弯腰弓背，扇形摆转，有时抽出一手摇摆尾巴。狮子舞有单狮、双狮或双狮带一小狮，内乡各地多为双狮舞斗，城关镇、赤眉镇、夏馆镇则以双狮带小狮凑趣。

儿时最爱狮子舞。大年初一清晨，太阳刚刚升起，我和小伙伴们就早早地聚集村头，欢呼雀跃地跟随村里舞狮队，在鞭炮声中挨家挨户"狮子拜年"。乡亲们以狮子为吉祥珍兽，狮子如能到谁家门口走动或登门拜年，谁家就会吉祥如意。而村里舞狮队往往借用春节领着"狮子"挨家拜年，每到一户人家，斗狮舞士口诵吉庆歌，如"狮子来，大发财；生贵子，坐八抬""狮子到门前，四季报平安"等。这时，家家户户都会喜笑颜开地赠予"封子"（红纸包着赏金）。

太阳升到半空时，村里就热闹沸腾了。全村男女老少"倾巢而出"，在十分开阔的打麦场汇聚，潮水般等着看舞狮表演。挨家挨户"狮子拜年"已结束，小伙伴们簇拥着舞狮队回到这里。一阵鞭炮噼里啪啦响过之后，在唢呐吹奏、锣鼓喧闹中，斗狮舞士手举"绣球"（竹子编织，外裹红绫），引领双狮绕场数周。接着，武士于双狮围缠中耍绳鞭、打红拳、舞单刀、滚堂球……拳击走踢，飞舞旋转。然后，武士带领双狮表演上方桌、上绳梯、摘仙桃等特技。方桌的摆法为"品"字形，由五张组成（最多可达 32 张），是狮子舞中的高难度动作。狮子于高层方桌立竖后飞跳下来，夺得了绣球，这时候双狮竞相抖毛、打滚、喘气、点头，表示夺得绣球非常劳累。接着一狮滚绣球，表示胜利后的喜悦；一狮游四方，表示永远守卫着绣球。

此时，锣鼓喧天，"呼哨"频起，是狮子舞的欢腾高峰。阳光普照，照在人山人海、掌声雷动的打麦场上，照在鼓手粗壮有力的手臂上，照在威武凛然、精悍勇猛的舞狮人身上，照在锦绣斑斓的狮子皮上，也照在父老乡亲们的纯朴笑脸上……

三

后来到县城参加工作，每年元宵节在梨苑山庄组织的"山庄春会"上，我看到了更多富有内乡特色的民间舞蹈。

蹬高跷是历史悠久的一项民间舞蹈，内乡民间称之为"杉木腿"，这是由于原先高跷为杉木制作。其以标直、坚而轻为宜，又俗称"叉木腿"。全长三四尺，于离地三尺之外安上脚蹬，上留尺余，绑缚于踩跷者小腿之间。踩跷者步循锣鼓节拍，边走边舞，悠然自得。集体穿插行进，有"圆场""窜剪子股"等；个人技艺表演有"踢腿""立竖""丢单叉""丢双叉""支拐拐""翻身打滚""扑蝶""抢背"等。扮饰的人物角色多来自戏曲，传统唱词有《十对花》，领者唱："俺说一来谁对呀一呀，什么开花在水呀里呀。"对者唱："你说一来俺对呀一呀，荷花开花在水里呀。"还有《梁山伯访友》，一人唱："山伯坐草堂，读书念文章，忽声想起来祝九郎，两眼泪汪汪呀。"众人接唱："忽声想起来祝九郎，两眼泪汪汪呀。"歌词寄意纯朴自然，一往情深。

　　难度较大、令人惊叹的就是抬装、挠装了。抬装也叫"抬阁"，栎木制作方桌一张，四条桌腿下面相连，桌面粗糙、厚实，中心挖一小孔，将特制的铁拐插入孔内，直通地面。铁拐通体焊有脚蹬（立足处）、铁卡（卡腰处）、拐脚（安放假脚处），不同层次分站两至三人，桌底板坠以沙袋，保持重心在下，免致头重脚轻。桌面以下围以布幔，需16个青年小伙轮换顶肩。所扮演的故事有：《关公挑袍》《三战吕布》《赵云接江》《唐僧取经》等，均以新奇、惊险取胜。如《关公挑袍》，是扮饰着关公肩扛大刀（底层），刀头上站着手举花篮的韩湘子（二层），花篮沿上站立着手挽莲花的何仙姑（三层）。如是一连三层，看去非常玄妙、惊险，其实每层人物均系在铁镫上，腰部绑缚在铁卡上，两只或伸或蜷的脚，均为特制假脚。扮演者多系10岁以下儿童。

　　挠装也叫"挠阁"，制作方法和抬装相同。将特制的铁架绑缚演员身后（底层），外穿宽阔衣服遮罩。铁拐连续曲折朝上，手扶铁拐伸出袖口，就在手扶的部位设置铁镫，小孩足蹬铁镫，腰系铁卡（一层），而铁拐又用甘蔗叶包裹。蓦然看去，表演者手握甘蔗，而小孩却站立于甘蔗稍上，其构思新奇，让人赞叹。这种挠装有两层也有三层的，因危险性大，第三层多系假人代替。

　　内乡的腰鼓舞是在中华人民共和国成立后开始盛行的，群众称之为"打腰鼓"，年节喜庆演出很是欢快、热烈。男者头上戴打布，上身穿白色或绿色对襟褂，下身穿彩裤，腰扎带，面画简妆，一副英武之像；女者顶头巾，身着彩服。腰鼓呈长筒粗腰形，用宽布穿于鼓环中，斜挂在表演者的左侧腰间，表演者双手各持一鼓槌，鼓槌上扎有红绸，交替击之，边打边舞。腰鼓队少则四至八人，多至十人甚至上百人，表演时情绪热烈、动作健壮、队伍整齐，气势浩大。常用的鼓点有：起点、止点、踏鼓、流水、单点、乱点、长点、紧三槌等，而民间对鼓点的称呼也十分生动形象，如凤凰三点头、老虎大洗脸、雷神鼓、蝴蝶飞、鸡啄米等。舞蹈动作有：踢腿、转身、骑马式、飞脚、翻身、矮步等，队形也富于变化，有卷白菜、九连环、十枝梅、丹凤展翅等。民间腰鼓舞往往与秧歌结合，形成秧歌腰鼓舞，而且带有竞争性质，分两队比鼓点、比技巧，愈比愈激烈、愈红火，越打越热烈，越激动人心。

"山庄春会"上，锣鼓鞭炮声中，还有《钓竿舞》《霸王鞭》《吃恹官》《猪八戒背媳妇》《大头和尚戏柳翠》《张公背张婆》《鹬蚌相持》《两娃摔跤》《庄稼老汉送闺女》《独角兽》《打大麦》《花篮曲》《拉犟驴》等好多民间舞蹈，琳琅满目、美不胜收，看得眼花缭乱、心花怒放，到处洋溢着欢乐祥和、热闹非凡的节日氛围。而那边广场正在表演的民舞"撑旱船"更引得掌声不断。一女独坐"船"中，"船"外老妇扮其母亲，手持竹篙，撑"船"而行，伴着锣鼓舞之蹈之、蹈之唱之：

妈：闺女吧——

女：哎——

妈：（唱）你明天出嫁走里远（那——），

　　　　妈妈有话你记心间（那呀——）。

　　　　到了婆家掰使性（啊呀——），

　　　　不要钻那牛角尖（那呀——）。

女：知道了！

妈：（唱）孝敬公婆当为先（那——），

　　　　尊老爱幼共患难（那呀——）。

　　　　家和才能万事兴（啊呀——），

　　　　幸福生活比蜜甜（那呀——）。

女：记住了！

妈：（唱）家里家外活儿多干（那——），

　　　　　洗衣做饭不能闲（那呀——）。
　　　　　坐享其成不可取（啊呀——），
　　　　　勤俭持家人称赞（那呀——）。

女：忘不了！

妈：（唱）处好邻里讲友善（那——），
　　　　　助人为乐多温暖（那呀——）。
　　　　　诚实守信品德高（啊呀——），
　　　　　心底无私天地宽（那呀——）。

女：说得好！

妈：（唱）遵守法纪大如山（那——），
　　　　　游手好闲是深渊（那呀——）。
　　　　　要做正派好女子（啊呀——），
　　　　　勤劳善良无愧天（那呀——）。

女：对得很！

妈：（唱）闺女和妈心相连（那——），
　　　　　千万别让妈心寒（那呀——）。
　　　　　若能做好这些事（啊呀——），
　　　　　妈才让你把娘家还（那呀——）。

女：妈呀妈，放心吧，闺女记住了这些话！

　　这新编的、清亮动听的歌谣哟，是那么悠扬悦耳、那么深挚感人、那么充满正能量，久久回荡在广场之上、天空之中、人群之间，也在我眼前流淌，在我心中流淌……

俗语质朴的内乡

俗语，是民间口语化、生活化的语句，是百姓总结出来的说着顺口、通俗易懂的地方词语。

内乡话中，有很多约定俗成的俗语（多为四字），亦叫熟语，其在绘形、状物、言情上皆能恰到好处，入木三分，给人以生动、活泼、清新、贴切之感。譬如阴险的人称"白脸奸臣"，没本事称"百爪无用"，行动迅速称"枪刀马快"，办事利索称"快马交枪"，年轻男女称"青枝绿叶"，年老色退称"残花败草"，耐心称"把着手教"，角落称"旮旯狭缝"，不安生称"登高下地"，不扎实称"蜻蜓蘸水"，满头大汗称"根头流水"，拨弄是非称"翻黑倒白"，智力差称"掰嘴喂着吃"，心术不正称"鬼头蛤蟆眼"，胡说八道称"东扯葫芦西扯瓢"，牢靠称"扳住树枝逮老鸹"。

如果细心观察，涉及数字的俗语还是比较多的。如差不多称"大不差一"，毛病多称"一身贱癣"，啥也不会称"一肚子青菜屎"，误事称"二五两耽搁"，差错称"差二略三"，马虎称"胡二马约"，正经称"正儿八经"，不像话称"胡闹三光"，不经常称"三日两早起"，结伙称"仨攒攒俩凑凑"，语无伦次称"颠三倒四",耳聋称"聋三片四",朋友称"三朋四友",贫嘴称"说三道四",睡相不好称"四脚拉叉",迷糊称"迷三倒四",主观片面称"听三不听四",不端正称"歪三扭四",说大话称"五马长枪",霸道称"五马诸侯",矮小、粗壮称"五短三粗",木讷称"木脸七乎",邻居称"七邻八舍",错误称"差七差八",挑拨离间称"戳七倒八",蛮横称"横梁八岔",关系不密切称"隔七撂八",没指望称"八字没一撇",没牵连称"八五不挂",灰黑很脏称"乌青八脸",有希望称"八八九九",接近成功称"八九不离十",横行称"横梁十爬",稀少称"十里半毛",没骨气称"提起来一胡落儿,放下去一铺摊儿"。

记得小时候,邻居大伯是村长,经常在村里大喇叭说事儿。整天安排农活满嘴俗语,很接地气:"老少爷儿们,耳朵都支棱起来(认真听)。这天儿呀,干门儿实燥(干燥),赶紧给我勒弓上弦(紧迫)、下地浇水。有几个憨狗不吃屎(傻、憨)的家伙,成天狐风狗浪(不正经),黑灯瞎火(夜晚)在寥天野地(野外)逮兔子,猴势里不轻(张狂)。一逮兔子就活蹦乱跳、急伙子连毛(急忙),跑里黄反刮瘦(黄瘦)、麻秆细腰(消瘦);一干活就怂头耷脸(没精神)、扭棍别棒(不情愿),撺鸭子上架、轰鸭子过河(自己不做,要别人做)。还整天胡吃海喝、看锅打锅(吃光用光),我看你是破罐子破摔、好日子过破烦了(不想过)。今儿给你说清楚,辨不知好歹、好心当成驴肝肺(善行反被误解)。你还是光棍不吃眼前亏(认清形势),老马鞍桥(老老实实)走快(迅速)下地,抗旱浇麦。"

参加工作后,下乡机会多了,就注意掌握些方言俗语,与群众拉近距离、打成一片。如评价一个人,有:"他以老本等(老实),不奸不滑。""他干活毛叉子火眼(毛糙),不细致。""看他支柳五叉(狂妄),不实在。""看你做得鼻子不对嘴（差错），弄不成事。""那人娃孩流气（小孩脾气），不像个大人样。""那货瘦哩皮包骨头（瘦弱），风一吹就倒；说话皮笑肉不笑（伪善），阴氛极了。""他每天都是这时候来，日不错影（天天、经常）。""那伙肉头肉脑（笨拙、迟缓），没一点利索劲儿；说话日白流道（谎话多），谁信！""那主儿看着软溜鼻挤（软弱），但日鬼弄棒槌（捣鬼），害门儿可多了。""那娃儿小骨头小槎（身材细弱），还小家子摆设（小气），没个大方样。""人家见啥人说啥话（奉承），大能人。""他算是尖酸石榴皮（吝啬、刁滑），不可交。""那伙像个泥鳅，抓不住、摸不着（圆滑）。""走个路斜马歪道（无条理），不正经；弄个啥死扭活缠（缠磨），真没办法；说个话鸟牙费齿（难缠、狡辩），打不起交道；干个活松流撒水（松懈），没一点紧张气。"

说事物的有："都是些铺衬烂线（不值钱东西），谁稀罕。""清汤寡水（稀、淡）涮肠子，吃不饱。""咋不把那翅翅不棱（毛糙有枝杈）刮掉，弄光些。""成天丢东忘西（忘记、不谨慎），没一点心眼儿。""屙屎不繁蛆处儿（贫瘠之地），咋能长好庄稼。""要看菜下锅（根据实情，决定对策），不能蛮干。""不要听风都是雨（轻信），要实地调查。""往桶里接水注意点，别接得弥流彻沿儿（满得外溢）。""真是怕处有鬼（担心），痒处有虱。""骑驴找驴（理智不清），忙昏了头。""顺横都是趟（有办法），包能办成。""厅堂窜出（迅速、敏捷）干完，不要拖拉。""要争取主动，不要挺倒挨捶（一蹶不振）。""这菜没滋拉味（平淡），不好吃。""不用往树顶上了，悬天舞地（高而危险）。""就那几个人，稀不淋拉儿（很少）。""看你呹脸巴怔（癔症），才起床吧！""喝酒喝哩，成了晕头鸭子（昏、晕，不清醒）。""真知道啥中用，针头线脑（细小之物）都爱惜。""谁在那叽溜爪拉（吵闹），吵死人。""真是贱骨头贱榫（下贱），不打不行；烧屁股老鼠（不安分），一点也不老实。"

歇后语是俗语的一种，也叫俏皮话。列举一些，挂一漏万。如："瞎子伸指头——指啥（凭什么）""老虎拽车——谁敢（赶）""阎王爷派兵——肯定有鬼""乌龟垫桌脚——硬撑""裤子没了腿——凉半截""肚脐眼插钥匙——开心""手榴弹擦屁股——危险""出炉的铁——找打""母猪尾巴——拖泥带水""两个哑巴睡一头——好得没啥说""山西到河南——两省""看戏掉眼泪——替古人担忧""姜太公钓鱼——愿者上钩""千里送鹅毛——礼轻情意重""周瑜打黄盖——一个愿打，一个愿挨""石板上钉钉——硬碰硬""宋世杰告状——走着说着""张飞卖秤砣——人硬货也硬""秤锤打锣——就这一家伙""芝麻开花——节节高""老鼠钻风箱——两头受气""歪嘴骡子卖个驴价钱——吃嘴上亏""水牛掉井里——有力使不上""老鸹落到猪身上——光嫌人家黑，看不见自己黑""猪八戒背个烂箱子——要人没人，要货没货""门框脱坯——有个大样""羊群里出来个兔子——就你小，就你机灵""井里蛤蟆——没见过大天""猪八戒照镜子——里外不是人""对着镜子作揖——自己恭维自己"。

在内乡，歇后语亦称"坎子"，民间还流传着一个《坎子精》笑话。有个好侃凉腔的乡下人，肚子里的坎子多得能说七天八后晌，人叫他"坎子精"。那几天得了病，滴水不进、粒米难咽，不见好的兆头，这才捎信叫闺女回来。闺女听说爹病重，赶紧回到娘家，站在爹的床前焦急问道："爹，咋了？"答："俩桌子合一起——并（病）了。""咋病了？""茅缸里冒烟——屎着了（使着了，意指累到了）。"闺女心疼道："唉，看你瘦哩不轻。"答："房脊上卧个老鸹——黑瘦黑瘦。""爹，多少得吃点

337

儿啥。""磨眼插杆杖——一点也下不去呀！"闺女安慰道："没事，找个医生看看，吃点药就好了。"答："爹是头枕茅池睡——离死（屎）不远了！"闺女哭笑不得："爹呀，你都病成这了，还说坎子。"坎子精道："闺女呀闺女，腰里别斧头——不砍不行呀！"

想起前些年写过一个小品《秧歌情》，用了不少歇后语，生动风趣的语言逗得观众哈哈大笑。譬如"这正走哩板（摔）一脚——不防""看你打扮哩像白骨精她妈——一个老妖精""不要隔门缝看人——把人看扁了""别急，还是调羹勺儿炒芝麻——小打油""咱们照屁股一脚——你东我西""你这是西瓜皮掌鞋——不是那块料""我是土地爷放屁——神气，你是蝎子放屁——毒气，他是蚊子放屁——小气。""说哩怪好听，真是景德镇瓷器——一套一套""不是吹牛，现在是门缝里吹喇叭——名声在外""抱点劲儿，小虫叮豌豆——尽力噎""真弄哩不美，这正走哩生个娃儿——丢个小人""这个事儿，咱们剃头哩拿个铡——大整""你说得没气势，咱们是打针哩拿个电钻——大整家儿"。

家乡的俗语就像烂漫的山花，开放在山庄、乡野、田间、地头，存在于生产生活的各个角落，是历代内乡人民集体智慧的结晶，是历史长河里优秀的民族文化之花。鲁迅先生说："乡民的本领并不亚于大文豪。"倘若真的沉下身子、扎根基层，用心学习群众语言，与人民同呼吸、共命运，你就会受到百姓尊重，成为一个群众喜欢的人！

方言淳厚的内乡

方言是家乡的土话，是纯正的母语，是乡村最朴质的一幅窗花，是游子最想念的一条纽带。只要从小在农村长大，方言就是渗透到骨血里的体验和记忆。方言伴你学语，方言伴你说话，方言伴你成长，方言伴你交流。无论走到哪里，方言都是一种牵动思绪、不可名状的浓浓乡情。

我的家乡内乡县是个山城，位于河南省西南部、伏牛山南麓。古时内乡（包括西峡县、淅川县）位于豫陕鄂三角地带，也是历史上南北分裂时的缓冲地带（如魏晋、宋金、宋元等朝代），故民族之融合、人口之流动，较他地为甚。亦使内乡方言的使用范围较广，以内乡县为中心，包括与之毗邻的西峡县大部分地区及镇平县、淅川县、邓州市的部分地区在内，共有上百万人说这种话。

我自小是奶奶带大的，方言启蒙者便是奶奶了。这里的方言，"儿化韵"较多，直到现在并未深究为啥这样发音，反正就是这样说的。如"何时"叫"端宛儿"，"现在"叫"言发儿"，"刚才"叫"将将儿"，"里头"叫"圪老儿"，"长时间"叫"扬长"，"去年"叫"年时个儿"，"春节"叫"年下"，"元宵节"叫"十五下"。（所列方言的部分字词为现代汉语中的音近

339

字，下文同之。）

小时候盼着过年，过年能走亲戚——挣"压岁钱"，于是我就与奶奶有了这样的对话。奶奶："庆娃儿，年时个儿过年你不在家，今年去你大舅家。"我急问："端宛儿去？"奶奶："将将儿你大舅捎信来，叫你十五下去。"我嘟囔道："还早哩，我当是言发儿去。"奶奶嗔道："言发儿你去圪老儿里烧锅，炸油馍。"我跑出门外："不烧锅，出去玩了。"奶奶笑骂："娘那个腿，掰扬长玩，早点儿回来吃油膜。"

还有白天叫"白儿起"，傍晚叫"迎黑儿"，前天叫"前儿"，昨天叫"夜儿"，今天叫"今儿"，明天叫"明儿"，后天叫"后儿"，大后天叫"外后儿"。表哥王强当兵，一年回乡探亲，在村口遇见本家二叔，二叔笑问："强娃儿，啥哨儿（啥时候）回来？"表哥"撇"着普通话："昨晚回来的。"二叔恼道："坐碗回来，咋不坐盆儿回来，到底啥哨儿回来？"表哥脸一红，赶忙改用方言："夜儿黑儿回来。"

父亲是个木匠，见识广、有礼貌，我对于称谓和品性的方言多是从他那里学的。如大叔、大婶称"大爹、大妈"，父子、翁婿称"爷们儿"，母子、母女称"娘们儿"，丈夫称"外头人"，妻子称"屋里人"，夫兄称"阿伯子"，兄弟称"弟儿们"，女婿称"相公"，继父称"后老子"，启蒙儿童称"蒙学娃儿"。傻子称"半吊子"，坏蛋称"害板儿"，骗子称"撇子客"，外行称"白脖儿"，不驯服者称"别角楞"，不明事理者称"疙瘩蛋"，不听劝告者称"愣头青"，不干正事者称"磨筋头"，坚持己见者称"犟筋头"。

称谓很地道，品性方言也有特色。如急躁称"焦乍"，服帖称"抒顺"，吝啬称"扣索"，摆阔气称"择楞"，踏实称"辙实、资本"，卖弄称"花摆、鬼乍"，出风头称"烧包儿"，顽皮称

"溜光"，漂亮称"挂精"，贪婪称"独厌"，性急称"烧冒"，有点笨称"木囊"，不牢靠称"日冒"，轻浮（女）称"浪摆"，干脆（女）称"刊亮"，和蔼（女）称"喜拉"，不稳重（女）称"疯事"，秀丽、文雅（女）称"秀嫩"。

在村里上小学时，教语文的是个民办老师，他那么坚决地用方言教课，听来也很有趣。如小鸟叫"虫蚁儿"，喜鹊叫"蚂野啾儿"，麻雀叫"小虫儿"，猫头鹰叫"夜猫儿"，乌鸦叫"老鸹"，蚯蚓叫"出串"，蟋蟀叫"秋主儿"，蝙蝠叫"夜鳖虎儿"，放屁虫叫"皮般虫"，闪电叫"扯闪"，冰雹叫"冷子"，细雨叫"雾僧雨"，雷阵雨叫"白雨"，搓板叫"糙板"，鞭子叫"扎鞭"，大衣叫"大氅"，衬衣叫"小布衫儿"，向日葵叫"转珠儿莲"，厕所叫"后院儿、茅司儿"，膝盖叫"布拉盖儿"，前额叫"心顶门儿"，腋窝叫"膈老肢儿"，双肩叫"肩麻头儿"，肚脐叫"肚磨脐儿、布脐窝儿"，生病叫"不美气"，胃疼叫"心口疼"，拉肚子叫"冒肚"，鼻涕叫"鼻晶"，坐月子叫"月喂"，设宴叫"律雅儿"，送礼（给嫁女）叫"添箱"，饺子叫"扁食"，小菜叫"就吃"，油烙馍叫"油旋"，菜荬叫"卷煎"，锅巴叫"疙渣"，口水叫"酣水"，晚饭叫"喝汤儿"。

参加工作后一直在县城，普通话总也说不好，学来学去成了不伦不类的"内普话"，就是用普通话声调说着内乡方言。想起乡亲们讲的一个笑话：20世纪70年代，内乡一推销员出差在外，那时电话还不普及，多是寄信联系。那天推销员写了一封信装入信封，到了邮局用生硬的普通话问："服务员，有糨糊吗？"邮局服务员礼貌道："有呀"。推销员一高兴，内乡方言脱口而出："那赶紧给我剜一疙瘩儿。"

既然普通话说不妥，平时我便用方言与人交流了久而久之，还觉得内乡方言里的一些用语特别形象生动。譬如"快跑"称"小开溅儿、蛙蹦子","乱声震耳"称"聒吵","手脚乱甩"称"扑筛","尖声说笑"称"吱啦、唧溜","利索"称"溜刷","牢骚"称"别燥","仔细"称"细顾","不顺"称"跌邪","舒畅"称"出坦","紧迫"称"涉急","草率"称"毛搞","不整齐"称"迭溜三片"。

有关交往的方言也很贴切。譬如设圈套称"摆掉",坑骗称"缺叉",骂人称"日嘛",筹划称"搁磨",喜欢称"耐烦",厌恶称"池腻",难为称"憋斗",挖苦称"屯色",散伙称"忽拉",阔气称"排场",挑拨称"戳对",讽刺称"刺刮",顶撞称"戗人",狠批评称"斥喝、呲咣",说坏话称"埋挤",开玩笑称"打扎子"。

方言的存在自有其合理性,不会消失且魅力永久。一个人对故乡的眷恋,除了怀念那里的人与物,一定也怀念方言、风俗等无形的东西,至少我们这代人是这样的。内乡方言因其历史和地域有着鲜明的地方特色。说一口土得掉渣的家乡话,是我人生经历所享受的一种荣光。而今,老家的亲人们有什么红白喜事,我还会赶回去,那种血浓于水的亲情洋溢在久别重逢的欢声笑语中。

一方水土养一方人。虽然在外生活久了,但我的家乡口音仍是那么纯正地道。方言,那是熟悉、生动、激荡心灵的声音,带给我们的是亲切感和亲情味,增进的是我们对家乡的感情。所以我想,不妨学好普通话,对本土用方言交流,对外界用普通话交流,这样,既享受着方言带来的亲切和乡情,又不因方言影响到我们的工作和生活,何乐而不为?

谚语生动的内乡

我的老家位于内乡县深山区，一列环形的峰峦把山庄围了起来，鸟儿长年不断，四季里都有山花开放。但山多地少，祖辈们格外珍惜土地，积累了许多不误农时的谚语。

爷爷是个"庄稼通"，对种田和时令的农谚总是脱口而出："谷雨栽上红薯秧，一棵能挖一大筐。""立夏种眉豆，一棵能收一箩头。""小满种芝麻，亩收一石八；小满不起蒜，蒜在地里烂。""有钱难买五月旱，六月连阴吃饱饭。""小满栽秧谷满仓，夏至栽秧一包糠。"

这时，父亲便会随声附和："夏至种老秧，干饭变水汤。""五黄六月去种田，早晨下午差半拳。""过了七月节，耕地不休歇；七月不踏墒，八月种不上。""头伏萝卜二伏芥，三伏里头种白菜。""大暑前，小暑后，两暑之间种菜豆。"

时间久了，我也学了不少："白露种高山，寒露种平川；白露到秋分，犁地要认真。""寒露到霜降，种麦莫慌张；霜降到立冬，种麦莫放松。""豌豆跟着寒露走，等于装到囤里头。""立过冬，种上油菜也不中。""立冬不收薯，烂成一泡屎；立冬种蚕豆，一斗还一斗。"

　　时令很重要，气象须知晓。千百年来，内乡百姓掌握了很多与农业生产息息相关的经验，并将之浓缩成生动简练、寓意丰富的农谚。譬如"春打六九头，不种芝麻也吃油；春打六九尾，不种谷子也吃米""打春一百，拿镰割麦；春分麦起身，一刻值千金""该热不热，五谷不结；该冷不冷，不能吃饼""三九不冷夏不收，三伏不热秋不结""雷打惊蛰前，高山好种田""麦怕清明霜，稻怕冷北风""桑叶逢晚霜，愁熬蚕姑娘""晚霜伤棉苗，早霜伤棉桃""今年大雪飘，明年收成好"。

　　天气变化还与日常生活密不可分。"吃过端午粽，才把棉衣送。""鱼鳞鳞，雨淋淋；瓦块云，晒死人。""一日南风三日暖，三日南风变了天。""久涝西风晴，久旱东风雨；秋后北风紧，夜静有白霜。""雨后云包天，还是连阴天；西北云彩起金边，冷子疙瘩要见面。""春雾晴，夏雾热，秋雾连阴冬雾雪。""日晕三更雨，月晕午时风；雨搅雪，下半月，立冬无雨一冬晴。""小雪下了雪，来年旱五月；头九、二九下了雪，头伏、二伏雨不缺。""闪电四边打，来雨也不大；雷声不间断，冰雹要出现。""日落天发黄，大雨撞倒墙；月亮毛烘烘，不是下雨便刮风。""不怕天不下，就怕东风刮不大。""东风下雨西风晴，刮了南风下不成。""雷轰天顶，有雨不猛；雷轰天边，大水连天。"

　　从物候角度说，也有形象贴切的民谚。譬如"杨叶钱大，快种甜瓜；杨叶哗啦，快种西瓜""桐树开花，正种芝麻；椿树出芽，快种棉花；枣树发芽，上山采茶""杏子黄，麦上场；菊花黄，种麦忙""立秋不下，高调犁耙；谷子上囤，核桃挨棍""鸡早，红日照；鸡晚，雨绵绵""立夏黄鹂叫，麦收快来到""蚂蚁上树要下雨，蚂蚁下树日头出""久雨蛤蟆叫，天气要转好；蜜蜂出巢早，天气晴得好""鸡鸭进笼晚，明天是阴天；蚯蚓满地爬，雨点乱如麻""蝉叫不停，天不会晴；泥鳅水中翻，定有阴雨天""石头出汗，不久雨见；蜘蛛结网，天气晴朗""蠓虫打脸，下雨不远；茅池翻缸，雨大风狂"。

肥料是滋养庄稼的补品，不可缺少："地凭粪养，苗凭粪长；种地不上粪，等于瞎胡混。""庄稼一枝花，全靠粪当家；庄稼百样巧，粪是无价宝。""千担粪下地，万担粮归仓；粪是庄稼宝，没它长不好。""底肥要施饱，追肥要施早；上粪不浇水，庄稼噘着嘴。""麦追黄，谷追节，玉米追肥七片叶。""一棵红薯一把灰，一窝能挖一大堆。""头遍追肥一尺高，二遍追肥正齐腰，三遍追肥出毛毛。"

在长期的农田生产中，乡民们更是总结出勤耕劳作的谚语："田不勤耕，五谷不生；人哄地一天，地哄人一年。""薄地怕勤人，肥地怕懒人；人勤地不懒，人懒地变脸。""草要时时清，害虫没处生；不锄围根草，庄稼长不好。""三分种，七分管，十分收成才保险。""早锄草一根，晚锄草一墩；头遍锄得早，二遍没有草。""麦锄三遍囤无沟，豆锄三遍圆溜溜。""玉米地耕得深，一个棒子长一斤。""一粒粮，千滴汗，细水长流永不断。""一勤天下无难事，唯俭一生不受穷。""人争一口气，树活一张皮；山上栽满树，胜似修水库。""今朝人养林，日后林养人；无灾人养树，有灾树养人。"

记得工作后到基层挂职锻炼，那些富有哲理的谚语使我受益匪浅："火烤胸前暖，风吹背后凉。""路遥知马力，日久见人心。""金凭火炼方知色，人与事交见真心。""能跟明白人打架，不跟古董人说话。""自己一身绿毛翼，咋说人家是妖精。""在家不打人，出门人不打。""打人不打脸，说人莫揭短。""三句好话当钱使，半句恶言顶死牛。""伸手不打笑面人，身正不怕影子歪。""人逢知己千杯少，话不投机半句多。""为人不做亏心事,不怕半夜鬼叫门。""饱汉不知饿汉饥,富贵莫忘贫贱人。""刀不磨生锈,人不学落后。""不怕脑子笨,就怕不勤奋。""鸡叫天要亮,鸡不叫天也要亮。"

在家乡的每个地方,无论走到哪里,都能听到许多妙趣横生的谚语。

对于保健,有:"生瓜梨枣吃了不好,臭鱼烂虾送命冤家。""吃馍喝水,瘦的干鬼;一顿吃伤,十顿喝汤。""少吃盐,多吃醋,强似开个中药铺。""冬吃萝卜夏吃姜,不找大夫开药方。""早吃好,午吃饱,晚吃少;饮食七分饱,肠胃好到老。""能叫风吹头,不叫风吹脚;睡前先洗脚,胜似催眠药。""睡觉若是贪凉快,不泻肚子那才怪;早睡早起身体好,人活百岁不觉老。""铁不提炼不成钢,人不活动不健康。""年轻勤锻炼,老来身体健;年老常散步,胜似吃补物。""卫生好,病人少;锅灶净,少生病。""精神愉快,百病不害;乐观是一宝,常愁不得了。""笑口常开青春常在,消愁解闷百病去根。"

对于市场,有:"薄利多销,招财进宝;信息不灵,寸步难行。""态度好,生意活;态度坏,生意落。""不怕不卖钱,就怕货不全;不怕生意小,就怕顾客少。""经商信誉好,顾客不用找;货好招买主,花香蝶自来。""买卖不成仁义在,生意做成情更深。""货缺都去抓,抓来就积压;货多都不进,脱销没疑问。""经商不理财,等于瞎胡来;先陪三分笑,经营莫急躁。""逢俏莫赶,逢滞莫丢;预见行情变,热中须冷看。""酒香不怕巷子深,货俏顾客挤破门。""炉火不旺难出钢,不懂行情难经商。""互惠互利宝换宝,舍得珍珠换玛瑙。""巧姑会做鞋,巧嫂会教孩;学会生意经,财源滚滚来。""不愁店门破,只愁没好货;货多质量高,保证好推销。"

对于节令,还有:"早看东南暗,必有雨点见;晚看西北明,客人能远行。""日出彐落天发黄，来日定有风尘扬。""烟囱不出烟，明天是阴天；南风猛回头，大雨顺沟流。""星星稠，雨点流；星星稀，雨无期。""清明玉米谷雨花，谷子播种到立夏。""清明断雪，谷雨断霜；七月立秋，种啥都收。""吃了冬至饭，一天长一线。""一场春风一场暖，一阵秋风一阵寒；八月十五雨不停，正月十五雪打灯。""秧苗摆风，快种花生；桃花开，李花落，种上玉米没有错。"

对于处世，还有："吃不穷，喝不穷，划算不到才是穷。""能叫松松儿过，别叫惹了祸；不当家不知柴米贵。""宁吃鲜桃一口，不吃烂杏一筐。""滴水之恩，涌泉相报；你敬我一尺，我敬你一丈。""知恩不报非君子，万古千秋留骂名。""学好千日不足，学坏一日有余。""恶狗怕揍，恶人怕斗。""打蛇先打头，擒贼先擒王。""不行清风，难得细雨；没有春风，咋有秋雨。""不听老人言，吃亏在眼前。""师傅领进门，修行在个人。""井淘三遍吃好水，人从三师武艺高。""秀才不怕衣裳破，就怕肚里没装货。""前人栽树，后人乘凉；种树不护，白费功夫。""遍地有黄金，单等勤奋人。""人勤地不懒，大囤小囤满。""能吃过天饭，不说过天话。""吃饭还是家常饭，穿衣还是旧布衣。""金家银家，不如自己穷家；金屋银屋，不胜自己草屋。""家乡水甜，故乡人亲；树高千丈，叶落归根。"

家乡的谚语太多太多了，如天上的星星数不过来。简洁顺口、风趣质朴、寓意深广、生动丰富的谚语，处处闪耀着内乡人民的聪明智慧，也是美丽家乡悠久文化积淀的生动体现，使我们从中得到熏陶、滋养和启迪，取之不尽更受用无穷……

菊乡晨韵

　　一切都在思索。2019 年 7 月 13 日清晨，湍河岸畔南湖湾广场，晨风静静地吹过水面，翠绿的岸柳轻轻摇曳，而此时静谧的河畔悠然飘起阵阵朗读声，如跳跃的音符落入流动的河水，融入轻舞的杨柳，便使仲夏的清晨有了浓淡分明的色彩，有了晶莹闪亮的生机，有了空灵动听的晨韵。

　　我的目光循着朗读声来到广场，那儿悬挂了一个条幅：菊乡书声——"晨读晚诵"读书会，这个活动是内乡县文化广电和旅游局主办，内乡县图书馆承办的。很多不同年龄的人正在齐声诵读毛泽东诗词《沁园春·雪》，听起来清亮分明，声击长空。路边的树木笔直挺拔，簌簌地摇着，一片一片的叶子映着阳光，仿佛无数思绪轻轻穿来穿去。我闭上眼倾听，感到了一种久违的冲击和震撼。

　　也许人到中年，情感愈发丰富、细腻。也许是毛泽东诗词的磅礴力量令我振奋，倏忽间萌生出一种热切的希冀来，渴望能领略到某种启迪和智慧，让我从容地在今后的工作和生活中保持思想活力。

　　于是，我随着一拨拨赶来的人群走过去，走进朗读队伍。于是，朗诵的和声占据了整个空间，也猛烈地敲击着我心灵的回音壁。如奔泻急流化成的雨雾，飘曳着、弥漫着，如激起的旋风狂卷着、回旋着，使我陡增了几分豪气和诗情，心，反而恬静了许多……

我在想，"读史使人明智，读诗使人灵秀"；我在想，"诗歌有好语，山水有清音"；我在想，"忠厚传家久，诗书继世长"；我在想，"胸藏文墨虚若谷，腹有诗书气自华"……

中国灿烂的诗词文化博大精深、源远流长，是中华民族几千年宝贵的精神财富，这飞动的流韵、恢宏的气魄、深邃而凝重的音律，是任何奇观都无法比拟的。所以，不论时光给你带来什么心境，是忧郁，是喜悦，是悲怆，是开朗；也不论岁月以什么性格步入你面前，是粗犷，是柔婉，是深沉，是俏丽……但从诗词里你永远可以体会到力的奔泻与美的升华。置身于浓重醉人的诗意里，只会觉得天地如此纯净无二，如此富有生机，更会觉得浩浩大千世界竟如此豪壮瑰丽、多姿多彩。沉醉在诗词面前，那困扰心头的种种烦恼忧虑，那是是非非的种种纠葛，全然被吞噬了，被净化了，而心灵却在升华，在飞腾，在超越……

世间一切，都是遇见，就像冷遇见暖，就有了雨；春遇见冬，有了岁月；天遇见地，有了永恒；人遇见了人，有了生命。所以说，这个仲夏清晨，我遇见"晨读晚诵"读书会，也就有了更多的美好。

抬望眼，晨光如此明媚，朝阳正在升起！

放歌湍河

从未有过令我如此振奋的景象了。我说，从未有过。是的，从未有过。

2019 年 7 月 26 日夜，湍河西岸南湖湾广场。夏风习习，流水淙淙，《我和我的祖国》的深情旋律在夜空中回荡，如夏花之绚烂萦绕耳边。而此时的内乡县城，华灯溢彩、璀璨流离，它的大美与纯净，它的激情与强劲，此刻在这首红歌的袅袅余音中飘扬着，使我平添了异样的激动、震颤与热情。

我知道，带来这种激动、这种震颤、这种热情的便是今晚在这里举办的放歌湍河——"欢乐周末"公益红歌会了。我知道，这是内乡县文化广电和旅游局主办，内乡县文化馆承办的一项公益的、户外的、开放式的群众文化演唱活动。我更知道，这是献礼新中国成立 70 周年、唱响时代主旋律、弘扬社会主义核心价值观、激发广大人民群众爱国情怀的一个重要载体。所以，今晚这里是人的海洋、歌的海洋、迸发爱国之情的海洋。我置身其中，真切地感受到豪迈、澎湃、雄壮、激越的磅礴声势，体验到血液沸腾、激情燃烧、绵绵不绝的高昂心情。

这是强劲的跳跃，这是永恒的律动。在这里，时间似乎把声音

350

凝住，将之化为你心中崇高的音乐。于是，在鼓舞人心、美妙动听的红歌旋律里，你的身心升腾在一种高尚的、圣洁的净化之中，产生一种向上的、庄严的强大力量。这力量，使你情不自禁地想变成一只俊鸟，飞上高空；这力量，使你想把生命瞬间融入大自然搏击，展示出一种超然的活力。

我望着放歌湍河——"欢乐周末"公益红歌会的醒目会标，听着《我和我的祖国》的优美旋律，一种发自内心的自豪感油然而生：我们的党正健步迈入一个充满生机与希望的新时代，我们的祖国在明媚的阳光下编织着一幅幅日新月异的彩图，而我们内乡73万人民也在书写着辉煌、书写着骄傲。

放眼望，千树勃发，万花竞放，初心使命记心中，放歌湍河唱大风！

古街舞韵

夜幕在天地间拉开。

2019 年 8 月 17 日晚，夜色萌动，内乡县衙古街的周身和脉管都被夜幕穿透了。此时，我被一种强烈的自己也弄不懂的欲望驱使着，欣欣然来到县衙古街玄武广场。闪着青色的仿清建筑亮起了璀璨的灯光，从广场的夜幕中穿出，顿使"舞动内乡——百姓大舞台"的鲜活图标映入眼帘，这图标犹如灵动的音符、五彩的光环，在夜色之上彩光融融、耀眼夺目。

舞曲响了起来，《最炫民族风》《蓝色香巴拉》《飞旋的梦》《白鹭话语》《映山红》等一个个舞蹈带着生命的力量、带着强劲的律动，绞扭成灿烂的舞韵，在凝聚、在扩展、在傲然腾飞，似无数急速流转的光轮源源而出……

我突然发现，"舞动内乡——百姓大舞台"已是内乡县群众文化活动系列之四了，今晚的启动与已开展的"菊乡书声——晨读晚诵读书会""放歌湍河——公益红歌会""出彩宛梆——戏曲大家唱"交相辉映，使这个夏季的古城内乡因文化而生动起来。我也突然被这些活动感动，因为这四项系列活动创办以来，产生了良好的社会反响。每每浸染在这些活动中，每每都是新鲜感、获得感和幸福感。它是紧贴着群众气息跃出来的，带着清新从乡野深处扑面而来，稳稳当当立于百姓舞台之上，接着地气、泛着红润、散发着热烈生动的气氛、闪耀着发亮的光束，开出一片绚烂的夏花。

　　舞曲在响，舞韵在流动，"舞动内乡——百姓大舞台"在激情点燃。漾着清新，漾着芳香，漾着乡音、乡土、乡愁的景象。在这种热烈的氛围中，我感到时代的脉搏在血液里跳动，感到无尽的力量在向上升腾，感到内乡文化的蓬勃朝气和灿烂光辉，心的视野也豁然开阔了起来……

诵读里的内乡

我时常思量着赞美内乡的词句，也总是把对家乡的热爱诵读出来。

2019年8月30日清晨，初秋的湍河格外清新纯净，天空很高很蓝，让人的心胸也变得宽阔舒畅。琅琅的诵读声仍在南湖湾广场回荡，但我知道，自7月13日创办以来，菊乡书声——晨读晚诵读书会已收获满满、硕果累累，今天它将告一段落，转入下一篇章。这个夏天，诵读里的内乡是那么精彩、那么生动，也只有它——菊乡书声读书会，带着情感的潺潺、思想的潺潺，即使今天暂且谢幕，也依然使我回味无穷、无比爱恋。

真是太超乎想象了。连续40多天呀，每天早晨都有近300名读友汇聚南湖湾广场，徜徉在优美的古今诗词里，浸润在优秀的传统文化中。菊乡书声——晨读晚诵读书会，就像一棵洋溢着生命的大树，伸展着枝叶、披盖着浓荫、澎湃着激情。这种柔和而强大的力量，把每一位朗读者的心灵都摇撼得升腾起来，让读者剥去了身上的渺小、颓唐与消沉，仿佛变成一只扇动着翅膀的绿蝶，在这个充满生命的诗词世界中快乐地翔舞。

真是太激动人心了。菊乡书声——晨读晚诵读书会以饱满的正能量打造内乡文旅新高地，产生了无比强劲的社会反响，人民日报海外网、学习强国、国际在线、新华网、凤凰网、旅游网、映象网、《河南日报》《南阳日报》《南阳晚报》等新闻媒体相继进行全方位报道。

真是太出人意料了。菊乡书声——晨读晚诵读书会的成功举办，像磁石一般吸引了越来越多的内乡居民。县文化广电和旅游局、团县委、县青少年活动中心、县市场监督管理局、县委组织部、县老干部局、县妇联会、县委办等，利用菊乡书声平台，先后举办了专场读书会，展现了倡导全民阅读、建设书香内乡的新气象。

是呀，"书香飘万家，陶冶你我他"。菊乡书声——晨读晚诵读书会，以静中之美、悦读之美，放大了"用文化引领时代风尚，用文化提升城市品位"的夺目光彩，彰显了"用文化魅力凸显城市张力，用文化动力激活城市活力"的无限风光。

诵读里的内乡，把这个夏季的胸膛装得很满、很满，接下来的秋季、冬季，乃至明年的春季，我要轻轻地告诉你：菊乡书声——晨读晚诵读书会，我的一颗心一直留给了你！

内乡中秋夜

天很高，没有云，没有雾，连一丝浮尘也没有。2019年9月13日（农历八月十五），中秋节的内乡，夜色斑斓、空旷静谧，月亮却一直躲在夜空里"捉迷藏"，不肯露出清亮的面庞。

而此时的山城在夜幕中正展开一幅画卷：流光溢彩的华灯竞放光芒，美妙动听的乐曲从湍河之滨向西飘过，不见星辰，不见清风，只见"书香明月——内乡县菊乡书声中秋诗歌朗诵会""放歌湍河——内乡县庆祝新中国成立70周年中秋歌会""奋进新时代再创新辉煌——内乡县审计局、统计局行业风采中秋文艺晚会"等文化活动。我似乎明白了月亮的心思，只想静静地藏起来，闭着眼倾听悦耳的诵读声、歌唱声、音乐声，一如修行的隐士陶醉在中秋之夜的雅韵品味中……

我来到县衙古街玄武广场。这里有少年儿童清脆整齐的集体诵读；这里有老、中、小三代的朗诵表演；这里有特邀嘉宾充满激情的诗歌吟唱；这里是极富感染力的"书香明月——内乡县菊乡书声中秋诗歌朗诵会"。那真情的朗读、专业的水准、优美的意境，表达了中秋佳节对家乡、对亲人深深的眷恋和思念，表达了对伟大祖国的热爱和祝福。

　　我来到湍河西岸南湖湾广场。这里有精美多姿的翩翩舞蹈；这里有悠扬婉转的器乐演奏；这里有耳熟能详的传唱歌曲；这里是精心打造的"放歌湍河——内乡县庆祝新中国成立70周年中秋歌会"，那优美的旋律让现场观众产生共鸣，台上台下一起合唱，汇成歌的海洋。

　　我来到梨苑山庄文化广场。这里有澎湃激昂的大合唱；这里有饱含深情的诗朗诵；这里有立意深邃的情景剧；这里是高潮迭起的"奋进新时代再创新辉煌——内乡县审计局、统计局行业风采中秋文艺晚会"。形式多样的一个个精彩节目，展现了审计、统计干部职工昂扬奋进的精神风貌，赢得现场掌声不断。

　　我在想，今年内乡的中秋之夜，虽没有皓月当空，却是多姿多彩之夜，是文化飞扬之夜。一场场同时推出的文化盛宴，使这个中秋夜荡漾着生动的温暖，凸显着文化引领时代风尚的张力，也足以使我回味其中、陶醉其间……

内乡奏鸣曲

你在硕果飘香的秋夜里骤然聚集，发出震撼的和声。

这个晚上，2019 年 9 月 20 日晚上，你用《辉煌的征程》点燃热情，让"唱响白河"内乡专场演出把南阳市民服务中心广场的夜幕穿透。

这个晚上，2019 年 9 月 20 日晚上，你用大型音乐舞蹈史诗荡漾激情，让气势恢宏的文化盛宴把内乡 70 年的辉煌岁月演绎得多彩斑斓。

凝眸。你奏响"创造新天地"乐章，《唱支山歌给党听》《社会主义好》《毛主席的书我最爱读》《我们走在大路上》，似澎湃的潮水直涌心田，在心之苍穹品味人民当家作主、投身社会主义建设的壮志豪情，所有的瞳孔都幻化成美丽的彩虹，淌金叠彩地横卧于记忆的晴空。

热流。你奏响"谱写新篇章"乐章，《在希望的田野上》《年轻的朋友来相会》《魂牵黄花曼》《红旗飘飘》，如万股炽热的清流散开，猝然激起清晰的使命，只愿把生命的绿色交付时代的莽原和滚滚的波涛。

感动。你奏响"奋进新时代"乐章，《丰收的记忆》《大美内乡》《走在小康路上》《不忘初心》《我和我的祖国》，像灿烂的彩霞闪着迷人的金光，映照出内乡高歌猛进、日新月异、正气荡漾、捷报频传的新气象，冲击着、感动着现场每个人的心扉。

透过闪动着色彩的音符，我从中重新认识了你：一个平凡而活跃、充满无限生机的内乡，一个披荆斩棘、锐意拼搏、后发快进、追赶超越的内乡，一个不忘初心、牢记使命、守正创新、砥砺奋进的内乡，一个"工业兴，脊梁硬""新金融，新跑姿"迸发出无穷活力的内乡，一个建设文旅名县、全力打造"宜居宜业宜学宜游历史文化山水名城"的内乡，一个正在演奏着与时俱进、革故鼎新壮丽旋律的内乡。

那么，就请你站在新的历史起点，谱写一首新的《内乡奏鸣曲》，奏响雄浑、壮美、激越的乐章，寻觅更高更远搏击的长天吧！

那么，就请你举起盏满丰收的金杯，与内乡的青山共饮，与内乡的绿水共饮，与内乡的父老乡亲共饮，与我、与我们、与所有的朋友们在呐喊中干杯吧！

湍河岸畔

　　一群白鸽带着哨声欢快地飞临湍河，望着天空，一种无名的高兴占据了我的内心。

　　2020 年 8 月 1 日清晨，我又站在湍河岸畔南湖湾广场。内乡县菊乡书声——"晨读晚诵"读书会，在"八一"建军节这天，如喷薄的朝阳又升起来了。这是今年读书会的启动仪式，《我有祖国，我有母语》《从此，爱上读书》《少年中国说》《声律启蒙》《内乡，在全新出发》……首场的一个个朗诵节目，是那样美妙动听，是那样韵味十足，是那样勃勃向上而又充满朝气。

　　欢快的心无法平静下来，我沉浸在悠扬的诵读声中。太阳还没有出来，天边已经露出了粉红色的曙光，翠绿的岸柳如一丛剪影被贴在了晨光中。我情不自禁地晃动双臂，舞台上那些抒情吟诵，那些曼妙歌声，都被融进了这霞光之中。我只想奔跃，奔跃向乡野，奔跃向田间，奔跃向浩瀚的诗词海洋里。

　　我这时才发觉，"菊乡书声"已走过了一年。"诗歌有好语，山水有清音。"自 2019 年 7 月 13 日创办以来，菊乡书声——"晨读晚诵"读书会得到了社会各界广泛赞誉，引起各级新闻媒体广泛关注。

我这时才发觉，"菊乡书声"已引领了风尚。"胸藏文墨虚若谷，腹有诗书气自华。"菊乡书声——"晨读晚诵"读书会，是一项有意义的公益活动，是全民都可参与、开放式、文艺类的读书活动。每天清晨一小时的晨读，每周傍晚一小时的晚诵，通过主持老师领学诗词和讲解背景、示范朗诵、齐声诵读等形式，让民众可以加深理解、领悟内涵、陶冶性情、开阔胸怀。

我这时才发觉，"菊乡书声"已深入了人心。"书到用时方恨少，最是书香能致远。"菊乡书声——"晨读晚诵"读书会，是一个开放的平台、一个诗意的舞台、一个展示才华的高台；是一个文化的栏目、一个文艺的栏目、一个娱乐的栏目。2019年，我们因"菊乡书声"而相聚，用诗词点亮希望、释放激情。2020年，我们再次拥抱"菊乡书声"，用诚挚的心体味那优雅的文辞、抑扬的诗韵、空灵的意境、睿智的哲思。

古人云："诗言志。"孔子曰："温柔敦厚，诗教也。"来吧，让我们诵读经典、传承文明，感知"路漫漫其修远兮，吾将上下而求索"；感受"心收静里寻真乐，眼放长空得大观"；感悟"长风破浪会有时，直挂云帆济沧海"……

"书香飘万家，陶冶你我他。""倡导全民阅读，建设书香社会。"来吧，让我们一起读、一起诵、一起说、一起歌，"国事家事天下事，风声雨声读书声""读史使人明智，读诗使人灵秀""择善书而读、择善友而交、择善言而听、择善行而从"……

"文化兴国运兴，文化强民族强。没有高度的文化自信，没有文化的繁荣兴盛，就没有中华民族伟大复兴。"来吧，让我们牢记习近平总书记深情寄语，凝心聚魂，担负起新的文化使命，以文化引领风尚、以文化凝聚人心、以文化温润心灵、以文化焕发活力……

这一切的一切，都如此刻迸射的朝霞，光芒万丈，照亮耀眼的今天，照出无尽的幸福！

内乡因文化而生动

月光把夜幕一层层拉开，内乡县衙广场便在波光里拂动。

庚子年中秋、国庆前夕，内乡的每个夜晚都充满梦幻和诗意。自9月23日至28日，一辆崭新的大型舞台车置身于县衙广场，"内乡县文化旅游宣传周"在这里闪亮登场，每晚的文艺演出带着菊乡的浓情源源扑来，穿透了夜色脉管，宛如一块块光彩夺目的锦缎，缀着变幻的巨幅五线谱，涌动着一种似乎从天地之外而来的波纹，展示着"菊乡书声""放歌湍河""出彩宛梆""舞动内乡"四大品牌凝聚起的"百姓文化舞台"多彩主题。

我浸润在这种光彩夺目的文化氛围里，踏着每晚的月色来到灯光璀璨的县衙广场，沉浮于动听的旋律之上、痴情于动人的节目之间、融化于动感的演出之中。

内乡县2020"农民丰收节"直播文艺晚会，我来了。"打竹板，哗啦啦，丰收节里乐开花；农民有了自己的节，扬眉吐气把话拉……""和风吹来唱呀唱新歌，唱得内乡大地金呀金光灿；和风吹来唱呀唱新歌，唱得内乡大地凯呀凯歌还……"音乐快板《欢庆农民丰收节》、小品《激情舞起来》、鼓儿哼《张子枫脱贫》、宛梆联唱《严把哨卡守家门》、原创歌曲《大美内乡》《内乡节奏》

《情满菊乡》《活力内乡》《好山好水好内乡》，像一道道绀红色的霞光，又像一个个生命鲜活、热气腾腾的音符，唱出了内乡人民丰收的喜悦和脱贫致富的欢乐；展示了内乡农业大发展、城乡面貌大改变、乡村振兴大步跨的美好生活；传达了欢庆丰收、弘扬文化、喜迎小康的乡音乡情和"生活越来越好、日子越过越甜"的幸福声音。

内乡县2020"出彩宛梆"戏迷擂台赛决赛暨颁奖晚会，我来了。这个"戏曲大舞台，想唱你就来"的展示平台，真正让群众走上舞台唱主角，让宛梆艺术活起来、戏曲爱好者动起来、老百姓乐起来；也真正让戏曲事业厚起来、戏曲经典唱起来、戏曲文化传起来。内乡宛梆几十年风雨征程、历尽坎坷。凭着"艰苦创业、传承守业、爱岗敬业、创新兴业"的宛梆精神，宛梆人牢牢坚守着这片阵地，傲立潮头、百折不挠，一步一个脚印在顽强拼搏中成长壮大，用血和汗撑起了"天下第一团"。

内乡县2020"菊乡书声"迎中秋·颂国庆诗词朗诵会，我来了。书香飘万家，陶冶尔我他。"菊乡书声"晨读晚诵读书会自2019年创办以来，秉承"倡导全民阅读、建设书香社会"宗旨，着力打造开放的阅读平台、诗意的吟诵舞台、魅力的展示高台，形成了县城引领、乡镇覆盖、村级延伸的良好文化风尚。广大文旅工作者重新出发、用心出彩，以辛苦指数换来百姓幸福指数，打响了"书香大舞台、悦读展风采"的品牌效应。

内乡县2020"舞动内乡"迎中秋·颂国庆广场舞展演，我来了。活力大舞台，激情舞起来。"舞动内乡"坚持打造群众参与、户外开放的舞蹈展示平台，一支支农民舞蹈队用广场舞演绎着积极进取、奋发向上的精神风貌。"音乐一响，浑身发痒"，茶余饭后学跳广场舞成了百姓常态。"舞动内乡"真正实现了让小队伍登上大舞台，让老百姓展示大风采的目标。

内乡县 2020 "放歌湍河"歌手大赛决赛暨颁奖晚会，我来了。初心使命记心中，放歌湍河唱大风。立足群众参与、城乡互动，以"唱响新时代、走上小康路"为主题，"放歌湍河"通过歌手大赛形式向乡村拓展延伸，叫响"草根大舞台、有你更精彩"。实现了从"群众看""群众唱"到"群众演"，"送文化""种文化"到"秀文化"的精彩蝶变，形成了文化温润人心、文化助推发展的新气象。

伏牛苍苍，湍河泱泱；人文内乡，山水画廊。作为区域经济发展的领跑者，内乡县认真贯彻落实新发展理念，着力转变经济发展方式，依托丰富的文旅资源，坚持"发展全域化、产业融合化、业态绿色化"，强力实施文旅强县战略、打造文化旅游高地，不断推动文旅产业转型升级、提质增效，让文化发展有活力、旅游发展有魅力，更好地满足了人民群众对"诗和远方"的向往，呈现出文旅融合高质量发展的光明前景。

在内乡，你可以在宝天曼原始森林里畅游，尽情享受大自然的绮丽与妙曼；你可以浪遏飞舟，体验峡谷漂流的惊心与刺激；你可以在古色古香的内乡县衙穿越时空，重温历史的厚重与沧桑；你可以在云露山生态观光、休闲度假、科普体验、猎奇探险；你可以在二龙山感受美之所在、道之玄妙的意境。你还可以领略"宛梆"剧种的独特魅力，品饮"郦邑贡菊"的清香，感知"内乡窑瓷"的神韵，记住"吴垭民居"的乡愁，体验县衙历史文化街区的流光溢彩。你更可以参与"菊乡书声""放歌湍河""出彩宛梆""舞动内乡"文化品牌活动，把激情和活力融化于吟诵经典、放声高歌、过足戏瘾、激情舞蹈之中……

我感到了时代的脉搏在血液中跳动，我感到了文化未来的光辉灿烂，我感到了"内乡跑姿"越来越矫健。蓬勃而繁荣的内乡文旅建设，正在源源不断地为提升城市的综合实力和可持续发展输送能量。一场场演出、一部部精品、一方方阵地，汇聚成一束束精神之光，掀起内乡文旅大发展大繁荣的壮阔浪潮，涵养丰润着内乡百姓的精神家园。

内乡因文化而生动起来！

文旅强县的"内乡号"，动力喷薄，破浪前行！

内乡戏韵

这个春日，注定是一个美好的日子。

这一天，癸卯年正月二十六，公历 2 月 16 日，内乡县衙广场春光无限、热闹非凡。李树建、汪荃珍、金不换、汤玉英、胡希华、柏青、杨红霞、刘艳丽等"戏曲大咖"展腔亮嗓，为"河南省戏曲之乡授牌仪式暨中国宛梆戏曲艺术节"庆贺献演。而湛蓝的天空上也飘荡着委婉清亮的宛梆花腔，如春花滋蔓，萦绕耳边。此时的内乡县城春意盎然、气象万千，它的祥和与纯净，它的大美与生机，此刻在名家演唱和一腔宛梆的袅袅余音中荡漾着，使我平添了别样的感觉、感受与感悟。

我知道，连接这种感觉、这种感受、这种感悟的便是宛梆了。因为宛梆是内乡的符号，是内乡的乡愁，这个有近 400 年历史的剧种已经珍稀到全中国只有内乡在传承。

从空中俯瞰，八百里伏牛山像一条巨龙自秦岭腾空而起，横跨豫、陕两省，一路挟风兴雨，化育万物。位于伏牛山南麓、秦初就已置县的古城内乡，犹如一颗璀璨的明珠，在青山绿水间熠熠生辉。古城中不仅拥有首批国家级非物质文化遗产"内乡宛梆"，还有全国保存最完整的封建时代县级官署衙门"内乡县衙"，更有中原唯一的世界生物圈保护区"宝天曼"，这些闪光耀金的人文资源足以彰显内乡特质了。正是数千年的文明史在内乡这块古老的土地上留下了灿烂瑰丽的文化遗产，涵养造就了戏曲大县。史载鼎盛时期内乡区域曾拥有宛梆、曲剧、越调、豫剧等百家戏曲班社，现有各种国有、民间演艺团体92个，他们常年活跃在基层一线，赢得社会广泛赞誉。而内乡县宛梆艺术传承保护中心则是目前国内仅存的宛梆剧种专业展演和研究、交流单位。也正是内乡宛梆剧团在创建"河南省戏曲之乡"工作中，当好"领头雁""排头兵"，充分发挥示范带动作用，保护、传承、传播优秀民族文化遗产，以"全国文化工作先进集体""全国服务农民、服务基层文化建设先进集体""全国文化和旅游系统先进集体"等荣誉，使内乡县获得"河南省戏曲之乡"称号。

古城如歌，华光璀璨。千年岁月，沉淀出一份淡远、平和的气质；淙淙流淌的湍河，带着历史的记忆穿城而过，这时的内乡宛如弦上之城空灵清净，同时又奏出又好又快的发展旋律。而内乡宛梆剧团更是大放异彩，其优秀剧目荣获文化部优秀剧目奖、河南省精神文明建设"五个一工程"奖、河南省第七届戏剧大赛金奖、河南省第二、三届县（区）级戏剧大赛一等奖及第七届黄河戏剧节金奖等诸多奖项。先后受邀参加北京端午文化节、全国梆子声腔优秀剧目展演、全国百戏盛典展演、晋冀鲁豫戏曲展演；还走进梅兰芳大剧院、清华大学、北京园博园进行演出。2020年春节，登上央视"戏曲春晚"；宛梆经典剧目《打金枝》优秀唱段，在2021年央视综艺频道《国家宝藏·展演季》和"2022年河南省线上海外春晚"上精彩亮相。这些成绩充分展示了宛梆艺术的独特魅力，也为宣传内乡、南阳乃至河南发挥了积极作用。

静听宛梆，慢品内乡，品出戏韵悠长，品出醇香四溢。因而，我想，如果把以往的内乡比作一块未经雕琢的璞玉，那么现在的内乡正经历着妙手生花的雕刻，废余的在被剔除，精美的在被发现，内在的慢慢地显露，外具的渐渐地升华。若这样，内乡便是一个玲珑剔透、光彩照人、形态秀美、质韵隽永的艺术品了……

后记

　　似乎有一种感应在心底预约，在月儿朦胧、绿叶滴露的黎明，我就悄悄地踏上了城外的田垄。听鸡啼打开黎明的门，听庄稼的根咬着泥土，听蛙声跳出水面……

　　深邃的天空，月亮渐渐地隐去面庞，东方出现了一丝红光。沐浴在月光与朝霞交融的晨光里，我感到一种超然的宁静正包裹着我，令我陶醉其间而又急切地想与晨光交流。

　　田野里的麦子已成熟，四面的林子里挂满了油桃、黄梨，湿润清爽的晨风抚摩着我的肌肤，空气中散发着沁人的麦香、桃香、梨香。这是一个飘香的季节，而在这个季节里一切成熟的作品，都是我们那些终年汗流不息的父老乡亲用辛勤劳作换来的。此刻站在这里，在心脉与自然的交融中，我更强烈地理解了"一分付出，一分收获"的真正道理。由此，我忽然也产生了一种耕耘的动力，并希冀得到收获的快感。

　　我在想，内乡历史悠久、文化厚重，山水形胜、钟灵毓秀，给我们留下了极为珍贵的人文资源。而作为一个内乡人，有责任、有义务向社会宣传和展示这些优秀的文化遗产，以使社会各界更加深入了解内乡、认识内乡甚或光临内乡投资兴业，促进内乡社会经济高质量跨越发展。

　　鉴于此，我从以往出版的书籍中，选取九十余篇散文，以《我的爱人叫"内乡"》为题，结集汇编，表达对家乡的热爱之情。但文笔稚嫩，水平有限，恐贻笑大方，敬请不吝赐教，批评指正。

王国庆

2024年5月